Georg Hermann

Kubinke

Mit einem Nachwort von Leo Graw

(Großdruck)

Georg Hermann: Kubinke. Mit einem Nachwort von Leo Graw (Großdruck)

Erstdruck: Berlin, Egon Fleischel und Co., 1910

Neuausgabe
Herausgegeben von Theodor Borken
Berlin 2020

Der Text dieser Ausgabe wurde behutsam an die neue deutsche Rechtschreibung angepasst und mit einem Nachwort von Leo Graw versehen.

Umschlaggestaltung von Thomas Schultz-Overhage unter Verwendung des Bildes: Heinrich Zille, Kubinke, 1911

Gesetzt aus der Minion Pro, 16 pt, in lesefreundlichem Großdruck

ISBN 978-3-8478-4693-2

Die Deutsche Nationalbibliothek verzeichnet diese Publikation in der Deutschen Nationalbibliografie; detaillierte bibliografische Daten sind im Internet über www.dnb.de abrufbar.

Henricus Edition Deutsche Klassik UG (haftungsbeschränkt), Berlin
Herstellung: BoD – Books on Demand, Norderstedt

Introduktion

Nur Leute, die gar nichts vom Leben verstehen, Greenhorns, Neulinge, blinde Hessen im Geiste, Analphabeten vor dem Schicksalsbuch können behaupten, dass der erste April ein Tag wie alle Tage wäre. Eingeweihte werden wissen, dass der erste April ein Tag von höchster Bedeutung ist, ein Tag, an dem Geschicke beginnen und Geschicke enden, ein dies fatalis, ein dies ater, ein geheimnisvoller Tag, der seine Schatten bis weit in das Jahr oder sogar über die Jahre hinaus wirft; ein Tag, der Menschen für alle Zeiten verbindet, zusammenführt oder für alle Zeiten trennt, der über Glück und Unglück, Wohl und Wehe entscheidet. Und – frage ich, – könnte ich vielleicht einen besseren Tag finden, an dem meine Geschichte anfängt, als den ersten April? Und wirklich, – *zufällig* fängt sie genau am ersten April an. Und da die Menschen nicht zu allen Zeiten gleich sind, sondern in Sitten und Gebärden ständig sich verändern, so will ich es noch bestimmter sagen, sie fängt genau am ersten April des Jahres 1908 an. Und da die Rede- und Denkweise keineswegs an allen Orten dieselbe ist und da das Land oder die Stadt, in der wir leben, binnen Kurzem auf jeden abfärbt, ihm und seiner Art Stempel und Gepräge gibt, so will ich noch hinzusetzen, dass meine Geschichte in Berlin spielt. Aber Berlin ist groß, und jeder hat eine andere Meinung von Berlin. Der Osten liegt fern vom Westen und der Süden weit vom Norden. Es sind Städte für sich. Jede Straße, jeder Komplex ist eine Insel für sich. Hier ist es die neue Stadt des Reichtums und dort die harte Stadt der Arbeit. Hier ist es das Thule der Gelehrten oder dort die Veste der Macht. Hier ist seine Schönheit gepriesen und dort seine Hässlichkeit verachtet. Hier in diesem Winkel berühren sich alle Gegensätze, reiben sich Anmut und Laster, Reichtum und Elend. Hier jagen die Eisenbahnen schlafscheuchend an rauchgeschwärzten Hinterhäusern vorüber, und dort gleiten und huschen die hellen Hochbahnzüge, wie leuchtende Glasschlangen in ihre schwarzen Löcher hinab und steigen mühelos aus ihnen empor. Dort liegen Nebenstraßen, ganze Viertel, lang, einsam, unheimlich und finster; und hier schiebt sich die Menschenwoge im bunten Narrenkleid der tausend Stände, Tag und Nacht, ohne Unterbrechung, stockend, langsam, schrittweis, ruckweis … schiebt sich, – immer wieder sich bindend und immer wieder sich lösend – über die Plätze hin, die, von ganz hoch oben herab, von den mattblauen Monden der Bogenlampen bestrahlt werden.

Oh, Berlin ist groß, und sein Gewand schillert in tausend Farben. Hier ist es grau und abgewetzt und lumpenhaft jämmerlich, und dort ist es wie alter Brokat. Hier ist es wie schwerer, roter Samt und dort nur wie gezwirnte, billige Krefelder Seide. Und jedes Berlin ist weltfern und verschieden dem anderen. Und wenn ich hier von Berlin spreche, so meine ich *nicht* das Berlin der Arbeit, *nicht* das des Elends und des Lasters, *nicht* das des Reichtums und des Überflusses, ja ich muss gestehen, das Berlin, von dem ich hier spreche, *ist* ja gar nicht recht und eigentlich mehr Berlin, es ist Schöneberg, es ist Wilmersdorf, es ist Charlottenburg, es ist weit draußen, es ist das Berlin der reichen Leute, die kein Geld haben. Es ist das Berlin der billigen gezwirnten Krefelder Seide, die auf den ersten Blick recht gut aussieht, aber verflucht schlecht hält. Wie alt ist es denn? Kaum fünf, zehn, zwanzig Jahre, da waren da nur Gräben und Feldraine, Weidenalleen und Buschketten, Wiesen, Kartoffeläcker und Mohrrübenfelder; und der Sonnenbruder kletterte zur Nacht an eingeschlagenen, rostigen Nageln auf den Weidenbaum. Und wo jetzt die Straßenbahnen bis nachts um drei entlang brausen, da lag der schöne alte Feldweg mit seinen tiefen Gleisen, ganz einsam, – und rechts und links standen mit den kurzen, dicken, gewundenen Stämmen die Bäume, morsch, rissig, gekröpft, mit großen, runden Büscheln grüner Gerten. Ganz in Nesseln standen sie, – man könnte sagen, sie standen bis zur Brust in diese Nesseln gedrückt. In ihren Rissen und Höhlungen nisteten Fink und Bachstelze; und ganz in der Nähe zog der alte Graben vorüber, überall von Gestrüpp umrahmt, das mit Hopfen umflochten, schwer und üppig ausschaute, und das sich mit Fenchel, Schilf und Schierling zu dem schwarzen, schleppenden Wasser neigte. Im Frühjahr waren die Wiesen zwischen den Gräben gelb von Dotterblumen; dann wurden sie weiß und rot von Schaumkraut und Bachnelken; dann färbten sie sich braun von Ampfer; und dann wurden sie getupft von den stachligen Köpfen der Karden und Disteln. Hunderte von Schmetterlingen tummelten sich hier, wo der Wind heute nur noch Papierfetzen den Asphalt hinabtreibt. Mit großen Streifen über den Flügeln saßen die Admiräle an der sonnenbeschienenen Rinde; und die Jungen liefen mit bloßen Füßen hinter den Kohlweißlingen her, quer durch die Wiesen, schlugen mit der Jacke nach ihnen und sangen dazu:

>>Kalitte, Kalitte setze dir,
Ich jebe dir auch Brot und Bier,
Brot und Bier, das jeb ich dir,
Kalitte, Kalitte setze dir.<<

Aber Kalitte dachte nicht daran und machte, dass sie weiter kam, über Gräben, Felder und Hecken.

Ach Gott, wo sie nach Kaulquappen und Salamandern fischten, da ist der Graben längst zugeschüttet und da werden jetzt auf dem schmalen Streifen zwischen zwei Brandmauern Teppiche geklopft. Wo aber des Abends aus der Laube der Gärtnerei, aus dem Urwald von Sonnenblumen, Goldruten, Balsaminen und Georginen heraus die milden, melancholischen Klagetöne der Ziehharmonika durch den blauen Herbstdunst schwebten, da ist

5

jetzt durch vier Stockwerke ein richtiges Konservatorium für Musik, und den ganzen Tag und die halbe Nacht schwirren die Tonwellen der Kadenzen, Fingerübungen und Läufe gleich den geheimnisvollen Strahlungen einer elektrischen Station straßauf, straßab, überallhin, vom Keller bis unter die Böden hinauf.

Ja, wie das so wurde! Da wurde eines schönen Tages Sand gefahren; da wurden eines schönen Tages Straßen gezogen; da kamen eines schönen Tages Rammen und Dampfwalzen; da wurden Bäume gefällt; die Felder verkamen, versandeten und wurden aufgeschüttet; Laubenkolonien kamen und wuchsen hoch; wurden wieder fortgebrochen, rückten weiter und weiter hinaus. An der einen Ecke kam ein Haus empor; dann an der anderen Ecke. Halb fertig ließ man es stehen. Prozesse wurden geführt; Gerichte behelligt; Urkunden geschrieben; Geld geliehen; Geld gewonnen; Geld verloren. Und wo noch vor Kurzem bunte Knabenkräuter im Maiwind ihre Blüten gewiegt hatten, da trieb jetzt nur noch die Bauspekulation und der Häuserschwindel seine Blüten. Pferde wurden geschunden; Arbeiter um ihren Lohn gebracht; Handwerker betrogen. Die Häuser gingen von Hand zu Hand, wechselten dreimal den Besitzer, ehe sie fertig wurden. Trockenmieter kamen und unterschrieben Kontrakte mit Mietssummen, die sie nie in ihrem Leben beieinander gesehen hatten und sehen würden. Wo heute ein Käsegeschäft war, war morgen ein Schuhgeschäft; und übermorgen standen elektrische Lampen im Fenster. Nur die Destillationen blieben, die Restaurants »Zum gemütlichen Schlesier«; und sie blieben so lange, bis auch die letzte Lücke in der Straße, der letzte öde Bauplatz geschwunden war, bis die Ziegelhaufen nicht mehr auf dem Bürgersteig standen, die Zementwagen nicht mehr vor den Bauzäunen hielten, die Kräne nicht mehr schnarrend ihre Lasten hoben, und alles neu, sauber und propper war. Dann aber hielt sie keine Macht der Welt mehr, und sie zogen den Laubenkolonien nach, zwar nicht ganz so weit wie sie, nur bis zum halben Weg; sie machten es gerade wie die Straßenbahnen, die auch von Jahr zu Jahr ihr letztes Ziel weiter hinausschoben, von alten, sichern Plätzen, immer wieder zu neuen, unwirtlichen, werdenden, halbfertigen Häuserblocks. Die »gemütlichen Schlesier« wurden dick und fett dabei, und sie fragten nicht, ob der Tischler auch seine Fensterrahmen bezahlt bekommen hatte, oder der Parkettleger seinen Fußboden, oder der Maurer seine Überstunden, nein, bei ihnen hieß es nur: »Bar Geld lacht.« Und wenn sie selbst ihre Stammgäste einmal im Oktober Gänse ausknobeln ließen, – auch da kamen sie immer noch auf ihre Kosten.

Jetzt natürlich, zu der Zeit, da unsere Geschichte beginnt, am 1. April 1908, da war die Straße eben hochherrschaftlich geworden, und der gemütliche Schlesier hatte hier nichts mehr zu suchen. Bei dem bisschen Laufkundschaft hätte er auch verhungern können, und selbst die Leute, die hier nunmehr im Gartenhaus vier Treppen hoch wohnten, wussten zu genau, was sie der Zentralheizung und der Warmwasserversorgung, dem Safe in der Wand und dem Fahrstuhl schuldig waren, als dass sie sich etwa zu den Gästen des gemütlichen Schlesiers gerechnet hätten. Und da der nicht Idealist genug war, um auf einem verlorenen Posten auszuharren, so lud er gegen Ablohnung in Viktualien vier seiner alten handfesten Stammgäste ein und schleppte mit ihnen den Schanktisch vor die Tür, die Bierdruckapparate und all die schönen dickbauchigen Flaschen, mit den stolzen Inschriften »Anisette«, »Curaçao«, »Nordhäuser« und »Pfefferminz«; den Schießautomaten brachte er heraus und die Stühle und Tische; und er vergaß auch den großen Fonografen nicht, gegen dessen ungeschwächtes Gebrüll die Nachbarn drei Jahre hindurch vergeblich mündliche und schriftliche Einwendungen bei der Behörde erhoben hatten. – Ja, er nahm sogar fürsichtig von den Wänden alle Plakate, die wohlbeleibte Herren mit Doppelkinn und Weißbiergläsern in den Wurstfingern zeigten und Offiziere mit schmalen Schultern, die an kleinen. Gläschen nippten. Und er ließ dem Wirt nichts, als Nägel, Flecke an den Tapeten, einiges Ungeziefer, achtzehn leere Flaschen, einen verstopften Abort und schmutzige Scheiben.

Endlich brachte man auch aus einer geheimen Kabuse die Betten und Matratzen, das Küchenspind und den Kleiderschrank in das helle Licht des jungen Apriltages, verstaute alles liebevoll und vorsichtig auf einem kleinen, offenen einspännigen Bretterwagen, und die Besitzerin zog und band höchstselbst die Stricke und Riemen über die Spinde und Stühle und sah zu, dass auch die Bierhähne auf dem Schanktisch nicht etwa verbogen würden. Man wird sich vielleicht wundern, warum ich mit einem Male hier von der Besitzerin spreche; aber diese einfache Frau, mit der ledernen Stoßkante um den wollenen Rock, die nie etwas von sich hermachte, hatte wohl und gut das Recht dazu, sich hier um die Dinge zu kümmern. Denn der gemütliche Schlesier lebte schon seit Jahren mit ihr in einem gesetzlich geregelten Haushalt, in dem das Geschäft und die Möbel ihr gehörten und er sich in rührender Bescheidenheit damit begnügte, die von ihm eingeforderten Geldbeträge schuldig zu bleiben.

Und wie alles wohl befunden und in Ordnung war und die Zinkwanne mit den beiden Plektogynien, die immer im Fenster gestanden hatten, noch oben auf dem Bock neben dem gemütlichen, hemdsärmeligen Schlesier Platz gefunden hatte: Da nahm der gemütliche Schlesier die Peitsche, nahm die Zügel, rief: »Hü, holla, los«, und der hochbeladene Wagen schwankte langsam ab, gen Westen, während die vier, – nunmehr schon leicht pendelnden – handfesten Stammgäste, rechts und links am Riemenwerk sich haltend, nebenher gingen, und während die einfache Frau mit der ledernen Stoßkante um den wollenen Rock, mit einer Gardinenstange unterm Arm und einem Emailleeimer, aus dem höchst intime Toilettengegenstände wenig verschämt emporlugten, in der Hand den Zug beschloss.

Und wie in dieser langen, hellen, frischbesonnten Straße, zwischen den vier Baumreihen, zwischen den gelben Häuserfronten der Zug des gemütlichen Schlesiers immer kleiner und kleiner wurde, wie er zeitweise von den langen Donnerwagen fast verdeckt wurde, wie sich Autos und Droschken an ihm vorüberschoben, wie er noch einmal für Augenblicke durchleuchtete, ehe er hinten um die letzte, ferne Ecke verschwand und sich unsern Blicken ganz entzog, … so wurde das Haus, das der gemütliche Schlesier hinter sich gelassen hatte, von Minute zu Minute stolzer, schöner, vornehmer, hochherrschaftlicher. Man fühlte ordentlich, wie die Mieten stiegen.

Ja, es war jetzt wirklich ein hochherrschaftliches Haus, wie es so in der Sonne lag, gelbgrün wie Kurellasches Brustpulver. Unvermittelt und plötzlich, – wie Badekästen an Vogelbauern, – hingen die Glasverschläge der Wintergärten an der Fassade. Und über dem gequetschten Portal saß mit dem Kopfe gegen eine Fensterbrüstung eine kaum bekleidete Dame mit einem Merkurstab und tauschte mit einem leicht geschürzten Jüngling, der einen Amboss liebkoste, verheißungsvolle Blicke aus. Die Balkons quollen rund und schwer, wie Bierbäuche aus der Front, und hatten vergoldete Gitter, dünn wie Spatzenbeine und unruhig wie Regenwürmer, die immer zwischen je zwei kleinen Stuckbären mit Wappenschildern hin und her liefen. Aber nicht genug der Schmuckfreude, umspannten oben unter dem Dach, unter dem Giebel, noch den runden Rachen eines Bodenfensters zwei Seejungfrauen, die ihre Fischschwänze ineinander kringelten und »ihrem Berufe getreu« eine Lorbeergirlande mit flatternden Enden gemeinsam in erhobenen Armen hielten. Es war eben ein hochherrschaftliches Haus! Es hatte keinen Torweg, sondern ein Vestibül mit einer Marmorbank, hart und kalt wie das Herz eines Wucherers. Und es hatte da einen Kamin mit einer Bronzefigur aus Zinkguss. Auf einem Felsblock, der mit Efeu umrankt und mit gelben elektrischen

9

Leitungsdrähten umwickelt war, stand eine schöne Person in edler Nacktheit, stolz wie eine Tochter Capris, und hielt in jeder Hand ein grünes Glasgefäß, aus dem nur manchmal zu feierlichen Gelegenheiten ein magisches Licht strömte. Ja, es war ein hochherrschaftliches Haus mit roten Läufern auf der Treppe und mit goldenen Tapeten an den Wänden und mit farbigen Flurfenstern, grün und rosa, wie Pistazien- und Himbeereis. Und zum Überfluss kullerte noch hinter Drahtgittern ein Fahrstuhl und brachte jeden dorthin, wohin er gerade wollte, wenn er nicht eben seine Mucken hatte und stecken blieb. Es hätte gar nicht draußen am Torweg zu stehen brauchen »Nur für Herrschaften«, man hätte es auch so gemerkt. Die Dienstmädchen, die Hausdiener und die Handwerker, die mussten natürlich durch den Nebeneingang gehen. Ja, wie gesagt, es war eben ein hochherrschaftliches Haus!

Und das Gartenhaus war genau so schön wie das Vorderhaus. Da gab's Schilder mit »Nebeneingang I« und »Nebeneingang II«, mit »Nur für Herrschaften« und »Bitte Füße reinigen«, gerade wie vorn. Da gab es auf dem engen quadratischen Hof ein Miniaturlabyrinth von Inseln, Beeten und weißen Fliesenwegen in höchst raffinierter Einteilung. Kleine vergilbte Tannenbäumchen und zerschlissene Thujakegel scharten sich im dunklen Boden um schwarze Säulenstümpfe, auf denen Büsten von Dante, Luther und dem Apoll von Belvedere schwermütig dahinträumten, vielleicht weil keiner von ihnen zu dem Besitzer des Hauses in irgendwelchen persönlichen Beziehungen stand. Und es gab im Gartenhaus dieselben Himbeer- und Pistazieneisfenster und die gleichen Goldtapeten; während bei den beiden Nebenaufgängen nur die schmalen Treppen wie Korkenzieher von Stockwerk zu Stockwerk sich wanden, – kaum erhellt von den kleinen quadratischen Luken, die sich Fenster nannten. Und der Fahrstuhl blieb *ebenso* stecken, wenn er seine Launen hatte; und die Heizung schnurgelte *ebenso* unter den Fenstern; und das Warmwasser war *ebenso* lau und

10

verschlagen wie im Vorderhaus –; nur dass alles so ein bisschen schäbiger, so ein bisschen kleiner, geringer, kümmerlicher war, als im Vorderhaus. Aber endlich kann doch kein Mensch für 1500 Mark eben das verlangen wie für 3000 Mark; und ein kleiner Unterschied muss sein, … sonst möchten ja gleich alle ins Gartenhaus ziehen! Ja – *vorn* hatten die Wohnungen also eine Diele und *hinten* nur einen Flur. Und *vorn* hatten sie Zimmer zum Essen; Säle für Gesellschaften; und Hundelöcher zum Schlafen; während die *hinten* keine Räume für Gesellschaften hatten und auch in Hundelöchern aßen. Ja, es war eben ein vornehmes, hochherrschaftliches Haus, von oben bis unten, vom Keller bis zum Dach!

Und die Häuser ringsum, rechts und links, geradeüber und schräg drüben waren alle genau ebenso vornehm und hochherrschaftlich. Da war keins, das nicht einen Giebel gehabt hätte, keins ohne Erker und ohne spitzige Türmchen und Dachreiter. Etwelche waren ganz aus roten Ziegelsteinen aufgeführt, wie nordische Kirchen; und andere daneben schienen wieder nur aus Orgelpfeifen zusammengebunden zu sein. Und die Eckhäuser bekrönten stolze, hohe, vielseitig gerundete Kuppeln, Riesentintenfässer mit reichlichem Gold. Oder riesige Fußbälle lagen da plötzlich auf dem Dach. So vornehm und hochherrschaftlich war die Straße. Und sie hatte etwa keine Gasbeleuchtung mehr, sondern hoch oben, an scharfgespannten Drähten, schwebten die riesigen Calvillen der Bogenlampen, mitten über dem Damm, hoch über dem niederen Netzwerk der Straßenbahnleitungen, ja fast über den vier Reihen von Ulmen und Linden, die, immer, immer kleiner werdend, rechts und links, soweit man nur sehen konnte, sich die Straße hinabzogen. Des Abends, da war das, wenn man auf der Mitte des Damms stand, wie eine einzige, lange, leicht gekrümmte Kette von Perlen, die zuerst in rechter Entfernung voneinander an der unsichtbaren Schnur hingen, und die dann immer enger und enger zusammenrückten, um in *einen* langen, leuchtenden Schweif auszulaufen.

Auf dem Bürgersteig aber zeichneten sich im Winter und im ersten Frühjahr ganz fein, scharf und genau, die Schatten aller Äste, Zweige und Zweiglein ab. Später, im Frühling, Sommer und Herbst aber, wenn das Laub an den Bäumen war, ging man hier des Abends in einem schönen, mattgrünen Halblicht dahin, das sich nach den Häusern und Torwegen, sobald die Läden geschlossen waren und ihr Licht eingestellt hatten, in ein für die dort plaudernden Paare höchst angenehmes und schützendes Dunkel verwandelte.

Wer sollte zweifeln, dass es eine hochherrschaftliche Straße war? Und wahrlich, – wer jetzt die beiden Möbelwagen gesehen hätte, die da im hellen Licht der Sonne, wahre Riesen ihres Geschlechtes und grün wie der schönste Maientag, in allen Fugen knarrend heranschwankten, einer hinter dem andern, ganz langsam und gemächlich, Schritt vor Schritt, und die, als die Stärkeren, der Straßenbahn nicht auswichen, so sehr ihr Führer auch klingeln mochte, die sich von den Schienen nicht rückten und rührten, bevor sie nach dem Hause herüberschwenkten, das der »gemütliche Schlesier« hinter sich gelassen hatte … wer das gesehen hätte, der hätte auch keinen Augenblick mehr gezweifelt, dass hier vornehme Leute wohnen. Die kleine Fuhre des Herrn Piesecke, des neuen Vizewirts, und seiner Gattin mit den Betten, dem Muschelschrank, dem Spiegel mit dem vergoldeten Papierrahmen, dem Küchenspind und dem Regulator, – die verschwand ordentlich dahinter. Die kam vor den beiden Möbelwagen gar nicht mehr in Betracht; die wurde einfach übersehen. Und Herr und Frau Piesecke hatten ihre paar Sachen schon lange in der Portierloge, als die Ziehleute noch nicht vom Frühstück gekommen waren. Denn da zu ihrer großen Enttäuschung der »gemütliche Schlesier« eben ausgeflogen war, so sahen sie sich leider genötigt, eine Nebenstraße weiter zu gehen, und sie ließen nur einen Mann, klein und breit und dickköpfig wie ein Gnom, bei den Pferden zur Deckung zurück, mit dem Herr Löwenberg eine längere Unterhaltung hatte.

»Wo sind denn die Leute?«, sagte Herr Löwenberg und rückte seinen Zylinder ins Genick. Denn seitdem er vor drei Jahren einmal geschäftlich auf vierzehn Tage in London gewesen, trug er nur noch Zylinder.

»Aas!«, sagte der Mann und gab, ohne sich stören zu lassen, dem Handpferd einen Knuff in die Weichen, dass der alte Schimmel nur so mit den Hufen gegen die Deichsel ballerte.

»Wo die Leute sind!«, rief Herr Löwenberg und zupfte seinen Zylinder tief in die Stirn.

»Hä? Sie missen lauter mit mir reden, ich bin nämlich 'n bisschen taub auf de Ohren«, sagte der Mann und sah Herrn Löwenberg freundlich auf den Mund.

»Wo – die – Leute – sind!?!«, brüllte Herr Löwenberg, dass man es bis Schmargendorf hören konnte.

»Ach so, des meinen Se! Wo soll'n se denn sin? Die frihsticken! Sie sind man eben jejangen. Det kann 'ne ganze Weile dauern, bis se wiederkommen«, sagte der Mann und machte sich wieder mit seinem Schimmel zu schaffen, der in einem Anflug von Menschlichkeit seinen Nachbar um jeden Preis vom Futtertrog wegzubeißen versuchte.

Und der Mann sollte recht behalten. Es dauerte eine ganze Weile, bis sie zurückkehrten.

Herr Löwenberg aber ging indessen immer vor seinen beiden Möbelwagen auf und nieder, damit sie ihm nicht abhanden kämen, und klopfte dazu mit seinem Spazierstock aufs Pflaster. Und er betrachtete nicht ohne Wohlgefallen die helle, lange Straße, die doch ganz etwas anderes war und weit vornehmer als die Neue Rossstraße, in der er bisher gewohnt hatte. Und Frau Betty Löwenberg erschien oben auf dem Balkon, im braunen Pelzhut mit lederfarbenen Rosen, beugte sich über das goldene Gitterchen und schrie herunter:

»Max, sieh doch mal, dass die Ziehleute bald anfangen!«

Aber Herr Piesecke, der neue Vizewirt, hatte gerade noch Zeit, in Ruhe die roten Läufer bis zum ersten Stock von den Stufen abzurollen und die Ampeln im Vestibül und im Treppenhaus beiseite zu binden, damit sie nicht beschädigt würden – er konnte noch den Torweg recht breit und weit aufsperren, damit auch das Büfett gut durchginge – ehe die Ziehleute so ganz langsam zu zweien und dreien angetrottet kamen.

Dann aber, ehe man es sich versah, ging die rechte Freude los. Alles lief und rief durcheinander.

»Nicht kanten, Willem! Wirste nich kanten, oller Dussel!« – »Oogenblick, Ede, ick will mir bloß 'n Gurt unterziehn!« – »Na heer mal, nimm mir doch hier mal eener ab.« – »Kiek mal, die Mebel sind alle nach Zeichnung!« – »Herr Löwenberg, wo soll'n det Spind hin? In'n Keller? Na, det müssen se eenem doch sagen, det det Spinde in'n Keller soll. Wenn't Schweinebraten wär, hätten wer't ja jerochen!«

Hier zogen zwei Riesen langsam und keuchend mit einer schweren eichenen Kredenz ab, und hier ging ein ganz kleiner Kerl mit drei Stühlen und einem Blumentisch in den Torweg, während ihm noch an ein paar Fingern der linken Hand ein Eimer mit Küchengeschirr pendelte, – und er ging mit alledem so ruhig wie ein Saumtier.

Und alles, ein Stück nach dem anderen, kam auf die Straße und durfte sich sonnen: das Schlafzimmer im Biedermeierstil, in hell Ahorn, mit seinen Betten mit den schwarzen Kränzchen am Kopfende und den schwarzen Köpfchen am Fußende – es war ein Jüngling mit Vatermördern und eine Dame mit Schute und Löckchen – das Schlafzimmer kam zuerst. Und der Toilettentisch mit violetter Seide bespannt kam. Und der Rahmen mit dem gemalten Gobelin, mit den beiden Amoretten, die selig in Wolken schwärmten, er, der sonst erst beide Betten zu einer schönen Einheit zusammenfügte, er trennte sich auch hier nicht von ihnen. Und dann kamen erst die einzelnen Söller, Zinnen, Forts und Türme des Büfetts – das in seiner Vollendung wie eine richtige Ritterburg aussah, – ehe der mächtige Leib, das Hauptkastell, sich aus dem schweren Bauch der Riesenwagen nachschob. Das romanische Herrenzimmer trottete gewichtig hinterher, mit seiner Bibliothek und seiner Zeitschriftentruhe, die zugleich als Bank diente – und die wohl vor allem als Bank diente. Denn niemals in seinem sechsunddreißigjährigen Leben hatte Herr Max Löwenberg bisher eine Zeitschrift gehalten. Der Kirschholz-Salon im Jugendstil kam fürder hinterher getänzelt, in die Sonne hinaus, mit seinem Sofaumbau und dem Eckarrangement. Fein, zierlich und gebrechlich und im ganz modernen Geschmack. Das heißt – als Herr Löwenberg ihn vor fünf Jahren kaufte, hatte der Möbelhändler geschworen, dass es reinster Jugendstil wäre, während alle seine Freunde, – die von der Branche etwas verstanden – später behaupteten, dass es weit eher Sezession als Jugendstil sei.

Und all das gruppierte sich so schön blank auf dem Bürgersteig, und wenn ein Stück nach oben kam, so spien die doppelt geöffneten Tore der Möbelwagen dafür gleich vier neue aus. Und Herr Max Löwenberg ging zwischen all seinen Sachen auf und nieder, schob den Zylinder in die Stirn, ließ den Stock spielen und er sagte sich, dass diese Möbel in der jetzigen Wohnung sich doch ganz anders machen würden, als bei den schiefen Zimmern in der Neuen Rossstraße, wo sie wirklich nicht recht zur Geltung gekommen waren.

Immer mehr und mehr ergoss sich aus dem Wagen; Schränke und Küchenmöbel; und die filzbezogenen Etageren mit ihren Puscheln und Bällchen aus dem Damenzimmer schlossen mit den Gardinenstangen enge Freundschaft. Das ganze Trottoir war bald voll von den Herrlichkeiten, und die Leute, die vorübergingen, blieben einen Augenblick stehen, betrachteten das Schlafzimmer im Biedermeier- und den Salon im Jugendstil, – der eigentlich Sezession war, – und gingen dann mit der Überzeugung weiter, dass hier hochherrschaftliche Mieter einzögen. Und dieser Gebirgszug von Möbeln, der sich aus dem Wagen herausschob, verdeckte beinahe die kleine Ritze von Friseurladen; wahrlich, wenn nicht über der Tür das blanke Messingbecken, das im Wind leicht schwankte, in der Sonne geblitzt und durch sein helles Flackern auf sich aufmerksam gemacht hätte, niemand hätte auf den Friseurladen geachtet. Und dabei war es doch ein richtiger moderner Laden, mit ausgebauten Auslagen, – nur Glas und Messing von oben bis unten – und mit einer hohen Glastür; und des Abends war er ganz strahlend hell von den drei Grätzinkugeln im Fenster. Kein Hoffriseur hätte überhaupt früher ein so schönes Schaufenster gehabt wie Herr Ziedorn.

Zwei Damen standen da im Fenster, nicht ganz etwa, sondern nur halb, nicht Fleisch, sondern Wachs, mit geschweiften Augenbrauen und langen schwarzen Seidenwimpern über den himmelblauen Glasaugen, und lächelten. Eine Rote und eine Schwarze. Und die Rote hatte um die stattliche Büste einen violetten Schal geknüpft und die Schwarze einen gelben. Man sah sofort, dass sie in Balltoilette waren, man brauchte gar nicht erst auf die Zelluloidkämme mit den blitzenden Glassteinen zu achten, die sie im Haar trugen, und auf die goldenen, leicht angegrünten Herzchen und Kreuzchen, die um ihren Hals hingen. Nein, diese Frisuren an sich waren schon die richtigen Ballfrisuren. In der Hinterpartie neigten sie mehr der griechischen Form zu (welches allerdings nicht jeder Dame steht!), während vorn Naturlocken rechts und links zum Hals herabnickten. Sie waren schick und leger zugleich, und sie bewiesen nur von Neuem, dass Herr Ziedorn den zweiten Preis im Schaufrisieren, dessen Diplom unter Glas und Rahmen im Laden hing, voll verdient hatte. Und um diese beiden Damen herum stand eine ganze Wildnis von Flaschen, Dosen und Schachteln. Da lagen Zahnbürsten jeden Kalibers neben falschen grauen, braunen und schwarzen Zöpfen, neben Paketen mit Haarnadeln und Bündchen mit ledernen Lockenwickeln. Seifen lagen da, feierlich in kleinen, blumengeschmückten Kartons zu dreien und dreien; und den Abschluss bildeten Plakate aus gepressten Oblaten, auf denen junge Mädchen ihren Kopf in Rosen bargen, oder Herren mit Monokel die Bartbinde umtaten. Aber am zahlreichsten waren doch die Flaschen mit dem Haaröl »Ziedornin«. Da gab es ganz große, mittlere, kleine und ganz kleine – und Probeflaschen. Gleich in ganzen Schwadronen waren sie angerückt, und es war da ein großer Bogen, der mit Anpreisungen und Urteilen über »Ziedornin« bedruckt war. Wenn man sie las, war man überzeugt, dass im »Ziedornin« geradezu geheimnisvolle Urkräfte walteten, und dass es der Stoff sei, nach dem für die Pflege des Haares und für die Förderung und Wiedererweckung des Haarwuchses man seit zwei Jahrtausenden vergeblich gesucht hatte. Wo niemals bisher sich Haare befunden hatten, erzeugte sie »Ziedornin« binnen Kurzem in einer geradezu traumhaft kühnen Üppigkeit. Man konnte natürlich auch zuerst eine Probeflasche nehmen; – aber bei einer großen Flasche zu fünf Mark, die auch im Einkauf sich viel günstiger stellte, wäre der Erfolg so gut wie besiegelt. Dass hier Maniküre betrieben wurde und Shampooing, und dass Herr Edmund Ziedorn geprüfter Heilgehilfe war, Rennwetten vermittelte und noch einige Fernsprechnebenanschlüsse zu vergeben hatte, kam gegenüber der epochalen Wirkung des »Ziedornins« kaum mehr in Betracht.

Und als Emil Kubinke nun mit seinem grauen Köfferchen, das mit dickem, handfestem Bindfaden verschnürt war und das halb von der flatternden Pelerine verdeckt war, langsam über den Damm kam, da sah er erst den Laden kaum vor all den schönen

Dingen des Herrn Löwenberg, dann aber stellte er sich einen Augenblick vor das Schaufenster und betrachtete es mit Kennermiene. Die Dekoration sah gut aus! Das war doch etwas anderes als bei seinem alten Chef die paar Schminkdosen, auf denen der Staub so hoch lag, dass man überhaupt die Firmen nicht mehr lesen konnte. Der Laden da war auch das reine Erbbegräbnis gewesen, keine Katze kam dahin; und die paar Abonnenten ließen sich noch zehnmal mahnen, ehe sie ihre Karten bezahlten. Das Geschäft hier, in der Gegend – und so weit man sehen konnte, keine Konkurrenz – das musste ja eine Goldgrube sein.

Und dann trat Emil Kubinke klein und bescheiden mit seiner grauen Pelerine und seinem grauen, alten, bindfadenumschnürten Köfferchen in den Laden, säuberte umständlich an der Fußdecke seine Stiefel und zog schüchtern seinen weichen Hut.

»Ist der Chef da?«, fragte er halblaut.

Aber der junge Mann, der gerade mit Haarschnitt beschäftigt war und einem Kunden – der im Frisiermantel wie ein großer Schaumkloß, auf dem plötzlich ein Menschenkopf thront, vor ihm saß, – soeben mit zartem Mundspitzen einige zurückgebliebene Härchen aus den Ohren in den Nacken und aus dem Nacken in die Ohren blies, … der neue Kollege sah kaum auf.

»Der Chef ist gegenwärtig nicht momentan«, sagte er und begann aus dem Schaumkloß eine menschliche Figur auszuwickeln, »aber er muss jeden Augenblick zurückkommen.«

Und während der neue Kollege nun mit der Linken noch den Frisiermantel ausstäubte und mit der Rechten schon der eben entwickelten menschlichen Figur etwas Seifenschaum gegen die Wangen spritzte, – denn er wollte nur an den Schläfen noch ausrasieren, – stand Emil Kubinke ganz klein, reglos und bescheiden und ließ seine Augen wandern. Hell war es. Sehen konnte man, und – oh, da waren ja richtige Marmorbecken – gleich mit warmem und kaltem Wasser, und die Spiegel hatten Goldleisten.

18

Das Alphabet war dick gefüllt mit Abonnementskarten, und sogar unter dem »Q« steckten etwelche. Die Spritzflakons und die Puderdosen waren alle aus Nickel, und die Schaumbecken mit ihren Zahlen gingen in die Hundert. Von den Tuben mit Bartwichse, von dem flüssigen Heftpflaster und den Mundpillen schien man sogar hier auch etwas zu verkaufen, denn die Kartons, an denen sie aufgereiht, waren schon halb leer. Aber Emil Kubinke war zu sehr Fachmann, um sich durch Äußerlichkeiten blenden zu lassen. Und richtig, – hinten in dem Verschlag, in dem die Streichriemen hingen, konnte man sich ja kaum umdrehen, und das Handtuch, das da hervorlugte, – das zum Händetrocknen für die Gehilfen, – wartete sicherlich schon viel zu lange auf die Wäsche. Endlich war es eben überall gleich – im Geheimratsviertel genauso wie in der Brunnenstraße.

Aber während Emil Kubinke noch so seine Beobachtungen machte und seine Schlüsse zog, und während er nur so mit einem Ohr hinhörte, wie der Kollege den Kunden fragte, ob »Spritzen angenehm« wäre oder »Puder gefällig«, ob »Öl, Crême oder Stein« verlangt würde – währenddessen kam Herr Ziedorn.

»Sie, Meister«, rief der Kunde, der eben nach dem langen Sitzen hin und her trampelte, um wieder in den richtigen Gebrauch seiner Gliedmaßen zu kommen, »Sie! Mit Ihrem verfluchten ›Ziedornin‹ haben Sie mich ja nett reingelegt. Sehen Se mal hier, – die Haare werden mir ja janz jrau danach!«

»Das muss in Ihrer Familie liegen, Herr Markowski, und außerdem finden Sie ja bereits frühzeitiges Ergrauen bis in das höchste Alter«, versetzte der Chef mit höflicher Bestimmtheit. »Bei *meinem* ›Ziedornin‹ ist eine derartige Nebenwirkung noch niemals beobachtet worden.«

Aber Herr Markowski war gekränkt. Auf seine Familie ließ er nun ein für alle Male nichts kommen. »Meine Großmutter hat mit fünfundachtzig Jahren noch kein einziges graues Haar gehabt«, sagte er, »und mein Vater mit siebenundsechzig auch nicht.«

Aber Herr Markowski war trotzdem ein durchaus nobler Charakter, und er ließ seinen Unmut über die Misswirkung des »Ziedornins« keineswegs etwa einen Unschuldigen entgelten. Und Emil Kubinke sah deutlich, wie Herr Markowski dem neuen Kollegen, als jener ihm in den Mantel half, mit lässiger Geste ein Geldstück in die Hand gleiten ließ.

»Die Gegend ist wirklich recht gut«, sagte sich Emil Kubinke. Er stand immer noch, trat von einem Fuß auf den andern, und sein Köfferchen war ihm recht schwer.

Nachdem die Tür hinter Herrn Markowski geklappt hatte, fuhr Herr Ziedorn, ohne auf Emil Kubinke zu achten, im Laden auf und nieder. Er war missgelaunt. Nichts stand da, wo es stehen sollte, und dieser Mensch hatte ihn sogar vor seinem eigenen *Personal* blamiert. Endlich schien er des harrenden jungen Mannes ansichtig zu werden. »Ah«, sagte er mit der Miene des vielbeschäftigten Leiters eines Welthauses, als ob er sich nur ganz dunkel der Existenz des anderen erinnerte, »sind Sie nicht der neue Gehilfe? Wie heißen Sie doch gleich?«

Emil Kubinke stotterte seinen Namen.

»Nun«, sagte der Chef begütigend, »lejen Se sich man vor allem ordentlich bei's Damenfrisieren und bei de Haararbeiten dahinter. Dann können Se bei mir 'ne Lebensstellung haben.« Und dann wandte Herr Ziedorn seinen markanten Männerkopf dem andern Gehilfen zu. »Herr Tesch, Sie werden sich mit Herrn Kubinke, der Ihr neuer Kollege ist, zu vertragen haben«, sagte er. »Vielleicht bringen Sie ihn erst nach oben; kommen Sie aber bald wieder, – und dann zeigen Sie ihm hier alles.«

Und Emil Kubinke trottete mit seinem Köfferchen hinterher durch einen langen Gang, der von zwei, drei durchbrochenen Türen sein höchst kümmerliches Licht bekam und so eng mit

Kommoden, Körben und Schränken verstellt war, dass Emil Kubinke sich mit seiner Pelerine und seinem Köfferchen kaum durchwinden konnte. Die Luft mit ihrem Gemisch von Küchengerüchen und dem multrigen, feuchten Dunst der Keller- und Tiefparterrewohnungen war Emil Kubinke nicht fremd und kaum noch unangenehm. Er hatte durch Jahre zu viel in den gleichen, ebenerdigen Zimmern geschlafen, um vor ihr zurückzuschrecken.

»Früher haben wir hier gewohnt«, flüsterte Herr Tesch und zeigte auf eine Tür, »aber seitdem der Chef sein Zeug janz alleine braut, da braucht er die Zimmer wieder. Und wissen Se, oben is es auch janz jut. Da kann man machen, was man will, – da fragt keen Mensch nach einem.«

»Wie is denn der Chef?«, fragte Emil Kubinke, während er langsam die engen Windungen der Korkenziehertreppe emporstieg und nur einen Augenblick auf einer der kleinen Inseln hielt, die sich vor den Küchentüren dehnte und die noch einmal zum Überfluss jedes Stockwerk unterbrachen.

»Der Olle is soweit janz nett«, meinte der Kollege. Aber er verschwieg dabei, dass Herr Ziedorn Ostpreuße war und dass dieser Charakterfehler sich eben nie wiedergutmachen ließ.

»Ja, mein voriger Chef war auch ein janz anständiger Mann«, meinte Emil Kubinke.

»Warum sind Se denn da eigentlich wechjejangen?!«, fragte Herr Tesch, und der Ton seiner Worte war ebenso unsicher wie der Emil Kubinkes. Sie waren noch wie zwei Hunde, die erst die Nasen aneinander reiben und noch nicht recht wissen, ob sie lecken oder beißen sollen.

»Mein vorjer Chef is alle jeworden. Was er nu macht, weeß ich ooch nich. Es war da nischt los.«

Herr Tesch war zufrieden. Der da würde nicht zuerst beißen.

Ein blonder Kopf kam neugierig durch eine Türspalte.

»Na, Fräulein Hedwig, was machen Se denn? Sie haben's jut. Den janzen Tag über können Se in de Küche sein.«

»Du ahnst es nicht«, versetzte Hedwig. Und jetzt schob sich auch ein Arm und ein Teil einer fülligen Barchentbluse durch die Türspalte.

»Letzten Sonntag haben Se doch wieder mit Ihrem Schlächter bis zwei Uhr im Hausgang jestanden. Haben Se mich nich jesehn? Nee? Aber ick Sie. Nich zu knapp!«

»Is jrade was Scheenes«, versetzte Hedwig und zeigte Herrn Tesch wie ein ungezogenes Kind die Zunge zwischen den weißen Zähnen.

»Sehen Se – und mit mir jehen Se nie aus!«

»Ach wat, mit Ihnen verschlag ick ma ja bloß de Kunden.«

Emil stand abseits mit seinem Köfferchen, und er war rot geworden. Denn dem anderen Geschlecht gegenüber, vor allem wenn es jung, frisch und hübsch war – und das war Hedwig, Donnerwetter noch einmal! – dem anderen Geschlecht gegenüber war er noch sehr schüchtern.

»Is das vielleicht Ihr neuer Kollege? Ja? Na sehen Se, mit den könnt ick zum Beispiel jleich jehn! Der jefällt ma viel besser wie Sie. For *schwarze* Männer schwärm ick!«

»Sie wissen ja noch gar nicht, ob ich mit Ihnen gehen will«, versetzte Emil, und er war selbst erstaunt, dass er das herausbrachte. Ganz heiß wurde ihm dabei.

»Na denn nich! Meinen Sie vielleicht, mir macht das was? Ick brauch bloß so zu machen, denn hab ick an jedem Finger zehne!«

Drinnen in der Küche hörte man rumpeln, und Hedwig zog schnell ihren Kopf wieder zurück.

»Adje, Herr Tesch«, sagte sie noch und winkte mit den Augen, während sich schon – als ob ein Vorhang darüber fiele – die Tür leise zuzog.

»'n nettes Mädchen«, sagte der keineswegs gekränkte Herr Tesch befriedigt und belehrend. »Es sind *überhaupt sehr* nette Mädchen hier im Haus!«

Es ging immer weiter die schmale Wendeltreppe hinauf.

»Wie hoch geht denn das noch?«, fragte Emil Kubinke.

»Noch immer höcher! Noch immer höcher«, sagte Herr Tesch. »Oben bein Vorboden, jleich neben de Rollstube wohnen wir. Und jleich neben 'n Dienstbotenbad. Wissen Se, so in de Burschenstube. Ach Jott, de Luft is janz jut da oben, und jetzt is auch janz nett. Aber im Winter – da hätten Se ma hier sein sollen! Da war det so kalt, sag ick Ihnen, dass ein' ordentlich de Bettdecke an' Mund anjefroren is.«

Emil Kubinke kannte das.

»Se können ja auch woanders hinziehen. Aber der Olle sieht et nich jern. Denn ihn kostet doch die Stube nischt, die hat ihm der Wirt noch so for 20 Mark das Jahr jejeben. Und uns rechnet er sechs Mark im Monat.«

Aber Emil Kubinke war ganz zufrieden. Er fand einen großen, sauberen, weißgetünchten Raum mit einer schrägen Wand mit zwei Betten, zwei Schränken, zwei eisernen Waschtischen und kleinen Spiegeln darüber. Und der Kollege hatte sich alle möglichen Bilder aus alten Witzblättern ausgeschnitten und mit Reißnägeln an die Wand gepinnt. Sehr nett war es und nicht unfreundlich. Durch das schräge Dachfenster sah man ein Stück blauen Himmels, das von dreißig schwarzen Strichen der Telefondrähte mitten durchgeschnitten wurde. Und wenn Emil Kubinke sich auf die Fußspitzen stellte, dann sah er etwas von der seltsamen Welt der Höhe, von den schweren Würfeln der Schornsteine, von den schwarzen Schellenbäumen der Telefone mit ihren weißen Glöckchen, von den schrägen, braunroten Stirnwänden der Dächer, von den schweren blechernen Rinnen, von den weiten, kiesbestreuten Dachflächen, auf denen allerhand welkes, hartes, vorjähriges

Kraut im Wind zitterte … Hinten Schornsteine, wieder Schornsteine, Dächer, ein Türmchen, ein Giebel, irgendeine stehende Figur in der Sonne, riesig, grau und splitternackt, mit einem großen goldenen Reifen in einsamer Höhe. Drüben badeten Spatzen in einer verstopften Dachrinne. Drei waren eben dabei, und vier andere sahen zu und warteten, dass sie drankämen. Und zwischen zwei Schornsteinen hüpfte ein großer schwarzer Vogel – ein Tier wie eine Drossel – hin und her.

Wirklich – das ist gar nicht so übel, sagte sich Emil Kubinke.

»Aber Herr Kolleje, nu machen Se man schon«, rief Herr Tesch. »Lejen Se ihre paar Lumpen man schnell da rein. Wir können nich so lange bleiben. Der Olle jeht nämlich heute Nachmittag aus.« Er sah auf das Bett. »*Eine* Decke?«, meinte er. »Nee, des is jetzt noch zu wenig! Da wer' ick doch jleich der Frau sagen, dass se noch eene mit rauf gibt.«

Und Emil Kubinke hatte seine paar Sachen, seinen Sonntagsanzug, seine Hemden und was er sonst noch an Weißzeug besaß, seine Strümpfe und seine paar Bücher soeben untergebracht, und er hatte einen Blick auf seine Rasierbestecke geworfen, ob sie den Transport auch gut überstanden hätten, – als zur gleichen Zeit einige Treppen tiefer in Herrn Löwenbergs neuer Wohnung die Ziehleute ihre Arbeit vollendet hatten, und nun alle vierzehn wie die Bäume, still, schwer und groß, um Herrn Max Löwenberg herumstanden, der trotz seines Londoner Zylinders bedenklich schmal und klein vor diesen Enakssöhnen erschien. Der Sprecher, der Dicke in der blauen Schürze mit dem gestickten Vergissmeinnichtkranz und der Inschrift »Immer feste!«, der den Transport des Flügels mit der Taktik eines Feldherrn überwacht hatte, mit »Nich kanten! Links rüber! Rechts rüber! Hupp! Hupp! Hupp! Nachlassen, Weber!« … der Dicke in der Schürze hielt Herrn Löwenberg einen längeren Vortrag über die Schwierigkeit gerade dieses Umzugs. Sie hätten vorjestern einen Justizrat mit zwei

Klaviere jezogen, … aber det wäre ja det reine Kinderspiel jejen Ihnen jewesen. Dass sie den Flüjel bei die modernen Treppen überhaupt raufjekriegt hätten, wäre een wahres Wunder. Und bei dem Büfett, da hätten se fest und sicher jejlaubt, schon jleich wie se't jesehn hätten, – alle hätten se jejlaubt, dass se 's auseinander-säjen müssten. Ein anderer Spediteur hätte des jarnich raufjebracht. Und er hoffe deswejen, dass bei dem Trinkjeld das berücksichtigt würde.

Und als Herr Löwenberg zwei blanke Goldstücke dem Dicken mit der blauen Schürze in die schweißige Hand drückte – und nun Wunder dachte, was er getan hatte – da rückte sich keiner von den vierzehn vom Fleck, und sie blieben noch alle stehen, wie die Bäume. Der Sprecher aber sah ohne Groll, nur mit stillem Vorwurf Herrn Max Löwenberg mit großen Augen von der Seite an.

»So'n Fuffzijer for jeden«, sagte er mit einer Bescheidenheit, die keinen Widerspruch duldete, »so'n Fuffziger for 'ne kleene Weiße könnte doch noch abfallen. Die Leute haben sehr jearbeitet.«

Und als sie auch den noch herausgeschunden hatten, da reichte der Sprecher zuerst Herrn Löwenberg die Hand und wünschte viel Glück zur neuen Wohnung. Und alle vierzehn folgten seinem Muster, denn sie wussten doch, was feine Lebensart war. Dann verließen sie unter Donnergepolter die Zimmer, in denen es noch aussah wie nach einem Pogrom. Und ein kleiner breiter Kerl mit einer Narbe über dem linken Auge – der Don Juan seines Standes – fasste noch ganz schnell draußen Frau Löwenberg mit dem rechten Arm fest um die Taille und fragte: »Na Madamken, mal scherbeln?« Und dann torkelte auch *er* zur Tür hinaus.

Und das kam so plötzlich, dass Frau Löwenberg ganz vergaß, nach ihrem Mann zu rufen.

Unten aber weihte Herr Tesch Emil Kubinke in die Mysterien des Betriebes ein. Denn trotzdem jede Barbierstube genau wie die andere aussieht, und trotzdem man in jeder Barbierstube ebenso gut oder ebenso schlecht sich aufgehoben glaubt wie in der anderen – so herrschen doch in *jeder* geheimnisvolle Regeln, nach der die Kunden bedient werden. Und was uns als plötzliche Eingebung des Augenblicks erscheint, das ist, wie das Impromptu des Schauspielers, meist wohl überlegt und meist mühselig einstudiert. Und gar in der Behandlung und Unterbringung der Materialien und Ingredienzien, da folgt jede Barbierstube ihrer geheiligten Überlieferung, die kein Neuling kennen kann. In keinem monarchisch geleiteten Staatswesen ist so sehr der Wille des Staatsoberhauptes Gesetz wie in der kleinsten Ritze von Barbierladen der des Chefs.

Doch Emil Kubinke war kein heuriger Hase. Umsonst hatte er nicht dreiundeinhalbes Jahr gelernt und war nicht schon seit drei Jahren junger Mann, um nicht schnell zu sehen, worauf es ankam. Er konnte alles. Er hatte sogar schon zwei Kurse für Damenfrisieren genommen. In seinem Fache machte ihm keiner so leicht etwas vor. Und Herr Tesch brauchte Emil Kubinke nur einmal zu sagen: »Sie, lassen Se des nich den Ollen sehn, – der Olle wünscht des nich so«, – so wusste Emil Kubinke ganz genau, woran er war.

Und wirklich, das Geschäft ging. Der eine gab dem andern ordentlich die Klinke in die Hand. Und selbst jetzt, um diese sonst stille Tageszeit, saßen immer zwei auf den Rasierstühlen, und ein dritter wartete und studierte mit Leichenbittermiene die uralten Witzblätter, die nach der Versicherung des Herrn Tesch gerade diesmal vorzüglich waren. Emil Kubinke, der so anhaltendes Arbeiten nicht mehr gewöhnt war, fühlte bald seinen rechten Arm. Aber er wusste auch, dass es in drei Tagen ein für alle Male vorüber sein würde. Und der Chef kam hin und wieder vor, auf eine kurze Inspektionsreise, duftend nach den geheimnisvollen Urkräften des »Ziedornins«. Misstrauisch ging er um seinen neuen Gehilfen herum, denn er fühlte, dass er sich gerade jetzt für alle Zeiten etwas vergäbe, wenn er den neuen Gehilfen nicht wegen irgendetwas anschnauzte. Und er war indigniert, dass er nicht recht etwas herausfinden konnte.

Doch als Herr Ziedorn wieder vorkam, da trug er einen hellen Sommerüberzieher, und aus seiner Brusttasche lugte lieblich und verlegen ein blaues Taschentüchlein. Und auf seinem Haupte hatte Herr Ziedorn einen Zylinder, der dem des Herrn Löwenberg, was Höhe, Fasson und modernen Schwung betraf, nichts nachgab.

»Herr Tesch«, sagte Herr Ziedorn mit der ernsten Miene des Geschäftsmanns, der vor wichtigen Transaktionen steht, »ich gehe jetzt Rechnungen einkassieren. Vor Abend kann ich wohl kaum zurück sein. Sagen Sie das meiner Frau, wenn sie nach mir fragen sollte.«

Weswegen Herr Ziedorn seine Gattin von diesen Mahngängen nicht im Voraus in Kenntnis setzte, das entbehrte nicht der tieferen Begründung. Seine Frau sah nämlich diese Mahngänge nicht gern. Und es war schon häufiger ihretwegen zu höchst resoluten ehelichen Unterhaltungen gekommen. Aber Herr Ziedorn war nicht der Mann, der sich durch häusliche Rücksichten bestimmen ließ, in seinen Geschäftsprinzipien wankend zu werden.

Und so wollte er auch jetzt, am 1. April 1908, nachmittags um vier Uhr, eben wieder die Klinke in die Hand nehmen, als die Tür sich von außen öffnete und ein Herr – den Zylinder tief in der Stirn und den Spazierstock zwischen den Fingern – eintrat.

»Mein Name ist Max Löwenberg«, sagte er mit liebenswürdiger Bestimmtheit, »ich wohne hier oben im ersten Stock. Sie können von morgen früh täglich einen jungen Mann um halb neun zum Rasieren hinaufschicken. Aber bitte *pünktlich*, – da ich mich sonst nach einem anderen Barbier umsehen müsste.«

»Sie werden mit uns zufrieden sein«, meinte verbindlich Herr Ziedorn und griff mit zierlichen Fingern an die Krempe seines Zylinders. »Herr Kubinke, *Sie* werden von morgen an den Herrn bedienen. Und ich möchte Ihnen die *größte* Pünktlichkeit ans Herz gelegt haben. Sie werden jetzt überhaupt die Kundschaft außer dem Hause zu bedienen haben. Herr Tesch wird Ihnen die Liste geben und Sie mit den Wünschen der einzelnen Herren bekannt machen.«

»Sehr wohl, Herr Ziedorn«, versetzte Emil Kubinke und zwickte den kleinen Jungen, der vor ihm saß und sich die Haare verschneiden ließ, mit der Schere ins Ohr. Und Herr Tesch sagte ohne aufzusehen: »Bitte, beehren Sie uns bald wieder!«

Emil Kubinke aber war mit diesem Auftrag recht zufrieden. Denn da brauchte er doch nicht den ganzen Tag im Laden zu hocken. Da kam er doch wenigstens in die Luft, da sah und hörte er doch etwas. Die Kundschaft außer dem Hause zu bedienen, das hatte er sich wirklich schon lange wieder einmal gewünscht.

Als aber Herr Ziedorn und Herr Max Löwenberg ihre Zylinder jetzt unbeschädigt durch die Tür gebracht hatten und es still im Raum geworden war, da fragte Emil Kubinke ganz leise: »Wo jeht'n der Chef hin, Herr Tesch?«

Aber Herr Tesch kniff nur das eine Auge ein. »Na, seine Olle wird ihm ja wieder 'n netten Transch machen. Passen Se mal *morjen* uff«, flüsterte er.

Herr Ziedorn führte ein mit dunklen Punkten reich verziertes Leben; – und zu dem Kundenkreise des Herrn Ziedorn gehörten *auch* Damen, durchaus keine Damen zweifelhaften Rufes, im Gegenteil, sie hatten einen völlig zweifellosen Ruf, es waren höchst achtungsbedürftige Damen, und sie wohnten hier in einer Nebenstraße, Haus bei Haus, in kleinen, gut möblierten Gartenwohnungen. Und sie fuhren sogar jeden Abend mit der Droschke in das Innere der Stadt hinein und fuhren spät nach Mitternacht mit der

Droschke wieder heim. Und diese Damen nahmen auf Kredit aus dem Laden des Herrn Ziedorn Parfüms und Seifen, Puder und Schminken, Haarfärbemittel und falsche Locken, und was sie sonst noch benötigten, um aus einem grauen, armseligen, abgegriffenen und abgematteten Hascherl jenes Wesen hervorzuzaubern, das die Männer entflammen sollte. Und diese Damen vergaßen meist zu zahlen. Und dann ging Herr Ziedorn am nächsten Ersten hin und mahnte sie. Oder bei größeren Summen ließ er es nicht bei der einmaligen Mahnung bewenden. Und mit der Zeit hatte sich zwischen Herrn Ziedorn und seinen Kundinnen jene primitive Form des Handels herausgebildet, die noch heute bei allen Urvölkern gang und gäbe ist und die nationalökonomisch als Tauschverkehr bezeichnet wird. Aber Frau Ziedorn sah das nicht gern, und sie hatte ihren Gatten oft gebeten, er solle doch diese Kundschaft aufgeben. Ja, sie befleißigte sich sogar, wenn sie gerade im Laden war, dieser Sorte von Kundinnen gegenüber einer außerordentlich geringen Freundlichkeit. Herr Ziedorn jedoch erklärte ihr immer und immer wieder, dass von Aufgeben nicht die Rede sein könnte und dass er, wenn er endlich auch nur die Hälfte bezahlt bekäme, durch den hohen Verdienst, der bei diesen Artikeln hängen bliebe, immer noch auf seine Rechnung käme. Und damit hatte Herr Edmund Ziedorn eigentlich auch ganz *recht*. Und wer von dem Einmaleins des Kaufmanns auch nur das Geringste versteht, muss ihm beipflichten.

Und Frau Ziedorn fand auch leider nie ausreichende Gelegenheit, um diese Sorte von Kundinnen endgültig fernzuhalten, … da sie sich, mit geringen Unterbrechungen, jahraus, jahrein in jenem Zustand befand, vor dem zwar im alten Sparta die Soldaten durch Senken des Speeres ihre Ehrerbietung zu zeigen hatten, den man aber im modernen Berlin in einem vornehmen Friseurladen vor den Kunden nicht gern öffentlich zur Schau stellt.

Und so also war am 1. April 1908, nachmittags um vier Uhr, Herr Ziedorn wieder einmal Rechnungen einkassieren gegangen.

Und als Frau Ziedorn mit ihrer Körperfülle hereingerollt kam, da begrüßte sie gar nicht den neuen Gehilfen Emil Kubinke, sondern fragte nur: »Wo ist mein Mann, Herr Tesch?«

»Er kassiert Rechnungen ein«, sagte Herr Tesch, ernst wie das Grab. »Vor Abend, hat er jesagt, kann er kaum wiederkommen.«

»So!«, sagte Frau Ziedorn. Sonst nichts. Und warf die Tür hinter sich zu, dass der kleine Junge, den Emil Kubinke immer noch unter seinen Fingern hatte, beinahe von seinem hohen Stuhle fiel. Und dann hörte man draußen – bums! bums! bums! bums! – eine reine Kanonade von zugeschlagenen Türen.

Und der Nachmittag ging Emil Kubinke hin, als wenn die Stunden Flügel hätten. Hier gab's doch Arbeit, und man musste sich nicht alle halbe Stunden wieder mühsam vom Stuhl empor-reißen, wenn ein Kunde in den Laden trat, wie das bei seinem alten Chef war. Und jeder der Leute hatte hier seine Eigenart, die ihm erst abgeluchst werden musste. Der wünschte, dass man ihn unterhielt, und der war beleidigt, wenn man an ihn das Wort richtete. Der war wie ein rohes Ei so verletzlich, und der andere robust wie kaltes Eisen. Herr Graff musste beim Namen genannt werden; aber bei Herrn Levysohn war die Namensnennung ver-pönt. Herr Tesch kannte jeden und verstand ihn zu nehmen. Und er wusste Emil Kubinke oft mit *einem* Augenzwinkern zu verstän-digen, was zu tun und was zu lassen sei. Ja, das Geschäft hier! Solch ein Geschäft hätte Emil Kubinke auch mal haben mögen.

Und während nun draußen die ganze Straße sich mit einem roten Halblicht füllte, während das Abendlicht einen schönen Tag für morgen versprach und der Himmel im Zenit zwischen den dunklen Häusern ganz weiß, gelb und rosig leuchtete und sein magisches Licht über allem schwebte, während alles so seltsam hell war, wie scheinbar am ganzen Tag noch nicht, nur um langsam zu verglühen und zu verlöschen … und während wie mit einem Schlag alle Bogenlampen spangrün aufleuchteten und, ohne noch ihr Licht zu versenden, nur in sich glühten und gleich riesigen, spangrünen, japanischen Ballons da oben in einer langen Kette hingen, … und während unten im Schaufenster im Laden Emil Kubinke die kleinen rötlichen Grätzinkugeln aufblitzen ließ … währenddessen … ja … da turnte oben bei Herrn Max Löwenberg der Tapezierer auf der Leiter herum und machte die kühnsten Draperien, Überwürfe und Raffungen. Er schwelgte ordentlich in Stoff und Falten, und er zog unermüdlich aus seinem Mund kleine blaue Nägel hervor, mit denen er den flüchtigen Gebilden seiner kunstfertigen Hand Dauer verlieh. Und auf einer anderen Stehleiter, hinter dem Tapezierer, voltigierte der Monteur mit klirrenden Kristallkronen; – während aus der Küche die Hammerschläge der Arbeiter kamen, die den Gasometer setzten, und aus dem Schlafzimmer das Lötfeuer der Wasserarbeiter, die den Waschtisch anschlossen, sein Brodeln und seine Zischlaute durch die ganze Wohnung schickte. Die schnell herbeigezogene Frau Piesecke rutschte zwischen all denen auf den Knien herum und scheuerte die Fußböden. Frau Löwenberg aber briet mitten auf dem Esstisch, auf einem Patentkocher, für ihren Mann Setzeier; – die einzige lebende Erinnerung, die ihr aus dem Kochkursus in der Pension von Fräulein Beate Bamberger geblieben war. Denn Herr Löwenberg musste sich unbedingt stärken. Seit drei Stunden ging er nämlich von einem Zimmer ins andere, stand den Arbeitern im Wege, stolperte über Frau Piesecke, war überall da, wo man ihn nicht brauchen konnte, und erklärte unausgesetzt den Leuten, wie sie es zu machen hätten.

Man wird sich vielleicht wundern, dass so reiche Leute wie Löwenbergs kein Dienstmädchen haben. Aber die alte Köchin war gerade während des Umzugs zu ihrer todkranken Mutter gerufen worden, die, – um der Wahrheit die Ehre zu geben, – nicht nur *todkrank*, sondern schon seit vierzehn Jahren *tot* war, aber trotzdem jedes Jahr noch zweimal von heftigen und geradezu lebensvernichtenden Leibesübeln befallen wurde, die die alte Frau doch immer wieder mit einer bewunderungswürdigen Zähigkeit überstand. Und das Hausmädchen hatte Frau Löwenberg Knall und Fall entlassen müssen, weil sie sich nicht entblödet hatte, ihrem Gemahl nachzustellen. Das neue Mädchen aber kam vor heute Abend nicht. Und so erzählte Frau Löwenberg nun schon seit fünf Tagen jedem, der es hören und nicht hören wollte, dass sie ohne Mädchen wie im Himmel wäre. In Wahrheit aber verstand Frau Löwenberg von der Wirtschaft so viel wie ein Kuhkalb von der Trigonometrie und war vollkommen rat- und hilflos, war einem Schiff mit gebrochenem Steuer im wilden Sturm vergleichbar. Wirklich, Frau Betty Löwenberg war in allen Dingen des Lebens von einer nicht mehr rührenden, sondern schon mehr beängstigenden Ahnungslosigkeit. Ja, wenn man Frau Betty Löwenberg länger kannte, so musste man sich immer wieder und wieder fragen, was sie denn überhaupt in den siebenundzwanzig Jahren ihrer bewussten Anwesenheit auf der Weltenbühne bisher gelernt hatte!

Und die Dunkelheit brach herein, eine warme, milde Dunkelheit. Oben lag die Nacht mit weichem Dunst und matten, flimmernden Sternen; und unten gewannen die elektrischen Bogenlampen die Macht über die Straße und überglänzten die Dame mit dem Merkurstab, die über dem Portal saß, und zeichneten die Äste und Zweige der Bäume auf dem Bürgersteig ab. Und in den Staub von all den Straßenbahnen und von den rollenden Wagen mischte sich doch etwas von dem frischen, bitteren Geruch der steigenden Säfte in den Ulmen und Linden. So belebt aber war die Straße den ganzen Tag nicht gewesen. Die Bahnen, die oft fast leer entlanggepoltert waren, waren jetzt ganz schwarz von Menschen. Auf den Plattformen standen sie nur so gekeilt. Und wenn ehedem in langen Pausen Bahn auf Bahn gefolgt war, so schienen jetzt ihre erhellten Kästen gleich zu vieren, zu sechsen hintereinander heranzurollen; und leere Bauwagen klapperten mit johlenden Kutschern nebenher; und Droschken, die für die Nacht Schicht machten, trotteten mit müden Pferdchen ganz langsam nach Haus; und die anderen, die jetzt erst begannen, kamen ihnen entgegen. Und die Autoführer erspähten jede Lücke, durch die sie gerade ihre knatternden Karosserien hindurchwinden konnten, um dann für zweihundert Schritt freie Fahrt zu bekommen. Und alles, fast alles floss jetzt heraus: Die Mädchen kamen zu zweien und dreien von den Geschäften, oder sie gingen einzeln in wippenden Schritten, mit dem neuen Strohhut und der weißen Feder-boa. Nicht gar zu schnell. Wirklich – man sah ihnen an, dass ihnen nichts daran lag, so bald nach Hause zu kommen.

Ja, – es war so der erste Tag, an dem man den Frühling fühlte. Ja, – es war so ein Tag, an dem alle Mädchen und Frauen hübsch aussahen. Es schwebte der prickelnde Hauch von Abenteuern in der Luft, und erregte die Seelen, dass sie ihre Wünsche entflattern ließen gleich hungrigen Vögeln, die nach Nahrung suchen. Und selbst die *würdigen Ehe*herren, die in der Bahn saßen, konnten ihre Blicke nicht von der schönen Nachbarin losreißen, und immer wieder suchten ihre Augen über die Zeitung fort die Augen der Nachbarin. Und sie fuhren ein, zwei, drei Haltestellen weiter, ehe sie sich ganz mühselig hochrissen und herauswankten. Ja, sie schauten noch wie festgewurzelt der Bahn nach, wenn sie kaum einen Kopf mehr darin unterscheiden konnten. Die *jungen* Herren aber, die lustigen Finken, die Junggesellen, die dachten an das Gehalt vom Ultimo und sprachen gleich von Abendessen und Ins-Restaurant-gehen, und sie taten, als ob es der einzige Wunsch ihres Lebens wäre, unter recht vielen Menschen zu sein, während sie doch mit allen Fasern sich danach sehnten, mit der neuen Freundin allein und ganz allein zu bleiben. Ja selbst der Gymnasi-ast rückte seinen Kneifer zurecht, und er fasste Mut, und er fragte die ihm unbekannte Trägerin jenes braunen Zopfes mit der roten Schleife, jene Dame, die er nun schon seit bald drei Wochen in unsterblichen, paarweis gereimten Trochäen feierte, ob er ihr vielleicht das Paketchen abnehmen dürfte, da zwischen so zarten Händen und einer so schweren Last ein zu großer Widerspruch bestehe.

Und durch all das Getümmel wutschen die Dienstmädchen mit Körben, Netzen und Taschen; etwelche mit Häubchen, doch meist barhaupt mit ihren vollen Frisuren. Alle in Waschkleidern, mit bloßen Armen und den Hals frei. Blonde, braune, schwarze und rote; kleine trendelnde, rund wie Borsdorfer Äpfel, und andere breit, groß, kräftig, auf zierlichen Halbschuhen. Alles an ihnen ist Hast und Eile und Frische und Lachen. Jetzt haben wir natürlich keine Zeit, sagen ihre Blicke, jetzt müssen wir zum Kolonialwarenhändler und zum Schlächter und in den Grünkramladen, jetzt müssen wir noch Soda und Seife holen und Öl und Suppengrünes … aber nachher …, wenn wir abgewaschen haben, um halbzehn, dann kommen wir noch einmal. Und dann – wenn ihr noch da seid – drüben unterm Torweg oder an der Ecke, in den dunklen Nebenstraßen, – dann werden wir ja sehen, ob ihr der Rechte für uns seid.

Und als Emil Kubinke kurz vor Ladenschluss auf die Straße hinaustrat – denn er wollte noch schnell drüben beim Posamentier einen Autoschal kaufen, weil er doch auf die Kundschaft einen recht guten Eindruck machen musste, und Herr Tesch hatte ihm versichert, dass er ruhig gehen könnte, da keine *Rede* davon sei, dass der Chef vor *Mitternacht* wiederkäme – als Emil Kubinke also auf die Straße trat, da wogte und brodelte noch alles, und er war ganz befangen von all dem Lärmen und dem Leben und dem Hin und Her von Blicken und Worten; und die Luft der Abenteuer machte sein Blut singen; und ganz gegen seine Art – denn er vergab sich nicht gern etwas – begann er sogar mit melodischen

Trillern das Viljalied aus der »Lustigen Witwe« zu pfeifen. Aber wie er dann zurückkehrte, mit den flatternden grünen Enden seines neuen Autoschals, da war ihm doch sehr unternehmungslustig zu Sinn, – und wenn er noch heute Mittag ein kleines, verschüchtertes Kerlchen gewesen war, das sich seiner abgeschabten Armseligkeit schämte, so fühlte er *jetzt* seine ganze Person durch diesen neuen Halsschmuck gehoben und verziert. Und ehe er wieder in den Laden zurückging, da stellte er sich noch einen Augenblick bei dem großen gelben Automobil hin, das da wie festgerammt stand, knatterte und ballerte, fauchte und spuckte, ruckte und ratterte, Dampf ließ, dass die Benzinwolken flogen, aber nicht von der Stelle kam. Der Chauffeur sah das eine Weile mit an und kletterte dann von seinem Sitz herunter, kniete sich vorn vor den Kasten und drehte an irgendwelchen Schrauben und Kurbeln, die zitterten und zischten, ohne dass der Chauffeur doch die geheime Ursache des plötzlichen Versagens ergründen konnte. Immer mehr Menschen sammelten sich um den gelben Kasten und betrachteten ihn nachdenklich, mit einem Gemisch von Interesse und Neugier, Schadenfreude und Achtung.

»Sie müssen ihm neues Öl geben, die Welle ist janz heiß gelaufen«, meinte ein Monteur im blauen Kittel.

Ein Arbeiter mit der Blechkanne trat sehr bedächtig an das gelbe zischende Wesen heran und legte ihm sachverständig und väterlich die Hand auf den Kopf.

»Juten Tag«, sagte er freundlich, »dir is wohl schlecht jeworden?«

Und dann trat der Mann in den Kreis zurück, als ob damit seine Sendung erfüllt wäre.

Aber der Chauffeur drehte immer noch, ohne ein Wort, an einer Kurbel und das Auto ratterte und spuckte.

Ein leerer Leichenwagen schob sich im Zuckeltrab an dem Menschenhaufen, der das gelbe Automobil umstand, vorüber.

»Na, Kinder«, rief der fröhliche Leichenkutscher, »soll ich vielleicht einen mitnehmen?«

»Ach wat, Männeken«, antwortete der freundliche Mann mit der Blechkanne, »legen *Sie* sich man rin und *ick* wer mer uff'n Bock setzen.«

»Na, denn ein ander Mal«, rief der fröhliche Leichenkutscher zurück, denn seine Pferde waren schon indessen ein Stückchen weiter getrabt.

Ganz vorn – gleich neben dem Chauffeur, stand ein großes blondes Dienstmädchen mit einer weißen Schürze und lutschte an einer Apfelsine, die ihr der Kolonialwarenhändler zugegeben hatte. Die Apfelsine hatte eine dicke Schale, wenig Saft und viel Kerne. Und das Mädchen vergnügte sich damit, die Kerne nach dem Briefträger zu knipsen, der neben Emil Kubinke stand, und wie das so geht, traf sie natürlich den falschen. Aber das machte ihr gerade Freude. »Na, Herr Schultze«, rief das Mädchen, »haben Se denn jarnischt mehr für mich? Sie sind auch zu schlecht zu mir; nie mehr bringen Se mer was!«

»Was kann ich'n denn dafür? Warum schreibt denn Ihr Bräutjam Ihnen jarnich mehr?«

»Warum er nich schreibt?«, versetzte Fräulein Emma, in einem Ton, dem man deutlich entnehmen konnte, dass sie hiermit jeder Mythenbildung ein für alle Mal entgegentreten wollte. »*Ick* hab ihn abjeschrieben!«

»So, *Sie* haben ihn abjeschrieben?!«, fragte Herr Schultze, mit einem Interesse, das schon nicht mehr als rein dienstlich zu bezeichnen war. »Warum denn?«

»Ach Jott, Herr Schultze, er war ja soweit vielleicht een janz netter Mann, und sein jutes Einkommen soll er ja auch jehabt haben, aber er war mer doch zu kleen und zu nuttig. De Leute uff de Straße haben uns ja nachjelacht, wenn wir zusammen jegangen sind.«

»Na?«, fragte der Briefträger und machte sich so groß, wie es ihm bei seinen nur leicht gekrümmten Beinen irgend möglich war. »Und nu suchen Se wohl einen, der *größer* is?!«

»Nischt zu löten an de hölzerne Badewanne!«, rief Emma und warf nach dem Briefträger eine ganze Handvoll Apfelsinenkerne, von denen auch Emil Kubinke sein Teil bekam.

»*Ihr* Männer, *ihr* taugt ja *alle* nischt!«

Und damit lief sie schnell übern Damm, denn sie musste noch zu morgen früh Kaffee holen, und drüben polterten schon die Jalousien herunter.

»St, st, Emma!«, rief ein Mädchen hinter ihr her, das erst eben sich herandrängte, um doch auch zu sehen, was es hier eigentlich gäbe. »St, Emma, ist der Schlächter schon bei dir jewesen, fragen?«

Emma wandte sich ganz kurz um. »Du immer mit deinen dusslichen Schlächterjesellen«, rief sie, »ick war mir doch vor *den* viel zu schade.« Und dann war sie auch schon drüben auf der anderen Seite.

Der Chauffeur war wieder auf seinen Sitz geklettert und drehte an dem Steuerrad, und langsam schoben sich die breiten Gummireifen vor.

»Nu mit een Mal«, meinte der freundliche Mann mit der Blechkanne, »warum denn nich jleich?«

Aber da war der helle Kasten des Autos schon fünfzig Schritt weit und ließ wieder froh und gellend seine Hupe tönen. Die Menschen zerstreuten sich langsam und unschlüssig, und nur der Briefträger machte ganz schnell, dass er nach dem Postamt herunter kam, denn er hatte sich *schon* verspätet.

Emil Kubinke ging zum Laden zurück.

»Na, sein Se doch nich so stolz«, sagte das Mädchen, das bis dahin scheinbar nach einer Entgegnung gesucht hatte, um sie der anderen, die doch schon längst in irgendeinem Laden verschwunden war, nachbrüllen zu können.

»Ach, – Sie sind es, Fräulein Hedwig«, meinte Emil Kubinke, und er wurde schon wieder rot, aber nicht mehr so sehr wie heute Mittag, »ich habe Sie erst gar nicht erkannt.«

»Na, wie jefällt es Ihnen denn hier bei uns?«, fragte Hedwig mütterlich besorgt.

»Soweit ganz gut; aber man darf ja nach einem Tag noch nichts sagen.«

»Na, können Se denn so weg – während de Geschäftszeit?«, fragte Hedwig nicht nur mehr *mütterlich*, sondern schon mit *persönlicher* Anteilnahme.

»Eijentlich nich, ich hab mir bloß was geholt. Der Chef is nich da, der ist heute Nachmittag Rechnungen einkassieren gegangen«, versetzte Emil Kubinke ganz harmlos.

»Au Backe!«, sagte Hedwig, denn sie war nicht umsonst seit einem Jahr in dem Haus, um nicht alle Geheimnisse seiner Bewohner bis in die letzten Ecken und Winkel zu kennen. »Au Backe!«, sagte Hedwig, zwinkerte mit den Augen und puffte Emil vertraulich in die Seiten. »Des sind aber scheene Rechnungen!«

Jetzt war Emil ganz rot geworden. »Ich weiß nich«, stotterte er.

»Ach, Sie werden schon wissen«, rief Hedwig und flitzte in den Hausgang, die Treppe hinunter, dass die Röcke nur so flogen. Und Emil Kubinke blieb einen Augenblick stehen und sah ihr nach, sah den weißen Hals, die Breite der Schultern und das Gliederspiel unter der prallen Bluse und den dünnen Röcken; und ohne dass er sich dessen bewusst wurde, streichelte das doch sehr angenehm seine Sinne. Und als er sich abwandte, da sagte er plötzlich halblaut, – es entfuhr ihm so, – die Worte des Herrn Tesch vor sich hin:

»Es sind *wirklich sehr* nette Mädchen hier im Haus.«

Und nur mühselig und unfroh kehrte Emil Kubinke in den Laden zurück, und der Anblick Hedwigs, wie sie da mit ihren Schuhen die Stufen herunterklapperte, stand immer noch vor ihm, während er doch schon wieder ganz automatisch dem letzten Kunden mit dem Messer über die dicke Schwarte fuhr. Und als auch der verschwunden war, als alles noch gesäubert und an seinen Platz gebracht war, und Herr Tesch gähnte und sich reckte und sagte, dass er müde wäre und nach oben ginge, da vermochte Emil Kubinke es doch noch nicht über sich zu gewinnen, mit hinaufzugehen. Er hatte große Sehnsucht bekommen, die weiche Luft der Abenteuer, von der er eben nur leise genippt hatte, noch einmal in vollen Zügen einzuschlürfen. Mit kühnem Wurf drapierte er seinen Autoschal um Hals und Schultern, wie der Spanier seinen Mantel, und trat hinaus auf die Straße, das Herz voll von geheimen und schönen Hoffnungen.

Aber die Straße war seltsam verändert. Sie war ruhig geworden, fast leer und hallend. Das Leben war verebbt; die Bäume dufteten stärker; alle paar Minuten einmal schob sich so eine einsame Bahn mühselig heran; die Läden waren geschlossen; ihr Licht erloschen; und die Häuser wuchsen aus der Dunkelheit, aus dem Schatten der Bäume hervor, oben in die Helle der Bogenlampen hinein. Und aus den kleinen Türchen, hier und da, neben den breiten Torwegen, huschten die Dienstmädchen einzeln, zu zweien, jetzt ohne Körbe und ohne Taschen, mit Schürzen weiß wie Schnee. Aber nicht *eine* schien auf Emil Kubinke zu achten. Und wenn Emil Kubinke ein paar Schritte irgendeiner folgte, von der er im Schatten der Bäume nur Gang, Haar und Gestalt wahrnahm, dann konnte er versichert sein, dass das Mädchen plötzlich über den Damm ging und drüben aus dem Halblicht eines Hauses hervor irgendein Mann trat, und dass das Mädchen diesen Mann unterfasste und mit ihm weiterzog; … schnell weiter, hinaus in die ganz einsamen, letzten Nebenstraßen, dorthin, wo die Häuser aufhörten, dorthin, wo die Lindenwege sich entlangzogen, wo die Anlagen und die jetzt stillen und verödeten Spielplätze der Kinder waren. Und je zierlicher und netter solch ein Mädchen ausschaute, desto roher sahen die Burschen aus, mit denen sie sich trafen, wahre Messerstechergesichter unter ihnen, Kerle mit blauen Mützen und weiten Hosen, mit Stiernacken, ohne Kragen, eine rohe Gleichgültigkeit in den breiten Zügen. Und die Mädchen duckten sich schon beim ersten Gruß ordentlich vor ihren Blicken.

Ach, Emil Kubinke, der sich immer etwas Besseres dünkte – von jeher – und den man ja auch einst zu Besserem bestimmt hatte, – der kleine, zierliche Emil Kubinke, sehnsüchtig und verletzlich, – er fühlte plötzlich, dass er trotz seines stolzen flatternden Schals hier wenig Glück haben würde. Er sah in der lustigen Quadrille der Jugend die Paare um sich herum wirbeln, aber jede Tänzerin hatte ihren Tänzer, jeder Kavalier seine Dame, und keine schien auf ihn zu warten, – alles ging ohne ihn, keine schien für ihn auch nur eine kurze Tour unbesetzt zu haben. Ja, sie sahen sich kaum nach ihm um und flogen einem anderen Tänzer zu, der schon ihrer harrte.

Und wie schon die Straße immer leerer wurde, die Mädchen nur noch ganz einzeln aus den Torwegen sich schlichen, und schon wieder die ersten, die zurückkehrten, unter der Tür von ihren Schätzen Abschied nahmen, ihnen mit den Augen dankten und ihnen »Auf morgen neun Uhr!« zuriefen, ehe sie forthuschten, – da wandte sich auch Emil Kubinke enttäuscht und mutlos zum Gehen. Und er hatte eben das Haus erreicht, als eine offene Droschke herangerollt kam, und das Pferd an jener Stelle anhielt, an der ehedem das gelbe Automobil seinen eigenen Willen gezeigt hatte. In dieser Droschke aber saß eine Dame. Und wenn es des Teufels Großmutter gewesen wäre – Emil Kubinke hätte in diesem wichtigen Augenblick es nicht über sich gebracht, in das Haus zu gehen. Und wie viel weniger gelang ihm das, da diese Dame jung und hübsch war. Sie hatte einen gelben Hut auf, wie einen Zitronenauflauf, mit Hahnenfedern; sie hatte helle Handschuhe, eine helle Bluse, einen freien Hals mit einer dicken Perlenkette, ein schwarzes Jackett und einen karierten Faltenrock. Und sie hatte ein Bein über das andere geschlagen, die Dame, und den einen Fuß mit dem ausgeschnittenen kleinen Lackschuh drüben gegen den anderen Sitz gestemmt. So saß sie wie eine Fürstin beim Einzug. Auf dem Bock neben dem Kutscher aber war ein mächtiger Schließkorb auf die Kante gestellt.

»Kutscher«, sagte die junge Dame mit dem garnierten Zitronenauflauf auf dem Kopf, »Sie müssen mir schon den Korb mit rauftragen helfen.«

Aber der Kutscher drehte ihr nur den roten Kopf zu und fragte rhetorisch, ohne eine Antwort zu erwarten:

»Wer soll denn bei's Pferd bleiben, Fräulein?!«

»Aber Männeken«, meinte die Dame unwillig, »Ich muss doch meinen Korb raufhaben! Das Pferd wird schon nicht weglaufen!«

»Kennen *Sie* den Schimmel?!«, versetzte der Kutscher und klatschte mit den Zügeln auf den mageren Rücken.

Emil Kubinke war herangetreten.

»Wie hoch soll denn der Korb, Fräulein?«, fragte er sehr freundlich.

»Man nur bis Löwenbergs, bis zum ersten Stock«, meinte die Dame.

»Oh, Fräulein, da mach ich mir 'n Verjnüjen und fasse mit an. Ich wohne auch hier im Haus. Den Korb werden wir schon rauf bekommen!«

»Na sehn Se«, sagte der Kutscher, »da haben Se doch jleich eenen! Von's Pferd, Fräulein, von's Pferd darf een richtiger Droschkenführer nie wechjehn!« Und damit kippte er den Korb auf den Bürgersteig herunter, dass das Rohrgeflecht in all seinen Maschen nur so knackte und knarrte.

Die Dame aber entstieg dem Wagen, gab dem Kutscher seinen Lohn und fasste sehr resolut in einen Henkel des Schließkorbs.

Und Emil Kubinke ergriff den anderen. Und zuerst ging es wirklich ganz gut – sehr viel Sachen waren wohl nicht darin.

»Sind Sie vielleicht mit Löwenbergs verwandt?«, fragte Emil Kubinke, während sie beide den Korb doch schon etwas keuchend durch den Hausgang schleppten.

»Nee, nee, ick bin man bloß das neue Hausmädchen.«

»Ach so«, sagte Emil Kubinke, und er war doch etwas enttäuscht.

»Wissen Sie, wie die Herrschaft is?«, fragte das neue Hausmädchen von Löwenbergs, während sie jetzt mit der linken Hand den Henkel packte.

»Nein, Fräulein, ich bin ja auch erst seit heute hier im Haus.«

»So, seit heute erst? Was sind Sie denn hier?«

»Ich bin unten beim Friseur.«

»Ach, beim Barbier sind Se?! Da können Se mir jleich am Achtzehnten frisieren. Da jeh ick mit meine Freundin hier in' Hohenzollernjarten auf 'n Maskenball als Ritterin.«

»Jewiss, Fräulein, das wer' ich gern tun, Ballfrisuren sind überhaupt meine Spezialität«, sagte Emil Kubinke nicht ohne Stolz und knickte mit dem Korb eines von den Tannenbäumchen um, die beim Apollo von Belvedere Wache hielten.

Nun ging's die Korkenziehertreppe hinauf; und das Mädchen, das voran ging, hatte den Henkel fest mit ihren großen, weißen Handschuhen umfasst und zog den schweren Korb, rückwärts emporsteigend, Schritt für Schritt nach. So kräftig zog sie, dass Emil Kubinke an der anderen Seite kaum die Last spürte. Und sie lächelte dabei unter dem garnierten Zitronenauflauf Emil Kubinke freundlich zu; der aber war ganz verlegen und doch im geheimsten sehr traurig darüber, dass der Schließkorb so viel unüberwindlichen Zwischenraum zwischen ihm und seiner Partnerin schuf.

Und als sich die Tür öffnete, da sah man im matten Licht der Flurlampe, die auf dem Küchenspind stand, – denn die Gasarbeiter hatten gesagt, dass sie morgen früh noch einmal wiederkämen – eine heillose Verwirrung. Nichts stand da, wo es stehen sollte; alle Tische und die Abwaschbank waren mit Geschirr und Kupferkesseln beladen. Frau Piesecke schrubberte und putzte, und Herr Max Löwenberg stand in Hemdsärmeln und reichte aus einem Waschkorb seiner Frau die schönen eckigen Gefäße mit dem blauen Fadenornament zu, jene für Grieß, Mehl, Zucker, Reis, Zwiebeln und Graupen – jene, in denen doch nur immer geriebene Semmel ist; – während Frau Löwenberg selbst ihren Geschmack bewies und für diese Dinge nach einer malerischen Anordnung auf dem Küchenbord strebte.

»Ach, Sie sind das neue Dienstmädchen! Na endlich! Wir haben schon den ganzen Nachmittag auf Sie gewartet«, rief Frau Löwenberg und stieg von dem Leiterstuhl.

»Ich brauche eigentlich überhaupt erst morgen zuzuziehen, jnädije Frau«, sagte die junge Dame schnippisch und sehr bestimmt, denn sie wusste aus Erfahrung, dass es jetzt am ersten Tag darauf ankam, sich *nichts* bieten zu lassen.

»Das Mädchen hat ganz recht, Betty«, sagte Herr Löwenberg beschwichtigend. »Wissen Sie, meine Frau meint das auch nicht so. Sie ist nur durch den Umzug etwas nervös geworden«, und damit verklärten sich Herrn Löwenbergs Züge zu heller Freundlichkeit, und er sah das neue Hausmädchen nicht ohne begründetes Interesse und ernsteres Wohlgefallen an. »Wie heißen Sie denn, mein Kind?«

»Ich heiße eigentlich Bertha, aber meine vorige Herrschaft hat mich immer Pauline gerufen.«

»Also, Pauline«, sagte Herr Löwenberg, »nun bringen Sie mal erst mit Ihrem Bräutigam Ihren Korb ins Mädchenzimmer; und dann helfen Sie uns noch ein wenig!«

»Das is nich mein Bräutjam; das is der junge Mann vom Friseur hier aus dem Haus, – er hat nur mein' Korb mit anjefasst«, und damit suchte Pauline nach einem Fünfgroschenstück in ihrem Geldbeutel, um es Emil Kubinke zu reichen, – denn lumpen ließ sich Pauline nicht.

»Das lassen Se man, Fräulein!«, sagte Emil Kubinke, und die Stimme zitterte ihm. »Das hab ich gern getan.«

»Na, dann danke ich Ihnen auch«, sagte Pauline und warf Emil Kubinke aus ihren großen braunen, feuchtschimmernden Augen einen Blick zu, in dem deutlich zu lesen war, dass dieser schlichte Dank nicht alles wäre, was er zu erwarten hätte.

Und beseligt stolperte Emil Kubinke zur Tür hinaus.

Man wird es vielleicht freudig bemerkt haben, dass Herr Max Löwenberg, trotz seines Londoner Zylinders und trotz des Stocks mit dem Silbergriff, mit denen er sich dem bewundernden Volke stets zeigte, in seinen vier Pfählen dem Dienstpersonal gegenüber keineswegs stolz war, und es wird angenehm aufgefallen sein, dass Herr Löwenberg das neue Hausmädchen sogar nicht allein freundlich, sondern wohlgefällig betrachtet hatte.

Aber Herr Max Löwenberg war – trotzdem eigentlich die afrikanische Straußenfeder seine Branche war – keineswegs nun etwa ein einseitiger Mensch, nein, er hatte auch für andere Dinge Interesse, und kurz gesagt: Herr Löwenberg war gerade lange genug verheiratet, um sich in seiner Ehe unerhört zu langweilen, und er war wieder noch nicht lange genug verheiratet, um sein Junggesellenleben in allen Punkten wiederaufgenommen zu haben. Und nun ging er eben daran, wieder Fühlung zu gewinnen.

Aber Frau Betty Löwenberg war trotzdem – vorgreifend, oder sagen wir: prophylaktisch – noch nicht zu der Erkenntnis gekommen, dass die ältesten Dienstmädchen für den Hausherrn gerade hässlich genug sind. Denn, wie schon berichtet, Frau Betty Löwenberg war eben eine von den Naturen, deren Entwicklung etwas schwer und langsam vor sich geht.

Pauline war jedoch, wie sie den Zitronenauflauf mit den Hahnenfedern aufs Bett geworfen hatte, eine ganz andere geworden, und sie wirtschaftete umher für drei. Noch bis um zwölf Uhr nachts. Und schon nach einer Viertelstunde duzte sie sich mit Frau Piesecke, zankte sich mit dem Tapezier, der immer noch vorn an seinen Faltenwürfen baute, und hatte außerdem dem Monteur, der an den Kronen arbeitete, für nächsten Sonntag eine Ansichtskarte versprochen.

Emil Kubinke aber war ebenso beseligt, wie er aus der Tür stolperte, auch die Treppen heraufgestolpert, und er sah erst im letzten Augenblick auf, – als er oben auf der höchsten Insel gerade unter dem Boden im Halbdunkel auf eine weiße Gestalt stieß, deren breiten Armen sich mit einem leisen Aufschrei eine zweite weiße Gestalt entwand.

»Na, was *ist* det hier? Können Se denn nich kieken«, sagte ein tiefer Schlächterbass.

Emil Kubinke ging ruhig weiter, ohne Gegenrede, ohne sich umzublicken. Als er an der Vorbodentür war, – bevor er in den langen Gang trat, mit seinen unheimlichen breiten Querbalken im Dämmerlicht, – hielt er einen Augenblick an.

»Nicht doch«, kam es von einer hellen Stimme herauf, »der kann uns ja noch sehen.«

»Ach wat, lass'n doch, Hedwig! Der Jüngling mit de Barbiertolle, der is ja bloß neidisch.«

Und dann war's ganz still.

Emil Kubinke aber lag noch eine geraume Zeit mit offenen Augen im Bett, hatte die Decken fest um sich gezogen, hörte Herrn Tesch leise den Atem durch die Nase blasen, sah durch das schräge Fenster ein Stück tiefdunklen Himmel, auf dem gerade mit hellen Punkten der Wagen des Großen Bären stand. Und während seine Gedanken so von Emma zu Hedwig, von Hedwig zu Emma und von diesen beiden immer wieder zu Pauline wanderten, schlief er ein.

Und seltsam, Emil Kubinke träumte weder von Hedwig, noch von Emma, noch von Pauline; sein Traum war weit weniger üppig und angenehm: Er saß wieder ganz hinten in der großen grauen Stube, er sah die drei Kaiserbilder, die Schultafel, die Heizröhren, und oben saß der Klassenlehrer Doktor Mieleff, krabbelte und zauste sich in seinem kurzen grauen Bart, sah mit höhnischen Augen über die Brille fort und rief »Kubinke!« Und Kubinke kroch vor Angst ganz in sich zusammen.

»Maitre corbeau sur un arbre perché, tenait dans son bec un fromage«, stotterte er.

Aber was das hieß, war Emil Kubinke ganz und gar entfallen, er wusste nicht ein Wort, und er rief nur immer wieder ganz hoch und ängstlich:

»Poma sunt jucunda – poma sunt jucunda!«

Und Doktor Mieleff rückte seine Brille noch weiter herunter und betrachtete den armen, kleinen Emil Kubinke mit Augen, die ihn ganz starr machten, ähnlich wie eine Schlange, die ein zitterndes Kaninchen ansieht.

»Kubinke«, sagte er mit jener tiefen Verachtung, die der Lehrer dem Nichtkönner ein für alle Mal entgegenbringt. »Kubinke! Warum dein Vater immer noch für dich das Schulgeld wegwirft, das verstehe ich beim Zeus nicht!« Und die ganze Klasse lachte wie auf Befehl über diesen Witz.

Emil Kubinke aber duckte sich wieder zitternd auf sein Bänkchen hernieder.

... Ja, – mit solch einem grässlichen Traum schloss für Emil Kubinke dieser schöne und ereignisreiche erste April des Jahres 1908.

Hedwig

Jeder wird mir – denke ich – nun zugeben, dass der erste April ein Schicksalstag ist, ein Tag, der Fäden knüpft und löst, Menschen bindet und trennt. Emil Kubinke trat seine neue Stellung an, und die drei Grazien Hedwig, Emma und Pauline lachten ihm entgegen und begannen, Blumen auf seinen Lebensweg zu streuen.

Und auch Herr Max Löwenberg fand am ersten April zum ersten Mal den Weg hier hinaus, und er wechselte Grüße mit Herrn Ziedorn. Vornehmes Viertel, in dem selbst Friseure Zylinder tragen. In der Neuen Rossstraße hatte er das nie gesehen. Der »gemütliche Schlesier« aber war keine Stunde bevor der neue Vizewirt, Herr Piesecke, in Erscheinung trat, bevor er sich aus dem unendlichen Menschengewirr der Großstadt ablöste, um hier Fuß zu fassen, den Laubenkolonien nachgezogen. So waren sich zwei Männer aus dem Wege gegangen, die sicherlich dazu bestimmt gewesen wären, innige Freunde zu werden. Und doch hatte es der schicksalsschwangere erste April wie absichtlich vermieden, sie zusammenzuführen. Mit Rat und Tat hätte Herr Piesecke dem »gemütlichen Schlesier« zur Seite stehen können, denn er war selbst früher einmal Wirt am Wedding gewesen, bekannt drei Straßen in der Runde. Jetzt oder nie hätten sie sich finden müssen. Und nun sah Piesecke nichts von dem »gemütlichen Schlesier« mehr als die schmutzigen Scheiben, die Flecke an den Wänden, die anderen Residuen und die achtzehn leeren Flaschen, die Piesecke sorgfältig, eine nach der anderen, gegen das Licht hielt.

Aber was der erste April schlecht gemacht hat, das wird der zweite nicht gutmachen, denn der ist eben *kein* Schicksalstag mehr. Der ist einfach ein Tag wie alle Tage, ein Tag der gleichförmigen Arbeit, ein Tag der Mühe, des Erwerbs; und vielleicht birgt er auch etwas von jenem Tropfen von Lust, den nun einmal der müdeste Strom noch mit sich führt. Aber das, was am ersten April leicht, Spiel und Freude war, wird am zweiten wieder Qual und Beruf. Und als Emil Kubinke aufwachte, da lag erst so eine frühe, trübe, mattblaue Helligkeit über dem schrägen Fenster, aber Herr Tesch stand schon in dem grauen Raum mit entblößtem Oberkörper vor seinem Waschständer und beugte plantschend seinen Kopf über die Schüssel. Emil Kubinke jedoch kam es plötzlich zu Bewusstsein, dass er diese Nacht über hier oben unter dem Dach doch recht gefroren hatte.

»Na nu mal raus aus de Posen, Kolleje!«, rief Herr Tesch. »Es is höchste Zeit. Der Olle macht Ihnen sonst Krach!«

Und Emil Kubinke kroch fröstelnd aus dem Bett. Ach, gestern war ihm alles hier so freundlich entgegengekommen, und heute war es so grau und trist.

Als sie die Treppen herunterstolperten, kamen ihnen in der Dämmerung die Zeitungsfrauen und die Milchausträgerinnen entgegen, nicht frisch und derb und rot, sondern welk und keuchend. Und auf dem Hofe wirbelte schon Frau Pieseckes Besen. Frau Ziedorn ballerte immer noch Türen und stellte den jungen Leuten den Kaffee hin, so wie man einem Hund das Futter vorschiebt. Aber Herrn Ziedorns scharf geschnittener Männerkopf war zu interessanter Blässe vergeistigt. Und kaum dass Emil Kubinke die Schrippe halb aufgegessen, da ging auch schon die Schelle an der Ladentür. Und Emil Kubinke wischte sich mit den immer noch klammen Fingern die Krümel vom Mund und ging vor, bedienen. Aber die Kunden jetzt am Morgen hatten keine Zylinder und keine Brillantringe und keine breit gesteppten Paletots, und sie sagten ganz tief »Mahlzeit«, wenn sie eintraten, und noch tiefer »Mahlzeit«, wenn sie gingen. Und sie ließen sich nur einmal überrasieren, legten keinen Wert auf Pudern oder Spritzen, wuschen sich schnell noch den Seifenschaum von den Ohren und den Schläfen ab und machten, dass sie weiterkamen, auf den Bau oder ins Geschäft, zu ihren Packen, Wagen und Dreirädern. Und Herr Ziedorn schwang selbst das Messer. Hier hieß es nämlich die Kunden schnell abfertigen – denn, wenn sie einmal warten mussten, kamen sie nicht wieder, – das wusste er. Und Herr Ziedorn hatte, wie wir schon sahen, kein Vorurteil. Jeder war ihm gleich, der ihm Geld brachte, arm oder reich. – Verdienen wurde bei ihm groß geschrieben. Leben und leben lassen – war sein Wahlspruch. In Wahrheit aber kam es ihm mehr aufs Leben, als aufs Lebenlassen an. Plötzlich gegen acht Uhr jedoch schien dieser eine Strom versiegt. Nicht ein einziger mehr mit Mütze, im Sporthemd, ohne Kragen, in blauem Leinenkittel! Und schon kam langsam wieder der erste Zylinder, langsam der erste englische Hut, die ersten blitzenden Brillantringe, während jetzt Emil Kubinke seinen Autoschal um den Hals warf, seine Messer noch einmal prüfte und seinen Gang zur Kundschaft begann. Die merkwürdige Zaubermacht des Autoschals bewährte sich auch dieses Mal: Emil Kubinke war ein ganz anderer, als er ihn um die Schultern fühlte, und da zudem soeben die Sonne durch einen grauen Himmel brach und die Straße hell, farbig und lustig machte, so begann Emil Kubinke wieder mit den schönsten Trillern, während er die Hausglocke zog, um Herrn Max Löwenberg seine Aufwartung zu machen.

Aber Emil Kubinke hatte noch nicht zwei Schritte auf dem roten Teppich des Vestibüls zurückgelegt, als aus der Luke der Portierloge ein Kopf herausschoss wie ein bläffender Hofhund aus seiner Hundehütte: »Wo wollen Se'n hin?«

»Löwenberg«, sagte Emil Kubinke bescheiden.

»Denn jehn Se ma jefälligst über de Hintertreppe! Det war ja det Neuste, wenn mit eenmal de Babiere über de Vordertreppe jehn wollten! Det wird ja alle Tage schöner! Und 'n andermal jehn Se durch 'n Nebeneinjang, – hab'n Se mich verstanden?«

Und wie Emil Kubinke schon auf der Hintertreppe war, da brüllte der neue Vizewirt, Herr Piesecke, immer noch hinter ihm her.

Man möge deswegen nicht schlecht von Herrn Piesecke denken. Er war, wie wir noch sehen werden, von Hause her ein ganz gemütlicher Mann. Aber er war nun zu lange schon Vizewirt in vornehmen Häusern gewesen, um nicht in Harnisch zu geraten, wenn jemand die Vordertreppe benutzen wollte, den er für die Hintertreppe reif hielt.

Emil Kubinke war nicht stolz, und er legte kein sonderliches Gewicht auf Vordertreppe oder Hintertreppe. Aber er war doch im Augenblick verwirrt, dass sein neuer Autoschal so gar keine Wirkung auf Herrn Piesecke ausübte. Dann jedoch dachte er, dass er vielleicht in der Küche einen Augenblick unbemerkt mit Pauline sprechen könnte. Und Pauline gefiel ihm nun mal durch ihre Vornehmheit am allerbesten. Und als Emil Kubinke jetzt klingelte, da war es nicht vom Treppensteigen, dass ihm das Herz klopfte. Aber heute war nun einmal keineswegs mehr der erste April, und als Emil Kubinke sein freundlichstes Lächeln aufsetzte, um schon *damit* Paulines harten Sinn zu erweichen, da blickte er mit einmal in ein altes, gelbes, kleines, runzliges Gesicht einer großen, stockdürren Person, sah ein paar verschleierte Augen und eine rote Himmelfahrtsnase, und eine Stimme im reinsten Ostpreußisch, wie das Quarren einer rostigen Türangel fragte ganz hoch: »Äh, was wollen Se denn, junger Mann?«

»Ich bin der Barbier.«

»Da missen Se noch lauern; der jnädige Herr sitzt jrade in de Badewanne«, sagte die Köchin und ließ Emil Kubinke in die Küche eintreten, die in ihrer Unordnung nicht viel anders als gestern Abend ausschaute. Dann ging die Köchin selbst zur Badestube und hieb mit ihren harten Fäusten gegen die Tür.

»Kommen Se raus, Herr Löwenberch, der Barbier is da.«

Und drinnen brüllte etwas: »Warten!«

Hinten aber am Ende des Korridors steckte Pauline ihren rotblonden Kopf durch eine Türspalte. Und patsch, patsch kam es auf ganz kleinen Füßen den Korridor entlang gewackelt. Und eine Frauenstimme rief: »Aber unser Goldhänschen soll doch nicht immer zu der Anna in die Küche gehen!«

Das Goldhänschen jedoch ließ sich nicht beirren und machte, dass es weiterkam, nahm in der Küche mit seinen O-Beinen vor Emil Kubinke Aufstellung, steckte den einen Finger in die Nase und sagte: »Mann – Mann.« Denn trotzdem Goldhänschen – es war schwarz wie ein Rabe – bald zwei Jahre alt war, verfügte es doch über einen sehr geringen Wortschatz, den es aber dadurch zu vergrößern strebte, dass es alles zweimal sagte. Und eine alte Dame kam Goldhänschen nachgestürzt, riss es mit der Gewalt eines Wirbelwindes vom Boden hoch, küsste Goldhänschen auf sämtliche Backen, wo sie gerade hintraf, und knudelte es herum wie ein Bündel Wäsche, während sie zwischendurch in der halbblödsinnigen Art der Großmütter mit lallender Stimme behauptete, dass sie hier aber auch alle zu dem Kind schlecht wären.

Und Herr Löwenberg ging im Bademantel, wie ein Araber mit flatterndem Burnus, den Korridor entlang. Und als Herr Löwenberg dann vorn im romanischen Herrenzimmer fest auf dem Schreibtischstuhl saß, den Kopf im Genick, als er ganz unter Seifenschaum stand und sich nicht wehren konnte, da kam die alte Dame, die immer noch Goldhänschen auf ihrem Arm einer Massagekur unterwarf, und erzählte, wie himmlisch der Junge gestern wieder bei ihr gewesen wäre. Als das »Leisch« auf den Tisch gekommen wäre, hätte er ganz deutlich »Leisch« gesagt, und von allem hätte er haben wollen. Diese frühe geistige und körperliche Reife aber erinnere sie zu sehr an ihre Tochter Betty, der er ja auch wie aus dem Gesicht geschnitten sei. Denn die hätte auch einmal, als sie noch ganz, ganz klein war, mit fünf Monaten bei ihrer eigenen Schwiegermutter – die nebenbei ein Aas war – als sie dazukam, mit bei Tisch gesessen und frische Wurst gegessen. Man denke: mit fünf Monaten! – Und nicht wahr, Goldhänschen würde das auch fertig bekommen?

Aber Herr Löwenberg, der gerade unter dem Messer war, konnte nicht, – wenn er nicht sein Leben in Gefahr bringen wollte, – seine Zweifel über diese Darstellung verlautbar machen. Und das war gut. Denn er hätte mit diesem Zweifel nur den schwer versöhnlichen Zorn der alten Dame heraufbeschworen, die das nicht etwa leichtfertig hingesagt hatte, sondern die fest überzeugt war, dass ihre Aussage dem Tatsachenbestand entspräche. Zur Richtigstellung muss aber doch bemerkt werden, dass die jetzige Frau Betty Löwenberg damals nicht fünf Monate, sondern ein Jahr und fünf Monate war, und dass sie nicht bei Tische saß, sondern auf dem Arm des Kindermädchens, und dass sie nicht frische Wurst aß, sondern nur mit ihren neuen Beißerchen an einem Stückchen Weißbrot knabberte. Alles Übrige aber in Frau Rosa Heymanns Erzählung beruhte, um nicht ungerecht zu sein, auf lauterster Wahrheit. –

Und noch hatte Goldhänschen nicht die Zeitung vollkommen zerrissen – die dritte Beilage, die einzige Lektüre seiner Mutter, verschonte er instinktiv – und noch war Emil Kubinke nicht mit Nachrasieren fertig, als Frau Betty Löwenberg selbst in einer rosa-seidenen Matinee, in einem klingenden Wasserfall aus Troddeln, Behang und Besätzen hereingerauscht kam und ihrem Gemahl einen Zettel überreichte: Das, was sie da aufgeschrieben hätte, möchte er ihr aus der Stadt mitbringen. Hier draußen bekäme man ja überhaupt nichts, und es täte ihr schon leid, dass sie hier herausgezogen wäre, und sie wäre ja auch von Anfang an dagegen gewesen. Nun hätte ja Herr Max Löwenberg sagen können, dass *er* sich solange gesträubt hätte, in den Westen zu ziehen, weil er in der Nähe seines Geschäfts bleiben wollte, und dass Frau Betty ihm täglich und stündlich damit in den Ohren gelegen hätte, ja, dass sie sogar höchst peinliche Straßenbelästigungen erfunden hatte, so dass er sich endlich entschließen musste, die Neue Rossstraße zu verlassen. Aber Herr Max Löwenberg war klug genug, einzusehen, dass er hier als einzelner durchaus in der Minderzahl war; und außerdem lässt man sich ja von einem stillen Kompagnon, der einem hunderttausend Mark ins Geschäft gebracht hat und von dem noch einmal über kurz oder lang – denn Frau Heymann musste schon jedes Jahr nach Karlsbad – zum Mindesten die gleiche Summe zu erwarten ist, manches sagen, das man in einem anderen Falle nicht unwidersprochen lassen würde. So also erwiderte Herr Max Löwenberg freundlich, dass er alles gut besorgen würde, und Frau Löwenberg drückte ihm einen Pflichtkuss auf die frisch rasierte Wange, und Goldhänschen streckte die Arme nach einem romanischen Löwen aus, der wie ein missratener Pudel auf dem Bücherspind thronte, und machte »Birr – birr«. Und Frau Rosa Heymann begann Goldhänschen von Neuem zu küssen, zu knudeln und zu drücken, während Frau Löwenberg und ihr Gatte in stummer Verzückung verharrten.

Man wird sich vielleicht wundern, woher Löwenbergs, die doch gestern so einsam waren wie Brüderchen und Schwesterchen im wilden Wald, nun mit einmal so zahlreich geworden sind. Aber da Goldhänschen gestern während des Umzugs bei seiner Großmutter in der Sächsischen Straße wirklich vorzüglich aufgehoben war, so lag kein Grund vor, uns seiner anzunehmen. Und die Köchin Anna war eben heute mit dem Frühsten aus Schmoditten von ihrer immer noch todkranken Mutter zurückgekehrt, weil sie es nicht über das Herz brachte, die Herrschaft so lange allein zu lassen. Und wenn sie trotzdem die weite Reise, die beschwerliche Nachtfahrt in der vierten Klasse nicht sonderlich angestrengt hatten, so war vor allem der Grund hierfür darin zu suchen, dass Anna die letzte Nacht wie die vorangehenden Tage keineswegs in

Schmoditten, sondern in der Wohnung ihres Schwagers, des verwitweten Gelegenheitsarbeiters Hermann Pepusch, Fehrbelliner Straße dreiundzwanzig, Quergebäude vier Treppen, zugebracht hatte. Denn wenn die brave Anna, eingetrocknet wie eine Backbirne, mit ihren dreiundvierzig auch längst von den *Jahren* der Jugend Abschied genommen hatte, so hatte sie damit doch noch nicht der *Quadrille* der Jugend den Rücken gekehrt.

Im Esszimmer erwischte Emil Kubinke noch für einen kurzen Augenblick Pauline, die eifrig mit einem Staublappen an dem Schnitzwerk der Ritterburg herumrieb. Ihr rotblondes Haar stand ihr wie ein Lichtschein um das helle, etwas sommersprossige Gesicht.

»Na, wie haben *Sie* denn heut geschlafen?«, fragte Pauline und stieß Emil Kubinke zart bedeutsam mit dem Ellbogen in die Seite.

»Ach, gar nicht gut«, sagte Emil Kubinke leise. »Es ist doch sehr kalt oben.«

»Bei mir war es *sehr* schön warm«, sagte Pauline scheinbar ganz harmlos, aber keineswegs ohne jeden Nebenton. Und sie sah dabei den kleinen, schüchternen Emil Kubinke mit einem Paar Augen an, dass ihm jetzt nachträglich auch sehr schön warm wurde.

»Ja, das glaube ich«, sagte der verlegen. »Sie haben ja Heizung.«

»Aber nich zu knapp«, entgegnete Pauline stolz und hielt es für angebracht, mit dem Staubtuch nach Emil Kubinke zu schlagen.

»Und wie gefällt's Ihnen denn hier?«, fragte Emil Kubinke halblaut und brachte seinen Kopf – es zog ihn so – in bedenkliche Nähe zu dem rotblonden Heiligenschein Paulines.

»Hier? – Bei die Leute bleibe ich nich acht Tage! Mit die Olle, mit die Köchin, kann sich ja kein Mensch vertragen. Die Olle is ja verrückt!«

»Ach, bleiben Sie man hier, Fräulein«, sagte Emil Kubinke. »Das wäre doch wirklich nichts, wenn Sie wieder wegzögen!« – »Mit einmal! Es sind so viel andere Mädchen hier im Haus. Sehen Se, die Hedwig drüben, die hat ja schon vorhin aus'n Fenster jekukt, wie Sie übern Hof jegangen sind.«

Plötzlich erhob im Nebenzimmer Goldhänschen ein Mordsgebrüll. Es war über eine Fußbank gefallen und schrie nun ohne Aufhören, als ob es am Spieß stecke, trotz Mutter und Großmutter, die ihm mit kaum geringerer Lungenkraft die Worte: »Lade, Lade« und »Bonbonchen« entgegenbrüllten. Und Emil Kubinke machte schnell, dass er aus dem Zimmer kam, denn es wäre ihm doch unangenehm gewesen, wenn man ihn hier noch angetroffen hätte.

Aber Pauline rief noch einmal »St, st!« hinter ihm her; und als Emil Kubinke sich umdrehte, da sagte sie: »Vergessen Sie nicht, frisieren, – am achtzehnten – aber bestimmt.« Und dabei versprachen Paulines große, dunkle, feucht schimmernde Augen dem glücklichen Emil Kubinke die allerschönsten Dinge.

»Nein, nein«, sagte Emil Kubinke. Und plötzlich fasste er sich ein Herz, und nur er wusste, was er damit meinte: »Aber vergessen *Sie* auch nicht!«, rief er. Und dann beeilte sich Emil Kubinke ob dieser Kühnheit, dass er nur ganz schnell den Gang herunterkam.

Draußen stand am offenen Herd die alte Köchin; und sie glich, wie sie da mit dem Feuerhaken herumstocherte, vom Flammenrot bestrahlt, auf ein Haar der Alten aus der Hexenküche.

»Äh«, sagte sie, »haben Se ieber mich jesprochen? Was hat Ihn' denn die Pauline von mir jesacht?«

»Über Sie? Wir haben nich ein Wort über Sie gesprochen«, sagte Emil Kubinke und machte, dass er aus der Tür kam.

Aber da wäre er beinahe gegen den Hilfsbriefträger, Herrn Schultze, geprallt, der im gleichen Moment drüben aus der anderen Tür trat. Sein Kopf war so rot wie der Streifen um seine Mütze, und hinter ihm tauchte die lange, blonde Emma auf, ebenfalls in schönster Sommerfarbe, und die Haare wirr wie ein Flederwisch.

»Also dann komme ich mit dem Einschreibebrief noch einmal wieder«, sagte Herr Schultze plötzlich sehr laut, sehr würdig, sehr ernst und sehr dienstlich. Und auch die lange, blonde Emma fühlte, dass man einen Beamten nicht verraten oder kompromittieren dürfe. Und sie sagte so laut, dass es Emil Kubinke hören *musste*, als er die Treppe hinunterging: »Jejen zwölwe treffen Se de Frau am sichersten.«

Aber seltsam – Herr Schultze musste doch noch andere und geheime Aufträge für die Herrschaft der blonden Emma haben, denn trotzdem Emil Kubinke nun ganz langsam die Treppe hinunterging, hörte er doch keinen Tritt hinter sich, und nur ein ganz leises Tuscheln verriet ihm, dass da oben noch gesprochen wurde.

Bei Herrn Markowski öffnete Hedwig Emil Kubinke die Tür. Klein, fest, rund, vollbusig, mit einem Kopf wie eine vergnügte Kegelkugel. Das Gesicht glänzte nur so. »Na«, fragte sie, »Ihr Kollege, der Herr Tesch, kommt wohl nicht mehr?«

»Nein, *ich* bediene von jetzt an außerm Hause.«

»Ach, was Sie sagen«, versetzte Hedwig und zupfte verlegen an ihrer Schürze.

»Sie haben wohl meinen Kollegen gut leiden können?«

»Den?«, meinte Hedwig verächtlich. »Den? – Der bild sich ja ein, er is 'n Affe, und die andern sind jarnischt.«

»Aber der Schlächter, der jefällt Ihnen jewiss besser, Fräulein?«

»Mir? – Na nu wird's Tag! Ick hab mit den Schlächter höchstens zweemal in mein' Leben jesprochen.«

»Aber Sie haben doch gestern mit ihm oben auf de Treppe in de Ecke gestanden?«

»Ich? – Det wird wohl die Aujuste vom dritten Stock jewesen sein. Ick bin jestern überhaupt schon um halbneun in de Falle jekrochen. So miede war ick.«

Emil Kubinke blinzelte mit den Augen. »Na, dann habe ich mich jeirrt«, sagte er.

»Det will ich auch meinen«, gab Hedwig kurz zurück.

Von drinnen hörte man Herrn Markowski brüllen:

»Zum Donnerwetter, ist denn der verfluchte Kerl von Barbier noch nicht da? Ich muss ja fort!«

Aber als Emil Kubinke hereintrat, da war Herr Markowski wie umgewandelt.

»Na, es ist nur gut, dass Sie überhaupt noch einmal kommen«, sagte er freundlich, nachdem er sich von dem Staunen, ein neues Gesicht zu sehen, erholt hatte.

»Ist Francillon Erster?«, rief er dann und knöpfte sein Jägerhemd zu, aus dem seine deutsche Männerbrust rau und unverhüllt hervorgesehen hatte.

Emil Kubinke sah Herrn Markowski erstaunt an.

»Mann Gottes!«, schrie der. »Ich frage Sie ja nur, ob Francillon Sieg oder Platz ist! Verstehen Sie mich denn nicht?«

»Ich habe noch nichts gehört«, stotterte Emil Kubinke.

»Natürlich!«, brüllte Herr Markowski. »Natürlich werde ich schon wieder meine paar Kröten verlieren. Aber bestellen Sie nur Ihrem Herrn Ziedorn, er sieht samt seinen todsicheren Sachen keinen Groschen mehr von mir. Das ist ja lächerlich! Neulich, wo ›Revanche‹ achtzehnfaches Geld gibt, sagt der Esel, ich soll auf ›Mon Petit‹ setzen! Und jetzt macht Francillon auch nichts! Das kann mich einfach scheußlich ärgern!«

Herr Markowski war, – wie wir schon anlässlich des »Ziedornins« sahen, – von Temperament Choleriker; aber er war, wie alle Choleriker, nicht nachtragend, und er ließ nie einen Unschuldigen seinen Zorn entgelten. Und als Emil Kubinke seine Aufgabe zu Herrn Markowskis vollster Zufriedenheit – und was Rasieren anbetraf, war das nicht leicht – erledigt hatte, ließ Herr Markowski ihm hoheitsvoll ein Geldstück in die Hand gleiten.

Als Emil Kubinke das Rasiergeschirr herausbrachte, plantschte Hedwig immer noch unwirsch mit dicken, entblößten Armen am Abwaschtisch. Jetzt schien sie gar nicht mehr auf ihn zu achten.

Und Emil Kubinke sagte sich, dass er sie gewiss vorhin beleidigt hätte. Schließlich konnte es ja auch wirklich die Auguste vom dritten Stock gewesen sein. Männer sind nämlich wie Kinder. Sie glauben immer das, was man ihnen sagt.

Aber Emil Kubinke wollte sich doch nicht so ganz geschlagen geben.

»Na, Fräulein Hedwig«, sagte er, und er dämpfte seine Stimme zu bestrickender Weichheit, »kommen Se heute Abend nach neune nich noch 'n bisschen vor de Tür?«

»Det könnte Ihn' woll so passen«, sagte Hedwig spitz und wandte kaum den Kopf nach ihm. »Ick jeh des Abends überhaupt nicht runter.«

»Na, dann vielleicht diesen Sonntag, Fräulein Hedwig? Haben Sie da Ausjang?«

»Den Sonntag fahr ick zu meine Freundin nach 'n Gesundbrunnen. Mit Herren jeh ick nie aus! So was *mache* ich nich. Da können Se sich 'ne andere zu suchen!«

Emil Kubinke stand ganz verschüchtert und puterrot. Weniger über die Abweisung, die er erfuhr, als über die geringe Erfahrung, die er in der Beurteilung des weiblichen Geschlechts bewiesen hatte. Als Hedwig das sah, regte sich doch ihr mitleidiges Herz, und – indem sie den Ton von Dur auf Moll herabstimmte, – fügte sie hinzu: »Es jibt jewiss so viele, die gern mit Ihn' jehn wollen. Warum denn auch nich? Sie sind doch 'n janz hübscher Mann!«

»Ach, all die andern sind ja lange nich so nett wie Sie«, meinte Emil Kubinke, denn er war nun einmal mehr für die kleinen, drallen, frechen Sperlinge, als für die schönsten Tauben auf dem Dach.

»Nee«, sagte Hedwig und tat die Nickelkanne zu den Tassen aufs Tablett, »den Sonntag kann ich wirklich beim besten Willen nich. Da muss ich zu meine Landsmännin nach 'n Jesundbrunn' fahren. Die hat mir jeschrieben.«

Und damit ließ sie Emil Kubinke stehen und ging, das Tablett in beiden Händen, den Korridor hinunter; und wieder wie gestern Abend sah Emil Kubinke ihr nach, sah den schönen Gang, die breiten Schultern, das volle Haar, und die Worte des Herrn Tesch kamen ihm auf die Zunge, als er die Tür hinter sich ins Schloss zog: »Ein nettes Mächen. Es sind *wirklich sehr* nette Mächens hier im Haus.«

Und weiter lief Emil Kubinke. Treppauf, treppab, überall über die gleichen grauen Hintertreppen; und überall sah er neue Gesichter, neue Schicksale. Hier kam er in eine große Wohnung mit einer ganzen Reihe von Zimmern, in denen ohne Bedienung zwei einsame alte Leute wie zwei letzte, übrig gebliebene Kanarienvögel in einer Riesen-Voliere hausten, – er wie sie schon halb närrische Sonderlinge. Da aber saßen wieder zehn, zwölf Personen eng gepfropft in einer Vierzimmerwohnung, und Emil Kubinke konnte kaum den Kunden rasieren, weil ihm die Kinder zwischen den Füßen herumliefen. Da gab es ältere Herren, die sich mit ihren Wirtschafterinnen duzten; und ein Literat kam endlich nach langem Klingeln und Klopfen im Nachthemd Emil Kubinke öffnen und drang ihm, als er fortging, einen Kognak auf. Da war ein Agent, bei dem die Möbel versiegelt waren, und der selbst in der Wohnung nicht das Monokel aus dem Auge ließ, nur damit man ihn vielleicht für einen Offizier in Zivil halten könnte. Ein Musiker war da, der in Unterhosen und rotem Samtschlafrock vor dem Flügel saß, und der sein Spiel nicht unterbrach, sondern Emil Kubinke zehn Minuten warten ließ, bis er all seine Läufe und Übungen heruntergetrillert hatte. Diese empfingen ihn, als ob er ihr Vetter wäre, gaben ihm Zigarren und Trinkgelder, und jene knurrten kaum Ja und Nein auf seine bescheidenen Fragen, – alle aber schimpften, er käme zu spät, sie warteten, sie müssten fort,

– und keiner dachte daran, sogleich nach dem Rasieren sich weiter anzuziehen.

Und als Emil Kubinke endlich zurückkam, da fragte Herr Ziedorn, wo er denn so lange geblieben wäre. Herr Tesch wäre immer schon viel früher zurückgekommen. Aber Emil Kubinke erwiderte, dass ihm eben noch alles neu wäre, und dass er morgen schon weniger Zeit brauchen würde.

Und am Nachmittag setzte Herr Ziedorn wieder seinen Zylinder auf, denn er war, wie er laut verkündete, in den Ehrenausschuss der Fachausstellung der Friseure gewählt worden, und da hätte er heute eine wichtige Sitzung. Aber wie das nun mal bei solchen Sitzungen ist, man wird sich, wenn jeder seinen eigenen Kopf hat, nur schwer über die strittigen Fragen einig. Es dauert meist sehr lange, und sie müssen oft wiederholt werden, ehe man zu einem Resultat kommt. Und so ging eben Herr Ziedorn von nun an jede Woche zweimal nachmittags mit Zylinder und gelben Glacés in die Sitzung des Ehrenausschusses der Fachausstellung der Friseure. Frau Ziedorn war versöhnt und stolz auf die neue Würde ihres Mannes; Emil Kubinke aber und Herr Tesch, die mit den Dingen besser Bescheid wussten, schwiegen als lächelnde Auguren.

Und am Nachmittag gab Herr Tesch Emil Kubinke eine ganze Zahl von Fotografien von jungen Damen. Er möchte ihm raten. Denn Herr Tesch hatte unter »Innig 185« sich als einen jungen, vielversprechenden Mann von angenehmer Gemütsart in einer Heiratsannonce dargestellt, und hatte nun eben die angesammelten Früchte von der Zeitungsfiliale eingeheimst. Aber Emil Kubinke war misstrauisch. Und wirklich sagten ihm die Haartrachten, dass viele der Fotografien zu ihren heutigen Besitzerinnen sich ebenso verhielten wie die lachenden Knabenbilder auf den Straßenbahnkarten zu den bierbäuchigen und vollbärtigen Abonnenten. Und so konnten sie sich nicht auf die gleiche Dame einigen. Emil Kubinke war für eine dreiundzwanzigjährige Witwe mit vornehmer

Nussbaumeinrichtung, während Herr Tesch sich doch mehr zu einer bemittelten Landwaise mit Kind hingezogen fühlte.

Überhaupt, – wer in Herrn Tesch nur einen schlichten und einfachen Menschen vermutete, war im Irrtum. Herr Tesch war eine sehr komplizierte Natur von reichem Innenleben. Er war der beliebteste Komiker des Theaterklubs »Joseph Kainz«, und er ging außerdem jeden Freitag Abend in den Witwenverein »Verlorenes Glück«, allwo er sich als »Justav mit der Tolle« vor allem wegen seines figurenreichen Contretanzes einer großen Volkstümlichkeit erfreute.

Und die Tage gingen hin für Emil Kubinke in der ermüdenden Gleichförmigkeit der Arbeit. Alte Kunden wie der Agent verschwanden plötzlich mitten im Monat aus der Gegend. Eines Morgens war das Nest leer und der Vogel ausgeflogen. Und neue Kunden kamen hinzu. Und Emil Kubinke musste die Strecke von Haus zu Haus fast im Dauerlauf zurücklegen, um nur nicht zu spät wieder ins Geschäft zurückzukommen. Doch ob er es eilig hatte oder nicht, danach fragte keiner von den Kunden. Nur Herr Löwenberg war immer parat. Denn, wenn die alte Köchin ihn auch die ersten Tage stets aus der Badewanne holen musste, da Herr Löwenberg bei der teuren Miete dem Wirt keinen Tropfen warmes Wasser schenken wollte, so beschloss nach wenigen Tagen Herr Löwenberg, doch nur noch einmal wöchentlich in die Fluten zu steigen. Und damit kehrte er zu seiner alten Gewohnheit zurück, ungefähr jeden Monat einmal für eine umfänglichere und allseitige Reinigung seiner Person zu sorgen. Pauline aber konnte Emil Kubinke nur ganz selten einmal sprechen, denn sie lebte mit Anna, der alten Köchin, wie Hund und Katze. Und sowie Emil Kubinke auch nur ein Wort zu der rotblonden Pauline mit den großen Rehaugen sprach, steckte auch schon die Alte ihren hässlichen, mageren Kopf dazwischen. Und unter solch einer Obhut brachte es Emil Kubinke nicht übers Herz, von dem zu sprechen, was ihm am nächsten war, und was ihm, wenn er Pauline gegenüber stand, erst voll zu Bewusstsein kam. Denn während ihn die anderen nur verwirrten und seine Wünsche zu sich hinzogen, schien ihm alles an diesem Mädchen lieb und wert. Und er wäre den ganzen Tag nicht müde geworden, sie anzuschauen. Vielleicht, meinte er, könnte er sie öfter in Ruhe sehen, wenn sie erst von Löwenbergs fort war. Denn am Fünfzehnten wollte ja Pauline bestimmt kündigen, da sie mit der alten Köchin nicht auskommen konnte.

Die alte Anna war nämlich, wie gesagt, eine veritable Perle. Und wenn Perlen mit dem Alter immer besser und wertvoller werden, so konnte man sie wirklich schon als ein Kronjuwel bezeichnen. Nur hatte diese Perle den einen Fehler: Sie war zu sehr von ihrem Wert überzeugt. Sie hielt sich mit der Kritiklosigkeit des Ungebildeten für unersetzlich und drückte so alles nieder, was um sie war. Sie war von einem Dunstkreis von Lärm, Zank und Unfreundlichkeit umgeben. Sie bestimmte, herrschte, ließ niemanden neben sich aufkommen, – auch die Herrschaft nicht, und das ganze Haus tanzte nach ihrer Pfeife.

Eine Weile hatte man das ruhig mit angesehen, – denn für ein gutes Mittagbrot lässt man sich ja manches gefallen, – und als sie in Gegenwart eines Geschäftsfreundes Herrn Löwenberg erklärte: »Äh, wossu nehm Se da Zitron in 'n Thö? Da kriejen Se ja Bauchjrimmen nach«, so nahm er das noch als einen zarten Scherz auf. Als aber die alte Anna am *nächsten* Tag, nachdem sie eine Stunde im Küchenkoller das Geschirr durcheinandergeballert hatte, an die Dame des Hauses, die ihr sagte, dass sie die Wurzeln in der Hechtsoße lassen solle, da ihr Mann das von seiner Heimat her so gewöhnt sei, ein Ansinnen stellte, dem Frau Betty Löwenberg unter *keinen* Umständen entsprechen konnte, und als sie zudem kategorisch, mit fuchtelnden Fäusten erklärte, dass das *ihre* Küche hier wäre, … da beorderte Frau Betty Löwenberg, aufgelöst in Tränen, telefonisch ihren Gemahl heim, der der alten Anna zu erklären hatte, dass man sofort auf ihre weiteren Dienste verzichte. Aber Herr Max Löwenberg war Großkaufmann genug, um zu wissen, dass Ärger nur die Lebenskraft heruntersetzt. Er unterzog sich deshalb der ihm aufgetragenen Arbeit kühl, schlicht, geschäftsmäßig und ohne Lärm. Darin war er, wie in dem Zylinder, ganz Engländer.

Und Anna erklärte, dass Löwenbergs eine so gute Köchin wie sie nie wieder kriegen würden, dass sie gegen den Herrn *nichts* habe, und dass sie noch Jahre hiergeblieben wäre, wenn eben nicht das Aas, die Pauline, im ganzen Haus über sie Klatschereien gemacht hätte, und wenn die Frau vernünftig gewesen wäre. Aber das ewige Tressieren, das könne ja kein Mensch aushalten.

Und Herr Löwenberg, der von dem Großvater aus Nakel her eine Anekdotensammlung besaß, wollte Anna eigentlich als Zeugnis einschreiben »Sie hat hier gestohlen, mag sie auch da stehlen« – und das wäre der Wahrheit, – wenn man die üblichen Schmuh-Groschen der Köchinnen grobschlächtig als Diebstahl nehmen will, – auch ziemlich nahegekommen. Aber da Frau Löwenberg, die schon ganz versöhnlich gestimmt war, weil sie nur wusste, dass die Alte aus dem Hause kam, sagte, das ginge nicht, so etwas erlaube die Polizei nicht, so schrieb Herr Löwenberg, nachdem er Annas gute Eigenschaften ins richtige Licht gestellt hatte, »verlässt den Dienst auf eigenen Wunsch. Unsere besten Wünsche begleiten sie.«

Und man schied nicht etwa zornig voneinander, sondern die alte Anna drückte, nachdem Lohn und Kostgeld zu ihrer Befriedigung ausgefallen, mit tränenden Augenwinkeln, ganz gerührt allen die Hand, knudelte Goldhänschen und sagte, dass sie ihn bald einmal besuchen würde.

Unten bei Frau Piesecke aber machte sie noch einmal in der Portierloge Station und sagte, dass sie ihrem Schöpfer danke, dass sie aus der Sauwirtschaft da oben raus sei und dass sie sich schon vorgestern for'n nächsten Ersten zu eine Baronin vermietet hätte. Und sie warf den blanken Mietstaler auf den Küchentisch, dass es nur so schepperte.

Und dann ging Anna nach der nächsten Annahme der Paketfahrt und beorderte, dass man ihr sogleich ihren Schließkorb und die Nähmaschine nach der Fehrbelliner Straße dreiundzwanzig, Quergebäude vier Treppen, zu Herrn Hermann Pepusch brächte.

Herr Max Löwenberg aber fuhr wieder nachmittags in die Stadt zu seinen afrikanischen Straußenfedern, als wenn nichts geschehen wäre.

Und am nächsten Morgen trat eine Aushilfe bei Löwenbergs in Tätigkeit – oder richtiger in Untätigkeit – eine blonde Person, ausdruckslos wie eine Wassersemmel, matt wie eine Herbstfliege, in sehr gesegneten Umständen und von noch weit gesegneterem Ungeschick. Und die Anarchie im Hause Löwenberg, die jetzt eintrat, war beinahe noch schlimmer als die Tyrannis von vordem. Denn Frau Betty Löwenberg war wirklich in allen Wirtschaftsdingen so rat- und hilflos wie ein Kind. Und damit nicht alles drunter und drüber ginge, musste die alte Frau Heymann ihre Karlsbader Kur aufgeben und jeden Vormittag bei ihrer Tochter mit am Herd stehen.

Pauline aber, die gesagt hatte: – sie oder ich! Pauline, die rotblonde Pauline mit den braunen Rehaugen, fühlte sich als Siegerin und blieb. Und alle, sie selbst, Goldhänschen, Frau Löwenberg – denn Pauline war sehr tüchtig und umsichtig – und ebenso, wie wir noch sehen werden, Emil Kubinke, alle kamen auf ihre Rechnung dabei.

Es wäre aber wirklich auch unrecht gewesen, wenn die alte Anna, bevor sie Löwenbergs und das hochherrschaftliche Haus verließ, nicht noch einmal bei Pieseckes Station gemacht hätte. Denn trotzdem Pieseckes einfache Leute waren, und trotzdem Frau Piesecke klein und unscheinbar war und ihr verknautschtes

Dreiergesichtchen durch das ewige Zahntuch noch winziger erschien – niemand hatte sie je *ohne* das gestreifte Zahntuch gesehen, wirklich, man musste annehmen, dass sie schon mit ihrem Zahntuch auf die Welt gekommen war – trotz alledem und alledem, wie es im Liede heißt, hatten Pieseckes es binnen Kurzem verstanden, sich die Zuneigung sämtlicher Mädchen im Hause zu erwerben. Und die, bei denen die Zuneigung nicht aufrichtig war, hatten bald eingesehen, dass es besser wäre, *mit* Pieseckes als *gegen* Pieseckes zu stehen. Und so machte kein Dienstmädchen irgendeinen Gang mehr, ohne nicht wenigstens einen Augenblick beim Hin- oder Rückweg bei Pieseckes anzusprechen, ohne kürzere oder längere Rast in Pieseckes Portierloge zu machen, ihr bedrücktes Herz auszuschütten und alles zu berichten, was sie bei ihrer Herrschaft gesehen und gehört, natürlich nicht, ohne dafür ebenfalls Neuigkeiten einzutauschen. Von seiner Portierloge aus, von dem Flecken aus, in dem alle geheimen Fäden zusammenliefen, leitete Herr Piesecke die Schlacht, die er unentwegt gegen die Mieter des Hauses führte. Er brachte Unfrieden zwischen befreundete Parteien. Er drückte auf den Knopf, und vorn im vierten Stock explodierte eine Flattermine. Er verschaffte den Mädchen, die es gut hatten, im Nebenhaus bessere Stellen, aus denen man sie nach vierzehn Tagen rausschmiss; und er sorgte dafür, dass die hinten im Tiefparterre überhaupt keine Mädchen mehr bekamen, und dass Frau Ziedorn wie Frau Markowski bald über die Wege ihrer Männer genau unterrichtet waren.

Vielleicht hätte ja Herr Piesecke die Mädchen des Hauses nicht so an sich gekettet, wenn seiner Frau, so unscheinbar sie auch in ihrem Zahntuch erschien, nicht aus ihrer Destillenzeit als köstlicher, unverlierbarer Schatz ein Geheimrezept für die Zubereitung von Kartoffelpuffern geblieben wäre, nach denen selbst ein gefürsteter Graf sich alle zehn Finger geleckt hätte.

Ich will hier nicht in die Abgründe des Geheimnisses der guten Frau Piesecke eindringen. Ich will nur so viel andeuten, dass in einen umgekehrten Stuhl, der auf den Küchentisch gestellt wurde, eine Blechschüssel getan wurde, und dass an die vier zum Himmel strebenden Stuhlbeine die vier Zipfel eines Kinderbettlakens gebunden wurden. Und nun musste der frische Kartoffelbrei eine ganze Nacht durch das Tuch durchseihen, musste langsam seine rostfarbene Brühe abtropfen, ehe er zu den braunen, knusprigen Fladen Verwendung finden konnte. Wenn Frau Piesecke Kartoffelpuffer backte, so brauchte sie das niemandem im Hause zu sagen, es wusste doch jeder; denn der Duft aus der Portierloge, der doch gar kein Anrecht auf die Benutzung der hochherrschaftlichen Vordertreppe hatte, füllte das Marmorvestibül, zog vorn die Treppen mit den roten Plüschläufern empor und drang – sowie jemand die Tür öffnete, – in die Wohnungen. Und da Frau Piesecke auch noch, um den Qualm von der Pfanne herauszulassen, das Fenster nach dem Hof öffnete, so füllte der Schmalzgeruch ebenso bald den Hof, stieg verlockend an den offenen Küchenfenstern empor und brachte vom ersten bis zum vierten Stock den Mädchen Grüße von Frau Piesecke. Aber während vorn die Mieter schimpften, was das schon wieder wäre, und woher das so *infam* röche, huschten hinten die Mädchen eines nach dem andern die Hintertreppe hinab nach Piesseckes Portierloge, zu den Kartoffelpuffern.

Und wer Herrn Piesecke hier gesehen hätte, hätte ihn überhaupt nicht wiedererkannt; denn persönlich war Piesecke ein charmanter Mensch, voll liebenswerter Eigenschaften. Und was er an unangenehmen Seiten offenbarte, das waren nur Notwendigkeiten, die der Stand und die Moral des Standes forderten. Ja, während er noch mit der rechten Hand Auguste vom dritten Stock auf die Backen klopfte, kniff er schon hinterrücks mit der Linken der langen Emma in eine der zahlreichen festen Rundungen, die durch ihr helles Kattunkleid nach außen strebten. Oder Herr Piesecke bückte sich plötzlich, um scheinbar irgendetwas aufzuheben, was ihm heruntergefallen war, so dass die Mädchen kreischend in die Ecken sprangen. Und dazu war Herr Piesecke unerschöpflich in witzigen Bemerkungen, die die Mädchen belachten und gern hörten. Frau Piesecke aber war eine *moderne* Frau, und sie gönnte ihrem Gatten von Herzen, dass er sich das harte Alltagsleben ein wenig aufhellte, wusste sie doch nur zu genau, dass er immer wieder zu ihren gebackenen Kartoffelpuffern zurückkehren würde.

Aber endlich hatten doch auch die Mädchen so viel Anstandsgefühl, dass sie sich sagten, es schicke sich nicht, bei armen Leuten umsonst Kartoffelpuffer zu essen; und um sich erkenntlich zu zeigen, schleppten sie Pieseckes Töpfe und Näpfe voll zu von dem, was übrig blieb. Wenn vom Braten oben noch so viel heraus in die Küche kam, am Abend, sobald wieder nach ihm gefragt wurde, ob vielleicht etwas zum Kaltessen noch da wäre, war der Braten bis auf das letzte Fusselchen verschwunden; und selbst die Fünfgroschenbrote reichten kaum halb so lange wie früher. Dafür drückte Herr Piesecke auch mal ein Auge zu, wenn er ein Mädchen sonntags nach zehn mit ihrem Schatz im Hausgang traf. Ja, er gestattete sogar, wenn es regnete, dass die Mädchen mit dem Bräutigam für einen Augenblick bei ihm vorsprachen. Der junge Mann aber ging nie fort, ohne dem Pomeranzenschnaps, den er selbst braute, das höchste Lob gezollt zu haben.

Und auch sonst nahmen Pieseckes an Lust und Leid der Dienstmädchen regen Anteil; keine gab ihrem Verlobten, den sie in der Heimat hatte, den Abschied, ohne vorher Pieseckes um Rat gefragt zu haben. Und wenn Frau Piesecke auch nicht gerade aus dem Kaffeesatz weissagen konnte, so las sie doch den Mädchen aus den uralten, klebrigen Bostonkarten die schönsten Dinge heraus: Briefe mit roten und schwarzen Siegeln, die mit der Post kamen, Geld, viel Geld, sehr viel Geld, falsche Freundinnen über den Weg, vor denen man auf der Hut sein sollte, eine Reise mit der Eisenbahn, den Tod eines nahen Verwandten und die Untreue des Liebhabers. Und wenn alle Voraussagungen nicht unbedingt zutrafen, das letzte traf über kurz oder lang stets zu und befestigte bei den Mädchen den Glauben an die okkulten Kräfte der Frau Piesecke.

Die erste aber, die auf Frau Pieseckes unheimliche Kartenkunst schwor, war Hedwig. Die runde Hedwig, mit dem Gesicht wie eine lachende Kegelkugel. Das Geld hatte sie zwar nicht bekommen, den Brief mit den roten Siegeln auch nicht, auf die Reise bestand keinerlei Aussicht, ihre ganze Familie in und um Prenzlau platzte vor Gesundheit; – aber das mit der falschen Freundin übern Weg konnte schon stimmen, und ihr Bräutigam – nie hatte *er* sich diesen Ehrentitel zugelegt – der Schlächtergeselle Gustav Schmelow, war ihr wirklich untreu geworden ...

Denn als Emil Kubinke Morgen für Morgen bei Herrn Markowski vorsprach, da hatte ihn Hedwig zuerst sehr kurz und schnippisch behandelt; aber er war auch immer so sehr in der Hetzjagd, dass er sich nicht auf lange Gespräche einlassen konnte. Doch selbst seinen bescheidensten und harmlosesten Fragen und Anknüpfungen setzte Hedwig einen kaum verständlichen Widerstand entgegen.

Sowie jedoch Herr Markowski, in seinem Jägerhemd mit der rauen und unverhüllten deutschen Männerbrust, Hedwigs, die ihm die Stiefel hereinbrachte, ansichtig wurde, konnte er es sich doch nicht versagen, ganz harmlos zu fragen, ob sie heute wieder die Suppe versalzen würde, oder ob sie wieder mit der Butter gegen die Wand rennen wollte; denn Hedwig hatte letzthin in tiefen Liebesgedanken mit dem Tablett statt durch die Tür durch die Wand gehen wollen, und wenn ihr das auch nicht völlig gelungen war, so war doch bei dieser Gelegenheit die Butter an der Tapete kleben geblieben, wie ein Schneeball an der Kirchenmauer. Die

Familie Markowski aber hatte das nicht weiter tragisch aufgefasst, und der Humor des Vorgangs hatte sie mit dem dunklen Fettfleck an der roten Tapete des Berliner Zimmers versöhnt, und außerdem wollten sie gerade an diese Stelle schon lange einen schönen, mit Briefmarken beklebten Teller hinhängen.

Nebenbei lag nun in den Worten des Herrn Markowski keineswegs ein Vorwurf; denn, da Herrn Markowski selbst alle Äußerungen des Lebens außerordentlich angenehm waren, so wusste er sie in ihrer schönsten Vollendung auch bei anderen zu schätzen; und er war der letzte, der Hedwig hierin etwa geschmälert hätte. Ja, um es geradeheraus zu sagen, Herr Markowski hätte sogar nicht ungern zur Vervollkommnung von Hedwigs Glück das Seinige beigetragen, wenn er nicht ein Mann von strengen, moralischen Grundsätzen gewesen wäre. Und einer seiner ersten Grundsätze, von dem er nie ohne Not ungern und nur selten abwich, lautete: »Das Haus wenigstens muss rein bleiben; sonst gibt's zum Schluss nur Unannehmlichkeiten.« – Ach, wenn doch alle Ehemänner so denken wollten!

Und es wäre nun falsch, anzunehmen, dass Hedwig etwa die Scherze des Herrn Markowski übel aufgefasst hätte. Nein, wenn sie auch verschämt sagte: »Aber Herr Markowski, lassen Sie doch bitte das«, so lag keineswegs ein Widerspruch darin, und man hörte ihrer Stimme den geheimen Stolz an, dass das Schicksal sie und gerade sie mit dem süßen Glück ihrer Liebe gesegnet hätte.

Aber bald darauf, als Emil Kubinke eines Morgens kam, da öffnete ihm Hedwig mit einem ganz verquollenen und verweinten Gesicht; und als Herr Markowski nach seinen Stiefeln rief, da kam Hedwig nicht mit ihnen, wie sonst, hereingetänzelt, rosig wie ein Frühlingsmorgen, sondern durch die Tür schob sich nur ein dicker Arm, und die beiden großen Stiefel klatschten ins Zimmer. Und als Emil Kubinke mit der Zartheit einer säugenden Taube, wie es bei dem Alten von Stradford heißt, Hedwig nachher fragte, »aber

Fräulein Hedwig, was haben Sie denn heute, Ihnen ist wohl Ihr Schatz untreu geworden?«, da entgegnete Hedwig kratzbürstig: »Was geht denn Ihnen das an? Und außerdem habe ich Ihnen schon einmal gesagt, Herr Kubinke, dass ich überhaupt keinen Schatz nich habe!« Und in ihrem Zorn warf sie nach Manne, dem Dackel, den Frau Markowski an Kindes Statt angenommen hatte, mit einer, rohen Kartoffel, so dass das alte, faule Vieh ganz angstvoll auf seinen vier krummen Beinen aus der Küche schlidderte.

Emil Kubinke aber ging kopfschüttelnd fort und wagte kaum »Adieu, Fräulein« zu stottern. Nie hätte er geglaubt, dass das Weib ein so rätselhaftes Geschöpf sei.

Am Abend aber, als Emil Kubinke nach seiner Bodenkammer hinaufstieg, da blickte er noch einen Augenblick durch das geöffnete Flurfenster, und er sah gerade in Hedwigs Zimmer hinein. Die saß am Fensterbrett, hatte eine Küchenlampe neben sich stehen, dass ihr der helle Schein aufs Papier fiel, hatte den blonden Kopf ganz heruntergebeugt und schrieb und schrieb schwerfällig, mit dicken roten Fingern. Und Emil Kubinke fragte sich ganz erstaunt, was das Mädchen da nur zu schreiben hätte. Ja – wenn Emil Kubinke eine halbe Stunde später unten bei Piesecke in der Portierloge gewesen wäre, da hätte er es Wort für Wort hören können, denn da las Hedwig den Brief noch einmal vor, ehe sie ihn in den Kasten warf, und sie zeigte auch die intime Fotografie von dem Schlächtergesellen Gustav Schmelow, in enganschließendem Trikot, die Orden und Schleifen seines Athletenklubs auf der Brust, das Bild, das sie ihm nun wieder zurücksandte, mit ausgekratzten Augen und die stolze, hochgewölbte Brust an jener Stelle, an der Hedwig das Herz vermutete, mit zahlreichen Nadelstichen durchbohrt.

Aber Piesecke verzieh Emil Kubinke den Gedanken an die Vordertreppe immer noch nicht, und für Emil Kubinke waren ebenso wenig Pieseckes der rechte Umgang. Und so kam es, dass sie sich bisher mieden und dass zu der gleichen Zeit, da unten in der Portierloge Hedwig in Rache schwelgte, oben Emil Kubinke in seinem Bett lag, den Wind hörte und die blaue Nacht mit ihren Sternen sah, in den unruhvollen Gedanken und Empfindungen der Jugend.

Denn, wenn für Emil Kubinke auch die hellen Tage in der immerwährenden Arbeit und Bewegung gleichmäßig dahinflossen, und wenn sie nicht duldeten, dass die geheime Sehnsucht des Lebens sich allzu stark hervorwagte, und wenn sie sie immer wieder zurückdämmten, so sehr ihr Strom auch gegen die Deiche und Mauern presste – nur beim Damenfrisieren, wenn Emil Kubinke die blonden, braunen oder roten aufgelösten Flechten knisternd zwischen seinen Fingern spürte, da verschwammen ihm auf Augenblicke die weißen Gestalten in den bauschigen Frisiermänteln vor ihm, und sein Herz klopfte ihm bis in den Hals hinauf, während doch die Finger wie selbsttätig weiter bastelten und bauten – ja, wenn die hellen Tage auch die Fluten zurückpressten, … sowie die Abende kamen, mit ihren roten Farben, mit ihrem unheimlichen Halblicht, mit den grünen Flammen der Bogenlampen und den hellen Punkten in Scheiben und Läden, mit dem Dunst, dem Staub und dem Rauschen der Bahnen und den Klängen von hundert und hundert schweren und leichten Tritten, mit Gelächter, Hast und Werbung, dann stieg die Flut höher und höher, um die Buhnen und Deiche, die schon angstvoll in den Grundvesten zitterten und wankten. Doch wenn die *Frühlingsnacht* kam, wenn, die Lichter in den Scheiben und Läden erloschen, wenn die Straßen wie von feuchtem Brodem erfüllt waren, der alles dämpfte und unbestimmt machte, der die lauten Tritte milderte, der das Läuten der Bahnen wie zu fernen Klängen verschleierte, wenn die Bäume ihren herben Geruch ausatmeten und die kleinen zaghaften, ersten Blättchen und länglichen Knospen in den Schatten auf den Bürgersteigen sich in seltsam verschnörkeltem Filigran zeigten, wenn die ganze Atmosphäre wie von Lockung und Werbung erfüllt war … dann, ja dann brach die Flut über Wehre, Deiche und Buhnen fort, schwer, mächtig, unaufhaltsam, alles überschäumend, alles fortfegend und niederstreckend – diese unbekämpfbare rote Sehnsucht der Jugend nach Liebe, nach Abenteuern, nach Umfangungen.

Und kaum dass Emil Kubinke dann die Ladentür hinter sich geschlossen hatte, so trieb diese Sehnsucht ihn hinaus auf die Straße, sie gönnte ihm nicht einmal das Butterbrot, das er mit Würgen im Hals herunterbrachte und wenn ihn auch vorher Ermüdung übermannen wollte, – denn es gab viel Arbeit den Tag über – so peitschte sie ihn wieder hoch, dass er die Erschlaffung nicht mehr spürte.

Und von Tag zu Tag, mit jedem milden Abend wuchs draußen – wie die Knospen an den Bäumen, wie die ersten Blüten, die sich an den roten Johannisbeeren und an den gelben Ruten der Forsythien mehrten, wie die Blättchen an den Geißblattbüschen, die den Schleier immer dichter woben, – wuchs draußen das heimliche Flüstern, das Gleiten, das Raunen. Jeder raschelnde Frauenrock flatterte Lockung, jeder Frauenschritt schien wie wartend und verzögert. Die lange Straße mit den zackigen Baumreihen, mit der Perlenschnur der Bogenlampen in der Höhe, mit der trüben Nacht hoch darüber, mit dem bunten Spiel der Schatten auf dem Asphalt, mit den schwarzen Fensterreihen und den nun wie mondbeglänzten Giebeln, Erkern und Pfeilern … die lange Straße trieb es dann Emil Kubinke auf und nieder, auf und nieder, und Liebespaare kamen vorüber; und Emil Kubinke erhaschte mal hie und da ein Wort, das ihm sinnlos erschien, und das doch der eine dem anderen anvertraute wie ein hehres Geheimnis. Er beneidete jeden, der so neben seinem Mädchen herschreiten konnte, und wenn sie auch nur roh und stumpf nebeneinander trotteten. Er träumte dann, dass der dort sein Gegner wäre, dass er ihn niederstrecken würde, und dass das Mädchen im Augenblick den anderen vergessen und sich an ihn schmiegen müsse. Oder er sah drüben auf der anderen Seite aus einer Hausnische eine einzelne Person heraustreten, und er wollte sie wortlos zwingen, dass sie zu ihm hinüberschritte und ihn begrüße, ihm sagte, dass sie seiner warte. Das Mädchen kam dann auch vorübergeschritten, und sie ging auf irgendeinen Kerl los, der noch eben ganz gleichgültig und pfeifend sich an eine Laterne gelehnt hatte, und der nun den freundlichen Gruß, das Lächeln, alles an ihr, das volle Haar, den freien, hellen Hals, die junge Kraft ihrer Glieder, das saubere weiße Leuchten ihrer Kleider nicht wie ein Gottesgeschenk, sondern wie einen selbstverständlichen Tribut hinnahm.

Und wenn dann Emil Kubinke weiterschritt, unwirsch, traurig, sehnsüchtig und zitternd, dann fühlte er, so verlockend sein Autoschal, – der nur zu bald Abendfarbe bekommen hatte, – auch flattern mochte, dass in der Quadrille, die um ihn her wirbelte, für ihn doch nirgends eine Tänzerin harrte, nirgends ein Platz war und dass, so sehr er auch suchen mochte, er nirgends eine Lücke fand, durch die er sich in diesen Kreis hineinstehlen konnte. Und immer, wenn er glaubte, schon eine Tänzerin auffordern zu können, da winkte sie schnippisch ab und machte einem anderen ihre Verbeugung, oder sagte, dass sie keine Lust zum Tanzen hätte. Und Abend für Abend ging so der kleine Emil Kubinke wieder heim, gerade vor Toresschluss, stolperte die Windungen der Korkenziehertreppe hinauf, schritt unter den Balken den halbdunklen Gang ab, horchte einen Augenblick mit angehaltenem Atem in die weite Dunkelheit hinein und ging dann aufseufzend in seine Kammer. Und was er auch lesen mochte, den Uhland, den Körner, den Wilhelm Tell, er konnte nicht recht dabei bleiben, die Buchstaben verwirrten sich, der Sinn entschwand ihm, und die Müdigkeit nach des Tages Arbeit kam jetzt wieder, dass er auf sein Bett sank; aber dann wurde er nur wieder wach, heiß, überrege und lag lange da und starrte mit aufgerissenen Augen in den grauen, trüben Nachthimmel oder in das Blauschwarz mit den hellen Fleckchen und Punkten der ewigen Sterne. Und so ging es Abend für Abend, ob draußen die Straßen blank und rein, wie frisch gescheuert waren, oder im Schimmer eines glitzernden Sprühregens lagen, ob eine warme Feuchtigkeit von Bäumen und Gesimsen troff, oder der Wind die Scheiben klirren machte – stets nur das gleiche, hoffnungslos ermüdende Spiel.

Emma, Hedwig und Pauline, die den ersten Tag Emil Kubinke hier draußen so freundlich und lächelnd umgaukelt hatten, gleich drei Schmetterlingen, die eine Distel umflattern, und die sich nur nicht darüber einigen können, wer sich nun zuerst an dieser Distel gütlich tun soll – Emma, Hedwig und Pauline schienen weit fortgeweht zu sein und ließen sich nie mehr des Abends blicken. Pauline musste, wenn Frau Betty Löwenberg des Abends ausging, bei Goldhänschen bleiben und dessen sanften und gleichmäßigen Kinderschlummer bewachen und behüten, und so kam sie nie herunter; denn Frau Löwenberg erklärte ihrem Mann jeden Mittag, dass sie jetzt überhaupt zu nichts mehr käme, dass sie bei diesen ewigen Wirtschaftssorgen und dem Kindergeschrei ganz verdumme und verbauere, dass ihre geistige Kraft hinschwände und dass sie sich nur nach *ein ganz klein wenig* Erholung und Abwechslung sehne. Und Herr Max Löwenberg mochte noch so müde vom Geschäft nach Hause kommen, es nützte ihm ganz und gar nichts, er musste noch einmal den Londoner Zylinder aufsetzen und mindestens mit seiner Gattin ins Café gehen, damit sie wenigstens einmal am Tage Menschen sähe, und sich über den neuen Hut und den Pelzmantel von Frau Cäcilie Simonsohn den Mund fusselig reden könnte. Drei Tage von den sieben Tagen der Woche waren aber Löwenbergs schon von vornherein versagt, – ohne den Freitagabend von Rosa Heymann zu zählen, – denn es erübrigt sich wohl zu sagen, dass Löwenbergs der Geselligkeit nicht abhold waren, und dass sie, wie die meisten ihres Kreises, stets zu anderen, aber nie zu sich selbst kamen. Und das war keineswegs dumm von ihnen; denn da hätten sie eben nur eine zum Sterben langweilige Gesellschaft vorgefunden. Und so nahm Abend für Abend Frau Betty Löwenberg den lachsfarbenen Theatermantel, sagte zu Pauline, dass sie heute *wirklich* sehr bald wiederkämen, und dass sie hoffe, ruhig gehen zu können, sie wäre überzeugt, dass sie gut aufpasse. Und im Fahrstuhl erzählte sie dann täglich ihrem Mann, dass sie keine Macht der Welt überhaupt aus der Tür bekommen hätte, wenn sie nicht in Pauline vollstes Vertrauen setzte. Herr Löwenberg aber dachte an die rotblonden Flechten und das lachende, helle Gesicht und sagte, er wäre auch der Meinung, sie schiene eine ganz ordentliche und tüchtige Person zu sein. Aber, wenn man ihn auf Ehre und Gewissen gefragt hätte, was er lieber getan hätte, im Café mit den vielen Menschen zusammen zu sein und zum hundertsten Male das Lied vom Nerzmantel der Frau Cäcilie Simonsohn, (niemand verstand, wo die das Geld dazu hernahm!) das Lied vom »Nerzmantel bis auf die Erde« zu hören, oder sich und der ordentlichen und tüchtigen Person ein wenig plaudernd und beieinander die Zeit zu vertreiben … man braucht nicht zu zweifeln, wie die Antwort ausgefallen wäre. Aber während Herr Löwenberg so würdig neben seinem stillen Kompagnon einherschritt, saß nun Pauline oben und las das dreiundvierzigste Heft von der »armen Millionengräfin«, eine schöne, handlungsreiche und spannende Erzählung vom berühmten Autor der »verfolgten Unschuld«. Emil Kubinke jedoch irrte durch die Straßen, sehnsüchtig und traurig, und er hoffte immer einmal, dass dieser Schmetterling seinem Weg entgegenflattern würde.

Doch auch Hedwig gaukelte nicht heran, sondern zog es nunmehr vor, in Pieseckes Portierloge zu bleiben und den alten Dachshund, der wahrhaft Menschenverstand besaß und genau wusste, wo er wieder hingehörte, allein in die Nacht hinauszuschicken. Nur Emma schien manchmal in der Ferne den einsamen Wegen Emil Kubinkes vorüber zu schweben, und der glaubte mehr als einmal ihre große hohe Gestalt weit unten im Halblicht vorbeigleiten zu sehen. Aber sie zog so schnell dahin und bog immer so bald in die dunkleren Nebenstraßen, nach dem offenen Land zu, ab, dass sie stets seinen Blicken entfloh – und schließlich konnte es auch ebenso gut irgendeine andere gewesen sein.

So hatte der neidische Wind diese drei Schmetterlinge von seinem Wege fortgeweht, und schon fürchtete Emil Kubinke, dass sie ihm nie wieder zuflattern würden.

Am achtzehnten morgens aber, da flüsterte Pauline, als er zu Herrn Löwenberg ins Zimmer ging: »Vergessen Sie heute Abend nicht, Herr Kubinke, nach neune.« Und der schrak freudig zusammen, denn ihm war das alte Abkommen ganz aus dem Sinn geschwunden.

»Wo denn, Fräulein Pauline?«, fragte er und sah sie glücklich und zärtlich von der Seite an.

»Na selbstverständlich hier oben; de Brennschere brauchen Se jar nich mitzubringen, die hab ich alleine!«

Ach, Emil Kubinkes Himmel war schon wieder entgöttert! »Gewiss«, sagte er, »sowie ich kann, gleich nach neun!«

Als aber Emil Kubinke abends nach neune heraufkam, saß schon Paulines Freundin in der Küche, in einem langen schwarzen Mullrock, mit aufgenähten goldenen Pappsternen, als Königin der Nacht und trug über dem Haarbau noch einen großen doppelseitigen goldenen Blechstern, wie man ihn an die Spitze der Weihnachtsbäume heftet, und ein paar mächtige, krebsrote Arme quollen oben zu beiden Seiten aus dem verschnürten Mieder, so überraschend in ihren wuchtigen Fleischmassen, dass man glaubte, die Königin der Nacht hätte die Arme mit den Beinen verwechselt. Und die große, fette Person saß auf einer Ecke des Küchenstuhls, wagte sich nicht zu regen, aus Angst, sie könnte ihr Maskenkleid beschädigen, – und das hatte sie schon genug zu leihen gekostet.

Aus der Mädchenstube aber rief Paulines wohlbekannte Stimme: »Herr Kubinke, kommen Se rein!«

Und Emil Kubinke schob klopfenden Herzens die Tür auf, und da sah er auf dem Bett im Halbdunkel ein langes rotes Samtkleid liegen, mit hellen Besätzen; und daneben saß im matten Schein der Lampe Pauline vor der alten birkenen Kommode, dem Spiegel gegenüber … saß da, wenn auch nicht ganz in jenem flatternden und zarten Kostüm, in dem Heines Königin Pomare ihrem Friseur Audienzen gab, so doch leicht und locker genug, im Schnürleib und in kurzen weißen Unterröcken. Arme, Hals, Schultern und Brust waren frei, ganz weiß und zart und matt perlmutt schimmernd, wie man es eben nur bei solchen Goldfüchsen findet. Und hinten über den Rücken hinab fiel Pauline dieses offene rote Vließ, diese schweren Wellen von gesponnenem Kupfer, gemischt mit hellen Bronzefäden. Nur den Kopf wandte Pauline nach Emil Kubinke, sah ihn aus den Augenwinkeln an und lächelte ihm ganz leise und freundlich und ein wenig verschämt entgegen, mit einem Lächeln, das nicht mehr ihr Gesicht veränderte wie der Wind, der über Blüten huscht, und vor dem doch selbst ein Stärkerer gezittert hätte. Wie viel mehr erst so ein junger Soldat, der noch kaum je im Feuer gestanden hatte wie dieser Emil Kubinke.

Und als Emil Kubinke so den Kamm in langen Strichen durch das schwere Haar zog – keine von den feinen Damen, die vor ihm gesessen, hatte je so reiches und edles Haar aufzuweisen gehabt – und als er so auf die weißen Schultern herabsah, da wurde ihm sehr beklommen zumute, aber dann überwog doch auch hier die Freude, so auserwählt schönes Material einmal in Händen zu haben, und wenn ihm sein schweres Handwerk niemals bisher als Kunst erschienen war, hier, als er die Strähnen und Flechten hochnahm und spielend über die Hand breitete, als er so Haarbahn um Haarbahn zu einem reichgegliederten Bau zusammenfügte, da spürte er so etwas wie eine tiefe Befriedigung, die ihm das Formen mit den zierlichen und schmiegsamen Gold-, Bronze- und Kupferfäden eingab. Und aus den Schultern Paulines wuchs jetzt gleichsam unter Emil Kubinkes Händen dieser schlanke Hals empor; und während die roten Flechten wie straffe Saiten zum Scheitel emporstrebten, kräuselten sich immer wieder einige rebellische Löckchen zurück nach dem weißen Hals. Pauline aber saß ganz still, immer noch lächelnd, und beobachtete durch den Spiegel jede Bewegung Emil Kubinkes, und wenn er aufsah, so sah er ebenfalls im Spiegel das helle Gesicht Paulines mit den großen, feuchtschimmernden braunen Rehaugen. Und Emil Kubinkes Herz neigte sich vor so viel Anmut und Schönheit. Und er wollte diesem stummen Beieinander gar kein Ende machen, und immer wieder fand er irgendeine rebellische Haarsträhne, die sich nicht ganz nach seinem Wunsch in den hellen, feuerfarbenen Helm einfügen wollte; – nur um noch einen Augenblick glücklich und verwirrt auf den Perlmuttschimmer und auf die weichen Rundungen der weißen Arme, der Schultern und des Halses her- absehen zu dürfen.

Aber endlich musste Emil Kubinke doch fragen, ob die Frisur ihr so gefiele, und Pauline lächelte wieder und sagte, während sie sich langsam erhob und sie sich nun in dem engen Raum, den Bett und Kommode fast ganz einnahmen, ganz nahe gegenüber- standen, leise und fast zärtlich, mit einer Stimme wie ein Kind, das sich nach dem Bett sehnt: Er hätte seine Sache vorzüglich gemacht. Und jeder andere, nur nicht Emil Kubinke, hätte gesehen, wie sich Paulines Oberlippe hierbei leicht schürzte, als erwarte sie, dass sie geküsst würde; und wie es in den weißen Armen Paulines zuckte, als wollten sie sich im nächsten Augenblick schon um den Hals dieses Mannes da ranken und ihm seinen Lohn ge- ben. Aber Emil Kubinke stand starr und steif wie ein Stock. Ach

Gott ja, wenn Jugend oft wüsste ... Und als er noch immer so stand und nicht den Mund aufbekam und nicht einmal eine Bewegung machte, die von Pauline zärtlich hätte missdeutet und durch Gegenmaßnahmen hätte gefördert werden können – da nahm Pauline von der Kommode ihr ledernes Geldbeutelchen und suchte darin nach einem Fünfgroschenstück, – denn sie ließ sich nicht gern etwas schenken.

Da aber fand Emil Kubinke seine Sprache wieder und stotterte, er hätte es sehr gern getan. Er nähme kein Geld, und er möchte sie gern jeden Tag frisieren, nur weil sie so schönes Haar hätte.

Und draußen klopfte die Freundin und rief lachend: »Na, seid ihr denn noch nicht bald fertig, was macht ihr denn da zusammen in de Kammer, – ihr verheiratet euch wohl?«

Und Pauline rief sie herein, sie solle ihr beim Anziehen helfen, solle die Ösen zumachen, und damit war der arme Emil Kubinke plötzlich überflüssig und entlassen; aber er solle doch ja einen Augenblick in der Küche warten, wenn er sie in ihrem Maskenkostüm sehen wollte. Und nun saß Emil Kubinke unter dem grellen Gasglühlicht draußen auf dem Küchenstuhl, und während er von nebenan die Mädchen quietschen und lachen hörte, dämmerte es ihm auf, dass er es vielleicht soeben verpasst hatte, Lohn und Dank für seine Kunst einzuziehen, die sicherlich so reich und schön ausgefallen wären, wie ihm das noch nie vordem zuteil geworden.

Aber da hörte Emil Kubinke Frau Löwenberg »Pauline« rufen und hörte die Tritte des Herrn Löwenberg auf dem langen Korridor, und der schüchterne Emil Kubinke sagte sich, dass er doch hier nichts mehr zu suchen hätte, und dass er sich doch nur lächerlich machte, wenn er hier in der Küche säße; und ehe die noch nach hinten kommen konnten, stahl er sich ganz schnell und leise wie ein Dieb zur Tür hinaus und schlich die halbdunkle Wendeltreppe hinab.

Unten vor dem Hause wollte er auf Pauline warten.

Und während nun oben Herr und Frau Löwenberg Pauline als »Ritterin« bewunderten, in ihrem roten Samtkleid, das an der linken Seite hochgerafft war und mit vielen Silber- und Goldborten und Tressen allenthalben umzogen war, das ein geschnürtes Mieder hatte und ein richtiges Gretchentäschchen; und während dazu Pauline stolz und doch verschämt in der Küche auf und nieder schritt, damit man sie auch von allen Seiten sehen könnte ... und während dann Frau Betty Löwenberg für Pauline ihren vorjährigen silbergrauen Abendmantel, den sie doch nie mehr in ihrem Leben getragen hätte, heranbrachte – sie gäbe ihn zwar gern, aber Pauline möchte recht auf ihn achtgeben, er wäre noch sehr gut, besser als sie sich je einen kaufen könnte –; und während ferner Herr Löwenberg immer wieder um Pauline mit dem Ausdruck der Verwunderung herumstrich und ihr doch zu gern als Anerkennung wenigstens einmal in die Backen gekniffen hätte, wenn nicht das dicke Trampel, die Königin der Nacht, ihn so unentwegt angestarrt hätte ... ja während nun hier oben alles lachte und fröhlich im hellen Licht sich drehte, ging unten im Halbdunkel am Haus Emil Kubinke auf und nieder; und er sah immer noch die weißen Arme, den Hals und die Schultern vor sich. Und jetzt in Gedanken nahm er sich all das im Sturm, was ihm vordem selbst als Geschenk entgegengebracht wurde – wenn er nur den Mut gehabt hätte, einen Finger auszustrecken.

Als aber oben die Tür hinter der Ritterin und der Königin der Nacht sich geschlossen hatte, und als man beide noch auf der Treppe lachen hörte, da sagte Frau Betty Löwenberg ganz entrüstet: »Weißt du, Max, die Pauline ist doch sonst wirklich ein ganz hübsches Mädchen; aber jetzt eben in *dem* Kostüm – so etwas von gemein *habe* ich noch nicht gesehen!«

Herrn Max Löwenberg schwebte ein Tiername auf der Zunge; doch er war Engländer genug und ging Szenen aus dem Wege.

Und deswegen sagte er nur – und er sah dabei Pauline in ihrer ganzen Frische noch vor sich: »Ich fand eigentlich, sie sah doch recht niedlich aus.«

Aber Frau Betty Löwenberg war ungehalten, wie sie es eigentlich schon den ganzen Abend über war, da sie heute einmal rettungslos zu Hause bleiben musste.

»Natürlich«, rief sie, nicht ohne jene Schärfe, die das Gewürz aller ehelichen Gespräche bildet, »natürlich! So etwas gefällt dir immer. Ich möchte mal sehen, was du dazu sagtest, wenn ich mich so anziehen würde. Merkwürdig, dass ihr Männer« – in der Erregung machte Frau Betty das ganze Geschlecht von Adam an bis in alle Ewigkeit für die Sünden ihres Gatten verantwortlich – »dass ihr Männer immer an andern Frauen das liebt, was euch bei eurer eignen Frau bis ins Innerste beleidigen würde.«

Und Herr Max Löwenberg begann mit der schonenden Milde des Überlegenen: »Aber liebes Kind! –«

Ja, ja, eine besonders starke Psychologin war Frau Betty Löwenberg nicht.

Aber während so Emil Kubinke nun unten vor dem Hause im Schatten auf und nieder ging, um doch wenigstens noch einen Gruß und ein Lächeln von Pauline zu erhaschen, und während er immer wieder nach der Tür sah, damit Pauline ihm ja nicht etwa auskäme, achtete er naturgemäß nur gering auf das, was direkt vor ihm auf der Erde sich bewegte, und so merkte er es erst, dass er dem alten Manne, der sich eben friedfertig ein Ruheplätzchen suchte, einen Fußtritt gegeben hatte, als der ihm bläffend gegen die Beine fuhr, und als Hedwigs Stimme kategorisch: »Manne, komm beis Frauchen!«, rief.

Und da sah er auch erst Hedwig, die ein paar Schritte davon in heller Schürze an einem Baum stand.

»Tag, Fräulein Hedwig«, sagte Emil Kubinke verlegen, denn es war ihm peinlich, dass man sein wartendes Auf- und Niedergehen beobachtet hatte. »Schöner Abend heute.«

»Schöner Abend heute«, wiederholte Hedwig, zwar wenig freundlich, aber keineswegs so, als ob sie von vornherein alle Verhandlungen mit dem Gegner abbrechen wollte. »Den Abend möcht ich wirklich mal bei Tage sehen.«

»Na, er kommt wohl nicht, Fräulein?«, fragte Emil Kubinke wieder, denn er wollte doch irgendetwas reden.

»Ich weiß nicht, was Sie immer wollen, Herr Kubinke. Ich warte doch hier auf niemand«, versetzte Hedwig lachend, – denn sie fühlte, dass sie hiermit traf.

Jetzt war es an Emil Kubinke, sich zurückzuziehen; denn er wünschte nicht, seine Zuneigung zu Pauline vor der dicken, runden Hedwig zu profanieren, und ferner wollte er ebenso wenig, dass *ihn* etwa Pauline mit diesem Mädchen hier in Unterhaltung träfe.

»Nein«, sagte er schnell, »ich gehe nur noch ein bisschen spazieren.«

»So«, meinte Hedwig ungläubig.

»Ja, wollen Sie nicht ein bisschen mitkommen?«, fragte Emil Kubinke, und er hoffte, Hedwig würde dieses Ansinnen mit der ihr sonst eigenen sittlichen Entrüstung von sich weisen. Aber ganz heimlich da regte sich doch etwas in ihm, wie schön es wäre, wenn sie nun ja sagen würde.

»Wie spät is es denn?«, fragte Hedwig, – um wenigstens die Form zu wahren.

»Es ist noch nicht halb zehn«, meinte Emil Kubinke und zog seine alte, geerbte Nickeluhr.

»Ach, Ihre Knarre, – die jeht ja nach de Suppe«, warf Hedwig ein. »Das muss doch mindestens gleich an zehne sein.«

»Nein, meine Uhr geht auf die Minute«, versicherte Emil Kubinke und griff nach Hedwigs Hand. »Ich habe sie erst heute gestellt.«

»Na denn, weil Sie's sind«, sagte Hedwig und drehte sich. »Aber höchstens 'ne halbe Stunde, länger kann ich nich.«

Und Männe, als ob er jedes Wort verstände, setzte sich zögernd auf seinen alten krummen Beinen vor den beiden her in Bewegung.

Und wie sie so nebeneinander hingingen im Halbschatten unter den Bäumen, da vergaß Emil Kubinke ganz schnell die goldenen Haare Paulines, vergaß die Ritterin, die er als dienender Page erwartet hatte, und alles sonst schwand ihm, was ihn eben noch in freudige Erregung versetzt hatte. Und er sah und fühlte und empfand nur die Nähe Hedwigs, dieser breiten, kleinen, robusten Person, die lachend, frisch, blond, – mit den weißen Zähnen, mit dem großen noch hübschen Mund, mit den Armen wie ein Schmied, die so fest aus den Ärmeln der Bluse quollen, – neben ihm herschritt.

Emil Kubinke hatte ihre Hand ergriffen, und da Hedwig sie ihm nicht entzog, so dachte er auch nicht daran, sie loszulassen, und Hedwigs Hand ruhte frisch und kühl zwischen seinen Fingern, die ganz heiß von dem stürmenden Blut der Jugend waren.

Am liebsten hätte ja nun Emil Kubinke gar nichts gesprochen, denn es war angenehmer, schweigend diese Wellen über sich hingehen zu lassen. Aber er musste doch reden, um nicht langweilig zu erscheinen.

»Gott, haben Sie kalte Hände«, begann er. »Meine sind viel wärmer. Ja, ja, Fräulein Hedwig, – kalte Hände, warme Liebe.«

»Det machen Se sich man ab«, sagte Hedwig und stupste mit dem Arm nach ihm herüber. »Ick bin wie 'ne Hundeschnauze.«

»Ach, – so sehen *Sie* doch gar nicht aus«, meinte Emil Kubinke ungläubig.

»Nee – wirklich, – det haben immer alle Männer zu mir gesagt.«

»Aber weshalb haben Sie denn eigentlich neulich morgens ge-weint?«, fragte Emil Kubinke plötzlich; und zwischen dieser Frage und den letzten Worten bestand ein innerer Zusammenhang.

»Weshalb ich geweint habe«, pladderte Hedwig los, und im Augenblick wusste sie noch nicht, was sie sagen sollte. »Na, janz einfach, weil ich – weil ick – weil ick mir eben über die Frau so gegiftet habe. Ick bin immer sehr freundlich zu ihr gewesen; aber das ist eben bei *die* Leute nicht angewendet. Sonst hat die Olle ja jeden Monat ein frisches Dienstmädchen gehabt, und ich bin überhaupt die erste, die es so lange bei der aushält. Die kann schon 'n Menschen was rumjagen. Davon haben Sie keine Ahnung, Herr Kubinke. Und *Dank* von die Leute, – na wat meinen Se wohl? – nicht vor'n roten Heller.«

Emil Kubinke pflichtete Hedwig vollkommen bei; denn er kannte Frau Markowski nicht, die wirklich eine gute Frau war, und der man einst auf den Grabstein statt aller Lobpreisungen die seltenen Worte hätte setzen können: »Hier ruht Frau Markow-ski, sie hat innerhalb fünfzehn Jahren nur drei Dienstmädchen gehabt.« Und selbst wenn Emil Kubinke Frau Markowski gekannt hätte, in ihrer ganzen Gloriole liebenswürdiger und häuslicher Tugenden, er hätte doch Hedwig voll und ganz geglaubt und ihr zugestimmt. Denn es gibt Lebenslagen, in denen ein junger Mann sehr unklug handelt, wenn er in die Worte seiner Partnerin irgend-welche Zweifel setzt; und Emil Kubinke fühlte, dass er gerade dabei war, in solch eine Lebenslage hineinzuwachsen.

Und dieses Gefühl machte Emil Kubinke glücklich; und er schritt, eine Melodie leise vor sich hinsummend, – denn in Emil Kubinke sang und summte immer alles, sowie er froh wurde; und wenn er recht traurig und mutlos war, so begann es ebenso in ihm plötzlich zu singen und zu summen, so lange bis sich die Wogen wieder glätteten, – ja, Emil Kubinke schritt immer die helle Straße entlang. Und wenn es nur auf ihn angekommen wäre, so wäre er unter den Baumreihen hin bis an das Ende dieser langen Straße gegangen, bis zur letzten Perle an der langen. Perlenschnur, und er wäre wieder auf dem gleichen Wege mit Hedwig und Männe zurückgekehrt. Und das hätte ihm völlig genügt.

Aber an der nächsten Ecke blieb Männe ostentativ stehen, und Hedwig tat eine kleine Sekunde danach das Gleiche.

»Nee, hier jeh ich nich weiter runter«, sagte Hedwig, »hier kenn'n se mir.«

Und damit bog Hedwig in eine weniger erleuchtete Straße ab, in Richtung Laubenkolonie, und zog den unschlüssigen Emil Kubinke, der hier noch nie entlang gegangen war, mit sich. Aber Männe trottete so ruhig vor ihnen her, als ob ihm hier zu jeder Tages- und Nachtzeit Weg und Steg und jeder Pflasterstein bekannt war; während Hedwig sich mit ihrem runden festen Arm bei Emil Kubinke einhängte, so fest, als ob sie seinen Arm in den Schraubstock nehmen wollte, und hiermit dem braven Emil Kubinke jeden Zweifel und Widerspruch nahm.

Aber auch *jetzt* noch schien Hedwig Bekannte zu fürchten. Denn während sie unausgesetzt sprach, irrlichterierten ihre Augen nach allen Seiten. Und jedes Pärchen, das drüben im Dämmer lautlos dahinschritt, das vor ihnen ging, das ihnen weit aus dem Halbdunkel her langsam entgegenkam, suchte Hedwig mit den Blicken zu enträtseln, ob es wohl jenes wäre, nach dem sie fahndete. Denn – um es nur schon einzugestehen – es war keineswegs allein Hedwigs Absicht gewesen, zusammen mit Emil Kubinke die schöne Luft des Aprilabends zu genießen; sondern Hedwig trug sich mit der nicht unbegründeten Ansicht, dass sie hier mit der langen blonden Emma den Schlächtergesellen Gustav Schmelow antreffen würde; und sie war der Hoffnung, in der darauffolgenden Szene der langen Emma ihren Gustav wieder abspenstig zu machen, dem sie immer noch von Herzen zugetan war, und dem sie sich auch *sonst* verbunden glaubte; trotzdem er ihr auf ihren Absagebrief mit einer injurienreichen, bildverzierten Karte geantwortet hatte, die, gerichtlich bewertet – selbst wenn die geringe Bildungsstufe des Absenders als strafmildernd in Betracht gezogen wurde – auf sechs bis acht Wochen Gefängnis einzuschätzen war. Und da Hedwig von so vielen Abenden her die verliebten Schleichwege Gustav Schmelows kannte, so nahm sie an, dass er mit Emma auch keine andern wandeln würde, und Männe – der ja beinahe Menschenverstand hatte, – war hierin ganz ihrer Meinung. Ja, Männe wackelte mit solch einer Bestimmtheit Schritt vor Schritt vor den beiden her, bog so sicher in die rechten Ecken ein, dass sich Emil Kubinke im Stillen sagte, dieser Dackel müsste doch wirklich ganz ungewöhnlich klug sein.

Und mählich änderte sich das Bild. Die Straßen waren jetzt dunkel, weit dunkler als der Himmel, der zart und mit einem mattgrünen, immer noch ganz sanft und rosig gestreiften Horizont sich gen Westen hinauswölbte. Die Häuser standen nicht mehr in geschlossenen langen Reihen, sondern nur noch in Blocks, standen zu zweien und dreien und einzeln mit großen dunkelgähnenden Höhlen, mit Baustellen oder Stätteplätzen dazwischen. Neubauten mit ihren schwarzen Augen, riesig, unfertig, von Gerüsten umgeben, verloren sich in die Dämmerung. Oder eben vollendete Häuser ragten ganz einsam – wie gewaltige, bizarr geschnittene Kulissen, von einer einzelnen Laterne bestrahlt – und kein Fenster war in ihnen hell.

Und dann hörte die Bauzone völlig auf, und der Himmel, der ihnen doch so dumpf und trüb erschienen war, lag nun ganz matt und licht über einer weiten Fläche. Zartgrau und grau war er und mit dunkleren Wolken und mit wenigen Sternen in den Wolkenrissen. Und meergrün war er noch gen Westen. Und von einem leichten, schon halb vergessenen rosa Streifen war er gesäumt dort unten am Rand, wo Himmel und Erde sich berührten. Das ganze Land aber vor Emil Kubinke – einst tiefliegende nassgrundige

Wiesen – es war nun schon seit über einem Jahrzehnt in Straßen geteilt, und es harrte der Bebauung. So lange aber war das Gewirr der Kreuz- und Querwege mit schönen Lindenbäumen und mit Rüstern besetzt; und alle hundert Schritte einmal, hüben und drüben, wurde, wenn auch nicht auf allen Wegen, der grüne Punkt einer Laterne sichtbar. Im Sommer natürlich, wenn das Laub ringsum an den Bäumen war, dann war jede einzelne Laterne ganz eingehüllt, hatte im Blattwerk nur einen Lichtkreis, dann sah man kaum von einer Laterne zur andern, und alles dazwischen war von einem schönen, schützenden Dunkel erfüllt. Dann mussten immer vier Laternen brennen, damit man die fünfte sehen konnte. Jetzt aber, da die Bäume ja noch kahl waren, eben ihre Knospen regten, und höchstens irgendein vorwitziger Lindenbaum ein paar kleine Blättchen licht und zart wie Seidenpapier entfaltete, sah man natürlich, wenn auch die Straße an sich dunkel blieb, alle die langen Lichterreihen hintereinander, nebeneinander sich schneidend und kreuzend in dem Astgewirr, das sich ganz be-stimmt und deutlich von dem helleren Nachthimmel schied. Lauter grüne blitzende Pünktchen waren es, soweit der Blick reichte. Wie eine Wiese voll Glühwürmchen sah das aus. Und Emil Kubinke fand das hübsch, und er wollte einen Augenblick stehen bleiben, um es in Ruhe zu betrachten. Aber weder Hedwig noch Männe waren hierin seiner Meinung, denn sie hatten es beide schon zu oft gesehen, um dem Bild noch Reiz abgewinnen zu können. Männe vor allem schlidderte mit der Selbstsicherheit eines Grandseigneurs den Weg weiter und ließ sich auch nicht eine Sekunde beirren.

Und wer das Wort erfand, dass die Nacht keines Menschen Freund sei, der hätte *hier* sehen können, wie unrecht er hatte. Hier war sie der Freund so vieler, die auf das Wort der Philine schworen, dass die Nacht ihre Lust hat, und die sich durchaus nicht im Dunkeln fürchteten, sondern die sogar mit Fleiß und

Absicht jede Helligkeit mieden. Langsam, langsam schlichen hier Liebespaare die Wege herunter, oder standen eng aneinandergeschmiegt im schützenden Schatten eines Baumstammes oder eines Bretterzaunes. Emil Kubinke gewahrte sie oft gar nicht, aber er hörte Raunen und Flüstern, hörte die Laute der Küsse, sah dunkle Doppelschatten auf dunklen Wegen; und er, der geglaubt hatte, dass hier draußen die Wege ganz einsam waren, er erstaunte, sie so geheimnisreich belebt zu finden. Der Gedanke jedoch, dass ihn nun niemand hindern könnte, es bald ebenso zu treiben, wie die andern hier, – dieser Gedanke war Emil Kubinke nicht unangenehm.

Aber er hatte hierbei die Rechnung ohne Hedwig gemacht. Denn die zog höchst resolut weiter und dachte auch nicht im Entferntesten daran, mit Emil Kubinke in jenem süßseligen Liebesschlendrian dahinzuschleichen. Bei diesem Marschtempo aber kam Emil Kubinke gar nicht dazu, auch nur ein einziges Mal seiner robusten Nachbarin in die Augen zu sehen und mit einem langen und innigen Blicke die Feindseligkeiten im Kampfe der Geschlechter einzuleiten. Und auch Männe schien Emil Kubinkes Vorhaben höchlichst zu missbilligen, denn er schlidderte ebenso eilfertig vor den beiden her, und damit er den beiden etwa kein übles Beispiel gäbe, kümmerte er sich gar nicht darum, wenn unten in den Laubenkolonien ein einsamer Hund melancholisch in die Nacht hinausheulte, oder wenn ein Terrier plötzlich hell aus dem Dunkel heraus ihm entgegensprang und erhobenen Kopfes seine seelische Ruhe zu verwirren suchte. Nein, unbeirrt wackelte Männe weiter mit gesenkten Blicken und fromm herabhängenden Ohren, und nur wenn Hedwig den Kopf nach rechts oder links wandte, um zu erspähen, ob jenes Liebespaar, das dort langsam dahinschritt oder das da drüben am Zaun lehnte, etwa mit dem von ihr gesuchten identisch wäre, dann hob auch Männe den Kopf, schnupperte, indem er das rechte oder linke Nasenloch hochzog und trottete dann weiter. Emil Kubinke jedoch war für ihn ebenso wenig vorhanden, wie er es für Emil Kubinkes dralle Begleiterin war.

Aber plötzlich bog der Schrittmacher, bog Männe von der Straße ab, und Emil Kubinke erstaunte, mitten hier in dieser Wildnis, in diesem der Natur enteigneten harrenden Bauland im Dämmerlicht der Nacht plötzlich weite, schöne, grüne Rasenflächen zu erblicken, oder richtiger zu ahnen, und den Duft von vielerlei Büschen und zartem Laubwerk zu atmen. Weiden standen da im Dämmer, das aus der milden Helligkeit der Nacht und dem fernen Schein der Laternen gewebt war, mit flatternden Schleiern gelbgrüner Zweige; und weiße Birkenstämme geisterten daneben, zart und dünn wie Mondenstrahlen. Buschwerk bildete ganze Wälle und Mauern, und etwelches davon war selbst jetzt im matten Licht noch gelb oder rosig oder purpurn von den Blüten, die es bedeckten. Und auch die bunten Muster von Tulpen, Krokus und Hyazinthen auf dem Rasen konnten selbst *jetzt* in der Nacht nicht ganz ihr Leuchten verbergen; und noch weniger den Duft verleugnen von Muskat, Nelken und Wein, den wilden Liebesduft, mit dem sie die Sinne der Menschen umnebelten, die hier still und wie müde entlangschritten, oder die schon eng aneinandergepresst auf den weißen Bänken in den Anlagen saßen. Weiße Bänke waren das aus lackiertem Lattenwerk, und schön vereinzelt standen sie im Schutze der Büsche. Und überall saßen Liebespaare in heimlicher Zärtlichkeit; und sie befleißigten sich nur *so* lange einer gesitteten Wohlanständigkeit, wie knirschende Schritte auf dem Kies verlautbar waren. Aber im Augenblick, da sie verhallten, – ja noch früher – sanken sie sich schon wieder in die Arme, als ob sie jetzt und auf der Stelle ineinander schmelzen müssten.

Emil Kubinke hatte mitten in dieser Wildnis nie eine solche Oase, ein solches Stück blütenfarbiger Anlagen vermutet, das die Verliebten ringsum von fernher anlockte, wie die duftenden

Phloxblüten die Falter in der Sommernacht. Ja, Emil Kubinke wagte kaum nach rechts oder links zu blicken, denn er fühlte, dass er Heimlichkeiten der andern störte. Er wusste auch nicht, wie weit diese Oase ging, wo sie endete, hüben oder drüben, ob das immer so fort ging durch dieses warmdunkle, halbhelle Liebesland. Er sah die weiten Rasenflächen in ihrem feuchten Schimmer, sah ganz fern Gärten und ein Haus, das dunkel zwischen den Korallenriffen blühender Obstbäume lag; und die fantastischen Flügel eines Windrades schwebten hoch darüber, standen gegen die grauen, leicht leuchtenden Wolken und gegen die Streifen schwarzen Nachthimmels, die mit ihren wenigen Sternen die Unendlichkeit offenbarten.

Aber weder Männe noch Hedwig schienen im Geringsten über dieses Blütenwunder in der Wildnis erstaunt zu sein, und noch weniger schien sie der Anblick der Liebespaare zu verwirren. Männe strafte sie mit der stummen Verachtung des Philosophen und knurrte nur manchmal missbilligend, wenn er sich genötigt sah, öffentliches Ärgernis zu nehmen. Auch Hedwig schlug etwa nicht, wie das einer Jungfrau zukommt, die Augen nieder, sondern ließ sie höchst respektlos umherwandern, ob da nicht doch etwa Gustav Schmelow, der treulose Schlächtergeselle, mit dem langen Laster, der Emma, ein Schäferstündchen feierte. Und währenddessen zog sie den guten und verwunderten Emil Kubinke mit, ohne dessen Wünschen und geheimen Absichten auch nur das geringste Entgegenkommen zu zeigen. Und der war, wie gesagt, Frauen gegenüber recht schüchtern; und außerdem ist ein Marschtempo nun einmal stets der beginnenden Liebe höchst hinderlich.

Aber endlich, nachdem Hedwig und Männe, wegauf, wegab die grünen Anlagen abgeschritten hatten, nachdem sie selbst mitten über die Spielplätze der Kinder ihre Schritte gelenkt hatten und sogar in die kleinen Lauben und Regenhallen hinein ihre indiskreten Blicke hatten gleiten lassen, da fasste sich Emil Kubinke doch ein Herz und sagte, weil gerade so eine Bank ganz weiß und hell im Scheine einer nahen Laterne stand, dass er sich hier ein wenig niederlassen wollte.

»Nee, auf *die* Bank setz ick mir nich, da sitzen wir so auf 'n Präsentierteller«, sagte Hedwig, und auch Männe schüttelte den Kopf, dass seine Ohren nur so klatschten. Nein, mit dieser Bank war er gar nicht einverstanden.

Und ohne dass Hedwig auch nur einen Schritt gemacht hätte, bog Männe in einen kleinen Seitenweg ein und fasste vor einer andern Bank Posto, die da ganz verdeckt im Schutz der Büsche stand und die Emil Kubinke nie und nimmer gefunden hätte. Und seltsam, vielleicht dass diese so angenehme und vorteilhafte Bank andere auch nicht gefunden hatten, vielleicht, dass unsichtbar aber deutlich kenntlich ein Schild mit dem Wort »Reserviert« über der Bank schwebte und die Liebespaare zurückschreckte – so wie in den Wirtshäusern immer gerade auf dem besten und gemütlichsten Tisch der zinnerne Herold mit dem Banner »Reserviert« steht … – seltsam, diese Bank war leer und schien gerade auf Hedwig und Emil Kubinke gewartet zu haben. Jedenfalls knarrte sie höchst beifällig, als sie sich auf ihr niederließen; und sicherlich galt dieser Gruß als einem alten Bekannten auch Männe, der gleich unter den Sitz gekrochen war und den Kopf mit geschlossenen Augen auf die Pfoten gelegt hatte, als wäre es jetzt für ihn schicklicher, nichts mehr zu hören oder zu sehen.

»Sie sagen auch, Herr Kubinke, im Dunkeln is jut Munkeln«, meinte Hedwig und stieß Emil Kubinke mit dem Ellenbogen an.

Also – wir können es beschwören – dass Emil Kubinke es *nicht* gesagt hatte, und gar nicht daran gedacht hatte, es zu sagen. An so etwas dachte Emil Kubinke heute gleich am ersten Abend, da er mit Hedwig zusammen war, überhaupt nicht.

Nein, Emil Kubinke wollte mal das Terrain sondieren.

»Können Sie denn jeden Abend so fortgehen, Fräulein Hedwig?«, fragte er.

»Mit eenmal nich!«, versetzte Hedwig. »Wenn ick mir den ganzen Tag abrackere, denn wer ick doch wohl det noch dürfen.«

»Wo gehn Sie denn nächsten Sonntag hin?«, fragte Emil Kubinke nach einer kleinen Verlegenheitspause, denn die Nähe seiner Nachbarin verwirrte ihn doch.

»Wo's schön is und nischt kost«, meinte Hedwig, und dann schwieg sie wieder.

»Ach, *ich* möchte mal gern wieder ins Theater gehen.«

»Nee, da war ick schon!«, meinte Hedwig und pustete durch die Nase.

»Ja, ich sehe schon immer in der Zeitung nach, ob sie nicht mal Schillers Wilhelm Teil geben. Den möcht ich zu gern sehen«, sagte Emil Kubinke. »Kommen Sie da mit, Fräulein?«

»Nich in de Hand!«, versetzte Hedwig. »Ins Theater bringn mich keine zehn Pferde mehr. Des is mir zu jraulich. Wie ick da war, da habn sie auch ein Stück von Schiller gegeben, und da habn se eene drin köppen wolln. So wat kann und kann ick nich sehn. Aber zum Schluss, verstehn Se, da muss ihr ihr Freund denn noch gerettet haben, denn da kam sie doch mit ihm mindestens sechsmal vorn Vorhang gezottelt.«

»Wie hieß denn das Stück?«, fragte Emil Kubinke.

»Ja, des könn'n Se wirklich nich von mir verlangen, dass ich des ooch noch behalte. Aber es muss doch schon ein *sehr* altes Stück gewesen sein, denn wie die Frauen da gingen, mit die weiten Röcke und den hohen weißen Kragen, so gehn sie heute doch nur noch auf die Maskenbälle.«

Bei dem Wort »Maskenball« tauchte plötzlich vor Emil Kubinke die rotblonde Pauline in ihrer ganzen liebenswürdigen Anmut auf, und auf einen Augenblick rückte dieses Bild ihm seine Nachbarin in weite Ferne. Dann aber bekam doch wieder die greifbare Wirklichkeit mit ihrer siegenden Verlockung ihr Recht, und Pauline sank zurück nach ganz weit hinten in das dunkle Jenseits der Dinge.

Emil Kubinke war jetzt still geworden, und auch Hedwig unterlag langsam der weichen Werbung der Frühlingsnacht. »Wie alt sind Sie denn, Fräulein Hedwig?«, fragte Emil Kubinke.

»Ich gehe im einundzwanzigsten Lebensjahr«, meinte Hedwig.

»Na, da könn'n Se doch bald heiraten.«

Und Emil Kubinke fühlte, dass er mit dem Wort »Heiraten« das Gespräch in das richtige Fahrwasser brachte.

»Ach – wat hab ick denn *da* schon!«, meinte Hedwig. »Nee – ick heirat mal überhaupt nich, und zieh denn zu meine Kinder.«

»So so«, meinte Emil Kubinke.

»Ja, und wie alt sind Sie denn, Herr Kubinke?«

»Ich bin zweiundzwanzig.«

»Und sind *noch* nicht beim Militär?«

»Nein, sie haben mich bisher nicht haben wollen. Aber jetzt, im Sommer, muss ich mich noch mal stellen; und wenn sie mich *dann* nich nehmen, dann brauch ich überhaupt nicht, Fräulein Hedwig.«

»Passen Se auf, Herr Kubinke«, meinte Hedwig trocken, denn Witz hatte sie, und sie sah den kleinen Emil Kubinke so von Kopf bis Fuß von der Seite an, »passen Se auf, Herr Kubinke, wenn's losgeht, dann kriegn Se 'n Sack mit Kartoffeln, und dann müssen Se mit schmeißen.«

Ach, mit dem Militär also war das nichts! Emil Kubinke fühlte, dass er mit seinem Gespräch in eine Sackgasse gekommen war. Das mit dem Heiraten war doch so eine hübsche Einführung gewesen.

»Mein Kollege, Herr Tesch«, sagte er, um wieder einzulenken, »der hat jetzt 'ne Freundin.«

»Wissen Sie«, sagte Hedwig, »Ihren Herrn Tesch können Sie sich an den Hut stecken, samt seine Freundin. Ich möchte nur *Sonntag* das sind, was der sich in de *Woche* einbildt.«

Armer Kubinke! Mit Herrn Tesch und seiner Freundin, das war nun auch nicht der rechte Weg zu Hedwigs Herzen.

»Ja«, sagte Emil Kubinke, und er wollte nun von der Gemütsseite sich Hedwig nähern, »ja, ich sollte ja eigentlich gar nicht Barbier werden.«

»Aber ein Barbier hat's doch sehr gut. Mindestens so gut wie'n Schlächter!«, meinte Hedwig und verstummte schnell, denn sie fühlte, dass sie das nicht hätte sagen dürfen.

»Nein«, sagte Emil Kubinke, »ich habe ja 'ne gute Schule besucht, und wenn's nach mir gegangen wäre, wäre ich ja für mein Leben gern Musiker geworden, und mein Vater, der wollte doch sogar, dass ich Arzt werden sollte.«

»Ach, Sie war'n wirklich in die *hohe* Schule?«, fragte Hedwig erstaunt und ungläubig. »Das habe ich ja janich jeahnt von Ihnen. Nee, wissen Se, ick bin man bloß in de Pantinenschule jegangen, und meine Mutter zu Hause, die hat mir halb tot geschlagen, aber jelernt hab ick deswegen doch nischt.«

Ach Gott, wenn Emil Kubinke aufrichtig sein sollte, dann musste er sich sagen, dass es ihm ja eigentlich nicht viel besser gegangen war.

»Ja, aber mein Vater, wissen Sie, der starb dann, wie ich zwölf Jahre alt war, und Geld war auch nicht da.«

»Ich hab überhaupt *nur* 'n Stiefvater«, sagte Hedwig leise.

»Wirklich?«, rief Emil Kubinke mitfühlend.

»Nee, nee, jetzt müssen wir jehn«, meinte Hedwig und rührte sich, und im Augenblick raschelte auch Männe unter der Bank.

»Ach, bleiben Sie doch noch«, bat Emil Kubinke und machte zärtliche Augen. »Es ist doch sowieso ein angebrochener Vormittag.«

»Aber nich mehr so lange«, sagte Hedwig und wandte kaum minder zärtlich den Kopf zu ihm.

Und wie sie das tat, rückte Emil Kubinke näher und legte zaghaft ihr den Arm um die feste und doch weiche Taille.

»Nicht so dicht ran, Herr Kubinke!«, meinte Hedwig abwehrend und verschämt, und setzte sich plötzlich in einem kurzen Ruck mit ihrer ganzen Körperfülle dem halb beglückten und halb erstaunten Emil Kubinke auf den Schoß.

Ja, Emil Kubinke hielt sich sogar durch diese Gunst für besonders bevorzugt. Aber sicherlich hätte das Hedwig in der gleichen Lage bei jedem andern ebenso gemacht. Denn im Grunde war ihr ja der Barbier wirklich herzlich gleichgültig. Aber wenn sie den Schlächter auch nicht gefunden hatte, so war das doch kein Grund, dass sie einen Abend wie den heutigen nun deswegen einfach verlieren sollte.

»Sie tragen wohl kein Korsett, Fräulein Hedwig«, meinte Emil Kubinke, denn er fühlte plötzlich die ganze Weichheit und die ganze Frische ihres Körpers.

»Nee, – weißt du, – ich möcht am liebsten garnischt anziehn. Das is ma allens noch viel zu ville.«

»Ach«, seufzte Emil Kubinke und presste, so gut es ging, die dralle blonde Hedwig an sich, drückte selig seinen Kopf an ihren weichen Busen, während seine zitternden Hände an der jungen Gestalt entlangglitten.

»Nu kiek eener den Kleinen an!«, rief Hedwig, halb mitleidig, halb lächelnd und halb nachgebend. »Der jeht in de Kirche und pfeift.«

Und dann warf sich Hedwig mit ihrem ganzen Körper auf Emil Kubinke, nahm ihn zwischen ihre festen Arme und küsste ihn, dass ihm fast die Luft ausging. Denn, wenn sie sich auch aus Emil Kubinke ja herzlich wenig machte, so war ihr doch die Liebe an sich eine sehr sympathische Institution. Und so Richard Dehmel singt: Nur in kurzen Röcken lässt sich lieben, – so war Hedwig zwar die Existenz dieses verdienstvollen Barden bisher völlig unterschlagen worden, aber die strittige Angelegenheit hatte sie im Prinzip in weitgehendster Weise a priori *vor* jeder Erkenntnis begriffen; und wirklich, sie trug kaum etwas, was der Liebe hinderlich war. Und außerdem war es keineswegs ihre Art, in wichtigen Fragen bei eitel theoretischen Erörterungen stehen zu bleiben.

Und als Emil Kubinke Furcht hatte, dass ihn die da drüben von der nächsten Bank aus sehen könnten, da flüsterte ihm Hedwig lächelnd zu: »Die machen es ja auch nicht anders.« Und wenn Hedwig auch nicht in allem recht hatte, was sie sagte, *hierin* war sie bestimmt nicht auf dem Holzweg.

Männe aber lag muckstill unter der Bank. Denn er wusste von früher, dass es besser für ihn war, sich nicht um Hedwigs Privatangelegenheiten zu kümmern.

Aber dann sagte Hedwig, dass es nun die höchste Zeit wäre, dass *sie* nun gehen müsste, und im Augenblick sprang Männe auf und begann zu bellen.

»Menschenskind, halt's Maul«, rief Hedwig den Dackel an und zog Emil Kubinke mit einem lustigen Ruck vom Sitz empor. Denn für Hedwig war ja die Liebe durchaus keine nachdenkliche und sentimentale Sache, sondern schlicht und einfach die erfreulichste Geschichte von der Welt.

Männe aber setzte sich wieder vor den beiden her in Bewegung. Hedwig hing sich bei Emil Kubinke ein; und drüben in den Gärten begann sogar zum Abschied eine Nachtigall zu flöten. Und Emil Kubinke war glücklich, ganz erregt und froh und dankbar. Hedwig jedoch lehnte keineswegs ihren blonden Kopf mehr schmachtend an seine Schulter; und sie *dachte* auch nicht daran, mit Emil Kubinke in dem leisen Tempo der Verliebten durch die duftende Frühlingsnacht dahinzuschleichen, sondern sie schritt rüstig aus, hatte den Kopf hoch und ließ die Augen nach rechts und links marschieren, ob sie nicht doch noch irgendwo ihren Gustav Schmelow mit dem langen Laster, der Emma, erblickte. Und Hedwig summte während des Schreitens schöne Lieder, wie das: »Wenn die Vögel schlafen gehn, abends um halb neune«, mit einer Unzahl von Versen, die Emil Kubinke, der eine keusche Seele war, aus ihrem Mund aufs Tiefste verletzten. Und Hedwig hörte nur damit auf, um ein Lied von der Mutter und Tochter anzustimmen.

> »O Tochter – was hast du getan?
> Nu hast du ein Kind und kein Mann. –
> Und hab ich ein Kind und kein Mann,
> So jeht det ja keinen was an.«

Aber auch dieses Lied behagte Emil Kubinke sehr wenig. Denn im gewöhnlichen Leben schätzen ja Männer die Unschuld der Frauen sehr hoch ein – wenn sie es auch am liebsten sehen, dass sie *ihnen* gegenüber zeitweise keinen Gebrauch davon machen.

Doch ehe es Emil Kubinke dachte, da hatten sie die verschwiegenen Lindenwege mit ihren Reihen von Lichtchen schon hinter sich, und das erste Haus kam wieder groß, grau und einsam mit schwarzen Scheiben im Schein der Laterne ihnen entgegen. Und die Neubauten mit den fantastischen Gerüsten und den dunklen Löchern kamen, und die Lagerplätze mit ihrem nächtlichen Wirrwarr und dem Geheul der Hunde, die gegen die Lattenzäune ansprangen. Dann aber lag auch schon wieder die Nebenstraße vor ihnen, – einsam, halbhell, kaum belebt und träumend mit ihren kleinen atmenden Vorgärtchen. Hinten jedoch zog sich schon das breite Leuchten der Hauptstraße hin, ganz weiß, ganz hell; und oben zwischen den beiden Häuserreihen schwebte, – wie ein grüner Mond – wieder die erste Bogenlampe. Vorhin war der Weg Emil Kubinke endlos lang vorgekommen. Wie *kurz* er jetzt war, kaum zehn Minuten!

»Nu jeh man!«, sagte Hedwig und blieb an der Ecke stehen.

»Aber kommst du denn nich mit?«, fragte Emil Kubinke ganz erstaunt.

»Wo denken Se denn hin, Herr Kubinke«, versetzte Hedwig würdevoll, denn sie stand schon wieder bei dem »Sie« – das ging nämlich bei Hedwig schnell, sehr schnell, fast so schnell wie das »Du« – »wo denken Se denn hin, wenn sie uns hier zusammen sehn! Hier kenn’ sie mich ja wie ’n bunten Hund! Nee, nee, det dürfen wir nich! Auf keinen Fall!«

»Kommst du morgen?«, fragte Emil Kubinke.

»Dieses weniger«, meinte Hedwig. »Morgen Abend jeh ick mit meine Freundin.«

»Aber übermorgen?«

»Det kann eher sein«, meinte Hedwig, denn sie sagte sich, dass Versprechen ja zu nichts verpflichtet.

»Hast du mich denn noch lieb?«, fragte Emil Kubinke. Er war noch nicht beim »Sie«.

»Ja, ja«, sagte Hedwig abwehrend, denn Emil Kubinke wollte sie noch einmal küssen. »Du bist der allerbeste – wenn die andern nich zu Hause sind. – Aber nu jeh man!«

Und wie Emil Kubinke ein kleines Stück fort war, da rief Hedwig ihm ganz laut nach:

»Jute Nacht, Herr Kubinke! Bleiben Se hübsch gesund, falln Se nich in’n Briefkasten!«

Jetzt war Hedwig schon wieder vollkommen beim »Sie«.

Dann jedoch ging Hedwig mit Männe ganz langsam noch einmal in anderer Richtung die helle Straße hinauf; vielleicht, dass sie Gustav Schmelow *hier* attrappieren könnte.

Als aber Emil Kubinke durch den Hausgang schritt, da begegnete ihm der Vizewirt Herr Piesecke, der irgendwie noch knurrig und geheimnisvoll herumwirtschaftete. Und dass der kaum seinen Gruß erwiderte, das machte Emil Kubinke ziemlich wenig, und er nickte dafür, als er über den Fliesenweg ging, als ob die mehr Verständnis für die verschwiegenen Freuden seines Herzens hätten, ganz vergnügt und vertraulich dem Apoll von Belvedere und dem Meister Dante zu, die weiß mitten zwischen dunklen Tannenbüschen und Lebensbäumen auf dem Hof – er glich in all der Nacht einer tiefen Zisterne – weiß und still dahingeisterten. Doch als Emil Kubinke dann oben in seinem Bett lag, da sann er noch eine ganze Weile, und er hörte jetzt ganz leise Regentropfen gegen die Dachfenster pochen, und er kämpfte mit sich, ob er nicht – in jenem Mitteilungsbedürfnis, das der jungen Liebe eigen ist, – Herrn Tesch wecken und ihm sein Abenteuer erzählen sollte. Er lächelte vor sich hin und dachte an die Süßigkeiten von Frauengunst und Frauenliebe, die ihm eigentlich das erste Mal in seinem Leben so recht zuteil geworden waren. Aber, ehrlich gestanden, *er* wunderte sich insgeheim und verstohlen doch etwas, warum er dessen bei Hedwig nicht ganz so froh hatte werden können, wie er das immer ersehnt hatte.

Zur gleichen Zeit jedoch standen an der nämlichen Ecke, an der Emil Kubinke von Hedwig rührenden Abschied genommen hatte, das lange Laster, die Emma, und Gustav Schmelow mit seiner weißen Schürze, und sie übten unentwegt das schöne alte Lied: »Noch einen Kuss, bevor wir scheiden!«

Pauline, die rotblonde Pauline hingegen, tanzte zu eben jener Stunde als Ritterin im Hohenzollerngarten mitten im Saal, gerade unter der Kaiserbüste mit einem langen, großkarierten Engländer, auf dessen Zylinder die Worte »Komische Maske« standen; also gerade unter der Kaiserbüste tanzte sie, links herum einen köstlichen Walzer nach den schönen Klängen des beliebten:

Rosen, Tulpen, Nelken,
Alle Balumen welken.

Marmor, Stahl und Eisen briecht –
Aber unsre Lübe – niecht.

Und Hedwig, unsere gute, dralle Hedwig, die doch die ersten Regentropfen von ihrer Forschungsreise heimgescheucht hatten, stand unten im Hausgang an der Kellertreppe vor dem Vizewirt Herrn Piesecke.

»Na, Fräulein Hedwig, wo kommen *Sie* denn jetzt noch so spät in de Nacht her?«, fragte Herr Piesecke väterlich besorgt und streichelte Hedwig mit seinen rauen Fingern die Backe.

»Von meine Freundin«, meinte Hedwig.

»Na, na?«, sagte Herr Piesecke und versuchte Hedwig plötzlich an sich zu ziehen.

Aber Hedwig wehrte sich.

»Nicht doch, Herr Piesecke«, rief sie lachend, »jehn Se doch bei Ihre Frau! Hände weg, Herr Piesecke, oder es gibt eens drauf!«

Herr Piesecke war aber nun einmal durchaus nicht der Mann, der sich etwa durch einfache Drohungen von irgendeinem Vorhaben abbringen ließ.

Also ward jedem das, was er wollte und was ihm frommte. Hedwig, Emma, Pauline, Emil Kubinke, Gustav Schmelow – und *sogar* Herrn Piesecke. Und hiermit schließt und endet jener denkwürdige achtzehnte April des Jahres 1908 und zugleich mit ihm für unsern Emil Kubinke die kurze Liebesepisode: Hedwig.

Emma

Wie seltsam und in sich verschieden sind doch die Nacht und der Schlaf. Sein und Nichtsein in eins. Wir ertrinken und wissen nicht, wann; wir tauchen empor und wissen nicht, ob es Stunden oder Jahre waren, da wir auf dem Grund des Gewässers blieben. Durch Reiche, Zeiten und Länder sind wir gewandert, durch Wälder, die im Nebel mitzogen; Schlachten haben wir geschlagen; geflohen sind wir; in unergründliche Abgründe gestürzt; haben uns hoch in die Lüfte erhoben, schwebend und kreisend wie Adler unter den Wolken. Weiß war unser Schlaf, hell und licht; oder rot wie von einer brennenden Stadt. Schwarz war er wie wehende Trauerfahnen und dumpfe Trommelklänge. Wir können uns nur aus ihm emporringen, mühselig wie aus Trümmern und Steinen, und er kann verflogen sein wie die Feder, die der Wind fortbläst. Ein neuer Tag kann nach ihm beginnen und alles vordem ausgelöscht sein – oder das Gestern kann sich wie ein Kette hinterher schleppen. Und all das ist wie Schicksal; wir haben keine Macht darüber. Wir erwachen lächelnden Herzens und wissen nicht warum, – und wir erwachen dumpf und angstvoll und verstehen nicht, woher uns diese Beklemmungen kommen. Wir wollten das trübe Gestern vergessen, und es steht nur umso klarer vor unserer Seele; wir wollten an das helle Gestern das Heut anknüpfen, aber das Gestern ist uns entglitten ...

So ging es auch Emil Kubinke.

Er war gestern eingeschlafen, oben in seiner Dachkammer unter dem schrägen Fenster, wie ein Kind, mit einem Lächeln um den Mund und mit dem unklaren Empfinden, dass er aus jenem Kampf als Sieger hervorgegangen wäre. Ach, die Jugend! Sie weiß ja noch nicht, dass diese Siege nur Pyrrhussiege sind, und dass in diesem Kampf der Sieger endlich doch nur der Unterlieger ist ...

Er war eingeschlafen mit dem heimlichen Gedanken, dass die Welt doch vollendet sei und für ihn nun in alle Ewigkeit so bleiben müsse. Das verschlossene Buch, Weib genannt, hoffte er nun für alle Zeiten entsiegelt zu haben, und er meinte von nun an nach Lust und Laune darin blättern zu können. Ach, die Jugend! Sie weiß ja nicht, dass wir dieses Buch nie entsiegeln, dass es sich immer wieder schließt, dass es für uns mit jedem Jahr nur immer dichter umschnürt und mehr petschiert wird, und dass wir Sterblichen zum Schluss aus dem Leben gehen, müde und mutlos, während das Buch bleibt: unenträtselt, ungelöst, unentsiegelt, ewig neu und frisch und lockend und unberührt.

Ja, er erwachte, Emil Kubinke, mürrisch und unfroh, in grauer Dämmerung, trübselig, ohne zu wissen, weshalb, dumpf in der Erinnerung an peinliche Träume, die versunken waren, von denen er nichts mehr wusste, und die ihn doch noch quälten.

Herr Tesch plantschte in all dem Grau mit weißem Oberkörper am Waschbecken und pfiff sich eins. Der Regen sickerte aus hängenden Wolken gegen das schräge Fenster, die Dächer draußen waren blank und feucht, an den Dachziegeln rieselte es herunter, und aus den Schornsteinen quälte sich der Rauch und sank doch gleich in den Hof hinein. Auf dem Schellenbaum des Telefons aber saß eine große Drossel und schüttelte das Wasser von den Federn. Und weit hinten stand immer noch die Figur auf dem Dachfirst und hielt ruhig ihren vergoldeten Reifen in Händen, als ob sie sagte: Man hat mich hier hingestellt, und ich harre aus, ob Sonne oder Regen, Morgengrauen oder Einsamkeit der Sterne.

»Na, Herr Kollege«, rief Herr Tesch und rieb das breite Handtuch hin und her auf seinem Rücken, »nanu mal ran an de Arbeit. Denken Se, es is de dicke Hedwig von Markowskis!«

Emil Kubinke war verletzt, denn seine Gefühle waren ihm heilig.

»Na«, sagte Herr Tesch, »tun Se doch nich so, Herr Kolleje, ich hab Ihn' ja jesehn!«

»So«, sagte Emil Kubinke, »mich? Wo denn? – «

»Na, wo meinen Se wohl? – Da uff den Platz da hinten – Sie sind ja janz dicht an meine Bank vorbeijejangen. Aber Sie waren so heftig bei de Sache, dass Se natürlich auf mich jarnich jeachtet hab'n.«

Emil Kubinke war ganz rot geworden.

»Na ja«, meinte er dann, und in seiner Stimme lag doch so etwas wie ein geheimer Stolz, »wir sind zusammen 'n bisschen spazieren gegangen.«

»Des soll vorkommen«, meinte Herr Tesch, zog das Hemd über den Kopf und stocherte mit erhobenen Armen in den weißen Ärmeln umher. »Des – soll – vorkommen«, sagte er noch einmal, als er oben glücklich den Kopf aus dem Halsloch herausgearbeitet hatte.

»Na ja«, sagte Emil Kubinke, »da is doch nichts dabei.«

»Nee«, meinte Herr Tesch, »dabei is nischt ... Aber wissen Se, der Chef sieht des ins Haus nich jerne.«

Als Emil Kubinke herunterkam, unterwarf er seine Person noch einmal einer langwierigen Prüfung im Spiegel, denn er fühlte, dass er jetzt seine volle männliche Schönheit einsetzen musste, und er band den grüngestreiften Schlips noch einmal, und er kräuselte die armseligen Härchen seines Schnurrbarts. Und als das – trotz aller Kunstfertigkeit auf diesem Gebiet – ihn nicht befriedigte, nahm er noch schnell einen Wattebausch voll »Ziedornin« und ölte die Oberlippe ein, dass sie ganz rot wurde und abscheulich brannte. Aber das ertrug Emil Kubinke gern, denn nichts garantiert ja in gleichem Maße männliche Unwiderstehlichkeit wie ein flotter Schnurrbart.

Und die ersten Kunden erschienen mit schweren Tritten, und sie hingen ihre braunen Velvetmützen kaum an die Kleiderrechen, sondern behielten sie in der Hand – so eilig hatten sie es. Herr Ziedorn aber, der Chef, strich mit seinem markanten Männerkopf immer um Emil Kubinke herum und bemühte sich sichtlich, irgendetwas herauszufinden, das er ihm vorwerfen könnte. Und endlich, als Emil Kubinke einen Kunden Herrn Ziedorns Meinung nach nicht schnell genug vom Stuhl spediert hatte und dem anderen nicht schnell genug die Serviette vorgebunden hatte, sagte Herr Ziedorn:

»Na, Herr Kubinke, bei de Mächens scheinen Se ja fixer zu sein!« Denn er hatte gestern Abend Emil Kubinke mit Hedwig vor der Tür stehen sehen.

»Wissen Se, Meester«, sagte der Kunde, und seine Stimme kam ganz tief so aus der Magengegend her, »des kann man keen' Menschen nich iebel nehm. Wenn ick de Wahl habe zwischen 'n Mächen un meene Arbeet, jeh ick immer zu 's Mächen.«

Aber Herr Ziedorn ging nicht auf diesen Ton ein. Aus der Morgenkundschaft machte er sich gar nichts. Er fühlte sich den Herren mit den Zylindern und den Siegelringen innerlich weit mehr verwandt.

Als der erste Herr wieder kam – er trug sogar, weil Frühling im Kalender stand, einen echten Straßburger Panamahut mit grünweißem Seidenband – da packte Emil Kubinke seine Sachen zusammen und ging zur Kundschaft. Zuerst einmal zu Herrn Max Löwenberg. Sein Herz aber schlug einen lustigen Trommelwirbel, denn er hoffte, doch wenigstens mit der dicken Hedwig bei Markowskis einige flüchtige Zärtlichkeiten tauschen zu können und mit einem langen Blick die Erinnerungen an den gestrigen Abend zu erneuern.

So stolperte Emil Kubinke über den Hof, das weiße Fliesenweglein zwischen Luther und dem Apoll von Belvedere dahin, die beide mit tropfenden Nasen im Regen standen. Die Korkenziehertreppe stürmte er hinauf, immer zwei Stufen auf einmal und den Kopf weit vor. Nicht mit einem Gedanken dachte dabei Emil Kubinke an die rotblonde Pauline oder gar an die lange, weiße

Emma. Denn ähnlich wie wir nicht zwei oder drei Melodien auf einmal im Kopf haben können, und wie immer die eine die andere ablösen muss, so können wir auch nicht drei Frauen auf einmal im Herzen haben, und wir müssen immer warten, bis die eine die andere ablöst.

Aber nichts wäre ja so langweilig, als wenn die Wetterprognosen einträfen, oder wenn etwa überhaupt die Dinge so kämen, wie wir sie erwarten. Denn einzig das bunte Spiel des Zufalls ist es ja, das ein wenig Farbe in das Grau des Alltags bringt. Und so also lief auch Emil Kubinke in seinen Liebesgedanken jetzt gerade gegen die lange Emma an, die auf ihrem Treppenabsatz stand und einen blauen Cheviotrock ausbürstete, dass die Wolken flogen … gerade gegen die lange, blonde Emma, an die er auch nicht mit einem Gedanken gedacht hatte.

»Na, Herr Kubinke, Sie haben 's wohl sehr eilig«, meinte die und lachte Emil Kubinke entgegen und blinzelte ihm aus den Augenwinkeln zu.

»Ja«, sagte Emil Kubinke. Und als seine Blicke dabei auf Emma ruhten, gefiel sie ihm doch ausnehmend, mit ihren großen, schlanken Gliedern, in dem hellen Kattunkleid und mit ihrem weißblonden Kopf und mit ihren Sommersprossen überm Nasenrücken. Und die erste Melodie schickte sich an, zu verdämmern und zu verschweben. »Ja«, sagte er, »ich muss zu Löwenbergs.«

»Ach so«, sagte Emma. »Ich dachte, Herr Kubinke, Se wollen zu de *Hedwig*, weil Se 's so eilig haben.«

»Welche Hedwig?«, meinte Emil Kubinke lächelnd, und allein schon in seiner Stimme lag das stolze Geständnis des glücklichen Liebhabers.

»Na, tun Se sich doch nich so, Herr Kubinke, ich habe Sie doch jestern jesehn.«

»Mich? – Wo denn?«

»Na, wo denn wohl?! – Wissen Se, Herr Kubinke, Sie sind doch so 'n kleener reizender Mensch, – ick würde an Ihre Stelle doch nich mit den Trampel, die Hedwig, jehn! Da könn' *Sie* doch ne janz andere kriejen wie die Hedwig«, meinte Emma mit mütterlicher Anteilnahme.

»So«, sagte Emil Kubinke – und der Don Juan erwachte in ihm – »wissen Sie vielleicht 'ne Bessere für mich?«

»Ach Jott, da brauchen Se sich doch bloß ma umzusehn.«

»Sehn Se«, sagte Emil Kubinke, »sehn Se, Fräulein Emma, wenn *Sie* 's noch wären!«

»Det könnte Ihnen wohl jefallen«, sagte Emma und nahm den blauen Rock vom Haken.

»Und Ihnen?«, meinte Emil Kubinke, denn er hatte jetzt an Hedwig gelernt, Frauen *richtig* zu behandeln.

»Mit eenmal kiekt 'n Been raus«, rief Emma lachend und schlug die Küchentür zu, doch nur, um sie gleich wieder ein ganz klein wenig zu öffnen. »Atjöh, Herr Kubinke«, rief sie dann und setzte dazu ihr schönstes Lächeln auf. »Auf Wiedersehn!«

Emil Kubinke schritt langsam zur Tür von Löwenbergs hinüber. Und er war sanft beglückt und erstaunt zugleich – verwundert, warum die lange Emma, für die er doch bisher kaum vorhanden gewesen, plötzlich so überaus entgegenkommend sich gezeigt hatte. Ach! Emil Kubinke wusste eben nicht, dass Frauen wie Kinder sind, wie Kinder, die sich zwar aus einer Puppe nichts machen, die es aber doch nicht wollen und es nicht sehen können, dass ein anderes Kind damit spielt.

Bei Löwenbergs schrie Goldhänschen, und Pauline lief mit dem Staubtuch umher und reinigte die Ritterburg. Und da sie erst um halb sieben nach Hause gekommen war, und da sie seit gestern früh kein Bett gesehen hatte, so glich sie ein wenig einem müden und abgeflatterten Schmetterling. Und selbst ihre schöne Frisur, die ihr Emil Kubinke mit so viel Kunst und Sorgfalt erbaut hatte, das graziöse Gebilde aus Gold- und Kupferfäden, war eingesunken, und einzelne Strähnen hatten sich schon gelöst und flatterten ihr um die Stirn, Ohren und Nacken. Nur Paulines große, feucht schimmernde braune Augen erzählten noch davon, wie schön es doch gestern gewesen war, und welche Triumphe die »Ritterin« im Hohenzollerngarten gefeiert hatte. Die »Königin der Nacht« hätte nicht annähernd so viel getanzt, und bei der Kaffeepause wäre sie sogar sitzen geblieben, wenn *sie* nicht ihrem Herrn noch schnell gesagt hätte, dass er die Freundin auch mitnehmen sollte.

»Na, Herr Kubinke«, sagte Pauline, und der Ton ihrer Stimme war gar nicht so verheißungsvoll wie gestern Abend, »warum haben Sie denn nich jewartet?«

»Ach, wie ich Ihre Herrschaft jehört habe, da bin ich doch lieber jegangen«, sagte Emil Kubinke.

»So!«, sagte Pauline noch kühler denn vorher.

»Na, haben Se sich denn nu auch amüsiert?«, fragte Emil Kubinke.

»Wat fragen Se denn, Herr Kubinke! Das interessiert Sie ja doch nich«, sagte Pauline und schluckte. »Des is Ihn' ja doch janz jleich, ob *ich* mir amüsiert habe oder nich.« Wenn sie erregt war, nahm es nämlich Pauline mit der deutschen Sprachlehre nicht so genau.

»Aber Fräulein Pauline!«, stotterte Emil Kubinke, und er hatte ein *sehr* böses Gewissen.

»Na natürlich, die Hedwig gefällt Ihn' ja besser wie ich. Ich hab Sie ja noch hinten jehn sehn, wie ich bin auf de Straße jekommen. – Sie *wollte* wohl nicht länger warten?«

»Aber Fräulein Pauline!«, meinte Emil Kubinke und machte seine schönsten Augen. »Da bin ich wirklich ganz unschuldig dazu gelangt. Nicht wahr, – wir sind so ins Jespräch jekommen, und da bin ich ein Stückchen mit ihr auf und ab gegangen. Denn Sie werden doch selbst sagen, dass ich mich nicht mit dem Mädchen hier hinstellen kann, wo mich jeder kennt. – Und wie ich dann schnell wieder umjekehrt bin, da waren Sie wohl doch schon weg.«

Emil Kubinke fühlte, dass er das sagen musste. Denn wenn er auch erst Rekrut in Liebesdingen war, so ahnte er doch, dass es durchaus unratsam ist, sich einer Frau wegen mit all den anderen zu überwerfen, da man nie wissen kann, wie sehr man in Zukunft der anderen noch benötigt.

»Ach«, sagte Pauline, und ihre Augen wurden um einen Schimmer freundlicher, »nee, Herr Kubinke, wenn ich Ihnen alles jlaube, *das* glaube ich Ihnen nu *doch* nich.«

Aber im Ton der Stimme war schon zu hören, dass die rotblonde Pauline es nur zu gern glauben möchte und dass sie nur noch, um es wirklich zu tun, auf eine neue Versicherung wartete.

Und daran ließ es Emil Kubinke nicht fehlen. Und Pauline nickte und lächelte und sagte, es wäre sehr schön gewesen gestern, und er hätte mitkommen sollen. Und da erschien schon Herr Löwenberg – denn heute war Badetag – und zog als flatternder Araber den Gang entlang. Und Pauline huschte, Emil Kubinke zuwinkend, schnell nach dem Salon.

Man mache bitte hieraus, dass seine Aussagen nicht ganz den Geschehnissen entsprechen, meinem Freund Emil Kubinke nicht etwa einen Vorwurf. Denn erstens, Hand aufs Herz, wer von uns hätte denn anders gesprochen? Und fürder: Was ist Wahrheit? Doch nur das, was geglaubt wird. Und Pauline glaubte es, wollte es glauben. Und als Emil Kubinke Pauline gegenüberstand, und wieder gefangen war von dieser hellen und goldfarbigen Schönheit, die gerade durch die leichte Ermattung doppelt hilfsbedürftig erschien und doppelte Zärtlichkeiten heischte, da hatte er vielleicht gar nicht empfunden, dass er irgendetwas Unwahres sprach; denn da gab es nur eine Wahrheit für ihn, eben diese helle und goldfarbene Person mit den großen braunen Augen, die so dankbar und freundlich ihn ansehen konnten, – und alles andere lag weit hinten und war schon wieder zur Lüge geworden.

Aber als das schöne, glatte Kinn des Herrn Max Löwenberg blank und sauber unter dem Messer Emil Kubinkes hervorging und Herr Max Löwenberg sich sehr befriedigt mit dem Handrücken über die Backe gefahren war, und als er sogar ganz wider seine Art Emil Kubinke als Lohn ein paar englische Zigaretten eingehändigt hatte, und als Emil Kubinke davontrottete, da tauchte doch jetzt endlich in ihm wieder das Bild der kleinen, drallen, blonden Hedwig auf. Und Pauline und die lange Emma sanken von Neuem ins Dunkel hinab. Denn, wenn Pauline und Emma eben nur zarte und zärtliche Schatten in ihm waren, da war ja Fleisch und Blut und Hand und Fuß, und Küsse und Berührungen, da war ein Stück Leben, Erfahrung und Erkenntnis. Und all das zog und zerrte an geheimen Fäden zu sich hin.

Und Emil Kubinke konnte gar nicht schnell genug hier die Korkenziehertreppe hinauf kommen.

Trotzdem möchte ich bitten, wolle niemand meinem Freunde Emil Kubinke deswegen Unbeständigkeit vorwerfen. Denn – was können wir denn nun einmal dafür: In unserem Herzen ist eben eine Waage, und die steht nie still. Und wenn eine Schale unten ist und man meint, sie wird ewig da bleiben, und die andere ewig in der Höhe schweben … ehe wir es uns versehen, fällt da oben irgendetwas ins Gewicht, und sie, die eben noch fest unten lag, steigt empor. Einen Augenblick balancieren wohl die beiden Schalen, aber dann bleibt die andere Siegerin, nur um vielleicht schon in einer Stunde wieder Besiegte zu sein. Was können wir Armen denn dafür, dass in unserem Herzen eine Waage ist?!

Und so klingelte Emil Kubinke bei Markowskis, und das Spiel der Waage da drinnen und das schnelle Hinaufstürmen über die Treppe, es hatte sein Herz so in Verwirrung gesetzt, dass es ebenso hastig und heftig; schlug, wie die Klingel, die ganz kurz Schlag auf Schlag folgen ließ.

»Herrjeh!«, schrie Hedwig drinnen, und Männe bläffte. »Herrjeh, ick komme ja schon!« Und dann riss sie die Tür auf. »Na, Sie könn' wohl auch nich dafür?!«

»Tag, Hedwig«, sagte Emil Kubinke und versuchte ein freundliches Gesicht zu machen. »Tag, Hedwig. Was machst du denn? Gestern gut bekommen?«

»Äh, janz jut«, meinte Hedwig sehr gleichgültig und fuhr sich mit dem bloßen dicken Arm unter der Nase hin und her. »Nu jehn Se man rin, der Herr wartet.«

»Kommst du heute Abend?«, sagte Emil Kubinke leise.

»Der Herr hat schon zweimal nach Ihn' jefragt«, meinte Hedwig und machte sich am Spültisch zu schaffen.

»Wann biste denn heute Abend unten?«, fragte Emil Kubinke noch leiser und mit jenem bestechenden Ton in der Stimme, der den Reiz des Verbotenen noch erhöhen soll.

»Nee«, sagte Hedwig spitz und drehte sich in den Hüften, »mit Ihn' jeh ick überhaupt nich mehr! Sie werden jleich immer so jewöhnlich!«

»Aber Hedwig«, flüsterte Emil Kubinke eindringlich und war mit einem Schritt neben ihr, denn er fühlte, dass es sich um die Wahrung berechtigter Interessen handelte, »aber Hedwig!«

»Und was denken Se denn? Meinen Se denn, ick kann jeden Abend so runterjehn? Na, da würde mir ja de Herrschaft nett bringen!«

Möglich, dass Herr Markowski Emil Kubinkes Stimme vernommen hatte, möglich, dass ihn sonst irgendein Gelüste in die hinteren Regionen seiner Wohnung getrieben hatte ... kurz – er erschien, ein grauer Koloss in Unterhosen und Jägerhemd in der Tür, in seiner vollen Breite, mit seiner rauen deutschen Männerbrust: »Na, junger Mann«, rief er, »nu mal ranjewienert! Wie lange soll ich 'n warten? Erzählen Se Hedwig das heute Abend.«

»Ich bitte, Herr Markowski«, sagte Hedwig, – keineswegs über das Kostüm ihres Brotherrn indigniert, sondern nur schwer gekränkt ob des Verdachtes, dass ihr vielleicht Emil Kubinke irgendetwas heute Abend zu erzählen hätte. »Ja – lassen Sie das!«

Emil Kubinke hatte sich indessen etwas warmes Wasser zum Rasierbecken geholt und war Herrn Markowski ziemlich missgestimmt gefolgt. Merkwürdig, in der Liebe ging es immer anders, als man erwartete!

Und Emil Kubinke strich zittrig und unruhig über Markowskis feistes Gesicht mit dem Messer hin. Vorhin bei Herrn Löwenberg war ihm die Arbeit doch ganz anders von der Hand gegangen. Und auch Herr Markowski, der zwar in anerkennenswerter Großzügigkeit Emil Kubinke bei seiner Hedwig alles Gute gönnte, der aber gestern auf »Beja Flor« statt auf »Rosalinde« gesetzt hatte, weil ihm Herr Ziedorn diesen besonders feinen und überraschenden Tip gegeben hatte, mit dem geheimnisvollen Bemerken, es wäre da etwas im Werke, eine ganz große und todsichere Schiebung … und der nun natürlich wieder sein Goldstück verloren hatte, … ja, dieser Herr Markowski war tückisch wie ein Affe geworden; und auf Herrn Ziedorn, das »Ziedornin« und alles, was sonst noch mit Herrn Ziedorn in Verbindung stand, und selbst wenn es nur der harmlose Emil Kubinke war, darauf war er heute ganz besonders geladen, und er wartete nur eine Gelegenheit ab, um mit dieser Sippschaft anzubinden. Doch als er die nicht fand, trug er noch Emil Kubinke Grüße an seinen Herrn auf, und er möchte ihm im Mondschein begegnen. Und er entließ knurrend und brummend wie ein Bär Emil Kubinke.

Der jedoch war Menschenkenner genug, um nicht durch Redseligkeit Konflikte heraufzubeschwören.

In der Küche aber traf Emil Kubinke nochmals auf Hedwig, die sich gerade zum Reinemachen aus den Winkeln Besen, Handfeger und Müllschippe zusammensuchte, und sich bückend und neigend all die Rundlichkeiten ihres Körpers verriet. Da aber beschloss doch Emil Kubinke, noch einmal sein Glück zu versuchen.

»Du, Hedwig«, sagte er, – er konnte sich noch nicht wieder an das »Sie« gewöhnen – »na wie ist es heute Abend?«

»Det hab ich Ihn' doch schon einmal gesagt! Ick weeß jarnich, Sie loofen een' ooch nach wie 'n junger Hund, Herr Kubinke!«

Das traf. – Ach, gestern auf der Bank hatte sie ihn nur »Emil« genannt. Aber so ganz wollte er die Schlacht nun doch nicht verloren geben.

»Und was machst du nächsten Sonntag?«, fragte er. Hedwig belebte sich. »Nächsten Sonntag hab ick Ausgang«, sagte sie.

»Ach, können wir denn da nicht zusammen sein?«

»Nee«, sagte Hedwig, »nächsten Sonntag jeh ick mit Emma'n ins Strandschlösschen tanzen. Da bin ick so lange nich jewesen. Aber Sie könn' ja ooch hinkommen, wenn Se wollen. Von fünwe an sind wir immer bestimmt da. Se wer'n uns schon finden.«

Man wundert sich vielleicht, dass Hedwig gerade mit Emma ausging. Aber Hedwig und Emma waren dicke Freundinnen, sobald sie zusammenkamen, und gingen immer untergefasst, und es fehlte nicht viel, so küssten sie sich sogar. Dass sie hintereinander herredeten, aneinander kein gutes Haar ließen, sich ihre Gustav Schmelows abspenstig machten und sich gegenseitig nicht übern Weg trauten, das tat ihrer Freundschaft gar keinen Abbruch. Und, unter uns, ich habe in meinem Leben noch nicht viele Freundschaften gesehen, die auf einer anderen Grundlage ruhten, als die von der dicken Hedwig und der langen Emma ...

Und ferner wird man erstaunt sein, woher es kommt, dass Hedwig Emil Kubinke gegenüber ihren Sinn gewandelt und den schon Verstoßenen wieder in Gnaden aufgenommen hatte. Aber dem war ja gar nicht so; die Sache lag anders. – Nein, was man auch gegen Hedwig sagen mochte, in Geldsachen war sie sehr genau, und ihr Wahlspruch lautete von je: Wenn einer so duslig is und for mir zahlen will, … na denn lass'n doch das Verjniejen. Und ob das nun Emil Kubinke war oder sonst wer, der sich anheischig machte, für sie zu zahlen, das war der kleinen dicken Hedwig ganz gleichgültig, – wenn's nur überhaupt irgendwer war.

Emil Kubinke wusste das nicht. Und er war sehr erfreut – ganz rot war er vor Freude – und Hedwig sagte noch: »Atjöh, Herr Kubinke« und ging mit Schrubber und Besen nach vorn.

Und als Emil Kubinke, der ihr einen Augenblick nachgesehen, die Tür in der Hand hatte, da kam Männe, der sich so lange teilnahmslos verhalten hatte, an ihn herangewackelt, rieb sich an seinen Hosenbeinen und ließ sich den Kopf kraulen. Denn seit gestern Abend betrachtete Männe Emil Kubinke als zur Familie gehörig.

Emil Kubinke aber nahm, freudiger Erwartungen voll, seine allmorgendliche Hetzjagd wieder auf – treppauf, treppab …

Er war jedoch kaum aus dem Haus, als die dicke Hedwig oben das Küchenfenster aufriss, mit ihrer ganzen Fülle sich weit hinauslehnte und über den Hof rief:

»Emma! Emma! Pst!«

»Was gibt's denn?«, kam es nach einer Weile zurück.

»Kommste nächsten Sonntag mit tanzen nach 'n Strandschlösschen?«

»Des kann schon sein«, meinte Emma. »Mit wen willste 'n jehn?«

»Mit den kleenen Barbier! – Der Mensch is ssu verrückt!«

»Ach, mit den?!«

»Ja, ick hol dir denn ab. Aber sieh, dass de so jejen viere fertich bist.«

»Meine Frau is Sonntag nie zu Hause«, sagte die lange Emma.

»Na denn kommste«, rief Hedwig. »Und den Barbier, den könn' wir ja nachher immer noch versetzen.«

»Wird jemacht«, lachte die lange Emma und klappte das Fenster zu ...

Und gerade, als ob es der Frühling wusste, dass Emil Kubinke Sonntag nach dem Strandschlösschen gehen wollte, und dass Hedwig und Emma ihre neuen Glockenhüte aus braunem Knitterstroh mit Moosrosen aufsetzen wollten, und dass sie die durchbrochenen Batistblusen anziehen wollten, die sie zu Weihnachten geschenkt bekommen hatten, und die braunen Faltenröcke ... gerade als ob er wusste, dass sie recht lange im Freien bleiben würden, gerade als ob er das gewusst hatte, bemühte er sich, noch alles bis dahin so schön wie möglich zu machen. Tag und Nacht war er an der Arbeit: Erst schickte er noch ein paarmal tüchtige, warme Regenschauer hinab, damit alles, auch alles plötzlich sprosste und sich auftat, an Büschen und Bäumen, in Rasen und Beeten. Und dann ließ er die Sonne kommen, warm und mild, und ganz goldhell, damit sie jedes Blättchen streichelte, glättete und entfaltete, damit sie ein leichtes Grün dem jungen Laub gab und hundert Farben den neuen Blüten, Gelb den Forsythien, Rosa dem Rotdorn, Weiß dem Weißdorn und Blau den Hyazinthen und die züngelnden Flammenfarben den Tulpen. Und jedes Blättchen rückte der Frühling zurecht, damit es so schön und behaglich in der Sonne träumen könnte.

Ja, was hatte der Frühling nicht alles noch bis Sonntag zu tun! Man sollte gar nicht glauben, dass ein einzelner das fertigbringen konnte! Da waren zuerst einmal die vier Baumreihen die Straße entlang; und da gab es Lindenbäume, an deren Zweige und Zweiglein ganze Fächer von goldgrünen Blättern zu setzen waren. Da gab es Ahorn, der mit Büscheln gelber Blütchen zu verzieren war, und sogar Kastanien, ein paar Kastanien dazwischen, deren

Knospen so ganz vorsichtig ausgewickelt werden mussten, und deren junge Blätter in diesen Tagen so schlaff und hilflos waren, dass der Frühling schon recht sehr aufpassen musste, dass sie der Regen nicht abschlug. – Und dann die vielen, vielen Rüstern straßauf, straßab! Was er mit denen für eine Arbeit hatte! Da hieß es, ganz schnell die braunen Blütchen in grünliche, flatternde Früchte umwandeln, und dann erst konnte er hier und da ein paar Blätter anstecken, klein, zart und bescheiden.

Und damit die Leute, die hier die Straße entlanggingen, auch wirklich an ihn glaubten, da musste der Frühling noch von weit draußen einen gelben Schmetterling herbeiholen und ihn in der Sonne so fröhlich zwischen den Straßenbahnen über den Asphalt flattern heißen, als wäre hier noch die alte saftige Frühlingswiese von einst. Denn dass die Leute in die paar letzten kümmerlichen Vorgärten sahen, das wagte der Frühling gar nicht zu hoffen. Und doch waren an der Häuserwand sogar Fliederbüsche, die schon ganz grün waren und schon Knospen mit einem matten Schimmer von Blau zeigten. Und die kleinen verschnittenen Hecken schienen dem Frühling gesagt zu haben, dass sie sich jetzt in der hellen Sonne ihres wirren und dornigen Gezweiges schämten. Und er hatte begonnen, mit Blüten, Blättern und Blättchen es zu bemänteln.

Aber das, was der Frühling hier beim Hauptquartier von Emil Kubinke und Hedwig, Emma und Pauline zu tun hatte, das war noch ein Kinderspiel gegen das, was es da draußen für ihn zu schaffen gab. Da waren die vielen angelegten Straßen mit ihren Laubwegen, und überall gab es Arbeit. Da waren ein paar einsame Pappeln zwischen den Bauplätzen, zwischen den Laubenkolonien, und die mussten in einen zarten grünen Schleier eingefangen werden. Da waren Obstbäume zwischen alten grauen Holzzäunen, und sie musste der Frühling in weiße und rosige Korallenstöcke verwandeln. In den Gartenwinkeln hatte er Veilchen zu verstecken, dass man sie nur ahnte, nicht sah; und auf die Sandplätze hatte er Huflattich und Ehrenpreis zu setzen. Und was hatte er gar um den See zu tun! Er hatte die Weiden, die zum Wasser hingen, in gelbe und grüne Netze zu verspinnen; der Erlenkette hatte er einen braunroten Schimmer zu geben und einen mattgrünen Duft; und am Rande des Wassers hatte er das Schilf sprießen zu lassen, mit scharfen Spitzchen, und darüber ein paar gelbe Dotterblumen zu öffnen. Und in den Gartenlokalen, da hatte er sich der hohen Rüstern und Kastanien und der weißen Birken ganz besonders anzunehmen. Denn sie sollten doch schon grüner ausschauen als die in der Straße.

Ja – all das wurde dem Frühling recht schwer gemacht. Denn es war doch hier im Reiche Emil Kubinkes, im Lande von Hedwig, Emma und Pauline, nicht so, wie weit draußen in Wald und Feld, wo er Schlüsselblumen, Anemonen und Löwenzahn nur so ausstreuen konnte. Oder gar wie unten im Süden, wo der Frühling aus dem vollen wirtschaften konnte, mit Blütenreichtum, Düften und Farben. Nein – eigentlich war es doch recht kümmerlich, was ihm hier zu Gebote stand. Und desto mehr, meine ich, müssen wir anerkennen, was der Frühling alles aus diesem Wenigen, diesen paar Ärmlichkeiten hervorzuzaubern wusste.

Ja, ich glaube, der Frühling hatte auch die Wege zu kehren und die Fontäne aufzuschrauben, die gestrichenen Gartenstühle zu trocknen und die Kegelbahnen auszubessern. Bei allem musste er dabei sein. Er musste selbst dem Puppenspieler helfen, die Bühne aufzustellen, und die Schießbuden, die Würfelbuden und das Karussell.

Nur auf dem hochherrschaftlichen Hof beim Gartenhaus, da hatte der Frühling nichts zu tun, – da vertrat ihn nämlich Herr Piesecke in Hemdsärmeln. Mit weißer Lackfarbe strich er den Apollo von Belvedere, Dante und Luther an und versöhnte ihre innerlichen Gegensätze, so dass sie alle gleich blank im Licht standen. Die staubigen Thuja und Tannenbäumchen spritzte Herr Piesecke ab, dass sie wieder fast grün erschienen, während Frau Piesecke die Fliesenwege schrubberte. Und dann nahm Herr Piesecke höchstselbst eine große Tüte Grassamen »Tiergartenmischung«, band sich Bretter unter die Füße, streute den Grassamen über den schwarzen Boden hin und trampelte auf ihm mit seinen Brettern herum wie ein Tanzbär.

Und die Mädchen lagen allenthalben in den Fenstern und sahen Herrn Piesecke interessiert zu.

»Herr Piesecke! Hör'n Se uff mit de Arbeet!«, rief Hedwig ihm zu. »Es is jleich zwölwe.« Denn seit neulich abend stand Hedwig mit Herrn Piesecke besonders gut.

»Jleich zwölwe?«, rief Herr Piesecke hinauf und trampelte ruhig weiter. »Nee, da könn' noch verschiedene Menschen sterben, bis es zwölwe is.«

Ja – auf dem Hof vertrat den Frühling Herr Piesecke in Hemdsärmeln.

Und das war auch gut. Denn sonst wäre der Frühling bis Sonntag sicherlich nicht fertig geworden. An was *hatte* er nicht alles zu denken! Er musste sehen, dass es nach Sonnenuntergang nicht wieder kalt wurde und dass jedes Mal ein bisschen Abendrot am Himmel stand, damit auch die Menschen für morgen an ihn glaubten. Die jungen Wildenten, die drolligen gelben Watteballen, die Sonntag im Strandschlösschen das Entzücken der Kinder bilden sollten, hatte er warm zuzudecken. Und der Nachtigall da hinten bei dem Platz hatte der Frühling noch ein paar Nachhilfestunden im Gesang zu geben, damit es ihr noch viel besser gelänge, die Herzen zu verführen.

Und wenn es auch bei Hedwig und dem Hilfsbriefträger Herrn Schultze solcher Mittel nicht bedurfte, so gab es doch noch einige andere Paare in der Gegend, die auf Nebendinge wie Blumenduft und Nachtigallenklage angewiesen waren, um den Mut zur Sprache ihrer Herzen zu finden. Und auch auf sie wollte der Frühling nicht verzichten ...

Ja, die kleine dralle Hedwig und der Hilfsbriefträger Herr Schultze hatten sich gefunden. Auf die einfachste Weise der Welt. So wie eben verwandte Seelen sich zusammenfinden. Denn als Hedwig am nächsten Tag Männe in die Abendluft führte, da hatte sich Herr Schultze, der gerade von der neunten Bestellung kam, zu ihr gesellt, mit den Worten: »Fräulein, Ihr Hund hat sich woll de Beene abjeloofen?« – »Jrade so wie Sie, Herr Schultze«, hatte Hedwig erwidert. Und so waren sie, hiervon ausgehend, langsam in medias res gelangt. Um halb zehn hatte Herr Schultze sie drüben an der Ecke erwartet. Denn Hedwig hielt es durchaus nicht für schicklich, allein und nur in Männes Begleitung den Spuren des immer noch gesuchten Gustav Schmelow zu folgen. Dazu brauchte sie schon männlichen Schutz. Und da war ihr der Hilfsbriefträger Herr Schultze schon viel lieber als Emil Kubinke. Denn *der* wusste doch wenigstens, was er wollte ...

Allen sandte also der Frühling seine Grüße: Emma und Gustav Schmelow, Hedwig und Herrn Schultze, Herrn Piesecke machte er sogar zu seinem Stellvertreter, und auch Emil Kubinke spürte den Frühling in seinem Blut, wenn er des Abends nach Geschäftsschluss auf die Straße irrte und vergebens seine Blicke nach Hedwig wandern ließ. Und wenn dann all die lustigen Paare der Quadrille an ihm vorüberwirbelten, sich suchten und zusammenschlossen, hinaustanzten und sich verloren, und er so ganz einsam zwischen all den lachenden Gesichtern umherschwankte, so sehnsüchtig, wie es nur die Jugend sein kann, – ja, dann spürte er den Frühling schon.

Nur an Pauline konnte der Frühling mit seinen Grüßen nicht recht herankommen. Denn da Pauline letzthin auf dem Maskenball gewesen war, so sagte Frau Betty Löwenberg jeden Abend ihrem Mann, dass sie die ganze Woche nicht vor die Tür gekommen wäre. Und Herr Max Löwenberg musste seinen Londoner Zylinder noch einmal abbürsten. Pauline aber saß dann Abend für Abend bei Goldhänschen und bewachte dessen friedlichen Kinderschlummer, während zur gleichen Zeit Frau Betty Löwenberg vom Nerzjackett der Frau Cäcilie Schlesinger zum Pariser Modellhut der Frau Julie Mannheimer überging, der ohne Zweifel um zwanzig Jahre zu jung für sie war ...

Und als der Sonntag kam und die Menschen auf die Straße gingen, da waren doch alle ganz erstaunt und sagten, dass es wirklich über *Nacht* grün geworden wäre. Wir aber wissen es ganz genau, dass der Frühling bald eine Woche gebraucht hatte, und er hätte es auch in *dieser* Zeit kaum fertiggebracht, wenn ihm nicht seine langjährige Routine hierin zugute gekommen wäre.

Ja, das war mal so ein richtiger Sonntag, ein Tag, der so schön war, so strahlend und ungetrübt von früh an, dass ihn wochentags jeder als eine persönliche Beleidigung empfunden hätte. Die Straßen lagen lang, hell und blank, und das letzte kleine, eingegitterte Bäumchen an der Bordschwelle war mit mindestens zehn grünen neuen Blättchen aufgeputzt. Und die Spatzen waren schon am frühen Morgen so verliebt in der Sonne, dass sie sich beinahe von der Straßenbahn überfahren ließen und erst in der letzten Sekunde zu der Jungfrau mit dem Merkurstab hinaufschwirrten, um dort weiter piepsend, schreiend und flügelschlagend durcheinander zu wirbeln. Und alle Bahnen waren von früh an voll mit geputzten Menschen, und jeder hatte ein Kind auf dem Schoß, und sogar vorn auf der Plattform standen die Liebespaare, ließen sich den Wind um die Nase wehen und lächelten dabei einander an. An den Ecken hatten sich junge Leute in der Sonne postiert und warteten rauchend auf Freunde, um mit ihnen hinauszuziehen; oder andere, mit der Uhr in der Hand, standen da, keineswegs gleichgültig mit der Zigarre, und sie blickten sehnlichst straßauf, straßab nach hellen Kleidern, ob das vielleicht *ihr* Gang wäre, bis ihnen doch mit einem Mal ein frischgewaschenes Sonntagsgesicht unter dem neuen Strohhut entgegenlächelte.

Und dann kommen die Familien. Etwelche in Breitformation, etwelche in Sektionskolonnen, und die blanken, knarrenden Speichen der Kinderwagen blitzen in der Sonne vor ihnen her wie die Feldzeichen vor den Kohorten. Nirgends ein Arbeitswagen, nirgends ein Geschäftsrad, – der Asphalt so lang und hell und grau, … und nur die Wallfahrt von geputzten Menschenkindern, und nur in der Sonne diese Bahnen, eine nach der anderen, die hinausstreben, angefüllt bis auf den letzten Platz. Nirgends ist eigentlich Schatten. Gerade von Südosten her fällt das Licht ein; breit wie ein Strom zieht es zwischen den hellen Häuserreihen in den vier Baumlinien dahin, und nur in den Nischen der Fenster liegt so etwas wie Dunkelheit, und nur auf dem Bürgersteig zittert das Widerspiel der ersten grünen Blättchen, und nur wie matte, bläuliche Monde sind in regelrechten Abständen, mitten zwischen den Straßenbahnschienen, die Umrisse der Bogenlampen aus der Höhe hingezeichnet. – Aber kein Mensch sehnt sich auch nach Schatten, alle gehen sie so recht behäbig in der Sonne dahin, die sie so lange entbehrt haben. Und Menschenkinder von den beiden Polen her, die sich eigentlich gar nichts zu sagen haben, sehen sich mit Blicken an, die sehr vielsagend sind. Und andere, die jetzt noch ganz steifleinen nebeneinander herziehen, empfinden schon, dass es nicht immer so bleiben wird. Und selbst die würdigen Familienväter lassen ihre Augen etwas länger denn sonst auf der rundlichen Gattin und der wohlgestuften Kinderschar ruhen.

Ganz im Hintergrund jedoch, da steht er selbst, der Frühling, und er betrachtet Seiendes und Werdendes mit behaglichem Lächeln, und er ist ganz zufrieden mit sich, und er reibt sich die Hände und sagt:

Na – wie habe ich das wieder gemacht?!

Und er lächelt sogar mit einem Sonnenstrahl in den Laden des Herrn Ziedorn hinein, allwo Emil Kubinke im weißen Jackett steht und mit langen Strichen die blanke Klinge um die Gesichter der Kunden führt. Und er nickt dem Ungeduldigen zu und sagt: Warte nur bis heute Nachmittag, Emil Kubinke, bis heute Abend, da bin ich ja auch noch da ...

Und dann kommt noch um zwei der letzte Kunde hereingestürzt und bedeutet, dass er nur eine Sekunde Zeit hätte, da er um einviertel drei am Potsdamer Platz sein müsste. Und als er rasiert ist, besieht er sich noch zwei Minuten lang sehr genau im Spiegel, ob er auch ja schön, sauber und unwiderstehlich sei, während doch das Fräulein aus dem Wäschelager von Tietz schon an der Normaluhr steht und mit dem Sonnenschirm auf das Pflaster pickt.

Und Emil Kubinke schließt den Laden, und er isst seine Portion Schweinebraten mit Gurkensalat nicht einmal auf, trotzdem das sonst seine Leibgerichte sind, – denn junge Liebe verlegt anfangs stets den Appetit. Und dann geht er so ganz langsam über den Hof fort, zwischen dem blanken Luther und dem Apoll von Belvedere dahin, und er lauscht einen Augenblick, ob er etwas von Hedwigs Küche her vernehme. Aber da alles mucksstill bleibt, schleicht er hinauf, sich umzuziehen. Oben aber in Emil Kubinkes Kammer brütet die warme Sonne, und man hört ordentlich, wie es vor Wärme in den Dachsparren knackt und zieht. Die Luft ist dabei ganz grau und von den tanzenden Stäubchen durchzogen; und zudem kein Geräusch von unten her und kein Zwitschern eines Vogels vom Dach aus: Nur blanke Sonne, nur weiße Wände, die bunten Bildchen aus den Witzblättern, grauer Boden, und die trüben, schrägen Fenster, in die der blaue Himmel und die weiße Sonne sehen.

Und Emil Kubinke setzt sich auf den Bettrand, zieht seinen Koffer unter dem Bett vor, schnürt ihn auf, guckt hinein, auf seine paar Hemden, paar Kragen, den Anzug und die Bücher, stützt die Ellbogen auf die Knie und nimmt den Kopf zwischen die Hände und fängt so an zu träumen, ohne selbst zu wissen, was er träumt. Von Hause träumt er, von der Schule, von seinem Vater; er sieht ein Stück Wald, in dem er einmal war; den Turnsaal; seinen ersten Chef; er geht des Abends bei Schneegestöber spazieren; er steht auf einer Bühne, die Geige im Arm, und verbeugt sich und erblickt tausend Hände – nur Hände, die sich ineinander bewegen. Er sieht die dicke Hedwig in ihrer Kammer, nackt bis zu den Hüften, und Herrn Ziedorn, der mit dem Zylinder bei ihr steht. Und plötzlich liegt Emil Kubinke auf dem Bett, den Kopf im Genick und den Mund halb offen, und schläft. Er weiß, dass er schläft; er weiß, dass er eigentlich eine Verabredung hat, aber er *kann* sich nicht hochreißen. Es ist ihm, als hätte man ihn mit Stricken an das Bett gebunden. Ja, der Frühling, der macht schon müde ...

Emil Kubinke fühlt, dass er schläft, aber immer wieder, wenn er sich ermuntern will, streckt der Sandmann die Hand aus, schüttelt ein Körnchen nach, und Emil Kubinke sinkt wieder herab wie durch gurgelndes Wasser ...

Und die Sonne rückt ganz herüber, marschiert immer weiter nach Westen hin, und ihre Strahlen gehen vom Boden fort und kriechen langsam die Wand hoch, verweilen auf den Jüttners, den Heilemanns, den galanten Damen Rezniceks, die Herr Tesch als Kunstkenner ganz besonders hoch einschätzt, und dann kommen sie in die grauen Balken und Sparren hinein, die sich ordentlich über diesen neuen Besuch zu verwundern scheinen.

Aber unten auf dem Bett liegt Emil Kubinke der Länge lang und schnarcht.

Und Hedwig in weißer Bluse öffnet ihr schmales Kammerfenster und ruft über den Hof: »Pst! Emma!«

Und Emma öffnet *drüben* ihr schmales Kammerfenster und guckt mit ganz seifenglänzendem Gesicht herüber: »Ick komme jleich!«

»Wasch dir man nich de Haut runter, Emma«, ruft Hedwig.

»Machen wir nich!«, sagt Emma.

»Sage mal, nimmste nachher des braune Jackett mit?«, fragt Hedwig.

»Ja«, meint Emma, »det nehm ick.«

»Denn wer' ick's man auch nehmen«, sagt Hedwig.

Denn Hedwig und Emma gehen immer als Schwestern.

»Hast du denn schon den kleenen Barbier jesehn?«, fragt Emma gleichgültig und trocknet sich die Arme ab.

»Ick nich«, sagt Hedwig.

»Ach der Kleene, – weeßte – der looft uns schon nach, da hab ick jar keene Bange.« Und damit klappt Emma ihr Kammerfenster zu.

»Mach man, Menschenskind! Ick warte denn unten«, ruft Hedwig noch. Und dann klappt auch *ihr* Fenster.

Und der Hof liegt wieder ganz still, sonntäglich still – man hört nicht sprechen, nicht lachen. In die weiße Zisterne glänzt das Licht des Himmels hinein. Oben aber auf dem Bett liegt Emil Kubinke der Länge lang und schnarcht ...

Dann aber treffen sich die lange Emma und die dicke Hedwig auf dem Hof, auf den Fliesenwegen, und sie zupfen noch einander an den braunen Faltenröcken herum, und sie rücken die braunen Strohglocken mit den Moosrosen zurecht, und sie ziehen die weißen Garnhandschuhe über die roten Finger, dass sie ein paar Hände bekommen wie Sergeanten. Die Samtjackettchen nehmen sie unter den Arm und ziehen los, mit glänzenden Gesichtern und leuchtenden Augen. Und während sie durch die Kellertreppe, durch den Nebeneingang klappern, singen sie schon: »Schatz, mach Kasse, – du bist zu schade fors Jeschäft!«, und wippen in den Hüften.

Emil Kubinke aber liegt oben auf dem Bett und schnarcht.

Und wenn es das Schicksal gut mit Emil Kubinke gemeint hätte, so hätte es ihn jetzt schlafen lassen, bis in den Abend hinein, bis er ganz erstaunt in dem dunklen Raum hochgefahren wäre. Und dann wäre es ihm vielleicht zu spät gewesen, noch fortzugehen. Aber das Schicksal *meint* es eben nicht gut mit Emil Kubinke, und es schickt nachmittags gegen sechs eigens Herrn Tesch in die Dachkammer hinauf, um Emil Kubinke zu wecken.

»Herr Kolleje, stehn Se uff!«, ruft Herr Tesch.

Emil Kubinke wirft die Beine vom Bett, sitzt da, stützt die Knie und starrt verständnislos Herrn Tesch an, der den Strohhut sehr unternehmungslustig auf dem Ohr hat. Und dann gähnt Emil Kubinke aus tiefstem Herzen. Die ganze Zeitrechnung ist ihm abhanden gekommen, und er weiß kaum, wo er ist.

»Na, ich denke, Sie wollten wegjehn?«, fragt Herr Tesch.

»Ich?«, sagt Emil Kubinke, und ganz langsam dämmert es in ihm, dass er doch für heute Nachmittag irgendetwas vorgehabt hat.

»Ja«, meint Herr Tesch, »Sie haben's doch jesagt, Kolleje.«

Das ist nun nicht richtig. Emil Kubinke hat Herrn Tesch nicht ein Wort gesagt, sondern die dicke Hedwig hat ihm das gesteckt. Aber Herr Tesch liebt es, diplomatisch vorzugehen.

»Ach ja«, sagt Emil Kubinke unschlüssig, »da muss ich mich ja noch anziehen.«

»Na, denn machen Se man schon. Sie wer'n jewiss erwartet«, meint Herr Tesch.

Und eigentlich hat nun Emil Kubinke keine rechte Lust mehr, aber er fürchtet die Spöttereien des Kollegen, und er beginnt sich zu waschen, seinen Rock zu bürsten, bindet seinen besten Schlips um den ganz hohen neuen Kragen, glättet seine Haare, nimmt den Strohhut, während Herr Tesch auf seinem Schließkorb sitzt und sich eins pfeift.

Niemand wird verstehen, welches Interesse Herr Tesch daran hat, dass Emil Kubinke seine Verabredung einhält. Aber vielleicht wird sich doch dieser und jener erinnern, dass Herr Tesch unter »Innig 185« in der Morgenpost eine kleine Anzeige gemacht hatte, die einen bedeutsamen Widerhall in den Reihen der Interessentinnen gefunden hatte. Und da Herr Tesch eine von diesen Damen – es war die nicht unbemittelte Waise mit Kind – zu heute Nachmittag um halb sieben auf eine erneute persönliche Rücksprache zu sich gebeten hatte, – so kann man es Herrn Tesch nicht verargen, wenn er darauf Wert legte, dass Emil Kubinke hierbei nicht anwesend war. Vor allem, da Herr Tesch als Kavalier der Dame ja Diskretion zugesichert hatte.

Und Emil Kubinke mustert sich im Spiegel, und er ist ganz zufrieden. Und dann pendelt er die Korkenziehertreppe hinab. Herr Tesch aber bleibt pfeifend auf dem Schließkorb sitzen.

Als Emil Kubinke dann über den Hof geht, steht oben Pauline am Fenster. Und sie will Emil Kubinke etwas zurufen, etwas sehr Angenehmes vielleicht. Aber Emil Kubinke sieht gar nicht auf und schwindet die Kellertreppe hinab. Jetzt hat ihn schon ganz die Erwartung.

Man kann nun wähnen, dass hier Emil Kubinke besonders unklug handelte; aber ich meine, dass keiner von uns anders gehandelt hätte. Ach Gott, wie oft stolpern wir die Kellertreppen hinunter, irgendwelchen fragwürdigen Hoffnungen nach, während vielleicht unser rotgoldnes Glück oben am Fenster steht und uns zu sich winken würde, wenn wir uns nur die Mühe nähmen, uns nach ihm umzusehen ...

Draußen aber steht nun die Sonne schon ganz tief unten und blinzelt mit schrägen, langen Strahlen in die Straße hinein, gibt nur noch der einen Seite ihr goldenes Licht, während alles andere schon im blauen Schatten liegt. Und hinten am Ende ist eine weiße, gezackte Wolkenwand vorgelagert, wie ein Gebirgszug, und ein paar weiße Federn ziehen von hier aus über den blauen Himmel. Warm ist es, ohne einen Lufthauch, und die Menschen sind rot und pusten. Alles kommt jetzt schon wieder zurück. Die Straßenbahnen sind ganz mit Passagieren vermauert, gefüllt bis zum letzten Platz. Und die Kinderwagen sind auch schon auf dem Rückzug. Die Kleinen, die erst so munter vorweg gelaufen sind, schleifen jetzt quarrend an der Hand der Großen nach, hängen an Mutters Rockzipfel oder sie liegen quer über Vaters Schulter wie ein Bund Flicken. Die größeren Kinder aber singen »Am Brunnen vor dem Tore« und »Nun ade, du mein lieb Heimatland«. Die Kommis gehen bescheiden und gesittet mit ihren Mädchen, aber die Soldaten stampfen mit ihren Nagelschuhen dahin, als wäre Parade auf dem Tempelhofer Felde. Und zwischen je zwei Knöpfen des Waffenrocks schaut immer eine Zigarre hervor.

All das jedoch trabt dahin, – all das ist vergnügt, dass nun endlich der Sommer kommt. Und von den nicht zu fernen Gartenlokalen dringen in das Gesumm die abgerissenen Klänge der Musikkapellen herüber, die die »Winterstürme, die dem Wonnemond wichen«, mit dem »Präsentiermarsch« abwechseln lassen. – Aber mitten dazwischen Emil Kubinke.

Und wenn er auch fühlt, dass er in Ehren bestehen kann – denn sein Kragen ist ganz neu, noch nie gewaschen und sehr hoch, und sein weißer, blütenweißer Strohhut hat noch keinen Regen bekommen und glänzt ordentlich vor Leim – ja, wenn Emil Kubinke auch fühlt, dass er in Ehren bestehen kann, so empfindet er es doch schmerzlich, dass er bei der großen Quadrille heute noch nicht engagiert hat. Ach – er weiß keineswegs bestimmt, ob die Tänzerin, auf deren Tanzkarte er sich für heute hat vormerken lassen, auch jetzt noch auf den Verspäteten warten wird, oder ob sie es nicht vorgezogen hat, einem andren in die Arme zu fliegen.

So marschiert Emil Kubinke ungeduldig dahin, schwimmt gegen den Strom, die langen Wege, die Alleen entlang. Immer stärker klingt die Musik von den Lokalen am See. Immer dichter wird das Gewühl. Die Liebespaare und die Kinder haben sich verhundertfacht, haben sich wie die Köpfe der Hydra mit sich selbst multipliziert. Noch ist es hell. Die Sonne hat zwar schon Gute Nacht gesagt, aber der Himmel leuchtet wie weißglühendes Metall, und die paar Federwolken sind rosig überstrahlt, während die große, dräuende Wolkenwand da hinten ganz scharlachfarben ist. Die Eisenbahnzüge ziehen im Bogen an baumbesetzten, noch unbebauten Straßenzügen als vielgliedrige, feurige Schlangen dahin, und die Mondsichel rückt drüben am Himmel empor, steht mitten zwischen den zarten Wipfeln zweier Pappeln.

Ach, da ist ja schon das Strandschlösschen! Da unten liegt es. In der russischen Schaukel kreischen die Mädchen mit fliegenden Röcken, und das Karussell dreht sich ganz bunt zwischen einer Mauer von Kindern in der Dämmerung. Und Meta Schultze schwebt ganz schräg auf dem Holzschimmel wie eine richtige Reitdame immer im Kreis umher und lächelt sauer. Eine Kapelle spielt irgendwo, – ein Mittelding zwischen Kindergeschrei und Teppichklopfen. Und dazwischen geht's: »Grrr! Krattabum – Bataillon!« – die Kegelbahn. – Unter den Bäumen, den hohen Rüstern, herrscht schon unsichere Dämmerung, in der es durcheinander gleitet und wogt und rauscht; und während doch draußen noch ein weißes Licht alles ganz klar macht, werden hier unten schon die alten Petroleumlampen angezündet, rötliche, blakende Lichter im tonigen Dunkel, flackernde Kreise im Halbschatten. Von fern glänzt dazu noch der Spiegel des Wassers, in dem sich ein roter Himmel wiederfindet, und über den die Lichter von den anderen Lokalen schon die ersten zitternden Brücken bauen. Die grünen Tische stehen hier in langen Reihen unter den Bäumen, und überall sitzen Familien, sitzen Pärchen, sitzen Soldaten, sitzt alt und jung. Dienstmädchen gehen schon auf den Wegen, paarweise, weiß und blond, haben ihre Augen überall. Und andere versprechen allen Männern mit Blicken die schönsten Dinge, während sie am Arm des einen hängen. Reihenweise sind auf den Tischen die Weißbiergläser, die Kaffeetassen und die Seidel und die Teller mit den Napfkuchenresten. Die Aushilfskellner stürzen schwitzend ihren Groschen nach, und Hausdiener mit blauen Schürzen ziehen mit ganzen Körben voll klirrenden Geschirrs ab. Wenn die Musik schweigt, hört man vom Tanzsaal ein paar Töne. Und immer sieht man an hohen, hellen Scheiben die Umrisse von tanzenden Paaren entlangfahren, ganz spukhaft und lächerlich. Sobald die Kapelle aber wieder beginnt, glaubt man, es gewittert in der Ferne.

Emil Kubinke wandert zwischen den Gängen auf und nieder, lässt sich schieben und treiben, sieht nach jedem Tisch. Aber so viele Mädchen auch da in den weniger beleuchteten Ecken sitzen, so viele ihren Arm auf die Schulter des Freundes lehnen und ihm teilnahmsvoll in die Augen blicken, so viele singend und summend, paarweise und zu dreien, weiß, rosa und hellblau, flatternden Wimpeln gleich, die an *einer* Schnur wehen, in der Dämmerung die Wege auf und nieder trotten, – nirgends ist die, auf deren Tanzkarte sich Emil Kubinke schon vorgemerkt hat. –

Und die Kinder beginnen schon ihre Stocklaternen anzuzünden, die wie große, bunte Schmetterlinge durch das Halbdunkel schweben. Mütter rufen: »Emma, Marie, Karl, Justav, na machste nu endlich!«, teilen Katzenköpfe aus, stupsen Jungen in Kniehosen vor sich her – »na du, komm mir man nach Hause!« – Das Karussell dreht sich unermüdlich im Licht. Eine neue Meta Schultze sitzt auf dem Schimmel. Die Schaukel fliegt. Die Mädchen kreischen. – Kasperle spielt in einer Ecke sein letztes Spiel: – »Seid ihr auch alle da?« In der Schießbude brüllt der Löwe, pinken die Schmiede, wirbelt die Trommel, aber das tanzende Ei ist noch unbeschädigt. – Und an der Würfelbude weint Marie Polzin bittre Tränen: Sie wollte durchaus die blaue Glasschale mit den Blumen gewinnen. Aber dazwischen immer: »Grrr – krattabum – Bataillon!« – die Kegelbahn. –

Emil Kubinke setzt sich bescheiden an irgendeinen Tisch, allwo noch ein Stuhl frei ist. Da sitzen schon Leute. Großmutter Neuendorf mit einer Kapotte und einem alten Longschal mit Mottenlöchern. Schriftsetzer Ziebland, Frau Luckow, Frau Ziebland, Frau Braunack; Erna, Hermann, August und Karl aus der zweiten Klasse der Hundertsiebenunddreißigsten und aus der fünften Klasse der Hundertundachtzehnten.

»Au, Mutta!«, ruft August. »Ick hab wat Feines jesehn! Een' janz kleen' Mann – sehr alt war er und so verjniecht – uff zwe Stöcker is er jejangen – immer so – beede Beene kaputt!«

»Nach so etwas brauchst du noch jarnich hinzusehen«, sagt Frau Luckow belehrend, und sie kann sich nicht enthalten, ihre Hand nach August hin ausgleiten zu lassen.

»Na, weene man nich, Aujust«, sagt Herr Ziebland, »Vater kommt ooch jleich mit Weißbier und Wurscht!«

»Jott, Frau Waldowski«, ruft Frau Postschaffner Luckow, »wo kommen Sie'n her? Wo ist denn Ihre Emma? Is det Mächen ooch hier?«

»Haben Se denn nich jehört? – Nee? Nee? Meine Emma is doch schon seit vierzehn Tage wech!«

»Keene Ahnung! Wirklich?!«, ruft Frau Ziebland.

»Na, un wat habn Se'n da jetan?«, fragt Frau Luckow. »Ham Se se denn?«

»Ach nee«, sagt Frau Waldowski sehr ruhig. »Aber wissen Se, – ick hab ihr jleich als unbekannt verzogen bei de Polizei abjemeldet.«

»Na, denn is man jut«, sagt Herr Ziebland und langt nach dem Weißbierglas.

Emil Kubinke sitzt still an einem Tischende und trinkt sein Bier.

Es ist indessen dunkler geworden – merkwürdig, seltsam, unheimlich, drückend dunkel, – so ganz schnell, so ganz rapide und plötzlich. Die Bäume verschränken sich zu großen Zelten, und die Musik rasselt blechern.

Und mit einem Mal geht ein Rauschen und Drehen durch die Zweige, und sie biegen sich und knarren; junge Blätter und die grünen Ulmenfrüchte werden abgerissen und jagen wirbelnd herunter. Draußen auf der Allee wälzt sich eine Staubwolke ganz schnell entlang, rund wie eine Welle, sie rollt die Straße hinab, dick, kraus und schwer, und vor ihr, wie drei Herolde, laufen und kreisen auf der scharfen Krempe drei niegelnagelneue Strohhüte, und drei Schatten von laufenden Menschen, drei Paar fliegender Rockschöße jagen mitten in der Staublawine mit vorgestreckten Armen. Und wo die Lawine hingelangt, da bleiben die Menschen wie verdattert stehen, stemmen sich gegen den Wind, strecken die Arme von sich und machen die Augen zu. Und der Wind zerrt den Frauen und Mädchen an den dünnen Frühlingskleidern, presst die Röcke gegen sie, lässt sie sich krausen und flattern, zeichnet die sonst verhüllten Figuren mit allen Rundungen, macht aus der Mode von 1908 fußfreie griechische Gewänder der Perikleischen Epoche.

Und dann kommt es drüben von der Seeseite heran. Die Häuser dahinter sind schon ganz in grau gehüllt. Man sieht, wie der Regen übers Wasser kommt, in großen Huschen und Sprüngen. Er schlägt ordentlich hinein, dass es nur so spritzt. Und da, da ist er auch schon! Er prasselt und saust durch die Blätter, durch das dünne Laub; er trommelt auf die Tische; er platscht mit schweren Tropfen in die Kaffeetassen, in die Bierseidel, in die Weißbiergläser; er rieselt an den Baumstämmen herunter; der Boden schlürft ihn nur so ein. Man kreischt, man duckt sich, aber die Tropfen treffen in den Hals, ins Genick, auf die Arme, im Augenblick sind die dünnen Blusen durchweicht. Kinder hüpfen jubelnd im Regen, mit offenen Mündern und schnappen nach den großen Tropfen, Frauen flüchten, schlagen die Röcke hoch, zeigen die Waden, Liebespaare ducken sich, unter Schirme, kriechen ganz zusammen unter den schwarzen Dächern, auf die der Regen trommelt. Ganze Tischreihen werden leer, und nur der Regen tanzt noch auf ihnen sein Menuett über die Gläser hin.

Die Musikkapelle aber spielt ruhig weiter, das patriotische Potpourri, »Deutschland, Deutschland über dies«. Das Karussell dreht sich im flackernden Licht; und in all dem Getümmel: »Grrr – krattabum – Bataillon!« – die Kegelbahn.

»So'n Wetter, lieber jar keens«, sagt Herr Ziebland.

»Jetzt dreescht's tüchtig«, ruft Hermann.

»Au, Mutter, kiek mal, et regnet Blasen«, quietscht Erna.

»Det is nur ne Husche«, meint Frau Luckow.

»Jestrenge Herren rejiern nich lange«, quäkt Großmutter Neuendorf langsam und zieht den Longschal fester um den alten Leib.

»Kellner, zahlen!«, ruft Herr Ziebland.

»Wer hat denn den Schirm?«, fragt Frau Braunack erstaunt.

»*Ich* hab 'n jarnich jesehn!«, sagt Hermann.

»*Ick* ooch nich!«, ruft Emil.

»Jroßmutter hat'n jehabt«, piepst Erna.

»Nee, nee«, zetert Frau Neuendorf, »ick hab'n *ieberhaupt* nich zu Jesichte jekricht.«

»Jawohl, Jroßmutter«, kreischt Frau Ziebland, »Erna hat recht – *Sie* hab'n den Schirm *zuletzt* in Ihre verfluchtijen Klauen jehabt!«

»Kellneer – zahlen!«, ruft Herr Ziebland nochmals und gibt damit seine Absicht kund, die letzten drei Seidel nicht schuldig zu bleiben. Dann aber steht er auf. Solch einen billigen Sonntag hat er lange nicht gehabt.

»Na, Kinder, kommt man«, sagt er, »meint ihr, ick wer *den* nachloofen?«

Emil Kubinke, der gerade an einem Baumstamm sitzt, ist ziemlich geschützt gegen den Regen, und nur hin und wieder klatscht solch ein schöner schwerer Tropfen auf den Kopf seines neuen Strohhuts.

Und Frau Ziebland, Frau Braunack, Frau Postschaffner Luckow streben mit hochgeklappten Röcken nach dem Ausgang, geführt von Herrn Ziebland; und Großmutter Neuendorf humpelt, mit ihrer Kapotte auf dem spärlichen Dutt, ihrem Morchelgesicht und ihrem Umschlagetuch, auf ihren alten schiefen Hacken hinten nach.

Sie hat den Schirm *wirklich* nicht in ihre »verfluchtijen Klauen« gehabt ...

Aber Frau Postschaffner Luckow hatte doch die Wahrheit gesagt: Es war nur eine Husche. Und auch Großmutter Neuendorf sollte recht behalten: Gestrenge Herren regieren nicht lange.

Richtig – bald sickert es nur noch von den Bäumen herab, einzeln klatscht es zu Boden; und plötzlich scheint es wieder ganz hell zu werden; der Himmel bekommt lange, lichte Streifen. Auf den grünen Tischen blitzen kleine Teiche. Die abgeschlagenen Blätter glänzen. Es riecht nach frischem Laub, nach den Säften der Bäume, nach Erde, nach gesunder, frischer Feuchtigkeit. Kellner irren schimpfend zwischen leeren Stuhlreihen. Die Musik macht Pause, schüttet die Posaunen aus. – Aus dem Saal kommen Pärchen, die sich da hineingeflüchtet haben, lachend, mit roten Gesichtern, reiben mit Taschentüchern an Stühlen herum, suchen wieder nach ihren Winkeln. Aber während der Platz doch erst einem Schachbrett bei Anfang der Partie glich, mit den schönen, langen Reihen der Steine, gleicht er jetzt einer Endstellung: hie und da und da drüben nur noch, scheinbar wahllos und sinnlos, ein paar weiße und ein paar schwarze Figuren.

Emil Kubinke sitzt immer noch ruhig bei seinem Gläschen Bier und freut sich über den Duft der Bäume und über die schöne frische Abendluft. Er ist ganz zufrieden, dass er Hedwig nicht getroffen hat. Er träumt vor sich hin und lauscht den Melodien, die in ihm kommen und gehen, ohne dass er dazu etwas tut. – Endlich löst sich in ihm doch alles in Tönen, sein Frohsinn, seine Trauer und seine Beschaulichkeit – und das ist eigentlich das Beste, was der kleine Emil Kubinke hat; – das liebt Emil Kubinke sehr. Wenn er die Töne hört, ist er Philosoph. Dann ist ihm Hedwig gleichgültig und Herr Ziedorn, die Rasiermesser, die Trinkgelder und die Kunden. Und dann verschwindet *beinahe* die Erinnerung an Paulines goldblonde Flechten. Dann gibt es keine Liebe, kein Begehren, keine Sorgen, keine schadhaften Beinkleider, dann ist alles schattenhaft verschwommen und ist nur dazu vorhanden, um von seinen Melodien überhaucht und überspült zu werden. Das ist das Allerbeste, was der kleine Emil Kubinke hat; – von je – von der Schulbank an – ist *seine* Insel, *sein* Reich. Überall anders ist er in Feindesland ...

Und wenn es das Schicksal gut mit Emil Kubinke gemeint hätte, so hätte es ihn auf seiner Insel jetzt ruhig gelassen. Aber ich sagte schon einmal, dass das Schicksal es unerklärlicherweise gerade auf Emil Kubinke abgesehen hatte, und plötzlich erinnerte es sich also wieder, dass es doch mit Emil Kubinke irgendetwas vorhatte. Seit einer Stunde und länger, seit Herrn Teschs Dazwischenkunft, hat das Schicksal gar nicht mehr an Emil Kubinke gedacht. Darum also lässt es *jetzt* hinterrücks plötzlich einen Auflauf entstehen, einen Krawall, eine Szene, ein Gewühl und Getümmel, das sich von den Stufen, die zum Saal führen, bis zum Ausgang des Lokals dahinschiebt, und das so lärmvoll ist, dass es die Melodien Emil Kubinkes eben übertönen *muss*.

Doch an der Spitze dieses Auflaufs schiebt man einen Mann mit abgerissenem Kragen, hängendem Schlips, gelockerten Ärmeln dahin, dürr wie die Vernunft, grau wie die Theorie, mit hageren Wangen und langen Haarsträhnen. Und seine Augen rollen begeistert, und seine Hände machen große Bewegungen, denn er fühlt sich als Märtyrer, als Prediger in der Wüste und trägt gottergeben die Schickung. Ein Kellner aber ist rechts von ihm und einer links als Eskorte. Und ein Hausknecht in Hemdsärmeln drängt ihn vor sich her. Er jedoch achtet ihrer nicht und schüttet die Schale seines gerechten Zornes hernieder auf dieses lästerliche Gesindel.

»Ich aber sage euch«, brüllt er mit Löwenstimme, »redet mir *nicht* von der Heilsarmee! Nur der, so im Geiste des Herrn wandelt, darf von ihr sprechen. Denn kommen wird das Tier mit den Hörnern und Klauen ...«

Die Kinder johlen: »Kneetschke! Kneetschke! –«

»Lassen Se doch den Mann los«, ruft jemand, »der is ja harmlos.« – »Ach, *des* is ja mein verrückter Schneider aus de Fregestraße!«, ruft ein anderer.

»Den kenn ick, der is immer so, wenn er een' in de Krone hat«, meint ein dritter.

»Komm doch, wat siehst'n daran?«, sagte Emma und zerrt Hedwig am Ärmel.

»Nee, nee, sowat muss ick imma sehn, sowat macht mir Laune«, sagt Hedwig bestimmt und will sich losreißen.

»Du, Hedwig, bleib doch mal da!«, ruft Emma. »Da in de Ecke da sitzt doch dein kleener Barbier!«

»Ach, Herr Kubinke«, meint Hedwig sehr freundlich – denn sie hat noch nicht Abendbrot gegessen. »Da sind Sie ja! Wir hab'n schon so lange auf Ihn' jewartet.«

»Ja«, sagte Emma, »wir hab'n Ihn' doch noch jarnich jesehn! Sind Se denn schon lange hier?«

Emil Kubinke ist sehr erfreut. Denn vor ihm stehen plötzlich nicht etwa die lange Emma und die kleine, dralle Hedwig mit den gestreiften Kattunkleidern und den geplatzten Lackschuhen, son-

134

dern zwei richtige Damen; und nur durch die weißen Sergeanten-handschuhe und durch die roten Arme, die aus den Blusen kommen – die Haut ist in lauter Landkärtchen gesprungen – wird Emil Kubinke erinnert, dass es doch wirklich nur Hedwig und Emma sind, diese zwei Damen mit den Moosrosen auf den Strohglocken, den Faltenröcken, den Samtjäckchen, den durchbrochenen Mullblusen … diese Damen, die ihm so freundlich entgegenlachen.

»Ick jeh nachher noch nach 'n Hohenzollernjarten!«, sagt Hedwig. »Jar keen Betrieb hier heute.«

»Na, bleib doch hier«, sagt Emma und pufft Hedwig heimlich in die Seite, »da drüben is ja ooch nischt los.«

Eigentlich möchte ja Emma *auch* ganz gern noch in den Hohenzollerngarten gehen, aber sie weiß nicht, ob nicht Emil Kubinke nur für das Strandschlösschen engagiert ist.

»Na, wenn de nich *willst*«, meint Hedwig langsam, »denn könn' wer ja ooch wieder in 'n Saal jehn. Wat solln wir denn hier draußen?«

»Kommen Se mit, Herr Kubinke?«, sagt Emma mit einem schiefen Blick. »Hören Se den Walzer?!« Und dabei schassiert die lange Emma auf der Stelle hin und her.

Emil Kubinke will nun gern sagen, dass es jetzt gerade hier draußen, bei dieser Frische und diesem Duft, sehr angenehm ist, viel lohnender als in dem dumpfen Saal. Aber er weiß, dass man bei Frauen immer in Kleinigkeiten nachgeben muss, wenn man Großes erreichen will. Und so ruft er den Kellner heran und geht dann, mitten zwischen Hedwig und Emma, die so schön rechts und links ihn streifen, zum Saal. Er weiß nicht, wie er sich dabei benehmen soll, denn er will doch nicht gern der langen Emma die Geheimnisse seiner Seele verraten. Und außerdem ist auch die Waage seines Herzens munter in Bewegung, schwankt auf und nieder zwischen der dicken Hedwig und der langen Emma, und wenn er nach rechts schaut, so will sie sich für Hedwig, und wenn er nach links schaut, für die Emma entscheiden. Aber da Emil Kubinke, – wer weiß, weshalb – mehr nach links als nach rechts sieht, so gibt das Zünglein der Waage immer bestimmter für die lange Emma den Ausschlag.

Und jeder von uns hätte die gleiche Wahl getroffen. Denn – während die kleine dralle Hedwig des *Wochentags* in ihrem einfachen Kattunkleid, mit der Schürze, mit bloßem Kopf und bloßen Armen, in *sich* vollkommen ist und noch mitten in dem blassen Großstadtgetümmel den gesunden Hauch von Wäldern und Wiesen ausatmet, so erinnert sie *jetzt sonntags*, wenn man sie überhaupt dann beachtet, in ihrem braunen Rock, der zu stramm sitzt, mit diesen Armen, mit dem runden, roten Gesicht, mit dem breiten Mund, mit dem feisten Nacken, mit allem, was so um sie herumquabbelt, an eine schlecht gestopfte Leberwurst.

Die lange Emma aber, trotz ihrer Sommersprossen, kann anziehen was sie will – es kleidet sie, sitzt wie angegossen; ja, man erkennt *dann* erst, *was* sie überhaupt ist. Sie trägt es nicht wie eine Modedame, sondern mehr noch: mit der Grazie einer Probiermamsell. Wer Hedwig sonntags sieht, sagt sich: *die* wird noch mal plätten lernen! Aber wer Emma sonntags sieht, sagt sich: *die* wird schon noch mal Karriere machen! Auf dem Markt der Liebe nämlich, allwo jedes Kilogramm und jeder Zentimeter mehr oder weniger gut und gern tausend Mark bedeuten, ist die lange Emma reichlich mit zwanzigtausend Mark höher akkreditiert als Hedwig. – Ja, ja … die Figur der Frau ist eben ihr Schicksal. Die eine lernt plätten, aber die andere macht Karriere …

Und Emma ist *schon* in der Lehre. Denn sie dient bei einer Sängerin, die nicht singt, aber vorgibt, in Gesang auszubilden, die alt an Jahren, grau an Haaren, aber jung an Herzen ist, ihre zahlenden und nichtzahlenden Verehrer gut scheidet und trennt, auf dass keine Verwirrungen entstehen, und die so für Emma eine ganz vorzügliche Schule bildet. Und wenn es Emma bisher in dieser Schule noch nicht so sehr weit gebracht hat, wenn sie sich kaum im ersten Larvenzustand ihrer Entwicklung befindet, noch fast roh und ungeformt ist und sich mit Ihren *neunzehn* Jahren ihrer eigentlichen Mission noch nicht einmal bewusst ist, so scheinen sie doch ihre Anlagen zu Bedeutendem zu bestimmen.

Bei der langen Emma brauchte man, wenn man sie auch nur *einmal* sonntags sah, gar kein besonders firmer Meteorologe zu sein, um ihr eine günstige Prognose zu stellen. Und, wenn sie auch heute Abend noch auf der Speisekarte sich todsicher »Schnitzel mit Bratkartoffeln« aussucht, – dadurch braucht niemand daran irrezuwerden, dass sie in *drei* Jahren bei so vorgeschrittener Saison es dem *Pöbel* überlassen wird, noch »Faisan aux truffes« zu essen.

Heute natürlich ist die lange Emma noch im ersten Larvenstadium, und sie weiß so viel von ihrer Zukunft, wie die Raupe davon weiß, dass man mit bunten Flügeln über blühende Felder in Duft, Sonne und Wind dahinflattern kann. *Heute* ist Emma noch beim Schnitzel, heute geht sie noch ins Strandschlösschen tanzen, heute ist sie noch bei Emil Kubinke. Und wenn sie auch von ihrer Herrin nur die durchbrochenen Strümpfe trägt und sonntags nur ihre gestickten Hemden anzieht, – noch hat sie kaum ihre allerallerlerste Häutung hinter sich ...

Wie Emma aber plötzlich ihren Arm in den Emil Kubinkes schiebt, da besinnt sich doch Hedwig auf ihre älteren Rechte, und sie fasst auf der anderen Seite Emil Kubinke unter und hängt sich fest an ihn. Und vom Saal her klingt der scharfe Rhythmus eines amerikanischen Tanzes, und Emma und Hedwig sind wie elektrisiert und zerren den braven Emil Kubinke ordentlich die Stufen hinauf.

»Komm, Hedwig«, ruft Emma, »det is de Schinkenpost!«

Und schon haben die beiden Mädchen sich um die Taillen gefasst und schwenken los. Rechts rum – links rum –, dass die braunen Röcke flattern.

Emil Kubinke aber steht ganz verdattert allein und blickt in den Saal.

Der ist groß, blau von Rauch, und an jedem Ende hält ein riesiger Schüttofen Wache, ein schwarzes Kanonenrohr mit Sezessionsschnörkeln, Germane Nr. 17. Der rote Abendhimmel von draußen sieht noch durch die Fenster, und an den alten Bronzekronen von anno dazumal schweben die grünen Grätzinkugeln. Von den Balken aber ziehen sich in dem Rauch Papiergirlanden mit bunten Fähnchen zu den Spiegeln, zu den weißen Kaiserbüsten, zu den gepressten Zigarettenplakaten und den Fahrradaffichen. »Frischer Maitrank« liest man an den Nischen und »Echte Frankfurter Würstchen«. An den Wänden ist kaum ein Stuhl frei, und zwischen breiten Menschenmauern drehen die Paare. Mitten in dem Gewirr aber, mitten drin wie eine Säule, ragt bewegungslos bis in die schwarzen Bartspitzen der Tanzmeister, kühl bis ans Herz hinan, mitten in diesem Sturm der Gefühle, der ihn umtost. Emma und Hedwig umkreisen ihn und lachen ihm vertraulich entgegen.

»Nur Mächens? – Des gibt's eijentlich nich«, sagt der Tanzmeister würdig und verweisend. Dann erhebt er die Hand. »Die Herren zur Kasse!« – Die Musik schweigt wie abgeschnitten. Alles steht wie angemauert. Man sieht, wie sie schwitzen und in den Seitentaschen nach den Groschen krabbeln. Der Tanzmeister schreitet, sich verbeugend, die Reihen ab. Weh dem, der von der Stelle geht! Er hebt die Hand mit dem Siegelring wieder. »Woiterrr!«

Und der Pianist mit der roten Nase haut von Neuem, ohne den Kopf zurückzudrehen, mit seinen Riesenhänden auf den alten Mahagoniflügel ein, dass das Bierseidel auf dem Deckel nur so tanzt und dass man jede Sekunde glaubt, der alte Mahagoniflügel müsste in den Vorderbeinen einknicken wie ein geschlagener Stier.

Die Paare aber beginnen im gleichen Augenblick sich wieder zu drehen wie die bunten Glassteinchen im Kaleidoskop. Herrgott, was wirbelt da nicht alles durcheinander! Stößt sich und pufft, schassiert und hopst, dreht sich im Kreis und walzt in den Ecken: Bäckergeselle und Kommis, Infanterist und Trainsoldat, Sergeant und Gefreiter, Annoncenakquisiteur und Schieber mit Lackschuhen und Lebemannscheitel, magere Schreiber und grauhaarige Ehrenbürger mit Arterienverkalkung, Studenten mit Schmissen und Rennfahrer im Sweater, der Grünkramhändler mit seiner Haushälterin und die Dirne mit ihrem »Bräutjam«, die reichen Jungen aus dem Westen, die Verse schreiben und Tennispreise bekommen, und der Monteur von Siemens, der in seinen breiten, dunklen Händen das Mädchen wie in einem Schraubstock hält.

Und was gibt es da nicht alles an Frauen! Vom blutjungen Ding an, das heute zum ersten Mal durchgebrannt ist und noch zweiundeinhalbes Jahr Zwangserziehung im Augustenheim vor sich hat, bis zur verheirateten Frau, die sich hier heimlich mit ihrem Liebhaber trifft. Dienstmädchen von sechzig Talern bis zu hundertfünfzig Talern, Verkäuferinnen, Gouvernanten und Telefonistinnen, Verhältnisse, die von eifersüchtigen Blicken bewacht werden, und Freundinnenpaare, die die Augen niederschlagen. Und überall dazwischen einfache Halbweltlerinnen, für die der Tanz das Leben ist. Was wirbelt da nicht alles durcheinander! Feste, sichere Existenzen, Ringende, Entwurzelte, Bürgerliche und Halbverbrecher, die sich von Tag zu Tag weiter flüchten, nur um vielleicht doch schon morgen dem Dagernautwagen des Lebens in die schwertbesetzten Speichen zu fallen. Die Lust, die Rhythmen des Tanzes halten alle diese verschiedenfarbigen Menschenseelen, die sonst himmelweit getrennt sind, zusammen wie mit eisernen Banden.

Niemand wird gefragt, wer er ist, woher er kommt, wohin er geht – die gleichen Wellen durchfluten alle ...

Emil Kubinke steht an einem Pfeiler unter dem »Frischen Maitrank« und sieht nur von all denen Emma und Hedwig, die hin und her sich drehen, schwenken, auftauchen und für Sekunden fast im Gewühl verschwinden – rechts rum, links rum, dass die braunen Faltenröcke fliegen.

»Nur Mächens? – Des jibt's eijentlich nich«, sagt der Tanzmeister und hebt die Hand mit dem Siegelring.

Und der Klavierspieler mit der roten Nase, der noch eben seine Riesenpranke in die Tastatur fallen lassen wollte – so schlägt der Löwe ein Büffelkalb –, lässt plötzlich die Hand wie gebannt in der Luft stehen und greift nach dem Bierseidel. Die Paare halten aufatmend und schleichen dann, zärtlich aneinander geschmiegt, rot und verliebt zu ihren Plätzen.

Emma und Hedwig, die noch ohne Musik ein paar Takte weiter schassiert sind, bleiben vor Emil Kubinke und dem »Frischen Maitrank« stehen, feuerfarben wie Klatschmohn, und ihre diversen Busen schwanken auf und nieder.

»Ach Jott«, japst Emma, »mir schwitzt wie 'n Affe!«

»Hab dir doch nich«, meint Hedwig, »ich könnt nu de janze Nacht durch so tanzen.«

»Kann ich Ihnen vielleicht 'ne Flasche Limonade bestellen, Fräulein Emma?«

»Nee, nee – bloß nich –«, sagt Emma und pustet. »Mit Limonade könn' Se mir jagen.«

»Durst hab ich jarkeen!«, sagt Hedwig.

»Wir könn' ja auch zu Hause essen«, meint Emma und fächelt sich mit Frau Pamela Nansen-Gersdorffs duftendem Spitzentuch.

Und da nun Emil Kubinke merkt, dass er dem Mittagbrot zu wenig zugesprochen hat, so sagt er, sie wollten sich in eine Ecke setzen und sich etwas geben lassen. Denn, wenn Emil Kubinke auch sonst mehr als sparsam ist, so ist er doch Kaufmann genug, um zu wissen, dass zu jedem Geschäft ein Anlagekapital nötig ist.

»Kellner, ich esse eine Schinkenstulle«, ruft Emil Kubinke schnell, um sogleich das Niveau der Zeche zu bestimmen.

»Und mir bringen Sie – mir bringen Sie«, sagt Emma, »na bringen Se mir 'n Schnitzel mit Bratkartoffeln, Herr Höhne!«

»Is sehr schön, Fräulein Emma«, sagt Herr Höhne, und sein altes glattes Kellnergesicht glänzt dabei noch mehr als sein alter Kellnerfrack.

»Und mir, Herr Höhne«, sagt die runde Hedwig, und man sieht, wie sie dabei mit sich kämpft, »mir bringen Se 'ne Schin –: Ach, bringen Se mir lieber auch 'n Schnitzel mit Bratkartoffeln.«

»Und bitte *drei Helle*«, sagt Emil Kubinke bestimmt und so schnell, dass keine Zeit zum Widerspruch bleibt.

»Hast du vielleicht vorhin mit dem Bombenschmeißer da jetanzt?«, fragt Emma.

»Nee, ick nich«, sagt Hedwig, »det wirst *du* wohl jewesen sein.«

»Ick? – Nee!«, sagt Emma empört.

»Na wat hat denn der freche Mensch da immer rieberzulachen.«
Die Musik setzt wieder ein.

Und während zuerst nur zwei Paare einsam durch den weiten Raum sich drehen, wie zwei Planeten um die Sonne des Tanzmeisters, lösen sich plötzlich andere von der Menschenmauer los, rollen gleichsam von ihr ab, und ehe man es sich versieht, ist der ganze Raum mit wogenden Paaren gefüllt. Die beiden Mädchen aber singen: »Ach Emil, ach schenk mir 'n Panamahut, der steht mir so jut, der steht mir so jut«, lehnen sich an Emil Kubinke, und, während ihn Hedwig heimlich in die Seite pufft, will Emma nicht zurückstehen und tritt Emil Kubinke ganz vertraulich auf den Fuß. Und Emil Kubinke spitzt den Mund und pfeift mit den schönsten Trillern.

Der Tanzmeister hebt den Arm: »Die Herren zur Kasse.«

»Wenn Ihre Pfeife Junge kricht«, sagt Hedwig, »denn lassen Se mir bitte eene liejen!«

»Nee, die Hedwich«, quiekt Emma, »die is aber ooch immer jleich zu komisch!«

»Woiterrr!«, ruft der Tanzmeister. Und schon haut der Klavierspieler mit der roten Nase mit seinen Riesenpranken – so schlägt der Löwe ein Büffelkalb – wieder in den alten Mahagoniflügel ein.

»Prost, Herr Kubinke!«, sagt Emma freundlich, hebt ihr Glas und winkt fast unmerklich dabei mit dem Glas irgendjemand zu, der irgendwo in irgendeiner Ecke des Saals sitzt. Überhaupt haben Hedwig und Emma überall die Augen. Alles sehen sie, über jeden, der vorbeigeht, haben sie sich etwas zuzutuscheln oder zuzublinken, überall haben sie Bekannte, nicken und grüßen, hier förmlich, dort freundschaftlich, dort vertraulich und mit verständnisinnigen Blicken. Und immer, wenn Emil Kubinke fragt, dann sagen sie: »Das is ʼn Schwager von der Aujuste in unsern Haus«, oder: »Des is der Bräutjam von der Paula, mit der ick verjangnen Herbst in die Ansbacher Straße zusammen jedient habe, – den kennen Sie ja doch nich.«

Emil Kubinke fühlt sich verraten und verkauft. Er empfindet, dass er hier in eine geheime Gesellschaft eingedrungen ist, mit ihren eigenen Abzeichen, ihrer eigenen Sprache; scheinbar kümmert sich keiner um den andern, und doch kennt jeder den andern. Und das Mädchen, das mit dem einen am Tisch sitzt und den Kopf an die Schulter des Mannes lehnt, verabredet mit den Augen mit einem anderen drei Tische davon ein Stelldichein, während sie ihren alten Liebhaber in dem einen Winkel des Saals genau beobachtet und ihrer Freundin am Fenster ein Zeichen gibt. So wie die Girlanden durch den Saal sich ziehen, hin und her, so spinnen sich – nur tausendmal feiner und verschränkter – Intrigen und Fäden zwischen den Paaren hin und her.

»Zur Kasse!«, ruft der Tanzmeister.

Der Kellner bringt das Bestellte, und Emil Kubinke sieht mit resignierenden Blicken, wie Herr Höhne lächelnd vor ihn das einfache Schinkenbrot niedersetzt, während er Hedwig und Emma die Schnitzel mit den braunen Hügelchen von Bratkartoffeln zuschiebt.

Und die dicke Hedwig zieht die weißen Handschuhe aus, nimmt das Messer in die rote Faust und haut auf das Schnitzel ein. Und dann bricht sie Brot in Stücke und jagt die Soßenreste so lange über den Teller, bis der so blank ist, dass er gar nicht mehr abgewaschen zu werden braucht. Während Emma die Handschuhe anbehält und mit angezogenen Ellbogen das Schnitzel tranchiert, ganz leicht von oben herab. Emma *soupiert* schon.

»Sehr jut, aber 'n bisken kleen«, sagt die dicke Hedwig und nimmt noch ein Brötchen.

Emil Kubinke ist schwerhörig.

»Woiterrr –«, ruft der Tanzmeister und hebt die Hand.

Ein bescheidener Mann geht vorüber. Ganz harmlos, o-beinig und blond, und nickt den Mädchen zu.

»Donnerwetter!«, sagt sich Emil Kubinke. »Wer war denn das? Den Menschen kennst du doch –«

»Sieh mal, *der* is ooch hier«, sagt Emma.

»Ach, das is eener von de Post«, meint Hedwig.

Und dabei sehen beide wie gebannt in eine andere Ecke des Saales, allwo sie plötzlich irgendetwas zu fesseln scheint.

Die Musik beginnt wieder.

»Kommen Se, Herr Kubinke«, ruft Emma, »jetzt müssen Se mit mir tanzen, det is det Neuste!« Und damit fasst Emma Emil Kubinke um und zieht ihn mit sich.

»Hilf mir ma' de Rolle drehn«, singt Emma und wiegt sich in den Hüften, »du bist so jung und stramm! Genier dich nich und zier dich nich, wir dreh'n det Ding zusamm'.«

Und nicht Emma allein singt das, sondern alle Mädchen. Der ganze Saal tönt plötzlich von schrillen Stimmen: »Hilf mir mal de Rolle drehn!«

Aber Emma und Emil Kubinke können nicht so recht in den Tanzraum hinein, denn gerade vor ihnen steht ein Mädchen mit einem Soldaten.

»Kennen Se vielleicht Jlasenapp von de sechste Kompanie?«, fragt das Mädchen den Soldaten. »Ja? – Na, dann bestellen Se ihm man, er braucht sich um den Jungen jarnich mehr zu kümmern, für den sorg ick jetzt janz alleene.«

»Wird jemacht!«, sagt lachend der Soldat und fasst das Mädchen um die Taille und tanzt mit ihr los.

Aber Emil Kubinke ist plötzlich seltsam nachdenklich geworden, denn er hat im Augenblick die Kehrseite der Medaille gesehen ...

»Wat stehn Se denn, Herr Kubinke«, sagt Emma und fasst ihn um. »Nu ma los! – Eins – zwei – drei – na sehn Se, es jeht ja janz jut.«

Und Emil Kubinke dreht sich – rechts rum – links rum – und wenn er das auch nicht schlecht zustande bringt, denn der Sinn für Rhythmus liegt ihm im Blut, so hat er doch nicht die Übung, hier seine Tänzerin ohne Zusammenstöße durch das Gewühl zu leiten, und wenn er dem einen Paar ausweicht, kann er versichert sein, dass er ein anderes dabei mit den Ellbogen pufft.

Die lange, blonde Emma aber lacht ihm nur zu: »Ach, das wird schon werden, Herr Kubinke.«

»Zur Kasse!«, ruft der Maitre und klappt den Mund auf wie eine Ofentür. Und die Hand des Klavierspielers saust nicht auf die Tastatur des alten Mahagoniflügels, sondern greift nach dem Bierseidel.

»Sie jlauben garnich, Herr Kubinke«, sagt Emma, während Emil nach dem Groschen sucht, und Emma hängt sich so recht warm und zärtlich bei ihm ein, »Sie jlauben garnich, was meine Freundin für 'ne jewöhnliche Person is! – Wie ein jebildter Mensch wie Sie überhaupt mit sie verkehren kann, das verstehe ich nich.«

Und währenddessen beobachtet Emma ein Paar in der anderen Ecke des Saales, ein Mädchen mit den Gliedern eines Schmieds und den Hüften eines Ackergauls, schwerste, hochblonde, uckermärksche Rasse. Also *das* ist jetzt Gustav Schmelow seine!

»Woiterrr!«, ruft der Maitre und hebt die Hand.

Und die Musik rasselt los.

Und Emma packt Emil Kubinke – dieses Mal führt *sie* – und wirbelt ihn im Saal herum, dass ihm alles durcheinander schwimmt, ein Drehen und Fluten von Weiß, Schwarz und Rosa, ein Gemisch von allen Farben der Palette. Und oben kreisen die Grätzinkugeln wie Feuerwerkskörper. Und die Wände mit all den Menschen, mit all den Uniformen und weißen Kleidern kommen auf Emil Kubinke zu und weichen wieder von Emil Kubinke zurück. Und während das alles durcheinander wogt, gehen Emil Kubinkes Beine ganz von selbst, immer weiter. Humptata, humptata – im Dreivierteltakt ...

Da plötzlich sieht Emil Kubinke vor sich wie durch Schleier ein Paar mit weitgeschwungenen Armen kunstvoll linksrum auf der Stelle schwenken. Eine riesige Person ist das, mit Gliedern wie ein Schmied, mit den Hüften eines Ackergauls, schwerste, hochblonde, uckermärksche Rasse; und ein junger Mann, kaum weniger weißblond, kaum weniger massiv, mit gestreiftem Jackett und blauem Schlips, der durch einen Totenkopfring gezogen ist. Emil Kubinke sieht es, will noch bremsen – aber schon fliegt er gegen das Paar an, mit der ganzen entfesselten Zentrifugalkraft der fünfundsechzigsten Umdrehung.

Aber so fliegt ein Gummiball gegen eine Hauswand und wird von ihr zurückgeschnellt mit der eigenen Wucht, wie Emma und Emil Kubinke von Gustav Schmelow und seiner Partnerin zurückgeschleudert werden und sechs Schritt davon jämmerlich über ihre eigenen Beine stolpern.

»Sie Jüngling mit 'n Balkonkragen!«, schreit Gustav Schmelow. »Sie könn' wohl ooch nich kieken? Sie hat woll der liebe Jott aus Versehn jeschaffen?«

»Ach, jehn *Sie* doch wech, Sie Schlächter-Ede! Passen *Sie* doch besser uff!«

»Mit so eene wie du, Emma, vastehste, red ick ieberhaupt nich«, meint Gustav Schmelow verächtlich.

So lange hat Emil Kubinke geschwiegen. Aber seine Dame *lässt* er nicht beleidigen.

»Jawohl! Sie können ja *auch* achtgeben!«, ruft er in männlicher Entrüstung.

Im Augenblick ist ein ganzer Kreis um die Streitenden. Aus allen Ecken und Enden des Saales laufen sie zusammen. Die Musik schweigt. Man hört nur das Johlen der Menge, die ein Schauspiel fordert.

»Jib doch dem Bengel eenfach eene rin!«, sagt der uckermärksche Ackergaul.

»Ach wat, ick hab's janz jenau jesehn«, ruft ein Soldat, »die beiden haben jarnischt dafür jekonnt.«

»Passen Se uff, det *ick* Ihn' nich mal eens in de Schnauze schlage, Sie Schnauzenschläger, Sie Bartkratzer Sie!«, ruft Gustav Schmelow und hält Emil Kubinke die Faust unter die Nase.

»Das wollen wir doch noch sehen! Sie Lümmel!«, ruft Emil Kubinke, rot wie ein Puter, während ihn Emma wegzuzerren versucht. »Meinen Sie, ich hab vor Ihnen Angst?«

Der Tanzmeister drängt sich durch.

»Wenn Sie sich hier hauen wollen, meine Herren, jehn Se 'raus in 'n Jarten«, sagt er mit kühler Autorität, würdig bis in die Schnurrbartspitzen. »Haben Sie mich bitte verstanden?«

»Na, Herr Direktor«, meint Gustav Schmelow unterwürfig und sehr hochdeutsch. »Ich frage Sie: Brauche ich mir das vielleicht gefallen zu lassen, wenn solch ein Mensch zu mir Lümmel sagt?«

»Geh doch fort«, sagt Emma und zerrt den aufgeregten Emil Kubinke am Ärmel. »Ich wäre mir für *solche* Leute doch viel zu schade.«

Emma ist nämlich sehr vornehm.

»Komm man raus, Jungeken, dir schlag ick de Kaldaunen kaputt«, ruft Gustav Schmelow hinterher.

»Hätten Sie ihm doch eene jejeben«, meint der Soldat vertraulich. »Wir hätten Ihn' ja jeholfen. Uff den Jungen, wissen Se, haben wir schon lang 'n Kieker, der macht hier immer so 'ne Zicken.«

In Wahrheit aber hatte der Soldat nicht auf den »Jungen«, sondern auf den uckermärkschen Ackergaul 'n Kieker. Denn er meinte, vom vorvorigen Sonntag her ältere Rechte zu haben.

Aber Emil Kubinke kann das nicht wissen. Und er kann auch nicht verstehen, warum Emma nun gerade dieses Paar antanzte; aber Emma sieht jetzt, dass die Sache mit Gustav Schmelow für alle Zeiten ein Ende hat.

Und wenn ihr das auch im Innersten nicht gleichgültig ist – denn Analphabeten, Schlächtergesellen und Stallknechte werden nun einmal von den Frauen am innigsten und tiefsten geliebt –, so trällert Emma doch ein »Na, denn nich, lieber Mann, wat ick mir dafor koofe« vor sich hin und lehnt im Gehen – vielleicht sieht ihr Gustav Schmelow noch nach – ihre Wange zärtlich an die Wange Emil Kubinkes.

Hedwig kommt auch an, macht sich vom Arm des harmlosen, blonden, o-beinigen Postmenschen los, mit dem sie getanzt hat. Sie sieht blass aus, die dralle runde Hedwig, und hält das Taschentuch an den Mund.

Ach, Hedwig hat keine Spitzentüchlein wie Emma, sondern nur ganz grobe, baumwollene Taschentücher.

»Wat warn da ebent los?«, fragt Hedwig. »Da war doch so 'n Radau?«

»Ach, wir sind da mit so 'n Paar zusammenjerannt, verstehste, und da is der Mensch doch jleich so jemein und ausfallend jeworden«, sagt Emma und blinkt mit den Augen Hedwig zu. »Ich hab's ihm aber jut jejeben, nich wahr, Herr Kubinke?«

»Ja«, sagt der kleine Emil Kubinke. Und im Augenblick versteht er nicht, was er eigentlich hier soll, was ihn die Emma und die Hedwig angehen, und das Strandschlösschen, und all die Menschen hier und das Geklimper und das Geklirr vom Büfett, und der Tanzmeister, und alles, alles ringsum. Was hat *er* hier bei all diesen Menschen verloren? Was soll *er* denn, er, Emil Kubinke, gerade *hier*? ...

»Du, mir is jarnich jut«, sagt Hedwig und drückt das Taschentuch an den Mund. »An den Schnitzel da muss was dranjewesen sin.«

»Ja«, sagt Emma, »du siehst auch janz käsig aus.«

Aber plötzlich dreht sich Hedwig um und macht sehr schnell, dass sie aus dem Saal kommt.

Emil Kubinke steht erstaunt und starr.

»Aber das Schnitzel sah doch vorzüglich aus«, sagt er sehr bedächtig.

Emma, die Hedwig auch einen Augenblick nachgesehen hat, wirft sich auf einen Stuhl und schlägt sich lachend mit den Händen auf die Knie. »Mensch!«, schreit Emma und vergisst ganz ihre Vornehmheit. »Mensch! Da muss ick aber lachen! Ick sage ja immer: Et passieren die dollsten Jeschichten!«

Emil Kubinke aber schüttelt den Kopf und meint nachdenklich:

»Nein, ich bin ganz fest überzeugt: An dem Schnitzel war nichts.«

Ach ja, – wenn man so köstlich jung ist wie Emil Kubinke, kaum zweiundzwanzig Jahre, dann weiß man eben bei dem Drama der Liebe nur um die Exposition, nur um das Vorspiel mit seinen verlockenden Klängen, und man denkt auch nicht mit einem Gedanken daran, dass es eine Fortsetzung geben könnte, und dass diese Stücke eben nur zu oft als Lustspiel beginnen und als Tragödien enden ...

Und die Musik spielt wieder, und alles dreht sich und wirbelt vor Emil Kubinke. Und der blonde, harmlose, o-beinige junge Mann – er ist bei der Post – taucht von Neuem in der Nähe Emil Kubinkes auf, so ganz still, bescheiden und schattenhaft, geht ein paarmal vorüber und verschwindet dann plötzlich. Er ist wie ausgelöscht, wie weggewischt, lässt nicht mal eine Lücke. Und Emil Kubinke vergisst ihn, und er setzt sich mit Emma wieder an einen Tisch, bestellt noch drei helle Bier bei Herrn Höhne mit seinem alten Kellnerfrack, für sich und seine Begleiterin, denn der Tanz und der Lärm, die Szene von vorhin haben Emil Kubinke durstig gemacht.

Aber das Glas für Hedwig steht und steht, und das helle Getränk verliert den Schaum, wird ganz schal und matt.

»Wo ist denn nur Hedwig?«, fragt Emil Kubinke endlich.

»Wo soll se 'n sein? – In 't Hemde«, meint Emma und lacht.

»Ob ihr auch nichts ist?«, fragt Emil Kubinke besorgt.

»Ach, die wird schon wiederkommen«, sagt Emma, »und wenn nich, brauchen *wir* uns auch nichts draus zu machen.« Und dabei rückt Emma ganz dicht an Emil Kubinke heran und lehnt sich an ihn.

»Na, wollen *wir* nicht auch bald gehen?«, sagt Emil Kubinke, denn die Waage seines Herzens hat sich jetzt ganz für Emma entschieden, und er möchte das der Favoritin doch nicht gern hier vor allen Leuten zu erkennen geben.

»Wenn Se jehn wollen, Herr Kubinke«, sagt Emma und schassiert zum Takt der Musik, »können Se meinethalben ruhig jehn, – ich bleib immer bis zum Rausschmeißer.«

»Zur Kasse!«, brüllt der Maitre bewegungslos bis in die Schnurrbartspitzen.

Emil Kubinke ist wütend über das Mädchen, über diese lange, blonde Emma. Er fühlt, dass sie sich über ihn lustig macht, dass sie mit ihm spielt, dass sie nach allen andern schaut, dass sie mit allen Vertraulichkeiten tauscht und Geheimnisse hat. Aber er kann nicht von ihr los, und immer wieder, wenn er sie ansieht, wenn die lange Emma ihn so aus den Augenwinkeln anlacht, möchte er ihr mit Gewalt den blonden Kopf zurückbiegen und sie küssen, so küssen, dass es ihr wehtut.

Und Emma zerrt ihn stets von Neuem in das Tanzgewühl hinein. Und allmählich lernt Emil Kubinke, Beine und Augen richtig gebrauchen, jetzt auf der Stelle drehen, jetzt vorwärtswirbeln, jetzt halten.

Gustav Schmelow kommt noch ein paarmal vorübergewalzt, sieht den beiden mit den Augen eines bösen Stiers nach, aber sagt nichts. Und dann sieht ihn Emil Kubinke in einer Ecke sitzen, neben dem uckermärkschen Ackergaul, das Mädchen hat ihre Arme um Gustav Schmelows Kopf geschlungen, ist rot wie ein Krebs, hat ganz kleine Augen, und Gustav Schmelow klopft ihr mit breiter Zärtlichkeit die Kehrseite. Jetzt hat er sicher Emil Kubinke ganz vergessen, so wie Emil Kubinke selbst die dralle Hedwig ganz vergessen hat. Manchmal dämmert es in ihm zwar auf, dass er doch vorhin mit *zwei* Mädchen hier war. Aber dann wirbelt ihn Emma durch den Saal, und Emil Kubinke ist wieder die Erinnerung daran geschwunden. Es scheint, dass Emma die gleiche Macht besitzt wie die Alte in Andersens Schneekönigin. – Jaja, mit allem tritt Emma bei Emil Kubinke die Erbschaft der dicken runden Hedwig an, und sie trinkt sogar ihr Bier aus, damit Emil Kubinke nicht mehr durch das volle Glas an jene erinnert wird.

Und die Bilder wechseln. Neue Gesichter tauchen auf, alte verschwinden, Paare schleichen hinaus, mit brennenden Augen in die kühl-feuchte Luft, auch Gustav Schmelow zieht mit seinem uckermärkschen Ackergaul ab, ohne sich auch nur noch einmal nach Emma und Emil Kubinke umzusehen. Und andere kehren wieder zurück, nur um zu tanzen und dann von Neuem schnell draußen irgendeinen Gartenwinkel zu suchen, der noch wie vor Erfindung der Öllampen dahinträumt.

Und manche, die vielleicht draußen keinen Platz fanden, oder die ihr Mädchen nicht bewegen konnten, mit ihnen hinauszugehen, zeigen auch hier in den Winkeln des Saales, dass sie ihr Mädchen gern haben.

Und wenn die sich auch zuerst sträubt, bald ist sie es, die immer wieder den Arm um den Nacken des Liebhabers legt. Aber keiner scheint es zu bemerken oder übel zu deuten, kaum dass einmal einer im Vorübertanzen ein lustiges Wort ruft.

Doch je mehr man sich der Mitternacht nähert, und je mehr sich die Menge lichtet, desto ausgelassener, lauter und lärmender wird es. Nur der Tanzmeister brüllt nach wie vor, würdig und unbeweglich bis in die schwarzen Schnurrbartspitzen – denn das gehört zu seinem Handwerk – sein »Woiterrr« und »zur Kasse die Herren!«

Auch Emil Kubinke möchte so gern dem Beispiel der anderen folgen; denn endlich mag ja Tanzen gewiss auch etwas sehr Schönes sein – aber wer sich zu einem Essen eingeladen glaubt, der nimmt doch nicht gern den ganzen Abend mit der Vorspeise vorlieb – ja, auch Emil Kubinke möchte so gern einmal mit der langen Emma nur *einmal* eine Viertelstunde allein sein, aber sowie er Emma bittet, doch ein wenig mit ihm in den Garten zu gehen, sagt Emma: »Es muss ja nich *jleich* sein, Herr Kubinke!«, und tanzt weiter.

Und wenn gar Emil Kubinke im Saal versucht, die lange Emma an sich zu ziehen, dann wird die ganz unannahbar und ruft: »Sie,

Herr Kubinke, umärmeln lass ich mir hier nich. Lassen Sie des bitte unterwegens!«

Aber den nächsten Augenblick wirbelt sie schon mit Emil Kubinke im Saal umher: Rumptata, Rumptata ...

>»Fräulein, wollen Sie nich ein Kind von mir –
Mit in Pflege nehmen?
Zwanzig Mark zahl ich monatlich dafür,
Sie brauchen sich nich zu schämen.«

Aber endlich kommt doch der letzte Galopp, und die wilde Jagd rast den Saal auf und nieder, und der Klavierspieler trommelt auf den alten Kasten los, dass seine Riesenpranken wie die Flügel eines Propellers gehen. Aber der alte Mahagonikasten ächzt und knackt nur in allen Fugen, doch er hält stand. Doch als der letzte Ton verklungen ist, da trinkt der Klavierspieler mit einem einzigen langen Zug sein Bier aus und klappt den Flügel zu. – Man sieht ordentlich, wie das alte morsche Instrument aufatmet, dass es für heute vorüber ist. Und singend und pfeifend, und lachend und küssend schieben sich die Paare aus dem Saal, während Herr Höhne mit einer Stange die Gasflammen ausdreht und zwei Hausdiener in Hemdsärmeln die Stühle auf die Tische packen.

Von draußen durch hohe Scheiben fällt plötzlich das matte grünliche Licht des halben Mondes auf die verödeten Dielen, auf denen noch ebenso viel schwerer und plumper, leichter und wuchtiger, zierlicher und spitzer Füße und Füßchen gewippt und gehopst, gedreht und geschleift, schassiert und gewalzt haben.

Fast als die letzten aber gehen Emma und Emil Kubinke aus dem Saal, denn Emma musste doch erst noch Herrn Höhne adieu sagen.

Draußen ist es wundervoll kühl, der Duft vorn Regen hat sich noch nicht ganz verzogen, der ganze Garten liegt schön still und dunkel, und aus dem Dämmer schleicht hin und wieder ein Flüsterlaut oder das unbestimmte Leuchten einer weißen Bluse. Und doch fühlt man, dass oben der Himmel ganz hell ist, und dass über den Wipfeln der Mond steht mit seinem matten Schein, und dass über die tiefe Himmelsdecke einzelne Sterne wie Tautropfen ausgestreut sind.

Wo sind jetzt die Kinderwagen hin und die Familien und die würdigen Ehepaare?! – Längst sind sie alle in dem mächtigen Steinhaufen Berlin irgendwo untergekrochen. Und die meisten Liebespaare, die haben sich auch schon mit langen Küssen getrennt; oder sie sind entschwunden, ohne dass sie sich getrennt haben.

Schon sind die Straßen leer, und irgendwo hört man noch lachen. Ein Teil der Laternen ist gelöscht. Ganze baumbesetzte Wege sind dunkel und geheimnisreich, und nur der hochstehende Halbmond übergießt die weite dunkle Brandung der Wipfel mit seinen grünlichmatten Lichttropfen.

Emil Kubinke wandert still dahin mit der langen Emma, die so schön neben ihm im Takt einherschreitet. Der letzte Sonntagston der Kapellen ist auch schon verhallt, die letzten Straßenbahnen rattern weit in der Ferne irgendwo durch die Nacht dahin, und am Horizont schiebt sich mit seinen hellen Wagen der allerletzte Stadtbahnzug an den träumenden Alleen vorüber. Aber schon sendet der Werktag wieder seine ersten Grüße, schickt wieder seine ersten Vorposten Emil Kubinke und der langen Emma entgegen, – gleichsam, als wollte er sie erinnern, dass morgen doch wieder Arbeitstag ist.

Fantastisch von den grellen Gasätherlampen beleuchtet, kommt da ein fahrbares Gerüst auf sie zu; schwere Schritte hallen durch die Stille der Frühlingsnacht, schwere Stimmen tönen; einer kommandiert und andere machen sich irgendwie bei Fackelschein oben in der Höhe, an den Leitungsdrähten der Straßenbahn zu schaffen.

»Kinderchens«, ruft der Mann von oben den beiden zu, »jeht man nu nach Hause, es is Zeit, dass ihr ins Bett kommt.«

Emil Kubinke will aber noch nicht nach Hause gehen. Unwillkürlich steuert er nach jenem Platz hinüber, nach jener Insel, zu der ihn die Piloten Männe und Hedwig vor kaum acht Tagen so zielbewusst geleitet hatten.

Und er hofft auch heute jene verschwiegene Bank wiederzufinden. Aber sowie Emil Kubinke vom Wege abbiegen will, macht sich Emma von seinem Arm los und bleibt stehen.

»Nee, da woll'n wir man nich lang jehen, das is 'ne zu jrauliche Jegend!«

Und wenn dann Emil Kubinke wohl oder übel weitergeht und bei der nächsten Querstraße, bei dem nächsten Querweg, der so schön still und so einladend dunkel mit seinen duftenden Bäumen unter dem Halblicht des Mondes liegt, von Neuem einzuschwenken versucht, dann zerrt ihn Emma immer wieder am Ärmel.

»Nee, da jeh ick nich lang, – das machen Se sich man ab!«

Ach ja, auch Emil Kubinke muss empfinden, dass der Schifffahrtsverkehr zur Insel Cythere bis zum heutigen Tage immer noch nicht so geregelt ist, wie wir es gern sähen. Und er muss so, ganz wider seinen Willen, mit Emma auf den herkömmlichen Wegen weiterziehen, zu seiner hochherrschaftlichen Dachkammer.

Und die Häuser kommen, lange helle Streifen, – und die Straßen mit den Linien der Schienen darin und der Perlenkette der Bogenlampen darüber, so weit, so einsam, scheinbar nur vorhanden, um den Schritt widerhallen zu lassen.

Aber Emil Kubinke kann es sich doch nicht versagen, kleine Pausen in das Marschtempo einzuschieben, die er damit auszufüllen sucht, die lange Emma an sich zu ziehen.

Emma jedoch ist nicht sehr für diese Intervalle eingenommen.

»Jehn Se weiter, Herr Kubinke, es kommt wer. Jott – mach'n Se doch nich immer so verliebte Nasenlöcher.«

Und damit ist dann die Emma schon wieder aus seinen Armen, und keine Macht der Welt will sie zurückzwingen. Doch sobald Emil Kubinke weitergeht, hängt sich die lange Emma von Neuem, trällernd und ganz munter, als wäre nichts geschehen, an ihn; denn Emma besitzt die für Frauen so wichtige Kunst, sich keine Sekunde zu vergessen, und dadurch ist *sie* es eben, die stets die Oberhand behält.

»Sie, Herr Kubinke«, beginnt Emma nach einer Weile, »ist es wirklich wahr, Sie sollen doch so 'ne Menge Jeld haben?«

»Ich?!«, ruft Emil Kubinke lachend. »Wer sagt denn das?«

»Na, Sie sind doch in die jute Schule jejangen!«

»Ja«, sagt Emil Kubinke, »das is richtig; aber *Geld* haben wir nie gehabt!«

»Ach, das sagen immer alle; Sie reiches Aas, Sie werden schon jenug haben!«, meint Emma, in einem Ton, der klar zu erkennen gibt, dass ihr Glaube an Emil Kubinkes Glücksgüter durch keinen Widerspruch zu erschüttern ist.

Und Emil Kubinke gibt sich auch kaum ernstliche Mühe, es zu tun, denn wer fühlt sich nicht geschmeichelt, wenn man ihn für reich hält, und wer von uns will vor einer Frau, um die er sich bewirbt, nicht mehr erscheinen als er ist?

Und Emil Kubinke denkt noch, dass ihm hier ein besonders glücklicher Zufall zu Hilfe kommt, um ihm die letzte Gunst der langen Emma zu erringen.

Ja, und als Emma jetzt Emil Kubinkes Arm zärtlicher presst als vordem – denn Reichtum ist für Frauen immer eine angenehme Perspektive – da pfeift Emil Kubinke seelenvergnügt seine schönsten Triller.

Aber da ist ja schon ihr Haus; verödet liegt der Laden des gemütlichen Schlesiers mit seinen trüben Scheiben. Deutlich und vernehmbar schnarchen im matten Licht über der Tür die graue Dame mit dem Merkurstab und der Jüngling mit dem Amboss. Nur die Schilder »Für Herrschaften« und »Nebeneingang« leuchten ganz weiß und hell, als wollten sie sagen, dass sie auch in tiefer Mitternacht respektiert zu sein wünschen.

Emil Kubinke hält einen Augenblick vor dem Haus. Emma schließt aber ganz schnell auf und huscht mit schiefem Kopf die Kellertreppe hinunter.

»Nee, nee, hier können wir nich stehen bleiben, hier kennen se uns!«, flüstert sie.

Aber unten im Dunkel des Hausgangs, da kann doch Emil Kubinke, als er die zärtliche Wärme ganz in seiner Nähe spürt, sich nicht enthalten, Emma an sich zu pressen und zu küssen, und mit leichtem Sträuben, »Nee, Mutter, der Maurer!«, ergibt sich für eine kurze Minute Emma darein.

Doch als Emil Kubinke nun dringlicher werden will, da ist die lange Emma, beweglich wie eine Lazerte, ihm auch schon wieder aus den Armen geschlüpft, und Emil Kubinke steht in der kühlen, dumpfigen Dunkelheit allein und sieht kaum den Schimmer von Emmas Kleid.

»Nee, nee, hier nich! Herr Piesecke passt sonntags immer uff«, tuschelt Emma und greift nach Emil Kubinkes Hand. »Wenn wir noch zusammen sein wollen, kommen Se lieber zu mir ruff, ich koche Ihnen noch 'ne Tasse Kaffee!«

Emil Kubinke schlägt das Herz bis an den Hals.

»Und Ihre Frau?«, stottert er.

»Ach, die Olle is noch nich da, Sonntag kommt die nie vor dreie!«

Und damit schreitet Emma schon die Fliesenwege entlang. Der Hof liegt finster wie ein Brunnenschacht, und nur Luther, Dante und der Apoll von Belvedere leuchten aus der Nacht der Thujabüsche, und oben ist noch irgendwo ein Fenster hell.

Aber Emil Kubinke achtet gar nicht darauf, dass es Paulines Kammer ist; denn die goldrote Pauline und die kleine, dralle Hedwig, die ihn so schnöde verlassen hat, wo sind sie jetzt für Emil Kubinke?! – Irgendwo ganz unten, weit drüben im Jenseits aller Dinge!

Ganz leise schleicht Emil Kubinke hinter der langen Emma her, wie ein Dieb auf den Zehenspitzen, und Emma bedeutet ihm nur durch ein leichtes Summen, dass er jetzt keinen Laut von sich geben soll.

Und die Korkenziehertreppe steigt Emma hinan, und Emil Kubinke ist dicht neben ihr.

Aber als Emil Kubinke in die dunkle Küche kommt und ganz still mit fliegendem Atem steht, da lauscht Emma: »Sst, ick glaube, de Olle is doch schon da!«

Und noch bevor sich Emil Kubinke wieder zurückziehen kann, da hat ihn auch schon Emma bei der Hand gepackt, in ihre Kammer gestupst und die Tür hinter ihm geschlossen. Er weiß gar nicht, wie ihm geschieht.

Und Emil Kubinke steht ganz mucksstill. Kein Glied regt er, wagt sich nicht zu rühren, weil er nicht weiß, ob er nicht vielleicht dabei den Waschständer umstoßen kann oder die Lampe.

Draußen aber läuft ein Lichtschein auf dem Flur entlang. Schritte hört Emil Kubinke, sprechen hört er, und dann klappert Emma in der Küche mit Geschirr und singt dazu ganz laut und schrill und falsch und unbekümmert:

»Den schönsten Platz,
den ich auf Erden hab,
das ist die Rasenbank
am Elterngrab!«

Man kann nicht sagen, dass das der Wahrheit entspricht, da beide Eltern von Emma am Leben sind, in der Blüte ihrer Jahre stehen und sich in Schmachtenhagen bei Oranienburg einer guten Gesundheit erfreuen.

Aber endlich, endlich erlöschen auch diese Töne, und Emil Kubinke, der immer noch reglos und zitternd im Dunkel steht, hört deutlich, wie die Klinke der Kammertür ganz leise heruntergedrückt wird ...

Pauline

Ist es nicht, wenn ich mich recht erinnere, in Aladins Wunderlampe so, dass der junge Schustersohn sich in dem ersten Saal der unterirdischen Höhle alle Taschen voll Silber steckt, es dann fortwirft, als er das Gold im zweiten Saale sieht, und das wieder von sich schleudert, nur um die Edelsteine des dritten Saales einzusacken und um plötzlich jämmerlich im Dunkel zu stehen. Und, – wenn mich meine kleine Tochter fragen würde, wie sie es stets tut, wenn ich ihr etwas erzähle, ob das nun *wahr* ist, oder ob das nur eine *Geschichte* ist, so wüsste ich wirklich nicht, was ich ihr da entgegnen sollte.

Ich meine schon, es ist eine *wahre* Geschichte, und jeder hat sie erlebt, jeder erlebt sie, – denn es ist die uralte Geschichte von der Frauenliebe. Vor geheimnisvollen Zauberformeln erschließt sich dem klopfenden Herzen zum ersten Mal ihr Reich, und wir stürzen hinzu und sind vom holden Schein geblendet. Und wir werfen dann bald das Silber fort, weil wir meinen, dass uns Gold glänzt, und wir lassen das Gold zurück, weil wir wähnen, dass uns Edelsteine locken, und wir stehen zuletzt doch nur ratlos im Dunkel.

Und das ist auch die Geschichte hier. Und ob das Silber auch nur Glimmer war und das Gold wertloses Katzengold, – was macht es, für Emil Kubinke blinkte es doch wie Edelmetall. Und – wenn selbst endlich die Edelsteine Rheinkiesel gewesen wären, was hätte es geschadet! Es kommt ja gar nicht darauf an, was die Dinge sind, sondern nur, für was wir sie nehmen. Aber es waren nun mal keine Rheinkiesel, und es war kein Straß, es waren echte Diamanten von schönem, verhaltenem Feuer, klar, hell, durchscheinend, selten und kostbar, von reichem Wert; und niemand kann

Emil Kubinke einen Vorwurf machen, wenn er über diese Diamanten nun bald den Glimmer und das Katzengold vergessen sollte.

Doch noch sind wir ja gar nicht bei den Edelsteinen, noch sind wir ja nicht bei Pauline. Noch ist es eben grauer Morgen, noch schleicht sich Emil Kubinke die Korkenziehertreppe herab, in die ein weißes, erstes Licht fällt, und huscht fröstelnd über den Hof. Und auch Dante und der Apoll von Bevedere zwischen ihren Thujabüschen scheinen in der Morgenkühle zu frösteln, denn sie sind ja an wärmere Zonen gewöhnt; – und nur der dickköpfige Luther steht ganz starr und unbeweglich auf seinem Sockel, als sagte er: Wer in seiner Jugend bei Eis und Schnee als Kurrendeschüler von Haus zu Haus gezogen ist, dem macht selbst ein Berliner Aprilmorgen nichts mehr. Aber so leise auch Emil Kubinke über den Hof glitt, seine Schritte entgingen doch nicht dem Herrn Piesecke, der eben seinen Morgenkaffee schlürfte, und der vor Tau und Tag aus dem Bett war, weil er doch schon ganz früh der Warmwasserversorgung ihr erstes Futter geben musste. Und Herr Piesecke steckte erstaunt seinen Kopf aus dem Fenster und sah Emil Kubinke nach. Sein Haus war ein hochherrschaftliches Haus, und solche Sachen duldete er da ein für alle Mal nicht!

Aber Emil Kubinke huschte drüben in die Tür, und er war froh, dass ihn niemand gesehen hatte. Und er stieg die grauen Treppen hinauf, immer rund herum bis ganz oben hin, und er wollte ganz leise in seine Kammer gehen, um ja Herrn Tesch nicht zu wecken.

Aber Herr Tesch rappelte sich doch und riss die Augen auf.

»Sie sind ja verliebt wie ’n Stint, Herr Kollege«, juchazte er verschlafen, »aber ich meine immer, was der Mensch braucht«, – und dabei dachte Herr Tesch an »Innig 185« und an die nicht unbemittelte Waise mit Kind, – »was der Mensch braucht, meine ich immer, muss er haben.«

Damit aber warf sich Herr Tesch wieder auf die andere Seite und schnarchte weiter. Denn engherzig wie Herr Piesecke war er nun einmal nicht.

Emil Kubinke aber zog nur die Stiefel aus und die Jacke und legte sich noch ein wenig aufs Bett. Jetzt lohnte es sich nicht mehr zu schlafen. Und er sah durch das schräge, verstaubte Dachfenster den grünen Morgenhimmel, der von breiten, roten Streifen durchquert war, und so ganz dämmerhaft tauchte in ihm von der Schule her die Erinnerung an die »rosenfingrige Eos« auf. Aber dann waren doch wieder seine Gedanken bei der langen Emma, und er sagte sich, dass ihre Eltern doch Geld haben *müssten*, – denn wie wäre es denn sonst möglich, dass ein einfaches Dienstmädchen so vornehme Wäsche mit echten Spitzen tragen könnte. Und damit schlief Emil Kubinke, und er hatte das Recht dazu, ein, und er schnarchte mit Herrn Tesch um die Wette, während der graue, dämmerige Raum sich mehr und mehr mit Licht und Farbe füllte und alles klar wurde: die Stühle mit den Sachen; die Waschständer in den Ecken; Heilemanns lachende Tennisjünglinge … und sogar die Seidenröcke der Schönen Rezniceks begannen verlockend im Morgenlicht zu knistern.

Und Emil Kubinke erwachte erst, als ihn Herr Tesch an der Schulter zerrte. »Menschenskind, stehn Se doch uff, es ist allerhöchste Eisenbahn«, rief er, »der Olle wird schon kieken.«

Was blieb Emil Kubinke übrig. Er machte sich ganz schnell fertig und stolperte hinter Herrn Tesch her, die Korkenziehertreppe hinab. Und als er gerade den ersten Bissen in den Mund steckte, ging schon die Ladenglocke und der Werktag nahm seinen Anfang.

Aber Herr Ziedorn mit seinem markanten Männerkopf strich immer um ihn herum und sah Emil Kubinke von der Seite an wie der Hahn einen Regenwurm, und als Emil Kubinke hinten im Verschlag noch einmal seine Messer nachsah, denn es war

Zeit, dass er zur Kundschaft ging, da stellte sich Herr Ziedorn plötzlich zu ihm.

»Herr Kubinke«, sagte Herr Ziedorn halblaut, aber bestimmt und würdevoll, »mit Ihre Leistungen bin ich sehr zufrieden, das kann ich nicht anders leugnen. Und, was Sie nach Feierabend oder an 'n Sonntag tun und machen, – das betrifft mich nicht. Sie sind als solcher ebent ein junger Mann, und ich kann nichts dagegen bemerken, wenn Sie sich mal amisieren wollen, – das haben wir ja alle seinerzeit auch nicht anders gemacht. Aber – ins *Haus* diese Sachen, das schickt sich nicht, Herr Kubinke. Dadurch bringen Sie mir nur bei meine Kunden ins Gerede. Denken Sie, mir wäre es angenehm, wenn sich Herr Löwenberg beschwerte, oder wenn ich vielleicht durch Sie die Kundschaft von Frau Heymann verlieren würde?«

»Herr Ziedorn«, stotterte Emil Kubinke, »das muss ein Irrtum sein.«

»Und selbst dann, Herr Kubinke«, meinte Herr Ziedorn und trat mit einer leichten Verbeugung von dem Verschlage in den Laden zurück, »selbst auch dann, Herr Kubinke, möchte ich mir gestatten, Sie darauf aufmerksam gemacht zu haben.«

»Da hat's wohl eben einen reingewürjt jejeben, wegen gestern?«, flüsterte Herr Tesch mit jenem Gemisch von Mitgefühl und Schadenfreude in der Stimme, mit dem wir stets fremdes Erleben betrachten.

»Ach nee«, meinte Emil Kubinke und bemühte sich, unbefangen zu erscheinen, »es war bloß was wegen der Kundschaft.«

Und dann trat Emil Kubinke seinen Morgenweg an, zuerst wollte er aber sehen, ob er nicht noch die lange Emma hinten an der Tür erwischte, und wollte ihr sagen, dass sie sich doch lieber Donnerstag *draußen* irgendwo treffen möchten. Und so ging Emil Kubinke über den Hof, und Herr Piesecke in Hemdsärmeln, der gerade im Garten arbeitete – er strich die Kellerluken mit grüner

Ölfarbe und das Treppengeländer für den Durchgang zum zweiten Hof, und er zog mit wichtiger Miene lange Streifen mit einem breiten Pinsel – Herr Piesecke sah Emil Kubinke mit einem schweren und verachtenden Blick ob seiner Lasterhaftigkeit nach; *solche* Elemente würde er aus seinem Haus schon herausbringen.

Und Emil Kubinke ging höchst misstrauisch um Herrn Piesecke herum, denn er hatte schon lange das Gefühl, als ob von dieser Seite nichts Gutes käme. Aber endlich lassen wir uns ja gern kleine Unzuträglichkeiten gefallen, wenn sie nur auf anderer Seite durch die Annehmlichkeiten des Daseins aufgewogen werden. Und dessen glaubte nun Emil Kubinke völlig sicher zu sein. So stiefelte er also ganz vergnüglich zu Herrn Löwenberg hinauf, und er hoffte noch vorher für eine kurze Minute bei der langen Emma Station machen zu können – natürlich nur, um sie zu warnen und mit ihr zu beraten, wie sie das schöne Geheimnis ihrer Liebe noch besser verbergen könnten. Aber unser Emil Kubinke war kaum auf dem ersten Treppenplatz, als ein unerhörter Lärm sein Ohr traf, ein Gekeife und Geschrei, ein Schimpfen und ein Kreischen. Und ganz erschrocken blieb Emil Kubinke stehen und hielt den Atem an. Was war denn das, war das nicht *seine* Emma, die so schrie? Und wer war bloß die andere? Und schon war Emil Kubinke oben und horchte zitternd, was sich begab.

»Na, denn sehen Se doch meine Sachen nach, wenn Se meinen, dass Ihnen was fehlt! Bitte, denn tun Se's doch! Denn jehn Se doch zur Polizei!«, schrie Emma. »Aber ick wer erst jehn und wer sagen, wie das hier bei Ihnen zujeht! Sie meinen wohl, Sie haben ein jewöhnliches Mädchen hier vor sich? Sie meinen wohl, *Sie* können mich dumm machen? Sie meinen wohl, ich *weiß* nicht, was Sie for eine sind? Sie meinen wohl, ich bin auch so eine wie Sie, dass ich jeden Tag zehne habe?« Und bei jedem neuen »Sie meinen wohl –« wurde die Stimmlage Emmas höher und höher.

»Raus!«, schrie Frau Pamela Nansen-Gersdorff und schlug noch mit ihrem Sopran dabei über, als sänge sie »Und ringt die Hände mit Schmerzensgewalt«.

»Na, meinen Se vielleicht, ich wer bei so einer wie Sie auch nur noch eene Stunde bleiben, da danke ich ja meinem Schöpfer, dass ich hier raus bin. Aber Kost und Lohn krieg ich, Kost und Lohn krieg ich, dat wer'n wir ja uff die Polizei sehen, uff de Polizei wer'n wir das ja sehn!«

Ach, Emil Kubinke war sehr ernüchtert. Denn wenn er auch fest überzeugt war, dass Emma sich im Recht befand, und dass sie sich einer falschen Anschuldigung erwehren musste, so konnte er doch die Art und Weise, wie sie es tat, keineswegs billigen, und ganz kleinmütig schellte er drüben bei Löwenbergs.

Die Geschichte zwischen der langen Emma und Frau Pamela Nansen-Gersdorff hatte sich aber *so* zugetragen.

Ein junger Mann, – nicht nur aus gutem, sondern aus allerbestem Hause – hatte seine Stimme entdeckt, und Frau Nansen-Gersdorff hatte nach sachverständiger Prüfung es für das Beste gehalten, wenn sie, trotzdem sie sonst sonntags keine Lektionen gab, dieses Mal sogleich mit seiner Ausbildung beginnen würde, ehe der Schüler Zeit finden könnte, vielleicht eine andere Lehrerin aufzusuchen. Und als Frau Nansen-Gersdorff zu diesem Behuf die Toilette wechselte, da fehlte ihr gerade irgendein Stück der Unterbekleidung, auf das sie dieses Mal glaubte besonderen Wert legen zu müssen. Und anderes in dem Schranke schien ihr auch nicht vollzählig zu sein.

Da diese Dame aber darin Erfahrung hatte, – denn ihre Dienstmädchen bestahlen sie stets, sie hatte nie andere als diebische Dienstmädchen gehabt, und wenn sie es vorher nicht waren, bei *ihr* wurden sie es, – da diese Dame also darin Erfahrung besaß, so sagte sie es der langen Emma auf den Kopf zu. Sie hätte es ja schon gestern Nacht sagen können, aber sie wusste, dass es ihre

Schüler nicht liebten, wenn ihre Lektionen durch Dienstbotenge-zänk unterbrochen würden. Und auch darin besaß Frau Nansen-Gersdorff einige Übung, dass sie stets ihre Sachen ohne Zwischen-kunft der Polizei zurückhielt. Denn wie gesagt, sie legte – aus Gründen, die wir wirklich nicht erklären können, – jedes Mal zum Schluss doch kein Gewicht darauf, dass sich diese Behörde ihrer erinnerte. Und da sie eine sehr robuste und in Ton und Sprechweise nicht gerade sehr wählerische Dame war, die auch ihren Worten mit ausladenden Handbewegungen mehr Nachdruck zu geben verstand, so hatte sie wirklich in den letzten Jahren nie der Intervention der Sicherheitsbehörde benötigt.

Wie gesagt eine *feine* Dame war ja Frau Pamela Nansen-Gers-dorff nun durchaus nicht, aber bei der langen, blonden Emma kam sie doch noch ganz verdammt an die Unrechte. Die war ihr weit überlegen, schrie lauter als sie, fuchtelte noch mehr mit den Händen und wartete ihr mit ganz bedeutend gemeineren Insinua-tionen und Beschuldigungen auf, die der erstaunten Frau Gersdorff die Augen öffneten, dass sie es hier keineswegs mit einer blöden Anfängerin zu tun hätte.

Einen Augenblick kämpfte Frau Pamela Nansen-Gersdorff mit sich, ob sie nicht etwa Frieden schließen und versuchen sollte, diese Kraft fürder *angemessen* zu beschäftigen; dann aber sagte sie sich, dass eine so herrische Natur sich niemals mit einer zweiten Stelle begnügen würde, und sie schrie: Wenn sie gewusst hätte, was jene für eine, – sagen wir – ganz gewöhnliche Person sei, sie sie auch nicht eine Minute in ihrem *ehrbaren* Hause beher-bergt hätte. Und sie warf ihr mit bebendem Busen, und der hatte in dem weiten Morgenrock genug Platz dazu, die großen, klirren-den Fünfmarkstücke auf den Küchentisch und schmetterte – Arie aus »Samson und Dalila« – dass sie von ihrem Hausrecht Gebrauch mache.

Währenddessen aber fuhr Emil Kubinke Herrn Löwenberg, der heute gestiefelt und gespornt war, vorn im romanischen Herrenzimmer mit dem blanken Stahl um die schaumglänzenden Wangen. Und Herr Löwenberg, der es sonst nicht an leutseligen Worten fehlen ließ, war dabei heute gar einsilbig und stumm; und auch Pauline, die rotblonde Pauline, hatte vordem Emil Kubinkes Gruß kaum erwidert und hatte beharrlich nach der anderen Seite gesehen, als er vorüberging. Ja, sie schien sogar – wie Emil Kubinke zu bemerken glaubte – ganz verweinte Augen zu haben. Aber er hatte sich nicht viel Zeit genommen, sich davon zu überzeugen, sondern er war nur um Pauline herumgeschlichen wie ein Pudel, der ein böses Gewissen hat und der es deshalb gern vermeidet, dass man von ihm Notiz nimmt.

Doch als er Herrn Löwenberg noch schnell mit Brillantine über die gelichteten Haare gefahren war und am Hinterhaupt ein Arrangement getroffen hatte, das die blanke Insolvenz noch einmal verschleierte, und als er Herrn Löwenbergs Schnurrbart mit einem kühnen Scherenschnitt wieder in die rechte Bürstenform gebracht hatte, da wollte Emil Kubinke sich schnell und lautlos empfehlen, aber Herr Löwenberg hielt ihn zurück.

»Hören. Sie mal, lieber Freund«, sagte Herr Löwenberg im Tone des milden Verweises, und er fühlte sich dabei ganz als Chef, »mir sind da Dinge zu Ohren gekommen. Sie werden wissen, was ich meine; ich will nicht untersuchen, ob es auf Wahrheit beruht; ich will's auch nicht an die große Glocke hängen; ich sage sogar meiner Frau absichtlich davon nichts, – aber – ich möchte Sie doch ersuchen, in Zukunft freundlichst von diesen *unangemeldeten* Besuchen bei mir Abstand zu nehmen. Ich habe natürlich nichts dagegen, junger Mann, wenn Sie sich einmal des Abends mit Pauline treffen, und wenn Pauline keine Zeit hat, dürfen Sie sogar meinetwegen ruhig auf ein halbes Stündchen in die Küche kommen, aber derartiges wieder zu hören, Herr Kubinke, wünsche ich keinesfalls.«

Emil Kubinke war ganz erschrocken. »Herr Löwenberg«, rief er, »ich versichere, dass es nicht wahr ist. Ich bin niemals ohne Ihr Wissen in Ihrer Wohnung gewesen. Wer das von mir sagt, der lügt einfach. Und dann bringt er in gemeiner Weise ein anständiges Mädchen in schlechten Verdacht!«

»Nun, nun«, meinte Herr Löwenberg, und als Diplomat war er geschulter als Emil Kubinke, »ich habe ja nicht etwa behauptet, *dass* es wahr ist, ich habe nicht einmal gesagt, dass ich es *glaube*; – aber ich möchte auch dem Gerücht die Spitze abbrechen.«

Wenn Herr Löwenberg aber diese schwierige Angelegenheit so außerordentlich zart und delikat behandelte, so hatte er schon seine guten Gründe dafür, und selbst *wenn* Herr Max Löwenberg für Herrn Pieseckes freche Beschuldigung Beweise gehabt hätte, er hätte keinen Gebrauch von ihnen gemacht, denn die Pauline hätte ja jede Stunde eine neue Stellung bekommen; aber sie und Goldhänschen nimmer wieder eine Pauline, und vor allem noch *jetzt*, da Frau Betty Löwenberg heilfroh war, einen Menschen zu haben, auf den sie sich für die Reise verlassen konnte.

Und dann war auch Herr Max Löwenberg nicht unangenehm berührt von der Art, wie Emil Kubinke Pauline verteidigte und nicht bloßstellte. Dafür hatte er Verständnis. Er zeigte ja seine Geheimbücher auch keinem Fremden.

Und somit ging Herr Löwenberg, während der hochrote Emil Kubinke das Rasierbesteck zusammenpackte, an den Bücherschrank und nahm ein paar Zigarren aus einer kleinen Kiste.

»Da, junger Freund«, sagte er und klopfte Emil Kubinke gönnerhaft auf die Schulter, denn Herr Max Löwenberg war ein Schulterklopfer von Beruf, »da – nehmen Sie die. Die kann der ärmste Mann rauchen, die bekomme ich direkt über England. Und Sie wissen ja, was ich Ihnen gesagt habe.«

Und damit strich Herr Löwenberg schon seinem Zylinder mit der Samtbürste übers Fell und brüllte durch die Wohnung: »Betty, ich gehe jetzt!«

Und aus irgendeiner geheimen Kammer echote es: »Komm aber pünktlich zu Mittag, es kann heute nichts gewärmt werden!«

Und Emil Kubinke zog mit seinem Rasiergeschirr ab; aber draußen in der Küche stand, mit dem Gesicht zum Fenster, Pauline im hellen Kattunkleid und mit geblümter Bluse und kehrte Emil Kubinke absichtlich den Rücken zu. Und Emil Kubinke sah ganz traurig nach dem schweren Rotgold, das in breiten Tauen über dem weißen Hals sich zusammenknotete.

»Adieu, Fräulein Pauline«, sagte Emil Kubinke sehr kleinlaut und schüchtern.

Pauline wandte sich plötzlich um, und ihr Gesicht war ganz rot und ihre großen braunen Augen waren voll vorwurfsvoller Tränen.

»Ach, Sie sollten sich *auch* was schämen«, schluchzte sie, »einem so was Schlechtes nachzusagen. Von *Sie* hätte ich das am wenigsten erwartet. Jehn Se man, jehn Se man schon los!«

»Aber – Fräulein – Pauline«, stotterte Emil Kubinke, »*ich* habe doch nichts gesagt?!«

»So«, meinte Pauline, »Sie haben nichts gesagt! Na, wie soll denn Herr Löwenberg auf so was kommen? Ich rede ja sonst mit keinem Menschen ins Haus. Sie haben sich wohl jeärgert, weil ich nich so eene bin wie die Emma von drüben. Jerade von *Ihnen* hätte ich so was nich jedacht. Jehn Se man los, Sie jemeiner Mensch.«

»Aber Fräulein Pauline«, rief jetzt Emil Kubinke, »denken Sie denn wirklich, dass ich so niederträchtig bin, denken Sie denn wirklich, dass ich solche Lügen erzählen werde, – glauben Sie denn so etwas wirklich von mir?!«

Und es waren wohl weniger Emil Kubinkes Worte als der Ton seiner Stimme, der Pauline stutzig machte.

»Ja, aber«, meinte sie stockend, »ja aber … wer soll es denn aufgebracht haben, wenn Sie es nicht jewesen sind? Dann können es doch nur die Portierleute jewesen sein. Aber ick jeh runter! Ick wer den Herrn fragen! Und wenn's wahr is, verklag ich die Gesellschaft bein Jericht wejen Beleidigung. Natürlich, solange ich alles in sie reingestopft habe, solange ich ihnen alles von Tisch runtergebracht habe, da hieß es Paulinchen hinten und Paulinchen vorne, da konnten sie jarnich jenug um einen herumsein, – und jetzt, wo sie nischt mehr von mir kriegen, da tun se, als ob man jarnich da is; und dann bringen se noch *sone* Sachen von einem ins Haus auf, – nur weil se nich sehen können, dass man 'ne jute Stelle hat.«

»Ja«, meinte Emil Kubinke, und plötzlich war ihm der Zusammenhang deutlich, »ganz sicher und bestimmt sind das die Portierleute gewesen! Mich haben sie ja auch bei meinem Chef verklatscht.«

»Aber so was lass' ich nich auf mir sitzen«, rief jetzt Pauline schluchzend, »da muss ich doch jleich mal runter jehn.«

»Liebes Fräulein Pauline«, versetzte Emil Kubinke sehr ruhig, »wie können Sie sich denn mit solch gewöhnlichem Chor herumzanken; so was sieht man ja gar nicht an!«

Aber Pauline schluchzte weiter. »Ach nee – des kann mich doch zu sehr jiften.«

»Wissen Sie, was *die* von mir sagen und denken, ist mir *ganz* schnuppe«, versetzte Emil Kubinke, »sunt proletes, proletes«, das fiel Emil Kubinke so von der Schule her ein.

»Kennen Sie denn Französisch?«, forschte die rotblonde Pauline, und ihre braunen Augen wurden noch größer und noch fragender.

»Das ist Lateinisch«, meinte Emil Kubinke und lächelte.

»Ach!«, sagte Pauline ganz erstaunt, und plötzlich leitete sie auf ein anderes Thema über, das ihr nicht weniger am Herzen lag.

»Lateinisch?! Und da jehn Se mit so eine wie die Emma von drüben is?«

»Ich?«, rief Emil Kubinke, und dieses Mal heuchelte er Erstaunen.

»Ja«, sagte Pauline, »ich habe Sie doch heute Nacht zusammen kommen sehen, – wie ich da raus musste, weil der Junge so jeschrien hat.«

»Ja«, sagte Emil Kubinke zögernd, »jaja, ich hatte die Emma *zufällig* vorm Haus getroffen. Da is sie mit hereingegangen, weil sie keinen Schlüssel mithatte.«

»Ach nee?!«, meinte Pauline und lachte schon wieder und sah Emil Kubinke dabei mit einem langen Blick von der Seite an. »Na, es ist man jut, dass Sie wenigstens einen Schlüssel jehabt haben!«

Emil Kubinke stand jetzt sehr verlegen Pauline gegenüber.

»Sind Sie böse auf mich, Fräulein?«, stammelte er. »Sehen Sie, und *wenn* ich auch mal mit nem anderen Mädchen hier im Haus rede, das tue ich ja nur, weil Sie immer so stolz sind und nichts von mir wissen wollen.«

Man konnte nun der rotblonden Pauline alles nachsagen, aber *stolz* war sie nun ein für alle Mal nicht.

»Nee«, versetzte Pauline ganz langsam, »nee, Herr Kubinke.« Und nun senkte sie die Blicke. »Sie haben mich ja noch niemals gefragt, ob ich mit Ihnen ausgehen will. Ich kann das doch nicht zu Ihnen sagen?«

»Wollen wir denn nächsten Sonntag zusammen nach dem Grunewald fahren«, rief Emil Kubinke und versuchte Paulines Hand zu fassen, die außen so glatt, weiß und zart war, wie sie innen hart, rissig und rau von Arbeit war. »Wollen wir, Fräulein Pauline?«

»Nee«, sagte Pauline, und schüttelte die rotblonde Mähne, »nee – nee –, ach Jott, ich kann ja so selten. *Den* Sonntag sind de Herrschaften einjeladen, und den nächsten auch wieder; aber wenn

Sie mal des *Abends* Zeit haben, können Sie ja auf ein Stündchen in de Küche kommen. Der Herr Löwenberg hat mir vorhin *selbst* gesagt, dass er nichts dagegen hat.«

»Ach ja«, rief Emil Kubinke, »wenn ich das *darf*, Pauline«, jetzt ließ er das »Fräulein« schon fort, »wenn das geht, dann komme ich natürlich, so oft ich kann«, und damit strich er Pauline ganz scheu über die rotblonden Haare, denn die liebte er doch am meisten an ihr.

Aber da setzte vorn in ihrem zackigen Gehäuse schnarrend und rasselnd wie eine Turmuhr die Standuhr zu neun gewichtigen Schlägen an, und Emil Kubinke wurde sich voll Schrecken bewusst, wie lange er sich schon verplaudert hatte.

»Also heute Abend, Pauline« rief er.

»Denn komm'n Sie aber auch«, gab Pauline mit ihrem verlockendsten Lächeln zurück und wischte sich mit der Hand noch ein letztes Mal über die Augen, und dann begann sie trällernd für Goldhänschen die Milchflaschen auszuspülen.

Draußen aber auf der Treppe scholl Emil Kubinke immer noch das Gekeife von der langen, blonden Emma und Frau Pamela Nansen-Gersdorff entgegen, die mit ihrem Alphabet noch nicht zu Ende waren, und die jetzt einander Dinge vorwarfen, aus denen selbst ein anerkannter Forscher auf dem Gebiet der Sexualwissenschaften noch mancherlei hätte profitieren können.

Und Emil Kubinke musste sich ganz erstaunt fragen, was es denn da eigentlich gäbe, denn alles, was die lange, blonde Emma betraf, das war für ihn grade jetzt in weite Ferne gerückt und fast vergessen. Und ohne auch nur einen Augenblick zu halten, machte Emil Kubinke, dass er die Korkenziehertreppe herabkam, er floh vielleicht noch schneller, als es nach der vorgeschrittenen Zeit für ihn nötig war.

Auf dem Hof aber stand, mit dem breiten Pinsel voll grüner Ölfarbe, in Hemdsärmeln, starr und steif wie ein witternder Rehbock, der im Garten beschäftigte Herr Piesecke und lauschte nach oben, was es gäbe, und ob sich für ihn vielleicht Gelegenheit zum Einschreiten böte; und außerdem wünschte er seine Frau möglichst sachgemäß und unparteiisch informieren zu können; denn aus den Aussagen der Dienstmädchen allein, sagte Herr Piesecke, ist es stets schwer, ein genaues Bild zu gewinnen. Im Geheimen aber bewunderte Herr Piesecke doch die okkulten Kräfte seiner bescheidenen, zahntuchgeschmückten Gattin, die noch am letzten Freitag für die lange Emma aus den Karten »schwere Verleumdungen von einer falschen Freundin« herausgelesen hatte. Und mit all dem war Herr Piesecke so beschäftigt, dass er ganz vergaß, dem armen Emil Kubinke jenen verachtenden Blick ob seines lasterhaften Lebens zuzuwerfen, den er ihm zugedacht hatte.

Oben bei Markowskis aber schlug Manne, der Teckel, wie wild an, als Emil Kubinke schellte; denn als Männe herausgefunden hatte, dass Emil Kubinke nicht mehr zur Familie gehörte, hatte er ihm seine Gunst entzogen und behandelte ihn nur noch als Fremden, indem er ihm wieder nach seinen Hosenbeinen schnappte.

»Wo sind Sie denn gestern Abend geblieben?«, rief die kleine, runde Hedwig Emil Kubinke wenig freundlich entgegen – heute war sie wieder ganz sie selbst – und stemmte die bloßen Arme in die Seiten. »Ick hab mir ja die Oogen aus 'm Kopp gekieckt, und wie Se denn nich jekommen sind, na da bin ick eben *alleene* nach Hause jejangen.«

»Aber Fräulein Hedwig, *Sie* waren ja gestern mit einem Mal verschwunden.«

»Na, haben Sie denn nich jesehn, wie ick Ihnen zugeblinzt habe, wie ick jejangen bin; und denn habe ick Ihnen ja ooch vorher jesagt, Sie sollten nachher auf mir warten. *Mehr* kann doch wirklich und wahrhaftig keen Mensch tun.«

»Aber wann denn?«, rief Emil Kubinke.

»Na, wie Emma das eene Mal mit den Schieber da tanzte. Nee, wissen Se, Herr Kubinke, Sie haben ooch een Gedächtnis, kurz wie 'ne Bierstrippe!«

Also Emil Kubinke konnte sich durchaus nicht erinnern.

»Und wie lange sind Sie denn *nachher* noch mit *Emma* jeblieben?«, fragte Hedwig.

»So ungefähr wohl … bis nach elf«, sagte Emil Kubinke etwas unbestimmt.

»Jott, haben Sie nich auch jefunden, dass sich die Emma jestern jrässlich aufjedonnert hat? Sie, Herr Kubinke, ich sage Ihnen, nehmen Sie sich vor *die* in Acht! Lassen Sie sich nich mit die in! *For die* sind *Sie* nicht gevievt genug! For die, – da muss een ganz anderer kommen, wie Sie 't sind.«

Emil Kubinke lächelte überlegen. »Ach«, sagte er, »soo?« Und in diesem einen »so« lag für den, der Ohren hatte, eine ganze und keineswegs uninteressante Geschichte.

Und Ohren hatte die runde Hedwig. »Also *Sie* waren des heute Nacht? Na warten Se man ab, wenn Ihnen man des nich nur noch mal übel uffstößt!«

»Menschenskind!«, brüllte Herr Markowski und schob seine unverhüllte, raue Männerbrust durch die Tür. »Menschenskind, kommen Sie man! Ich lauere hier schon wie ein Affe. Können Sie denn nie genug kriegen?! Ich denke, Sie waren *gestern* den ganzen Abend mit Hedwig zusammen?«

»Aber Herr Markowski«, rief Hedwig empört, »aber bitte lassen Sie das! Da suche *ich* mir zum Ausjehen doch *janz* andere Herren!«

»Na, ist Ihnen vielleicht der junge Mann hier nicht gut genug«, fragte Herr Markowski lachend und ließ seine Pranke auf Emil Kubinkes Schulter fallen, »was meinen Se, da würde sich manch eine freuen, wenn sie einen so Netten kriegte; aber nu mal los«, und damit schob Herr Markowski Emil Kubinke vor sich her in den Korridor.

Denn seitdem gestern »Hoppsassa« dreifaches Geld gegeben hatte und »Eldorado« sogar sechsundeinhalbfaches, war Herr Markowski mit Herrn Ziedorn ausgesöhnt und behandelte alles, was von dort kam, mit kameradschaftlicher Achtung.

Aber während Herr Markowski unter Emil Kubinkes Rasiermesser seiner Vollendung entgegenging, kam die lange, blonde Emma zu Pieseckes in die Portierloge gestürzt.

»Ick jehe«, schrie sie und schlug den Vorhang der Portierloge beiseite, »heute Mittag ziehe ick.«

»Ach«, sagte Frau Piesecke mit einem schiefen Kopf und wischte die nassen Hände an der Schürze, »ach – warum denn?«

Und Frau Piesecke machte dabei ein sehr erstauntes Gesicht, als ob sie noch von *gar* nichts wüsste.

Aber da hätte man die lange Emma hören sollen. All Ihre Vornehmheit war von ihr abgefallen wie die Blätter vom Klatschmohn … und als sie fertig war (doch sie wurde ja gar nicht fertig), da sagte Frau Piesecke, dass sie schon bei Gelegenheit ihren Freund, den Wachtmeister, auf die Person aufmerksam machen würde, und dann krempelte sich Frau Piesecke die Ärmel hoch, nahm das Reibeisen und begann Kartoffeln zu reiben, und ehe es *elf* Uhr war, da stieg schon der Schmalzgeruch von Frau Pieseckes Kartoffelpuffern, die sie für die lange Emma zum Abschied briet, in beleidigender Deutlichkeit vorn das Treppenhaus empor und rankte sich angenehm und heimatlich duftend von Küchenfenster zu Küchenfenster.

Emil Kubinke jedoch sah und hörte und roch von alledem nichts, er lief straßauf, straßab, treppauf, treppab bis zu dem Komponisten, der im lichtblauen Schlafrock vor dem Flügel saß und ob der Störung nur abwehrend und unwillig die Locken schüttelte. Als aber des Nachmittags eine Droschke vor dem Geschäft anfuhr und ihr Herr Piesecke entstieg, und als er zusammen mit dem Kutscher einen schweren Schließkorb kunstreich auf dem Bock über Eck verstaute, da blickte Emil Kubinke doch sehr erstaunt von seiner Arbeit auf durch die Glastür, was es gäbe.

Aber da Herr Tesch heute seinen freien Tag hatte und Herr Ziedorn wieder einmal an einer wichtigen Kommissionssitzung der Fachausstellung teilnehmen musste, so konnte Emil Kubinke nicht einmal vor die Tür treten, denn drei Kunden rissen sich gegenseitig die zerfledderten Witzblätter aus den Händen und traten von einem Fuß auf den anderen, während der vierte unter der schnatternden Maschine eine leichte Sommerfrisur erhielt.

Ja, ja, das Geschäft hier war eine Goldgrube, nicht einmal vor die Tür konnte Emil Kubinke treten und die lange, blonde Emma fragen, wo sie denn hinzöge. Da kam sie nun selbst mit ihrem Faltenrock, mit ihrem Glockenhut mit den Moosrosen und mit ihrer hellen Bluse, stupste mit dem Sonnenschirm aufs Pflaster, lachend und gleichgültig, als wäre nichts geschehen, weder *gestern* noch *heute*, und sie winkte noch einmal aus dem Wagen, die lange Emma, mit der behandschuhten Rechten, aber keineswegs etwa nach Emil Kubinke und seinem Laden hin, den schien sie ganz und gar vergessen zu haben, sondern nur nach dem braven Ehepaar Piesecke winkte sie, ehe sich das Pferdchen in Trab setzte und Emma zu ihrer Freundin, zu der sie jetzt ziehen wollte, nach der inneren Stadt brachte … nach der inneren Stadt … mit dem Lärmen und Branden der hin- und hergeworfenen Menschenmengen, mit dem ewigen Ineinandergreifen von Angebot und Nachfrage, dorthin, allwo jedwedes seine Stelle findet und jedwedes seinen genau bemessenen Preis erzielt, Haarwasser so gut wie Schreibmaschinen, falsche Steine so gut wie Gesundheitstee – und wie viel mehr erst eine gute Figur, ein hübsches Gesicht und die Unverwüstlichkeit der Jugend. *Jetzt* hatte Emma ihre erste Häutung vollendet.

Doch als Emil Kubinke ganz schnell, während er schon einen neuen Kunden zum Platznehmen einlud, noch wie absichtslos an die Tür trat, da war der Wagen schon entschwunden, und Emil Kubinke wusste nicht einmal mehr, ob es diese stuckernde Droschke da vorn zwischen den vier Baumreihen neben der Straßenbahn war, oder die andere dort drüben. Denn, wenn auch mit dem heutigen Morgen die Waage in Emil Kubinkes Herzen ganz bestimmt für die schöne rotblonde Pauline den Ausschlag gegeben hatte, so war sie doch noch nicht von leichten Rückschwankungen frei; und nur zu gern hätte Emil Kubinke noch einmal wieder die so jäh zerrissenen Rosenketten, die ihn mit der langen Emma verknüpft hatten, von Neuem wieder zusammengeflochten.

In der nächsten Zeit aber erzählte Frau Betty Löwenberg all ihren Bekannten, dass ihre Pauline jetzt einen richtigen Bräutigam hätte, einen Friseur, einen entzückenden Menschen – denn Frau Betty Löwenberg gehörte zu der Sorte, die überall entzückende Menschen wittert, und deren Leben deshalb aus einer ununterbrochenen Kette von Enttäuschungen besteht. Ja, und sie hätte sogar gestattet, dass der Bräutigam des Abends in die Küche käme, und ihr wäre das viel angenehmer, als wenn sie sich außer dem Hause träfen. Und sie sähe es auch viel lieber, wenn solch Mädchen einen *richtigen* Bräutigam hätte, als wenn sie sich jeden Abend mit zehnen rumtriebe. (So sagte sie.) Hoffentlich würde ihre Pauline nicht so bald heiraten, aber so wäre das ja *immer*: Hat man mal ein gutes Mädchen, kann man versichert sein, dass es zu Michaeli heiratet. Und die Mädchen sind ja schön dumm, wenn sie das tun, denn so, wie sie es bei ihr hätten, bekämen sie es nie wieder.

Für Emil Kubinke aber begann nun eine seltsame Zeit. Wenn er die letzten Jahre seines Lebens übersah, so lag das hinter ihm wie eine lange Flucht dumpfiger, enger Stuben, durch die er gehetzt worden war, ohne je Gedanken von Ruhe und Heimat zu haben. Tage bis zur Neige voll von Arbeit waren es, mit kargem Verdienst und geringen Ersparnissen; und Abende so öde und freudlos, frostig und einsam. Immer wieder diese kleinen Stuben, die Waschtische mit der abgesprungenen Politur, die rissigen Kienschränke, die eisernen Betten, die wackligen Stühle und der Tisch mit der gewürfelten Wachstuchdecke, auf dem die Lampe stand; und dazu die Einsamkeit und die müden Glieder; oder das Gespräch mit den Kollegen, das schlimmer war als das Alleinsein. Mal für Wochen ein Kursus in der Fachschule oder ein Versuch, aus irgendeiner alten Grammatik selbst Englisch zu lernen. Und ein Tag wie der andere. Und kaum, dass der Sonntag oder der freie Tag vorüber war – wieder die lange Reihe von Arbeitstagen.

Und nun gab es Abende, da Emil Kubinke bei Pauline in der Küche saß, ihr gegenüber an der anderen Seite des Küchentisches unter den hellen Porzellangeschirren. Und alles ringsum war so blitzblank und sauber wie Paulines Tändelschürze. Denn Löwenbergs waren ja noch nicht einmal fünf Jahre verheiratet, und sie hatten selbst bei der Mücheneinrichtung nicht gespart, da es Frau Betty ja nicht schlechter haben sollte als all ihre Freundinnen. Und außerdem war Frau Rosa Heymann noch eine aus der alten Schule, bei der erst die Küche und dann der Salon kam, und der Hauch von Wohlhabenheit, der Löwenbergs Wohnung durchwehte, hatte also nicht vor dem Hinterkorridor halt gemacht.

Aber es kam wohl auch vor, dass Frau Betty Löwenberg für einen Augenblick den Kopf in die Tür steckte und nickte, wenn Emil Kubinke aufsprang, und dass Herr Löwenberg ihm auf die Schulter klopfte und ihm ein paar Zigaretten gab. Aber dann saß Emil Kubinke wieder der rotblonden Pauline gegenüber, und die Unterhaltung floss langsam und stockend dahin. Bis Goldhänschen, dem nichts Menschliches fremd war, trompetete und Pauline zu ihm in das Zimmer lief. Aber noch ehe Herr Piesecke das Gas löschte, da war Emil Kubinke schon wieder drüben bei sich in der Bodenkammer, und er lag lange mit offenen Augen im Bett, starrte durch das Dachfenster in den grauen, dumpfen Himmel oder in die blanken Sterne, und er dachte daran, was er alles der rotblonden Pauline für schöne Dinge sagen wollte, und wie sehr er sie küssen, nur immer küssen wollte. Am nächsten Abend jedoch saß er dann wieder am Küchentisch und vermied angstvoll, irgendetwas von den schönen Dingen verlautbaren zu lassen. Die Sache mit dem Küssen aber behielt er nun schon ganz und gar für sich. Denn Pauline, glaubte Emil Kubinke, munterte ihn auch gar nicht ein wenig auf. Sie sprach immer von so gleichgültigen, einfachen Dingen.

Es war den beiden gegangen, wie es so zwei Jungen auf der Straße geht; der ist hüben und der ist drüben; und da denkt der eine, dass ihm der andere einen Blick zugeworfen hat, und er ruft ein Schimpfwort. Und der andere gibt es zurück. Und sie werden beide immer mutiger und immer lauter, bis dann der eine ruft: »Na wenn de wat willst, komm doch rieba«, und der andere zurückgibt: »Komm du doch rieba.« Und die Zuschauer hetzen: »Das würd ich mir nicht gefallen lassen.« Und dann setzen sich beide etwas zaghaft in Bewegung, und auf der Mitte des Dammes treffen sie sich und sehen sich zum ersten Male an. »Na wat willste denn nu?«, sagt der eine sehr bescheiden. »Ick? Jarnischt, – du wolltest ja was.« Nachdem sie aber so eine Weile ihre Meinung darüber ausgetauscht haben, dass der »andere« mit Schimpfen angefangen habe, läuft der Streit aus wie das Hornberger Schießen. Ja, jetzt war Pauline, die zuerst gerufen hatte: »Wenn du was von mir willst, komm nur«, sehr schüchtern. Und Emil Kubinke, der sich kaum weniger begierig gezeigt hatte, die Feindseligkeit zu beginnen, war nicht um ein Deut mutiger. Und so saßen sie Abend für Abend, er hüben und sie drüben, am Küchentisch, wie die beiden Königskinder, die nicht zusammenkommen konnten … Und Emil Kubinke begann sogar, Pauline geistig zu heben, und las ihr mit bewundersswerter Ausdauer aus dem Uhland den Herzog von Schwaben vor. Pauline jedoch saß ganz still dabei und sah Emil Kubinke sehr erstaunt an, und wenn sie auch die Sache nicht so recht begriff und die »schwarze Diamantengräfin« weit spannender und lesenswerter fand, so war sie doch der festen Meinung, dass es keinen klügeren Menschen gäbe als ihren Bräutigam. Denn wenn auch Pauline Emil Kubinke sehr kühl behandelte und scheu und spröde ihm gegenüber war, so hatte sie doch in ihrer Fantasie schon ganz von ihm Besitz ergriffen und behandelte ihn da desto vertraulicher.

Im Haus aber glaubte niemand, dass Emil Kubinke und die rotblonde Pauline nur den Herzog Ernst von Schwaben lasen, und vor allem Herr und Frau Piesecke waren sittlich entrüstet, dass sie so etwas bei sich dulden mussten. Herr Ziedorn hingegen sah die Sache jetzt sehr ruhig mit an. Solange sein Kunde nichts dawider hatte, gab es für ihn ja auch keinen Grund, Lärm zu schlagen. Herr Tesch aber würdigte Emil Kubinke von jetzt an als gleichberechtigt seiner Freundschaft und machte ihn zum Vertrauten seiner Liebessorgen, die keineswegs durch »Innig 185« und die nicht unbemittelte Waise mit Kind erschöpft waren, sondern sich noch aus einer langen Reihe unerledigter Beziehungen rekrutierten. Ja, wenn das alles so einfach gewesen wäre, da hätte Herr Tesch sich morgen aufbieten lassen, und Herr Tesch war nur bass gekränkt, dass ihm Emil Kubinke dafür gar keine Intima *seines* Liebeslebens zu berichten wusste. Am meisten ungehalten ob Emil Kubinkes Lebenswandel war jedoch die kleine, runde Hedwig. Das mit Emma verzieh sie ihm, denn Emma war doch immer ihre Freundin gewesen, – aber jetzt das mit Löwenbergs Pauline, die keineswegs ihre Freundin war, sondern die sie aus dem sichern Gefühl der seelischen Unvornehmheit sogar innig hasste, das war mehr als Untreue – das war geradezu ein Übergehen in das feindliche Lager. Und Abend für Abend lag so ganz heimlich Hedwig in ihrem

Fenster und sah drüben in die Küche hinein, ob sie vielleicht irgendetwas sähe und bemerke, das sie zu Pieseckes Portierstube in reicher Ausschmückung hinabtragen könnte. Und erst nachdem Emil Kubinke sich empfohlen hatte, führte Hedwig jetzt Männe an die Luft. Und das traf sich ganz gut so, denn Herr Schultze konnte auch nicht eher. – Aber des Morgens, wenn Emil Kubinke zu Herrn Markowski kam, dann zeigte ihm Hedwig ganz offen ihre Verachtung und rumorte und warf mit den Sachen umher, ohne Emil Kubinke eines Blickes oder einer Ansprache zu würdigen. Und während sie vordem noch hin und wieder einmal Herrn Markowskis Rasierbecken gereinigt hatte, überließ sie das jetzt ganz Emil Kubinke. Und Männe, der Dackel, ging sogar von der hämischen Gleichgültigkeit der letzten Zeit zu offenkundigen Feindseligkeiten über.

Wer weiß aber, wie lange noch Emil Kubinke und Pauline sich so in der Küche gegenübergesessen hätten, und wer weiß, wie viel Abende noch Emil Kubinke der schönen rotblonden Pauline nur Uhlands Ernst von Schwaben vorgelesen hätte – denn das Stück hat fünf Akte –, wenn nicht Herr Herzfeld gestorben wäre, der Onkel, der richtige Onkel von Frau Betty Löwenberg, der älteste Bruder von Frau Rosalie Heymann. Und so sah sich Frau Betty Löwenberg genötigt, für diese und die nächste Woche keine Einladungen anzunehmen, und wenn das Frau Betty Löwenberg auch nicht gern tat – (denn was hat man denn vom Leben?!) – so tröstete sie sich doch damit, dass dieser Familiensinn und die schwarze Jettbrosche sie sehr gut kleideten. Und so kam es, dass Frau Löwenberg selbst fragte:

»Pauline, wollen Sie Sonntag vielleicht mit Ihrem Bräutigam ausgehen?«

Pauline aber schlug die Augen nieder und sagte: »Ja, Frau Löwenberg.«

Doch wenn, wie wir ja sahen, der Frühling es für Emil Kubinke und die runde Hedwig und später für die lange Emma schon recht nett und hübsch hergerichtet hatte, so machte er doch jetzt für die rotblonde Pauline und ihren Bräutigam sich weit mehr Umstände. Jetzt wollte er wirklich sein Bestes geben, mal zeigen, was er konnte, jetzt hatte er ganz heimlich für Emil Kubinke und Pauline eine richtige Feststraße geschaffen, und zwar mit weit mehr Geschmack und weit geringeren Auslagen, als das sonst in Berlin üblich ist.

Schon vom Hause an hatte er begonnen. Er hatte sich mit Herrn Piesecke geeinigt und auf dem Hof zwischen den Thujabüschen, zwischen Dante, Luther und dem Apoll von Belvedere das Gras wachsen lassen, und es wäre vielleicht ganz schön dicht und grün geworden, sofern ihm nicht Herr Piesecke immer wieder mit einer Sichel die Spitzen abgesäbelt hätte. Und wenn Herr Piesecke mit seinem dicken, roten Hals auch, auf der Erde kniend, mit dem Türkenschwert mehr in den Boden hieb und in die Äste der Lebensbäume schlug als in das Gras selbst, so zerdrückte und zertrampelte er doch den Rasen gar gründlich, auch an jenen Stellen, an denen ihn sein Schwerthieb nicht in seiner jungen Entwicklung hemmte.

Aber draußen auf der Straße hörte das Reich des Herrn Piesecke auf, da hatte der Frühling schon mehr freie Hand. Und wenn er dem kleinsten Baum in seinem Eisengitter an der Bordschwelle für Emma seinerzeit nur *ein* Dutzend Blättchen gegeben hatte, – *jetzt* hatte er ihn mit zum Mindesten zwei Dutzend grüner Blätter besteckt. Und wenn vordem an den vier langen Baumreihen das zierliche Grün sich angliederte wie Filigran und Korallen, und im Schatten auf den Granitplatten bei Sonnenschein oder bei den Strahlen der Bogenlampen sich nur in dünnen, scheckigen Mustern abzeichnete, – jetzt überzog der Frühling die ganzen Äste mit richtigen, lichtgrünen Segeln und Tüchern, dass sie auf dem Bürgersteig und an den Häusern wirklichen Schatten gaben. In den Vorgärten aber sah er sich um, der Frühling, und wo er da einen Flieder- oder Goldregenbusch fand – und wenn er auch noch so klein war –, da hatte er auch schon ein paar blaue Trauben oder gelbe Fähnchen ihm angeheftet, nicht etwa übermäßig viele, dass er aus den Büschen blaue und goldene Fontänen machte, aber doch auch nicht so wenig, dass man die Büsche übersehen, und ganz vergessen konnte, dass jetzt die Zeit war, da der Flieder blüht. Und weil es doch in den paar Vorgärten nicht viel zu tun gab, so kümmerte sich der Frühling auch auf den Balkons ein wenig um die Sache, sah zu, dass der wilde Wein sich etwas mehr ausbreitete, die bunten Bohnen fleißig an den Fäden hochkletterten und dass die Hausfrauen sagen konnten, dass ihre Pelargonien vom vorigen Jahr auch noch in diesem Jahr sehr dankbar wären. Und sie schrieben sich hieran das Verdienst selbst zu, die Hausfrauen, während es doch nur dem Frühling daran lag, die Feststraße für Emil Kubinke und die rotblonde Pauline herzurichten.

Und der Frühling machte es nicht etwa – wie man das sonst tut – dass er nur ein kurzes Stück Wegs übertünchte und schmückte und schon an der nächsten Ecke die leere Ärmlichkeit begann; nein, so weit der Weg gehen mochte und konnte, traf er seine Vorbereitungen. Draußen in den Laubenkolonien ließ er den Hopfen ranken und die Radieschen und die Kressen sprießen, und die Lobelien und Gottesaugen aufblühen; und den Weiden gab er ganz silbergraue Blätter und den einsamen Pappeln solche, die blitzten, wenn der Wind über sie strich. Und damit alles besser aussähe, breitete der Frühling seine große Himmelsglocke darüber, ließ sie dort auf den Häuserreihen ruhen und drüben auf der dunklen Linie des Grunewalds, ließ über die blauen Weiten weiße Wölkchen segeln, die noch weißer waren als der Taubenschwarm, der sich oben im Licht drehte. Die geteerte Dachpappe auf den Lauben ließ der Frühling glänzen wie Silber, und den Abessinierbrunnen ließ er quietschen, als ob ein Vogel zwitscherte. Und auf all den Sandplätzen, auf denen doch so lange das starre, morsche Kraut gestanden hatte, braun und brüchig, räumte er jetzt auf und ließ frisches Grün und frisches Kraut emporschießen in bunten Flecken, dass man auch da Herbst und Winter vergessen musste, wenn man sie nicht über die langen Lindenwege, die hellen Menschenkinder und die blitzenden Speichen der Fahrräder schon ganz vergessen hätte. Und warum sollten etwa Emil Kubinke und Pauline an Herbst und Winter denken?!

Dieses Mal hatte Emil Kubinke nicht verschlafen wie bei Hedwig und Emma, und um Schlag drei hätte er schon in Paulines Küche gesessen, den neuen Strohhut auf den Knien, und hatte sich immer noch einmal die Krawatte zurechtgezupft, während er Pauline in ihrer Kammer plantschen hörte. Ach, jetzt durfte er nicht mehr da hinein wie ehedem, da er noch Pauline als Ritterin für den Hohenzollerngarten zu frisieren hatte. Das war nun mit einem Mal alles anders geworden. Aber schon auf dem Hof hatte ihn dafür Pauline doch gleich untergefasst, nur weil die runde Hedwig von drüben im Fenster lag und Herr und Frau Piesecke von ihrer Portierloge aus den Hof überwachten. Sie sollten sich nur recht ärgern, – das freute sie. Und dann waren Emil Kubinke und Pauline hinausgezogen nach dem Grunewald. Aber Paulines Paket mit dem abgeriebenen Napfkuchen und den Gußzwiebäcken, das durfte Emil Kubinke nicht tragen, – das schickte sich nicht.

Immer weiter und weiter schritten die beiden die Feststraße ab, die für sie der Frühling geschaffen hatte. Es sanken die Straßen zurück und die Häuser, die Laubenkolonien, die Sandflächen, die Lindenwege und die paar letzten grünen Samtfelder, und der dunkle Wald kam mit seinen Villen und der tausendfachen Buntheit seiner Gärten. Aus aller Welt hatte der Frühling hier für Emil Kubinke und Pauline die Requisiten für seine Feststraße geliehen: die Ziersträucher des Ostens und die Koniferen der Neuen

Welt, die Alpenrose des Himalaya und die Lilien Kleinasiens, die hängenden Wedel der Trauerweide und die grünen Kegel der Lebensbäume; all das hatte er zwischen die reglosen, starren Kiefernkronen auf den zerrissenen Stahl- und Kupferstämmen eingeflochten. Und die roten, glühenden Zweige der Judaskirschen, sie glichen blutbefleckten Geißeln, und die jungen Tannensprösslinge, sie waren lichter als das Grün von Schneeball, Ahorn und Kastanie. Und zu silbernen Triumphbogen schlossen die Obstbäume ihre Zweige, und wilder Wein in seltsamer Art, mit gezackten Blättchen, kletterte an glatten Föhrenstämmen hoch; und da, wo etwa die Blüten nicht ausreichten, da schuf das Blattzeug noch gescheckte Kegel und blumenfarbige Wände mit Blutbuchen und gelbem Ahorn. Und dann folgten immer wieder diese zehntausend Sträucher an den Zäunen, um die Rasenflächen, um die großen Schnörkel der Vergissmeinnichtbeete, mit den Reihen und Feuerwerkmustern gelber, weißer und roter Köpfchen, mit kleinen hängenden Sonnenballen, mit weißen Zuckerperlen, sie, die der Frühling sich von überall her, aus Japan und Persien und dem Kaukasus eigens ausgeliehen hatte zu der Feststraße für Emil Kubinke und Löwenbergs rotblonde Pauline ...

Ja, an besonders günstigen Stellen hatte der Frühling sogar Koniferenwände angebracht, vor denen er weiße Magnolien im Winde verblättern ließ. Oder er hatte über ein Gartentor ganze Taue von Glyzinien gezogen, von denen blaue Blütentrauben so gleichmäßig wie fallendes Wasser herabtropften. So schön hatte er es gemacht und so vornehm. Und damit die Besitzer hier nicht etwa störten, waren sie alle nach dem Süden geschickt worden; allenthalben hatte er die Jalousien geschlossen, der Frühling, und nur der Wolfsspitz durfte im Garten sich die Sonne in den Pelz scheinen lassen, und selbst der Gärtner durfte seine Anwesenheit nur durch das Knattern der Gartenspritze verraten. Natürlich, ein bisschen Trubel und gelbe und weiße und rote Automobile und ein bisschen Staub – das gehörte schon zur Feststraße; und geputzte Menschen gehörten dazu, Frauen in rosa und himmelblauen Kleidern und kleine Mädchen mit Seidenschärpen.

Dann aber hatte der Frühling auch den alten Birkenweg aufgeputzt, der in den Wald hineinführte, dessen grüne Fahnen schwebten und flatterten und dessen schlanke Stämme doppelt weiß gegen den dunklen Grund der Kiefern und des dichten Stangenholzes standen. Und sogar mit dem Wald selbst hatte er auch sein Bestes getan. Nun ja, das Papier vom vergangenen Jahr hatte er noch nicht weggeräumt, aber an manchen Stellen, hatte der Frühling doch grüne Gräschen sprießen lassen, die die alten Zeitungsbogen wie zum Sieb durchlöcherten; und überall, an jedem dritten Baum, hatte er fürsorglich jetzt eigens einen Papierkorb aufgestellt, und um alle Stämme hatte er weiße Ringe gezogen, und das sah auch ganz nett aus. Und wenn auch der Rasen fehlte, und wenn auch die Blumen fehlten – überall, so weit das Auge gerade sah, hatte der Frühling in bunten Gruppen die Menschen verteilt, die am Boden lagerten, – da bündelweise wie Monatsrettiche, da gruppenweise, seltener einzeln, doch zumeist paarweise. Und er hatte als Kolorist immer dafür gesorgt, dass hell gegen dunkel stand, und nicht genug damit hatte er noch hie und da rote, weiße und gelbe Sonnenschirme über den Boden verteilt; aber wenn man näher hinsah, so waren diese Sonnenschirme keineswegs ohne Besitzer, ja sie gehörten sogar meistens zweien, die recht eng zusammengerutscht waren, damit auch jeder sein Teil von dem Schatten kriegte. Und die Finken und Nachtigallen ersetzte der Gesangverein »Deutsche Eiche«, der auf »Eins, zwei, drei« das »Heidegrab« intonierte oder richtiger detonierte. Und dann die Halleluja-Mädchen, die hundert Schritt davon auf der Erde hockten und zu einer Schlagzither nach der Melodie des Cakewalks »Komm, o mein Jesulein« sangen. Sie alle waren vom Frühling beordert, für Emil Kubinke und Pauline an der Feststraße

Spalier zu bilden. Ganze Gesellschaften waren aufgeboten, die kreischend »Fanchon« und »Drittenabschlagen« und andere neckische Spiele zu spielen hatten, und ganze Familien waren zugelassen, die sich auf dem braunen Nadelboden und dem Zeitungspapier durcheinanderzuwälzen hatten wie die Bären im Zoologischen Garten, mit Kindern von zwei bis zu zehn an Zahl und von einem Jahr bis zu zwölf an Jahren. Und andere Familien hatten malerische Gruppen zu bilden, und vorn zog der Vater oder schob in Hemdsärmeln den Sportwagen, auf dem zwei Kinder sich mit den Beinen stießen, während das dritte mit einem Stock hinter Vater herlief, tüchtig zuhieb und »hüh, hüh, mein Pferdchen!«, jubelte. Und der Vater war ein kleiner, bescheidener, einfacher Mensch mit leicht gekrümmten O-Beinen. Die Mutter aber, eine umfängliche Dame, folgte mit Vaters Jacke, und sie ließ die gerührten Blicke auf dem Bilde ihres sonnigen Familienglücks ruhen ...

Und wie Emil Kubinke und Pauline an dieser Gruppe vorüberschritten, da nickte Pauline, und unser Emil Kubinke bekam einen Schrecken, dass ihm die Knie zitterten. Den ... den – den Mann kannte er doch! – Woher denn nur? –

»Wer war denn das, Pauline, den Sie da eben grüßten?«, fragte Emil Kubinke ganz ängstlich.

»Aber kennen Sie den denn nicht, Herr Kubinke?«, rief Pauline.

»Ja, ich glaube schon, ich muss ihn mal irgendwo gesehen haben«, stotterte Emil Kubinke.

»Aber das ist doch unser Briefträger, Herr Schultze!«

»Was – *der* ist verheiratet?«, fragte Emil Kubinke ungläubig.

»Gewiss«, sagte Pauline und wurde rot, »es kommt sogar wieder was Kleines bei ihnen.«

Emil Kubinke schüttelte den Kopf. »Das finde ich aber merkwürdig«, sagte er.

Pauline jedoch verstand das falsch.

»Ach Gott«, sagte sie und lächelte verschämt unter ihrem blauen Hut mit den Kornblumen und drückte Emil Kubinkes Arm, »wenn man verheiratet ist, ist doch so etwas gar nicht merkwürdig.«

Und mählich sorgte der Frühling dafür, dass die Feststraße ein anderes Gesicht bekam. Nachdem eine Weile noch das Zeitungspapier mit den Erdbeerblüten und den Hundsveilchen am Boden gekämpft hatte, gewannen doch die weißen Blütensterne und die hellblauen Träubchen die Überhand, und man konnte sogar den Waldboden vom Weg unterscheiden. Immer schöner und feierlicher wurde die Feststraße mit den hohen Hallen und Bogen der Kiefern, in die man so tief hineinsehen konnte und die sich fern zu einer Wand braungoldner Pfeiler zusammenschlössen. Hie und da nur wurden sie von den lichtgrünen Kaskaden einsamer alter Eichen unterbrochen, die ihre zerrissenen Stämme aus Nesselkraut emporhoben und mit ihren gewundenen Riesenästen das blaue Himmelslicht suchten. Jetzt brauchte der Frühling keine bunte Menschenstaffage mehr, um seine Feststraße zu beleben, höchstens, dass er einmal zur Unterbrechung der grünen Bahnen und der braunen Grenadiere, die rechts und links in Reih und Glied standen, solch ein paar heller Flecken von Frauenkleidern oder des Gelbs eines Strohhuts, oder des Graus eines Männerrocks benötigte. Und das hatte er nicht etwa plump und auffällig gemacht, sondern hatte es diskret so neben einen alten Föhrenstamm gesetzt oder in einer kleinen Bodensenkung halb versteckt.

Aber Emil Kubinke schielte doch im Weiterschreiten neidisch und eifrig da hinüber, und er pries heimlich die Bevorzugten – wie weiland die deutschen Fürsten den Grafen Eberhard im Barte, weil er sein Haupt friedlich jedem Untertan in den Schoß legen durfte.

Und man soll nicht etwa glauben, dass nun die Feststraße des Frühlings ihr Ende hatte – nein, jetzt fing sie erst recht an, jetzt wurde sie breit und schön, stieg und fiel, ging über Hügel und Hänge, an Lichtungen vorüber, auf denen gelb die Sonne um niedere, krause Fichtenbüsche schwelte, dass der harzige Duft weithin durch den Hochwald flutete; und an Stangenholz vorbei, das wie zu ewiger Nacht seine erstorbenen, flechtenbehangenen Zweige über einem braunen Nadelboden verschränkte, auf dem nur hie und da sich ein paar runde Pilze hervorwagten.

Ganz still war es ringsum. Nur noch ein Specht, der geschäftig gegen einen morschen Ast trommelte, verstieß gegen die Sonntagsruhe, trotzdem diese sonst im Kreise Teltow besonders scharf durchgeführt wurde. Und nur ganz wenige Menschen kreuzten jetzt die Wege Emil Kubinkes und seiner rotblonden Freundin; aber sie waren vielfach zu sehr mit sich beschäftigt, als dass sie auf andere geachtet hätten, höchstens dass Emil Kubinke einmal einen bewundernden Blick auffing, der eigentlich nicht ihm galt, oder dass er ein halbblaues »Donnerwetter, hast du die gesehen?!« hörte. Und das bestimmte Emil Kubinke nur, den Arm der rotblonden Pauline noch etwas zärtlicher an sich zu drücken, wie uns der Neid ja oftmals erst über den Wert eines Besitzes aufklärt. Und Pauline hätte auch gern diese Zärtlichkeit erwidert, aber da sie vorsichtig das Paket mit dem Napfkuchen balancierte, der schon allenthalben durchzufetten begann, so schob sie es für später auf, und der Nachmittag war ja noch so lang.

Dann jedoch wurde es licht am Ende der Feststraße, wie von einer unerhörten Helligkeit. Noch traten zwar die Bäume nicht auseinander, noch rückten sie immer wieder in neuen, grünen Scharen Emil Kubinke und seiner Begleiterin entgegen; und doch spürten sie es, dass dahinter, weit unten, sich besonnte Wasserflächen dehnten, – denn gleichsam aus den Tiefen stieg nun das Licht empor. Dann aber wurde plötzlich wieder alles bunt und hell von Menschen und flirrend von Staub; die Autos fauchten in weitem Bogen auf schräger Straße bergan, und die Breaks und

Kremser rückten Schritt für Schritt vor, während die ratternden Omnibusse sich mit ihren wuchtigen Leibern an ihnen vorbeischoben. In unbegrenzte Fernen wanderte der befreite Blick; in breiten, blauen Leinentüchern lag das Wasser da unten zwischen den dunklen Waldufern; und aufgeraut war es von den langen, flackernden Kielstreifen der Dampfer, die weiß und breit wie Schwäne waren; und belebt war es bis in die letzte Tiefe von den tänzelnden Segeln der Boote, die wie schlanke silberne Möwenflügel über das Wasser dahinstreiften. Um Inseln mit kleinen Häusern glitt der Blick; um Inseln mit ragenden Baumgruppen glitt der Blick; über Wälder glitt er fort, über Äcker und Felder und Weiler hin, immer weiter in die weiße Helligkeit hinein … bis zu den Wolkenballen, die mit weißen Kanten, in Licht gebadet, am Horizont schwebten, bis zu den fernen Türmen einer Stadt, die im Dunst zitterten und sich lösten.

Ganz in der letzten Ferne aber, da stand er selbst, der Frühling, und er lächelte Emil Kubinke und Pauline entgegen, und er fragte: »Na, wie ist das? Wie habe ich die weite Welt für euch hergerichtet? Für euch ganz allein heute, für niemand sonst?«

Und wenn auch Emil Kubinke und Pauline den Wortlaut der Frage nicht vernahmen, so waren sie doch um die Antwort nicht verlegen, und sie lasen sie einander aus den Augen ab. Und das erste Mal fühlte Emil Kubinke in der lachenden Quadrille, die nun schon so lange mit ihren breiten Reihen an ihm vorübertanzte, sich *nicht* verlassen, nicht vereinsamt und unbeteiligt, sondern sein Herz sagte ihm, dass auch er sich in die Reihen eingeschmiegt habe, und dass auch er nunmehr unbekümmert mittanzen dürfe, dass auch er engagiert habe, – und er hoffte, nicht einzig für eine flüchtige Tour sich die Tänzerin erwählt zu haben.

Und dann gingen sie mitten im Gewühl den breiten Weg am Wasser entlang, hörten von den Dampfern die Kapellen spielen, sahen die Sportboote wie lange schwarze Striche über die glatte

Fläche gleiten, hindurchschießen zwischen den Sterndampfern und den fauchenden Schleppern mit der Reihe schwer beladener Lastschiffe. Sie sahen die Schwäne am Schilf entlang rudern und das Spiegelbild der überhängenden Fichten sich lösen und stets von Neuem in dem glatten Wasser sich wiederfinden.

Und dann saßen sie im Restaurant am Wasser, und Pauline packte vorsichtig ihren Napfkuchen aus, und sie ging selbst nach der Küche Kaffee kochen und puffte sich mit den anderen Frauen beim Geklapper der Tassen und Kannen, weil sie Löwenbergs guten Kaffee gewohnt war; und sie duldete nicht, dass Emil Kubinke etwa bezahlte, – das duldete sie keinesfalls. Schenken ließ sie sich nichts. Der Kaffee war *ihre* Bewirtung. Nachher konnte ja ihr Bräutigam sich revanchieren, wenn er wollte.

Und dann saßen sie ganz glücklich und sahen immer über die Kaffeetassen fort aufs Wasser, auf die kleinen Boote, die da fuhren, und die Dampfer, die die Boote schaukeln machten, dass die Frauen kreischten. Und an einer langen Tischreihe saß mit Papiermützen der Verein der »Bettschoner«, der seinen diesjährigen Ausflug mit Damen machte. Und Emma Brendeke kam mit Herrn Gerichtsschreiber Adumeit, rot wie Klatschmohn, an den elterlichen Tisch zurück, und ihre Frisur war sehr in Unordnung geraten, trotzdem nun wirklich heute kein Segelwind ging. Eine dicke Frau aber fragte alle, ob sie nicht um Himmels willen einen kleinen Jungen im Matrosenanzug gesehen hätten; und dann ohrfeigte sie einen kleinen strampelnden Sünder vor sich her: »Ick wer' dir lehren, Muscheln suchen!« Herr Weber spielte mit seinen beiden Söhnen, die Monteure bei Siemens & Halske waren, den Rücken gegen das Wasser gekehrt, einen Dauerskat; und Herr Schwarzkopf schnippte seine Zigarrenasche seinem Freund Hugo ins Bier hinein, denn sein Freund Hugo war schon so weit, dass er das nicht mehr merkte. Und Herr August Drechsler ahmte ein Pistonsolo mit dem Mund nach, während sein Freund Ferdinand auf dem Regenschirm die Gitarrenbegleitung übernommen hatte.

»Lanke? Wo ist denn Lanke?«, geht's durch den Sommergarten. »Lanke! Fass doch mal hin, ob de noch da bist!« – »Emma, fass Tanten an.« – »Au! Er und sie! – Mutter, det sag ick!« ...

Dazu aber gehen immer die Boote auf und nieder, und von den Dampfern kommt in abgerissenen Klängen Musik, und die bunten Schattenmuster von den Kastanien und Linden spielen über die Tischtücher fort und über die gelben Kieswege. Und immer reicher und farbiger wird das Bild, je mehr die Sonne sich dem Horizont neigt und unter ihrem Goldschein die großen Massen von Wald und Wasser, von Himmel und Häusern zusammenbringt.

Und nun bestellte Emil Kubinke Abendessen, und trotzdem Pauline nur ein Schinkenbrot wollte und meinte, es wäre Unsinn, mehr auszugeben, da nahm er doch Kotelett mit Spargel, und das Geld tat ihm nicht einen Augenblick leid.

Und als sie endlich aufstanden, da lag schon die Sonne auf den Wipfeln des jenseitigen Ufers rund und groß und golden und zog Feuerkanten drüben um die Bäume und Feuerkanten um die Wolken, in die sie jetzt hineinsank, und schlug eine Feuerbrücke über die lichtblaue Wasserfläche. Und die Boote waren jetzt wie mit der Schere aus schwarzem Papier geschnitten.

Dann aber gingen Emil Kubinke und Pauline hinüber in den Wald und lagerten sich oben am Hang unter den alten Kiefern. Sie sahen weit über das Wasser fort; und jetzt brauchte Emil Kubinke nicht mehr die andern zu beneiden, die es so gut wie weiland Eberhard im Barte hatten – nein, jetzt war ihm das Gleiche beschieden, und Pauline hielt ihn so recht hübsch in ihre Arme hineingebettet. Den Hut mit den Kornblumen hatte sie abgelegt, dass ihr das Haar in der roten Sonne wie ein richtiger Goldhelm über dem Haupt stand.

Und mählich ging die Sonne drüben hinter den Bäumen nieder und verriet die Stelle, da sie gesunken, nur noch durch ein weißes Strahlen, das in langen Streifen zum Zenit emporflammte; von Osten aber rückte schon die Dämmerung herauf, legte sich wie Rauch und Nebel auf die Fernen, über das Wasser, um die rötlichen, tanzenden Segel, die immer kleiner und kleiner da ganz hinten auf und nieder schwebten. Und das lichtblaue Wasser wurde, so weit der Blick reichte, nun mattgrün und zimtbraun und kirschrot in langen, blanken Streifen; es änderte sich von Minute zu Minute mit dem leuchtenden Abendhimmel. Und während unten um die braunen Föhrenstämme schon die Nacht emporstieg und langsam zu den dunklen Kronen hinaufkletterte, begannen nun plötzlich wie durch Wunder ganz oben die Kanten und Spitzen der Kiefern, die armdicken, gewundenen, kurzen Äste, die die Fächer der Nadeln trugen, rot aufzuglühen; wild, zornig, schwermütig und unheimlich, als glühten sie selbst, als strahlte eine riesige Schmiedeesse ihre irre Glut über sie hin. Je tiefer und melancholischer dies Glühen aber wurde, desto näher rückte unten die Nacht zusammen, umkreiste die beiden, die da an dem Föhrenstamm saßen … wie ein Raubtier, das im jagenden Lauf seine Zirkel immer enger und enger zieht …

Und da – unter dem Druck der schönen Schwermut, die das sinkende Licht über Wasser und Land breitete, vollzog sich etwas Seltsames und Ungeahntes: Emil Kubinke, der Friseurgehilfe Emil Kubinke, der sein ganzes Leben bisher nur wie in einem dumpfen Taumel verbracht hatte, und in dessen Seele nur unklare und verworrene Melodien mit ihrem wogenden Auf und Nieder erklungen waren, – er, dieser kleine, arme Hund, der von einem Tag in den andern hineingehetzt wurde, der wie im Traum von einem Tag in den andern hineinstolperte, durch das kümmerliche Halbdunkel seines Daseins, – ihm war es plötzlich, als seien die Schleier von den Augen fortgezogen, und er sah alles, sein ganzes

Leben, seine ganze, elende Vergangenheit, und all seine geheimste, wortlose Hoffnung, sein letztes Sehnen schlug plötzlich empor, in langen, wirren, heißen Wortreihen, die so nächtig und zuckend und doch so voll von Glut und Angst waren, dass er vielleicht selbst erschrocken gewesen wäre, wenn er sie vernommen ...

Von Hause erzählte er, von der kleinen grauen Stadt, in der er geboren, kaum zwei Stunden von Berlin und doch so weit, mehr als hundert Meilen davon entfernt. Wie er von der Mutter gar nichts mehr wisse, nicht einmal von ihr träume, wie der Vater ihn geschlagen und nur immer geschlagen habe, wenn er schlechte Noten heimgebracht hatte; er, der selbst kein Wort von dem verstand, was er in seinen Heften hatte. Wie er hinten in dem Gärtchen mit dem Schiefblatt und dem Hahnenkamm in die dunkle Holzkammer gekrochen sei und geweint habe, erzählte er. Wie er auf der Schule keinen Freund gehabt habe, weil sein Vater arm war; und wie er auf der Straße keinen Freund gehabt habe, weil er in die gute Schule ging. Die einen hätten ihn kaum gegrüßt und die andern hätten mit Steinen hinter ihm hergeworfen, denn er trug eine bunte Mütze. Die Lehrer aber wären nicht viel anders zu ihm gewesen als die Schüler, und sie hätten ihn immer spöttisch gefragt, warum er nicht in die Klippschule ginge, fürs Gymnasium tauge er doch nicht. Und dann habe die ganze Klasse gewiehert vor Vergnügen. Und die paar Lehrer, die gut und freundlich zu ihm gewesen, die hätten wieder gar nichts in der Schule zu bestimmen gehabt, und er hätte so viel bittern Hass gehabt von früh an – oh, er könne gar nicht sagen, wie viel Hass in ihm gewesen sei. Ach ja, wenn er nur gewusst hätte, wohin – er wäre ja tausendmal fortgelaufen, so weit ihn die Füße trugen. Eigentlich könne er sich an niemand erinnern, der wirklich gut zu ihm gewesen sei, außer dem Hund vom Schloss, der ihn einmal aus dem Wasser gezogen hätte, und dem Schäfer Kelpin, mit dem er ganze Nachmittage draußen vor der Stadt mitgezogen sei, von einem Anger zum andern, bei Regen und Wind, und der dabei so alt und närrisch gewesen sei. Am meisten aber gehasst auf dieser Welt hätte er doch die Haushälterin, diese dicke, blonde Person mit den grauen Augen, die ihn immer des Abends vorher einschloss, wenn sie zu seinem Vater schlich. Vielleicht wäre er schlecht gewesen, störrisch; vielleicht wäre er dumm gewesen, und faul wäre er gewesen; aber mehr als alles wäre er unglücklich gewesen als Junge, gemieden und abseits, und wenn er nicht jede Woche einmal zu dem alten Musiklehrer von der Schule geschlichen wäre, der ihm am Nachmittag in seiner Wohnung solch ein paar Griffe und Lieder auf seiner alten braunen Geige beigebracht hätte, und ihm dann immer noch nachher bis in die Dämmerung hinein vorgespielt hätte – er hätte wirklich nicht gewusst, wie er dieses Leben hätte ertragen sollen.

Und da wäre es ihm ganz recht gewesen, wie alles so gekommen sei.

Eines Abends vor acht Jahren – jetzt im Herbst vor acht Jahren – hätte man den Vater ins Haus gebracht, über und über grau von Schmutz, mit gebrochenem Schenkel und zerschlagenem Kopf. Er hatte draußen auf dem Land einen Bauern besucht, denn er kam als Kurpfuscher weit herum auf die Dörfer; er war mit dem Rad herausgefahren, und er war wohl an der Wegbiegung im Dunkeln gegen einen Chausseestein geflogen und dann über die Böschung gestürzt, denn die Maschine, die sie nachher brachten, war kurz und klein gebrochen. Und drei Tage hatte er noch so gelegen, und gar keinen hatte er mehr gekannt. Aber ich, ich habe nicht weinen können, und ich habe auch keine Träne vergossen, bis ich wieder vom Begräbnis in die leere Wohnung zurückgekommen bin. Und erst nach Jahren habe ich angefangen zu glauben, dass es nur Ehrgeiz und Unverstand gewesen sind und nicht Lieblosigkeit von meinem Vater, die mir das Leben zur Hölle gemacht haben. Und dann ist natürlich nichts dagewesen, so gut wie nichts: ein paar alte Möbel und ein paar hundert Mark. Und man hat mir einen Vormund gegeben, der mich nicht schlug, aber der mir mit jedem Wort zu erkennen gab, dass er in mir eine Last hatte. Und das, glauben Sie, ist noch schlimmer als Prügel gewesen. Und der Direktor am Gymnasium hat gesagt, dass sie keine Freistelle für mich hätten, und dass es ja so viel gute, ehrliche Handwerker gebe. Und da habe ich dann geantwortet, dass ich in Gottes Namen wie mein Vater Friseur werden wollte; denn etwas anderes habe ich ja nicht gekannt.

Aber all die Jahre, die nun gefolgt sind, die sind fast noch schlimmer gewesen als die zu Hause, und eines Tages da bin ich aus der Lehre fortgelaufen und bin nach Berlin gefahren, ganz heimlich. Zwanzig Mark habe ich gehabt. Von keinem Menschen habe ich Abschied genommen, nur von dem alten Schäfer Kelpin. Den habe ich noch am letzten Sonntag aufgesucht, draußen auf den Hügeln vor der Stadt und habe mich zu ihm gesetzt. »Wat willst du in Berlin?«, hat der alte Kelpin gesagt; – denn seit ich Friseur war, hat er wieder du zu mir gesagt – »wat willst du in Berlin, Emil? Hier bei uns, da wissen se alle, wo Berlin is; aber in Berlin, da weiß kein Mensch mehr, wo wir sind. Jeh man, – dau kommst nich wedder.« Aber am nächsten Morgen da bin ich doch ganz heimlich nach Berlin gefahren. Weißt du, ich werde nie vergessen, wie ich da am Fenster stand, wie der Zug sich durch die Wagenreihen schlängelte und wie er einfuhr, wie die Felder aufhörten und die Wiesen, wie alle Bäume schwarz von Rauch waren und zerfetzt und dürr. Ganz dick und schwer stand ein Wetter über Berlin, und die langen Straßen waren grell und bestrahlt wie riesige, wild gezackte Mauern. Und überall drängte sich Haus an Haus hinter einem Wald von Schornsteinen, die ihren Rauch in die Wolken strömen ließen. Und hinter einem Lager von mächtigen Schuppen und Kränen und Eisengerüsten und drüben zwischen weiten, öden Flächen waren immer wieder neue und neue Festungen von Häusern mit Tausenden von Fenstern. Und dann sah ich in die Straßen hinab, sah von oben hinein, wie das durcheinanderwogte von Menschen und Wagen – ich erinnere mich noch deutlich, es war gerade Mittag und die Arbeiter kamen aus den Fabriken und zogen in schwarzen Scharen über die Brücken fort, die ganz hoch die Bahnkörper überspannten. Und Plätze kamen mit dichtbesetzten Bänken, und rotschwarze Kirchen ragten aus dem Dächermeer. Und Wasser floss vorüber, auf dem die Zillen wie aneinandergerammt waren. Und von all diesem Lärm und diesem Gewühl da ist mir himmelangst geworden, und ich habe gezittert und geweint, wie ich aus dem Zug gekrochen bin. Meinen Koffer habe ich auf der Bahn gelassen und bin einen ganzen Tag und eine ganze Nacht in Berlin herumgelaufen, ohne jemand anzusprechen. Nur alle paar Stunden habe ich mir beim Bäcker Semmeln gekauft. Aber dann bin ich von Meister zu Meister gegangen, ob sie mich gegen Kost als Lehrling einstellen wollen, und einer – verstehst du, – hat mich behalten, da ich ja schon rasieren konnte. Am gleichen Abend aber habe ich an meinen Vormund geschrieben, dass ich jetzt in Berlin sei und hier auslernen wollte. Und auf die Fachschule möchte ich auch gehen. Dem aber ist das ganz gleich gewesen, denn er hat an nichts Anteil genommen, was mich betraf.

Und dann hat nun eben dieses Leben angefangen, bergauf, bergab in ewiger Jagd. Meist habe ich ja Arbeit gehabt, meist habe ich ja verdient, aber es ist auch vorgekommen, dass ich acht Tage von Chef zu Chef gelaufen bin, ohne etwas zu finden, dass ich ganz kümmerliche Stellen habe nehmen müssen, nur um nicht gerade zu hungern. Ach Gott, was habe ich alles an Elend und Jammer um mich gesehen! Wie viele habe ich gekannt, die unter die Räder gekommen sind, die überfahren wurden, dass sie nie wieder auf die Füße kamen. Ich habe ja noch immer zu essen gehabt, – ja, ich habe sogar noch etwas gespart, – aber die Angst vor diesem Ungeheuer Berlin, die hat mich nicht eine Minute verlassen, die ist noch ebenso stark wie damals, als ich mit meinem Koffer zum ersten Mal in Berlin auf dem Bahnhof stand. Oft, wenn ich des Nachts nicht schlafen kann, im Winter in den kalten Stuben, dann habe ich mir wohl hundertmal das Wort von dem alten Kelpin vor mich hingesagt: »Dau kommst nich wedder, – dau kommst nich wedder, – dau kommst nich wedder ...«

Manchmal komme ich mir wirklich vor wie eine Fliege, die an der Fensterscheibe auf- und niederschwirrt, weiß, wo sie hinaus will und sich doch den Kopf einstößt. O Gott, wie viele habe ich in den Jahren um die Ecke gehen sehen, Verbrecher werden, Zuhälter werden oder noch Schlimmeres, – auf der Walze habe ich sie verkommen sehen, verderben und sterben. Jetzt geht's ja noch, aber man wird doch älter. Welcher Chef nimmt denn einen Gehilfen über dreißig Jahre. Wirklich, wirklich, ich bin nicht stark genug, ich bin nicht roh genug für Berlin! Was habe ich denn davon, dass ich eine gute Schule besucht habe? Schlechter als die andern stehe ich dabei. Aber ich weiß schon, was ich tun will: Sowie ich noch zweihundert Mark gespart habe, fahre ich wieder nach Hause. Und zuerst miete ich mir einen ganz kleinen Laden, und dann werde ich schon mein Auskommen finden. Denn ich kann jetzt mehr, viel mehr als die andern, die zu Haus sind. Und dann kaufe ich mir eines schönen Tages unser altes Geschäft zurück, und wenn's mir dann gut geht, schaffe ich mir Bücher an, und jede Woche einmal nehme ich wieder bei unserm alten Lehrer Geigenstunde. Zu Hause, wo mich jeder kennt, da komme ich schon weiter ...

Aber Angst habe ich oft, dass ich doch noch vorher zusammenbrechen werde. Ach Gott, viel will ich ja nicht, es ist ja blutwenig, was ich vom Leben fordere, und Hunderttausende erreichen das und erreichen mehr, – und warum soll *ich* denn in meinem Leben niemals auch nur einen einzigen ruhigen Atemzug tun können?!

Warum soll ich denn gehetzt werden von morgens bis abends die ganze Woche hindurch? Sieben Jahre lebe ich nun schon in Berlin, und heute ist es das erste Mal, dass ich hier draußen bin, das erste Mal, dass ich einen Nachmittag so ganz freudig und sorglos verbracht habe, das erste Mal, dass ich mit einem Mädchen, das ich gern habe, ein paar Stunden verplaudern durfte. Ach Gott, ich weiß ja gar nicht, wie ich Ihnen dankbar sein soll, Pauline, denn Sie sind doch so hübsch, so wunderschön sind Sie, dass Sie jeden andern bekommen könnten, jeden andern, der etwas ist und etwas vorstellt. Und wenn Sie morgen mit einem andern gingen – ich würde Ihnen doch dankbar sein, weil Sie mir gezeigt haben, dass es etwas im Leben geben kann, was nicht Qual und Mühen heißt ...

So lange hatte Pauline geschwiegen und still und zitternd zugehört, und sie hatte sich begnügt, Emil Kubinke hin und wieder einmal über das Haar zu streichen. Sie hatte es vielleicht etwas seltsam gefunden und nicht recht verstanden, warum Emil Kubinke sprach und nur sprach, da es doch wirklich jetzt nicht so sehr auf Worte ankam. Aber sie hatte sich auch in diese Eigenart von ihm gefügt und sie hatte sich, nach allem was sie gehört, vorgenommen, diesen närrischen und verdrehten Menschen nur nachher doppelt lieb zu haben. Doch wie er da das herredete, dass sie morgen mit einem andern gehen könnte, da schlug das doch bei der rotblonden Pauline dem Fass den Boden aus. So etwas ließ sie sich nicht bieten. Und sie fuhr auf: Was er von ihr dächte; und wenn er so von ihr dächte, dann könne er sich gleich 'ne andre suchen; wenn sie auch keine Bildung wie er hätte, ein schlechtes Mädchen, das jeden Tag mit 'n Neuen ginge, wäre sie deswegen noch lange nich. Und dann könne sie ja nach Hause gehen, wenn er solchen Verdacht gegen sie habe. »Wenn ich einen Menschen mal jern habe, dann bin ich ihm auch treu.«

Und damit begann Pauline zu weinen und schluchzte in die Dunkelheit, dass es sie nur so schüttelte.

Nun ist es ja Frauenart, dass Pauline von all dem, was Emil Kubinke da sich von der Seele geredet hatte, nur *ein* Wort verstanden hatte, und dieses eine Wort betraf nicht ihn, sondern sie. Und dieses eine Wort hatte sie nach Frauenart *auch* noch falsch verstanden. Aber es ist auch ebenso Frauenart, dass Pauline unbewusst von allen Wegen den kürzesten nahm und mit ihren Tränen schnurgerade auf das Herz Emil Kubinkes losmarschierte und alles niederlegte, was da irgendwie noch im Wege stand ...

Und wie der Fischer sein Netz anzieht und die Bahnen immer näher zueinander bringt und den Raum kleiner werden lässt, bis die Maschen sich über den zappelnden Fischen zusammenschließen, so hatte auch die Nacht indessen ihr Netz immer enger um die beiden gezogen, und von Sekunde zu Sekunde glitten die Maschen mehr zusammen. Noch tauchten drüben ein paar Baumstämme auf, noch flimmerte von unten die Wasserfläche mit springenden Funken matt empor, noch trennten sich oben die Wipfel vom dunklen Himmel, auf dessen Grund ein paar Sterne zitterten; aber ein Funke nach dem andern erlosch, ein Stamm nach dem andern schwand und schwand. Und die Wipfel schlössen mit dem schwarzblauen Himmel mehr und mehr sich zu einer einzigen, riesigen, nachtfarbenen Zeltdecke zusammen.

Diese riesige nachtschwarze Zeltdecke aber verhüllte mit ihren breiten Samttüchern ringsum in dem weiten Wald so manches, was nicht für dritte bestimmt war, und warum sollte sie nicht auch Emil Kubinke und der schluchzenden Pauline mit ihrem weichen Dunkel Schutz leihen, als Emil Kubinke seine Partnerin ganz erschrocken zu trösten begann, dass er das doch nicht so gemeint hätte. Aber da die rotblonde Pauline all seinen schönen, zärtlichen Worten gegenüber taub war und fortfuhr durch die Dunkelheit zu schluchzen, so blieb wirklich Emil Kubinke nichts übrig um Pauline davon zu überzeugen, dass er sie durchaus nicht beleidigen wollte, nichts übrig, als zu stärkeren Argumenten überzugehen. Und da ihm die Gegnerin ja ziemlich nahe war, wenn er auch ihr Gesicht nicht recht sehen konnte, so hatte das nicht allzu viel Schwierigkeiten, und, noch weinend, küsste Pauline Emil Kubinke wieder und schlang ihren Arm um seinen Nacken, als die beiden in das Bett von Erdbeerblüten und herb duftendem Thymian sanken.

Doch wie nach abziehendem Gewölk, nach einem kurzen ergiebigen Regenschauer so langsam erst ein Sonnenstrahl hindurchbricht, so kamen auch hier erst die Küsse einzeln, wie die Sonnenstrahlen zwischen den Tränentropfen, nur um sie dann bald ganz und gar und völlig zu besiegen. Und dichter fiel kein Schauer je, als die Glut der Küsse niederschlug; und gieriger trank keine Erde je den Regen ein; und je mehr sie tranken, desto heißer und röter wurden die Wünsche. Die nachtschwarze Zeltdecke aber ließ ihre schweren, schützenden Samttücher herabfließen. Ganz in der Ferne jedoch kam plötzlich ein Wind auf, und zog mit geheimnisvollem Rauschen durch die Schläge, kläglich wie ein Schmerzenslaut; und *er* machte es, dass die beiden da unten in ihrem Bett von Erdbeerblüten und Thymian sich nur immer dichter und enger aneinander schmiegten.

Und da, wie sie sich umschlungen hielten, da wusste unser junger Aladin, dass er nunmehr für Glimmer und Katzengold Diamanten, echte Diamanten eingetauscht hatte und dass er ein *Narr* wäre, wollte er *die je* wieder aus den Händen lassen.

Draußen von der Chaussee her aber hörten die beiden immerfort die Wagen rollen und die Pferde traben und die Autos fauchen und schnaufen. Und hin und wieder einmal glitzerte sogar ein besonders grelles Azetylenlicht durch die Bäume, huschte über die Stämme hin, dass sie schnell wieder braun und rot aufflackerten, ehe sie ins Dunkel zurücktauchten. Ja, es schoss dann lange Streifen über den Boden fort in den Wald hinein, so dass die beiden vor ihnen ganz erschrocken die Köpfe noch tiefer niederduckten. Aber sogleich waren sie auch schon weit drüben … die hellen Streifen … und es gab wieder *nur* die Frühlingsnacht, mit ihrem Geruch nach Thymian und Harz, und mit ihrer schönen samtigen Dunkelheit … bis dann eben doch von Neuem lange Strahlenfächer durch den Wald geisterten und schämig forthuschten, um die Verliebten in doppelter Dunkelheit mit ihren Küssen wiederum allein zu lassen. Und auf dem Wasser unten kam auch einmal so ein langer, roter oder grüner Streifen heran, gescheckt und glitzernd, und ein paar Lichtchen, wie erschrockene Leuchtkäfer, kreuzten seine Bahn, und noch lange danach hörte man die Wellen durch das Schiff rauschen und schwer und platschend an das Ufer schlagen. All das aber kam und ging unbestimmt … schattenhaft … Traumbildern gleich, die aufsteigen und versinken, die ganz am Rande in andern Reichen vorüberschweben … kam und ging, erstand und schwand, während die beiden in einem Meer von feuerfarbenen Wellen dahintrieben und nur emportauchten, um immer wieder zu versinken.

Und erst als irgendein rasendes Automobil mit seiner gellen Hupe so ganz wild und unzufrieden durch den Wald rief, da fuhren Emil Kubinke und die rotblonde Pauline auf und fragten sich erstaunt, wie spät es wohl schon sein mochte, und wie lange sie wohl verweilt hätten. Und dann fassten sie sich um und gingen langsam und tappend aus dem Wald dem hellen Schein zu. Und es war recht gut, dass es fast dunkel war, denn sonst hätten sie ihr junges Glück wohl kaum verbergen können. Ihre Gesichter und Kleider nämlich hätten es jedem erzählt.

Da aber stand nun gerade, mit Feueraugen so groß wie Mühlräder, ein ratternder Autoomnibus, der in allen Fugen zitterte und knarrte, weil er bergan wollte und nicht so recht in Lauf kam. Er schnaufte wie ein dicker, asthmatischer Herr, dem der Arzt eine Terrainkur verordnet hat. Und da der Autoomnibus zufällig in die Nähe von Luther, Dante und dem Apoll von Belvedere fuhr, so fragte Emil Kubinke kurz entschlossen, ob noch Platz wäre. Und als der Schaffner ihm zurief: »Nur oben«, da gab Emil Kubinke Pauline einen Schwung, dass sie in den Wagen stolperte, sprang selbst mit der Grazie eines Kontrolleurs nach; und dann kletterten die beiden, während schon wieder das Gefährt nach rechts und links zu werfen begann, lachend und quietschend die steile Treppe hinauf.

Und da saßen sie beide nun ganz allein, oben im Dunkel, unter den Sternen, auf dem Autoomnibus; und der Wind fuhr ihnen um die Ohren; und mal griffen hüben und mal drüben die Baumzweige nach Emil Kubinkes neuem Straßburger Panamahut und nach Paulines Strohglocke mit den Kornblumen. Und sie mussten sich ganz ducken und sich ganz eng aneinanderschmiegen, um den Ästen der Chausseebäume, die nach ihnen schlugen, zu entgehen.

Der finstere Wald aber zog unten in langen weiten Wellen vorbei; und Lichtlein schwebten über dem Wasser; und die hüpfenden Leuchtkäfer der Radfahrer flatterten vorüber; und schwankende Wagenlaternen zitterten dahin, während suchende Feueraugen der Automobile am Boden fortglitten und Kremser rechts und links vorüber schaukelten mit den bunten Lampions. Die Herrenpartien aber sangen den herzhaften Kanon: »Wir *sind* vergnügt, wir *sind* vergnügt und haben's gar *nich* nötig!«, während die Mädchen in weißen Kleidern auf der anderen Chausseeseite elegisch die goldene Abendsonne priesen.

Aber hoch und erhaben über allen, ganz oben auf dem Verdeck des Autoomnibus, saßen eng aneinander geschmiegt Emil Kubinke und Pauline. Und sie küssten sich die ganze Döberitzer Heerstraße herunter, so dass man deutlich ersehen kann, dass diese Heerstraße mit ihrem großen Kostenaufwand nicht nur zu strategischen Zwecken angelegt worden ist. Zwischen den Küssen aber erzählte Pauline, dass sie von Hause fortgegangen wäre, weil sie sich mit

202

ihrer Stiefmutter nicht stellen könnte, und dass sie jetzt im nächsten Januar, wenn sie einundzwanzig Jahre würde, das Erbteil von ihrer Mutter bekäme – über dreitausend Mark, und dass sie noch einmal ebenso viel später von ihrem Onkel erhielte. Und, wenn sie *das* hätte, dann könnten sie ja *heiraten* und dann könnten sie auch, wenn sie wollten, das Geschäft kaufen; und in so einer kleinen Stadt wären ein paar Tausend Mark ja sehr viel Geld. Darüber jedoch, *dass* sie sich heiraten würden, war Pauline nicht eine Minute im Zweifel, trotzdem Emil Kubinke hiervon ja eigentlich noch ganz und gar nichts erwähnt hatte.

Aber da sagte Emil Kubinke, dass er ja nicht wüsste, ob er schon heiraten könnte, weil er ja noch nicht militärfrei sei. Aber wenn er jetzt *wieder* nicht angesetzt würde, dann könnten sie sich ja zum Januar aufbieten lassen. Aber ihr Geld solle sie nur behalten, das wäre besser so, es wäre ja gewiss gut, wenn sie es hätten, aber er hoffe, es ginge auch ohne das, denn fleißig wäre er ja, und da würden sie schon weiterkommen.

Und dann küssten sie sich wieder, die beiden oben in Zug und Wind, in der Frische der Nacht, oben auf dem Autoomnibus und waren froh und guter Dinge, während in langen Reihen in den öden Vorstadtstraßen die Gaslaternen vor ihnen aufblitzten, und die Perlenketten der Bogenlampen sich hinabzogen, weit, weit. Und dahinter tauchte dann das ganze riesige Berlin auf. Schemenhaft mit Türmen und Kuppeln breitete es sich im Dämmer der trüben Nacht vor ihren Blicken aus, tauchte auf unter dem irren Flammenschein, unter der matten Feuerwolke, die – aus hunderttausenden emporsteigender Lichtscheine gewebt – über dem Horizont sich lagerte, und die immer schwächer, weicher und dämmriger sich gegen die Sterne des Zenits verlor. Und das erste Mal schien es Emil Kubinke, dass dieses düstere und feueratmende Riesenwesen da vorn ihm nicht feindlich gesinnt war, sondern ihm zuwinke, weil er nunmehr als Sieger zu ihm käme.

Aber schon ratterte und kullerte der hohe Autoomnibus unter den Leitungsdrähten der Bahnen dahin, dass Emil Kubinke und die rotblonde Pauline sich ängstlich bückten; wild und schnaufend brauste er in die Straßen hinein, die rechts und links sich immer weiter und weiter auseinanderzweigten, die stets mit neuen Häuserreihen sich angliederten, die stets von neuen Straßenbahnwagen belebt waren und von neuen wechselnden Fluten der Heimkehrenden, die von allen Seiten unermüdlich hinzuströmten. Aus den Lokalen aber kam Musik, und auf den Terrassen der Cafés saßen die Menschen – und die Herren behaupteten, dass es doch noch kühl wäre, und ließen sich vom Kellner die Sommermäntel von den Haken geben. Die Damen aber sagten, es wäre doch schon eine wundervolle Frühlingsnacht – denn sie trugen ihre neuen Kostüme.

Ganz klamm, wie Maikäfer nach dem Regen, krabbelten Emil Kubinke und Pauline endlich die Treppe hinunter und gingen fein langsam mit dem Strom dahin, in schönem Schweigen, ganz Gefühl, – indem nämlich Pauline ihren Arm zart um Emil Kubinkes Hüfte gelegt hatte und Emil Kubinke den seinen etwas fester um der schönen, rotblonden Pauline füllige Taille. Und wenn man auch nicht sagen kann, dass es sich so gerade sehr *bequem* geht, so wird doch niemand behaupten, dass es nicht *angenehm* wäre, so zu zweien in einer Frühlingsnacht dahinzuschlendern.

Aber ehe es sich Emil Kubinke und Pauline versahen, war auch schon wieder über dem Torweg die graue, frostige Dame mit dem Merkurstab da, jene, die mit dem jungen Mann, der den Amboss liebkost, verheißungsvolle Blicke wechselt; und die beiden breiten roten Zettel tauchten im Dämmer auf, die bei dem Laden des »gemütlichen Schlesiers« nunmehr an den Scheiben klebten: »Ich eröffne hier Anfang nächsten Monats ein ff. Delikatessengeschäft. Wilhelm Müller«, und die kleinen, weißen Schildchen leuchteten unter den Bäumen hervor mit »Nur für Herrschaften« und »Nebeneingang«.

Doch als sie nun beide durch den Hausgang schlichen, mussten sie an Herrn Piesecke vorüber, der ganz still und brummig in einer Ecke stand und anscheinend schon lange auf sie gewartet hatte, und nun schwer enttäuscht war, dass sie, ohne rechts und links zu sehen, machten, dass sie weiterkamen.

Auf dem Hof aber nahmen Emil Kubinke und Pauline doch Abschied voneinander, so wie das richtigen Liebesleuten ziemt, und ob das auch Luther, Dante und der Apoll von Belvedere aus dem Dunkel ihrer Thujabüsche sahen und die dicke Hedwig, die oben in ihrem Kammerfenster lag, – das war ihnen nun ganz gleichgültig, und sie verkürzten deshalb ihren Abschied nicht um einen Kuss und nicht um eine Sekunde, ja sie konnten scheinbar mit ihrer Rechnung gar nicht zum Resultat kommen, denn sie fingen immer wieder von Neuem an, nachzuaddieren. Doch endlich ging Emil Kubinke *hier* hinauf und Pauline *drüben*.

In der Küche aber beschäftigten sich gerade Herr Max Löwenberg, in rosafarbigem Pyjama, und Frau Betty Löwenberg – in einem weißen Etwas, einem Bastard von Frisiermantel und Nachtjacke – damit, für Goldhänschen eine Flasche anzuwärmen, und sie waren beide erfreut, als Pauline auftauchte; denn Herr Max Löwenberg verstand das Milchflaschenwärmen nur theoretisch, während Frau Betty Löwenberg nicht einmal das in der Pension von Beate Bamberger gelernt hatte.

»Na, Pauline, wie war's denn im Grunewald?«, rief Herr Löwenberg.

»Oh, sehr schön!«, sagte Pauline, und sie senkte die Augen, und ihrer Stimme hörte man es an, dass sie sich der historischen Bedeutung dieses Momentes voll bewusst war. »Sehr schön – ich habe mich soeben mit Herrn Kubinke verlobt!«

Finale

Ja, Emil Kubinke hatte sich ganz richtig und wirklich verlobt. Er hatte sogar einen echten Verlobungsschnupfen sich geholt – denn er war etwas erhitzt gewesen, als er oben auf den Autoomnibus geklettert war.

Oh, was hatte Emil Kubinke für einen Schnupfen! Er hatte das Gefühl, als wenn ihm die Nase langsam zum Gesicht herausgeschraubt würde, und als ob ihm jemand dazu mit langen Nadeln durch den Hinterkopf stäche. Vor seinen wehleidigen Augen schwammen graue Schleier, nur angenehm unterbrochen von den feurigen Punkten, die darin wie Mücken auf und nieder tanzten; und selbst die Zigarren, die ihm Herr Löwenberg gab – der plötzlich für Pauline und alles, was sie anging, nur noch rein *väterliche* Gefühle im Busen hegte – selbst die Zigarren des Herrn Max Löwenberg schmeckten Emil Kubinke wie ein Gemisch von Stroh, alten Lumpen und verbrannten Knochen, trotzdem sie doch direkt über England kamen, und man sie mit Verstand rauchen musste.

Und Pauline bekam kurz danach auch einen echten Verlobungsschnupfen, dass ihr die Augen übergingen. Und als der von Emil Kubinke wieder gut war, da fing er wieder von vorn an; und als der von Pauline endlich gut war, da begann er auch wieder von Neuem. Kurz – es war ein ganz echter Verlobungsschnupfen, der Kinder und Kindeskinder zeugt.

Aber nicht einzig durch den Schnupfen bekundete Emil Kubinke seine Verlobung, nein, er kaufte auch am nächsten Abend mit Pauline beim Uhrmacher zwei Trauringe, sehr schön blank, sehr schön breit, ganz neu und blitzend, ohne einen Riss und ohne eine Schramme, niemand konnte ihnen ansehen, dass sie nur drei Mark kosteten.

Und nun konnte Emil Kubinke keine Bewegung machen, ohne dass ihm der gelbe Ring zublitzte und ihn an sein Glück erinnerte.

Gesagt hatten natürlich Emil Kubinke und die rotblonde Pauline keinem Menschen etwas; denn sie sprachen ja, wie sie meinten, mit niemandem im Haus. Desto erstaunlicher ist es, dass schon am nächsten Morgen das ganze Haus von oben bis unten, vom Keller bis zum Dach aufs Genaueste unterrichtet war, dass sich der junge Mann vom Barbier – nicht der mit der Tolle, sondern der kleine Schwarze – und das rote Dienstmädchen von Löwenbergs gestern im Grunewald »richtig« verlobt hatten. Es musste also solch eine Art Telepathie die Bewohner dieses Hauses miteinander verbinden. Die Ansichten aber über diese Verlobung waren verschieden gefärbt. Etwelche – mit Pieseckes an der Spitze und der runden Hedwig auf dem linken Flügel – missbilligten sie, als unpassend für ein hochherrschaftliches Haus; andere sagten, es wäre hier aber auch Matthäi am letzten gewesen; und wieder andere meinten, es käme bei solchen Leuten doch wirklich ganz und gar auf eins heraus.

Frau Betty Löwenberg aber zog gleich Schlussfolgerungen, dachte schon an Hochzeitsgeschenke und sicherte sich noch aus der Hinterlassenschaft des alten Onkel Herzfeld vier Damasttischtücher, die nur ganz kleine Stockflecken hatten, und zwei gelbe Moderateurlampen, die man ja leicht für Petroleum umändern lassen könnte. Und wenn sie ihre Kindersachen bis dahin nicht noch einmal Aussicht hatte zu brauchen – die Wickeltücher, die Jäckchen, Mützchen und Strümpfchen, so könnte sie ja Pauline auch davon gleich einen Packen mit zur Hochzeit schenken. Denn Verwendung würde Pauline ja schon demnächst dafür haben. Davon war Frau Betty Löwenberg fest überzeugt.

Herr Ziedorn hingegen meinte, dass er sich beizeiten nach Ersatz umsehen müsste, und er nahm noch einen dritten jungen Mann an, der eben ausgelernt hatte, dem er wenig zu zahlen hatte, der gerade aus Stolp in Pommern kam, der Herr Neumann hieß, groß und ungeschlacht wie ein Neufundländer war – ja die Ähnlichkeit ging sogar bis zum Geruch – und der ein Gesicht wie eine aufgeplatzte Pellkartoffel hatte. Bis Emil Kubinke heiratete und sich selbstständig machte, würde wohl Herr Neumann sich soweit vermenschlicht haben, dass man ihm dann die Kunden außer dem Hause überlassen könnte. Und wenn Herr Ziedorn dann wieder einen neuen ebenso billigen Herrn Neumann aus Stolp engagieren würde, so hätte er sein Geschäft bedeutend vergrößert, ohne dass er deshalb mehr an Gehältern zu zahlen brauchte.

Herr Ziedorn selbst konnte sich nämlich seinem Institut wirklich nicht mehr recht widmen, da ihn die Fabrikation des vorzüglichen »Ziedornin« und die immer zahlreicheren Sitzungen des Ausschusses der Fachausstellung leider zwangen, noch mehr und noch ergiebiger denn früher von Hause fern zu bleiben. Immerhin erreichte Herr Ziedorn damit, aus uns unerklärlichen Gründen, dass auch seine Damenkundschaft sich vergrößerte. Und während ehedem sie sich örtlich auf eben jene Nebenstraße beschränkte, wallfahrteten sie jetzt auch von weither zu dem Laden des Herrn Ziedorn; und andere Kundinnen, die schon lange in entlegene Stadtviertel hinübergewechselt waren, bewiesen nach wie vor dem Laden des Herrn Ziedorn eine unverbrüchliche Anhänglichkeit.

Emil Kubinke aber lief Morgen für Morgen straßauf, straßab, blieb in einem Rennen, und nur im Vorüberfliegen naschte er schnell und heimlich, – denn Pauline brachte ihn immer bis an die Tür, – heimlich und schnell noch ein paar Küsse; ähnlich wie ein Taubenschwänzchen, ein Karpfenkopf, solch grauer hastender Schmetterling, der surr über einer Blüte steht, gleichsam in wilder Jagd den Honig saugt, und der dann sofort weiterfliegt, gehetzt, schattenhaft, pfeilschnell, wer weiß wohin. Und den ganzen Tag über kam Emil Kubinke kaum zum Sitzen, denn Ziedorns Geschäft war ja, wie wir schon sagten, eine Goldgrube.

Des Abends jedoch ist Emil Kubinke dafür der erste, der aus dem Laden wutscht, selbst noch früher macht er, dass er fortkommt als Herr Tesch, wenn er zum Witwenverein »Verlorenes Glück« muss. Und ohne das Abendbrot anzurühren, tappt Emil Kubinke dann schon hinten die Korkenziehertreppe hinauf nach Paulines Küche. Aber jetzt liest er nicht mehr Pauline Uhlands Herzog Ernst von Schwaben vor, – trotzdem Emil Kubinke noch mit zwei vollen Akten im Rückstand ist – denn mit der Verlobung pflegen ja gemeiniglich alle Bildungsversuche aufzuhören. Und die hübsche, rotblonde Pauline scheint ebenso wenig Verlangen zu haben, weiter dem fünffüßigen Jambenschicksal des heldenhaften Fürsten zu lauschen, und sie ist sogleich von ihm wieder reumütig – als sei dieser Emil Kubinke mit seinem Schwabenherzog nie in ihr Leben getreten – zum dreiundvierzigsten Heft der »schwarzen Millionengräfin« zurückgekehrt.

Aber da Frau Betty Löwenberg ihre Trauer ob Herrn Herzfelds Dahinscheiden nunmehr als beendet ansah und Herrn Max Löwenberg mit seinem Londoner Zylinder allabendlich vom Café in die Gesellschaft und von der Gesellschaft ins Café hetzte – (denn was hat man denn vom Leben?!) – so konnten ja Emil Kubinke und Pauline sich ungestört der Gegenseitigkeit ihrer Neigung versichern.

Und jetzt duldete Pauline nicht mehr, dass etwa unbefugte Blicke, dass etwa eine Hedwig von ihrem Kammerfenster aus sie belauere, nein, jetzt … da nicht mehr nur allein Uhlands Herzog Ernst von Schwaben gelesen wurde, sondern sie beide ganz richtig verlobt waren mit dem Ring am Finger, jetzt sorgte Pauline schon dafür, dass die Gardinen, Rollos und Vorhänge nichts verrieten von dem, was dahinter in Küche und Kammer vorging. Oder wie jener altitalienische Novellist mit der schönen Offenheit des Südländers hier gesagt hätte: »Messer Emil Kubinke und die rotblonde Signorina Pauline verschafften sich fürder noch öfter dergleichen

glückliche Stunden, die der Himmel nach seiner heiligen Barmherzigkeit jedem bescheren möge, so sich danach sehnet.«

Emil Kubinke und die rotblonde Pauline waren richtig und fest
verlobt – nicht etwa, dass sie nur so miteinander gingen, wie Herr
Tesch mit seiner nicht unbemittelten Landwaise mit Kind. Nein
… keineswegs. Und sie zankten sich deshalb wie alle Verlobten.
Sie missverstanden sich, waren eifersüchtig wie alle Verlobten. Sie
machten sich Szenen, und sie vertrugen sich nur dafür desto inniger. Kurz und gut – sie waren gerade ebenso närrisch und gerade
ebenso verschossen ineinander, wie solche jungen Leute es immer
sind, die doch gar nicht wissen, wie gut es das Schicksal mit ihnen
meint, – denn die Menschen quälen sich ja nie *so* sehr, wie wenn
sie sich wirklich von ganzem Herzen lieb haben.

In vernünftigen Stunden aber, die es ja auch bei Verliebten gibt,
sprachen sie ganz ernst von ihrer Heirat und ihrem zukünftigen
Leben, erwogen die Aussichten, berechneten auf Heller und
Pfennig, was sie ausgeben wollten und könnten, und stritten darüber mit ganz roten Köpfen, auf Leben und Tod, ob sie sich –
vorausgesetzt natürlich, dass er *nicht* zum Militär käme – gleich
zwei Betten anschaffen sollten oder besser erst eine *Chaiselongue*
und *ein* Bett. Emil Kubinke war nämlich aus Gründen der Spar-
samkeit durchaus nur für Chaiselongue und Bett, während Pauline
sich durch nichts in der Welt von der inneren Notwendigkeit
zweier Betten abbringen ließ. Die Trauringe aber machten getreu-
lich jede kleine Schlacht, jedes Zerwürfnis, jede Reibung mit,
kriegten von jeder ihre Beule, ihren geheimen Riss, ihre glanzlose
Stelle und ließen nur zu bald das gelbe Messing durchschimmern;
und sie stachen auch keineswegs mehr so schön in die Augen wie
in der ersten Woche, und Emil Kubinke strich den seinen jetzt
schon ganz heimlich über den Rockärmel, wenn er sich einmal
an seinem Glanz erfreuen wollte. Und es kam vor, dass er den
Ring den ganzen Tag über bei der Arbeit nicht mehr sah.

Mählich rückte aber so das Jahr weiter – man merkte es ganz deutlich, denn es gab Staub und heiße Tage, und die Sonne kochte mittags den Asphalt flaumweich; und die Straßenbahn ließ gerade vor Ziedorns Institut die rechten Gleise auf die linke Seite verlegen, und nachdem sie damit fertig war, die linken Gleise wieder auf die rechte Seite. Kein Mensch wusste weshalb. Und dazu kam sie mit geheimnisvollen Maschinen angerückt, die einen milchigen Saft spuckten, und die den ganzen Tag über brummten wie die Hummel in einer leeren Gießkanne. Und nicht genug damit, machten sie in großen, rauchenden Feuerkieken Hockeyschläger heiß und glätteten mit ihnen das kaffeebraune Asphaltpulver, dass von dem beißenden Qualm selbst die Jungfrau mit dem Merkurstab husten musste. Und dann kam die Kanalisation und riss den Bürgersteig auf, machte lange, tiefe Furchen und häufte den Sand zu für die Jugend höchst beachtenswerten Bergen; während sie noch auf der anderen Seite der Straße ein Kabel mit »Eins, zwei, drei hupp – eins, zwei, drei hupp!« – von einer riesigen Spule abhaspelten und in den Boden versenkten.

Also – man merkte ganz deutlich, es wurde Sommer in Berlin. Man hätte gar nicht auf die bestaubten Bäume zu sehen brauchen und auf die vielen Droschken mit Bettsäcken, umgestülpten Kinderwagen, Schließkörben, Hutschachteln, Reisetaschen, Plaidrollen und Koffern. Ja, die *feinen* Leute kamen sogar schon wieder nach Hause.

Und Frau Betty Löwenberg lag ihrem Mann täglich in den Ohren, es wäre für Goldhänschen höchste Zeit, dass er aus Berlin herauskäme. Und sie erzählte immer von Neuem – so etwas riss dann bei ihr gar nicht ab –, dass der Kleine von Nora Mannheimer wie eine Posaune aus Heringsdorf zurückgekommen sei ... gar nicht wieder zu erkennen! Dass aber der kleine von Grete Salinger wie eine Posaune hingegangen und wie eine Spinne zurückgekehrt war, das unterschlug Frau Betty Löwenberg ihrem Mann. Und außerdem wären alle ihre Bekannten da; Rosenauers sogar schon seit drei Wochen.

Acht Tage lief so Frau Betty Löwenberg von einem Warenhaus ins andere, um ihre Toilette – denn sie hatte, wie sie sagte, nicht ein Stück mehr zum Anziehen – etwas zu vervollständigen, und um für Goldhänschen eine Schachtel mit Sandformen zu kaufen. Und erst im allerletzten Augenblick, nachdem Frau Löwenberg zwölfmal telefoniert hatte, kam der allerletzte lachsfarbene Strandmantel, und Frau Löwenberg konnte ihn gar nicht mehr in den Koffer legen, weil sie froh war, dass sie den überhaupt noch zubekommen hatte, sondern sie musste den lachsfarbenen Strandmantel im Karton mit in die Gepäckdroschke nehmen.

Und wieder trug Emil Kubinke mit Pauline ihren Schließkorb, – nur damals vor einem Vierteljahr hatten sie ihn zusammen *hinauf* getragen. Den Bettsack aber schleppte Emil Kubinke allein. Unten vor dem Haus jedoch bildeten die Vorübergehenden schnell Spalier; auch Pieseckes und fünf andere Portierleute von nebenan und gegenüber hatten sich eingefunden, um den Exodos der Familie Löwenberg beizuwohnen und den Droschkenkutscher zu bewundern, der in fachmännischer Vollendung auf dem Dach seines Vehikels die zahlreichen Gepäckstücke verstaute, und den Bettsack mit einem mächtigen Schwung noch heraufwarf, dass er da ganz oben wie ein entgleister Luftballon liegen blieb. Die Plaidrolle, den Sportwagen, den Soxhletapparat jedoch, die drei Kleinigkeiten, nahm er noch so außer Paulines Korb neben sich auf den Kutscherbock.

Dann kam Pauline mit Goldhänschen herunter – er sah in seinem roten Jäckchen mit den blanken Knöpfen genau wie ein Leierkastenaffe aus – und stieg ein. Frau Löwenberg kam mit ihrem Karton und Herr Löwenberg, der sie nur zum Bahnhof brachte, folgte mit schrägem Kopf, um seinen Zylinder nicht zu beschädigen.

Pauline, die noch von dem intimen Abschied von vorhin ganz rote Augen hatte, weinte, schämte sich vor ihrer Herrschaft, und weinte und schluchzte doch. Und als nun der Kutscher die Leine nahm und abfuhr, da winkte Pauline noch lange mit dem Taschentuch heraus nach Emil Kubinke, der grüßend an der Bordschwelle stand, fuhr sich über die Augen und Goldhänschen über die Nase und winkte wieder mit dem flatternden Tuch.

»Adieu – ich – schreibe – dir – auch – jleich –« – Ja, die rotblonde Pauline!

Emil Kubinke sah und sah, bis der Wagen um die Ecke bog, aber dann ging er langsam in den Laden zurück, und er kam sich schwer verwaist und sehr bedauernswert vor, denn ihm blieb nichts als sein Schmerz, seine Sehnsucht und das Vergessen in der Arbeit. Solange Emil Kubinke vorn bei den Kunden war, beherrschte er sich ja, – aber wenn er hinten in den Verschlag ging, um die Messer abzuziehen, dann schluchzte er doch jedes Mal herzhaft auf; denn der brave Emil Kubinke war eben in der Schule nur bis Oberquarta gekommen … gerade bis Oberquarta.

Aber schon am nächsten Mittag kam Herr Schultze mit seinen leichtgekrümmten Beinen in den Laden und brachte für Emil Kubinke eine Karte von Pauline aus Heringsdorf: »Liber Emil! Hier ist es schön. Wir wohnen auch ser fein. Gestern wahr Kuhrkapele. Seit Deiner Abreise schleichen die Stunden so langsam dahin, als trügen sie eiserne Fesseln, und oft überschleicht mich Trauer und Schwermut. Ach Du bist so weit entfernt von mir! Vergiss meiner nur nicht! Und sollte Deine Abwesenheit auch Jahre währen, treu in feuriger Liebe wirst Du mich wiederfinden. Pauline.

Die Frau grisst auch.«

Emil Kubinke war beglückt und las die Karte ganz heimlich immer wieder, sowie in der Arbeit eine Pause eintrat. Und wenn er nicht verlobt gewesen wäre, so wäre ihm vielleicht aufgefallen, dass Anfang und Nachschrift in Rechtschreibung und Inhalt sich merkwürdig von dem Mittelteil der Karte unterschieden, der keinerlei Schreibfehler aufwies in seiner gehobenen und schon mehr leidenschaftlich-schwungvollen Ausdrucksweise. Und noch mehr hätte es ihn befremden müssen, dass Pauline von »seiner« Abreise redete, da es doch ganz offensichtlich war, dass *Pauline* abgereist war, sogar nach Heringsdorf, während er doch nachweislich an Ort und Stelle geblieben war. Gewiss, das hätte ja Emil Kubinke auffallen können. Aber, wie schon bemerkt, Emil Kubinke war eben verlobt und verliebt, und das ist ziemlich gleichbedeutend mit verminderter Zurechnungsfähigkeit.

»Zeijen Se doch mal her, Kollege, was Ihre Liebste da jeschrieben hat«, rief Herr Tesch.

Und wenn Emil Kubinke auch sonst sehr scheu und verletzlich in seinen Gefühlen war, so reichte er doch *diese* Karte seinem Kollegen, Herrn Tesch, nicht ungern hin, denn warum sollte die Welt nicht wissen, wie hingebend er geliebt wurde.

»Ach Jott – det kenn ick!«, sagte Herr Tesch lachend. »Jenau desselbe haben sie mir ooch schon jeschrieben. Des ist aus 'n vollständijen Liebesbriefsteller. Det kann ick Ihnen jedruckt, schwarz auf weiß kann ick Ihnen det zeijen. Aber da hat sie sich noch versehen, da hat sie den falschen Brief jenommen, den *nach* der Abreise des *Jeliebten*. Ick sage Ihnen, det is jar nicht so einfach, da immer das Richtije rauszufinden.«

Emil Kubinke war sehr niedergeschlagen.

»Meinen Sie wirklich?«, stotterte er.

»Aber was soll denn das Mädchen sonst tun?«, sagte Herr Tesch belehrend. »Nich wahr, vormachen will se Ihnen doch was. Jebildt soll's für Sie auch sein, jelernt hat se nischt, – da schreibt se's eben ab!«

»Ick kann es aber doch nicht glauben«, sagte Emil Kubinke bestimmt und entschlossen.

»Denn jlauben Se's eben nich«, meinte Herr Tesch und band einem kleinen Knaben den Frisiermantel so fest um den Hals, dass er den Jungen beinahe erwürgte.

Als aber die nächste Karte die gleichen Anomalien zwischen Kopf, Schwanz und Mittelstück zeigte und sogar darin stand: »Aber ich schwieg so lange, weil mir die Ruhe Ihrer Seele heilig war« – *Ihrer* Seele!! – da schien es Emil Kubinke doch nunmehr *ziemlich* wahrscheinlich, dass seine Pauline den *vollständigen Liebesbriefsteller* zum Dolmetscher ihrer Gefühle gemacht hatte.

Was aber Pauline nicht schrieb, war, dass sie jeden Abend, wenn Goldhänschen eingeschlafen war und Frau Betty Löwenberg noch mit Rosenauers zu Lindemanns gegangen war, jeden Abend gut eine Stunde lang mit dem Kutscher von drüben vor der Tür stand und natürlich in allen Ehren mit dem jungen Mann mit den gelben Stulpenstiefeln plauderte, schäkerte, lachte, sich puffte und knuffte, sich hetzte und herumbalgte – und dabei als drittes Wort »mein Bräutigam in Berlin« im Munde führte.

Und Pauline hätte den sehen mögen, der dabei etwas gefunden hätte. Und auch wir wollen hier nicht päpstlicher als der Papst sein und irgendwie der schönen rotblonden Pauline etwa einen Vorwurf machen. Sie handelte darin eben nicht anders, als es alle Mädchen tun, nämlich gerade so wie die Skatspieler: Wenn sie auch ein bombensicheres Blatt haben, so halten sie doch für alle Fälle solch einen kleinen Cœur- oder Carobuben bis zuletzt in der Hinterhand … denn man kann nie wissen, wie das Spiel sich noch dreht.

Ja, – Löwenbergs also hatten mit Reisen den Anfang gemacht, und einer nach dem andern von den hochherrschaftlichen Mietern flog ihnen nach, und bald waren fast im ganzen Haus die Jalousien herunter. Markowskis kamen beinahe zuletzt, die fuhren nach Sassnitz. Und die runde Hedwig schleppte mit Herrn Piesecke zusammen, schwitzend und japsend, Koffer und Körbe. Herr

Markowski aber kam noch einmal in den Laden, um schnell ein paar letzte Aufträge für Rennwetten zu geben, während Hedwig schon lief, um eine Droschke zu holen. Und als sie mit ihr ankam und ausstieg, da sprang sofort Manne, der auf dem Damm schon mit schiefem Kopf gewartet hatte, mit einem Satz in den Wagen, setzte sich ganz breit mit seinen krummen Dackelbeinen mitten in den Vordersitz und sah frech aus der Droschke heraus zu Emil Kubinke herüber. »Wir verreisen!«, sagte Männe mit den Augen, und in seinem Blick lag eine abgrundtiefe Verachtung für alles, was nicht mit zur Familie gehörte, – besonders aber für diesen jungen Mann, der da immer des Morgens rasieren kam.

Frau Markowski kam auch, eine dicke, gute Frau, in einem lehmfarbigen Kostüm, das ganz prall saß und all das einschnürte, was sich eben einschnüren ließ. Aber, da sich eben nicht alles einschnüren ließ, so sah Frau Markowski aus, als ob sie solch einen richtigen, ausgewachsenen Fußball verschluckt hätte. Und der Kutscher lud auf; Frau Markowski stieg in den Wagen; Herr Markowski stieg in den Wagen und sagte: »Na, Kutscherken, iberlegen Sie's sich, – wird das Pferd des ooch alles ziehen können?!«

Und Hedwig wischte sich mit dem Arm den Schweiß von der Stirn, und dann kletterte sie hinein, ohne Emil Kubinke zu beachten, und nahm Männe auf den Schoß.

Als jedoch der Wagen schon ganz weit fort war, da sah Männe immer noch zum offenen Fenster hinaus, und sein Blick sagte deutlich, mit jener abgrundtiefen Verachtung für alles, was nicht zur Familie gehörte: »Wir verreisen.«

Aber, als Emil Kubinke in den Laden zurücktrat, da war ihm doch seltsam schwül zumute, und der plötzliche Schrecken war ihm bis in die Kniekehlen gefahren, der plötzliche Schrecken, der ihn durchzuckte, als er sah, dass die dicke, runde Hedwig – Emil Kubinke erblickte sie gerade von der Seite, als sie einstieg – doch vielleicht für ein junges Mädchen etwas allzu füllig und an der falschen Stelle allzu rundlich erschien. Donnerwetter! Das war Emil Kubinke so plötzlich durch und durch gegangen, gerade so, als ob der Zahnarzt beim Plombieren auf einen bloßliegenden Nerv bohrt. Der Schweiß kam ihm in kleinen Tropfen oben auf der Stirn.

Ach, sagte er sich, mit dem Ton, mit dem man so etwas Unliebsames wegwischt, ganz weg – ach Unsinn!

Aber Herr Tesch schien Emil Kubinkes Verwirrung bemerkt zu haben.

»Menschenskind«, rief er mit jener biederen Gradheit, die ihn zierte, »Menschenskind, hören Se mal, hören Se mal, ich jloobe, ich jloobe, bei Ihre Stiefliebste piept es.«

Und Emil Kubinke antwortete das, was man immer antwortet, wenn man eigentlich der gleichen Meinung wie der andere ist:

»Sie sind wohl verrückt!« –

Jener Tag aber, von dem Emil Kubinke wähnte, dass er über sein ganzes Schicksal entscheiden müsse, kam immer näher. Emil Kubinke glitt ihm entgegen, wider Willen, wie ein Hammel, der auf schräger Ebene herabtrotten muss; hinten sieht er schon den Schlächter stehen, aber er kann nicht mehr rechts und links, nicht rückwärts mehr, er muss vorwärts, denn die anderen drängen nach, und immer näher kommt er dem mörderischen Beil.

Nicht etwa, dass es keine Zeiten gegeben hätte, da Emil Kubinke es gern sah, wenn er zum Militär genommen worden wäre, – was hatte er denn aufzugeben gehabt? Ja, Emil Kubinke hatte sich sogar lange Zeit mit der Absicht getragen, als Freiwilliger einzutreten und Lazarettgehilfe zu werden. Aber jetzt sagte er sich, dass an dieser einen Stunde, an diesem einen Vormittag sich sein ganzes Leben, sein Glück, einfach alles entschiede. Gott ja, zweimal hatten sie ihn schon so mit durchwutschen lassen, aber dieses Mal, das letzte Mal, da würden sie ihn schon beim Kanthaken kriegen, da würden sie ihn nicht loslassen … Solch Pechhengst wie er wäre. Wenn sie ihn jetzt nähmen, könnte er sich ebenso gut aufhängen; denn dann wäre ja doch alles vorbei. Zwei, drei Jahre vielleicht, so ganz und gar heraus; und Pauline, seine treue, rotblonde Pauline, die ihm fast täglich aus Heringsdorf schrieb – die würde sich hüten, noch drei Jahre zu warten.

Und Emil Kubinke redete sich schon vorher in wilden Zorn hinein: Mit welchem Recht der Staat eigentlich nur über Menschen verfügen dürfe, über ihn bestimme, ob er wolle oder nicht. Er, der Staat, dem es ja sonst ganz gleichgültig wäre, wenn er, Emil Kubinke, morgen verhungere, und der ihm noch nie einen Groschen habe zukommen lassen. Emil Kubinke verstand nicht, wie man es wagen könne, ihn auf Jahre aus allem herauszureißen, aus ihm eine Nummer, eine Zahl zu machen. Wenn er Freude am Soldatenspielen hätte, gewiss, gewiss – aber, ob darüber nun sein ganzes Leben entzweiginge, danach frage niemand. Die ganze Unverantwortlichkeit und die ganze Unerbittlichkeit des Staates, dieser wesenlosen Macht, die wie eine Wolke über ihm hing, wie eine drohende Gewitterwolke, die jeden Augenblick ihren zerstörenden Blitz schleudern konnte, und die nicht einmal sah, wo sie hintraf, sie kamen Emil Kubinke nun zum Bewusstsein.

Er war ja bisher kaum je mit dieser Macht zusammengestoßen, hatte noch nie die schwere Hand gefühlt, die so mitleidlos und blind zufasst, und nun schwebte sie plötzlich über seinem Leben, und schon wähnte er, dass die Finger ausgestreckt wären, um ihn zu packen und zu vernichten.

Stunden auf Stunden lag Emil Kubinke jetzt jeden Abend in Ängsten und Sorgen in seinem Bett, sah den schwarzen Nachthimmel, sah Sterne, sah von den Lokalen am See Raketen und Feuerschlangen und bunte Kugelgarben in langen, hohen Kurven über die Dächer steigen und in schönen farbigen Schlangenlinien herabrieseln. Und er zermarterte sich dabei in tausend schwarzen

Gedanken, bis er doch endlich – angeregt durch Herrn Teschs musikalische Begabung (er schnarchte Triller) – einschlief, böse Dinge träumte und am andern Morgen wie aus dem Wasser gezogen erwachte.

Aber die Zeit nahm keine Rücksicht und marschierte mit beleidigender Gleichmäßigkeit weiter, von vierundzwanzig Stunden zu vierundzwanzig Stunden. Und der Herr Staat, die hochlöbliche Militärbehörde, die Kreisersatzkommission kümmerte sich noch viel weniger um Emil Kubinkes Bedenklichkeiten, ja, sie bereitete sogar mit jener außerordentlichen Exaktheit und jener echt preußischen Ordnungsliebe, die sie von allen ähnlichen Instituten der übrigen Kulturstaaten angenehm unterscheidet, jedwedes auf das Allergenaueste und Peinlichste vor, um Emil Kubinke zu empfangen. Für seine Sentiments und für Emil Kubinkes Sorge ob der ausdauernden Treue der rotblonden Pauline – denn, wenn *sie* auch Emil Kubinke täglich schrieb: »Selbst nach jahrelanger Abwesenheit wirst Du (werden Sie) treu in feuriger Liebe wiederfinden Deine (Ihre) Pauline« … so wäre es doch von diesem höchst unvorsichtig gewesen, es auf eine Probe ankommen zu lassen – für all das aber hatte man an anderer Stelle nun ganz und gar kein Verständnis. – Das Organ dafür fehlte der hochlöblichen Kreisersatzkommission vollkommen.

Ehe aber Emil Kubinke sich versah, da war auch schon der Tag herangekommen, und er tappte los nach dem Tempelhofer Feld. Noch beim Abschied hatte Herr Tesch ihm den guten Rat gegeben, er solle sich – was ihm ja nicht schwer fiele – so dumm stellen, wie ihm möglich wäre; und wenn er *trotzdem* genommen würde, dann solle er nachher sehen, dass er in die Küche käme, da lebe er einen Tag wie die Made im Speck.

Und es regnete natürlich, so ganz fein von einem zartgrauen Himmel herab, wie es das sonst nur im Herbst tut, und Emil Kubinke ging fröstelnd und langsam; aber wenn er noch so langsam dahintrottete, das nützte ihm gar nichts, jeder neue Schritt brachte ihn nur mehr seinem Ziele zu. Je näher aber Emil Kubinke dem Kasernenviertel kam, desto mehr Leute überholten ihn, die in beschleunigtem Schrittmaß dem gleichen Ort zustrebten. Und ehe Emil Kubinke sich versah, stieß er auch schon auf die ersten Vorposten des Militarismus. Da kam ein hochbeladener Heuwagen, auf dem Mannschaften hockten, und ein Einjähriger ging eilends zur Kaserne, blass und hager, mit einer Brille, einem zu langen Hals und einem schiefen Koppelschloss. Einen Augenblick blieb Emil Kubinke dann vor dem Schaukasten eines Fotografen stehen, und er hatte schon ein ganz militärisches Gepräge. Da gab es Reservistenbilder mit roten Backen und roten Aufschlägen, Fotografien von Leutnants und Hauptleuten gab es in zwangloser Wichtigkeit, und dann sah man die Unteroffiziere der achten Kompanie, die eine Biertonne mit § 11 umlagerten. Alle Chargen aber trugen große weiße Handschuhe – mächtig wie Seehundsflossen. Und die Damen in schwarzen Kleidern mit ihren runden, stumpfsinnigen Augen konnten nur Feldwebelsgattinnen sein, man suchte beinahe, wo sie die Kokarde trugen.

Als Emil Kubinke sich jedoch umwandte, da erblickte er auch schon drüben, links auf dem Feld, Mannschaften, die in kleinen Trupps übten; und *eine* Reihe stand auf einem Bein und schlenkerte mit dem anderen Bein hin und her, dass sie gingen wie die Lämmerschwänzchen; und *eine andere* Reihe wieder nickte und wackelte mit dem Kopf, wie eine Versammlung von chinesischen Pagoden, während eine *dritte* Reihe immer auf der Stelle hüpfte und vergebens versuchte, die Anziehungskraft der Erde zu überwinden. Noch andere aber streckten nach Zählen, hockend wie die Frösche, immer »eins, zwei«, »eins, zwei«, alte Knüppel von Gewehren vorwärts; und ein Offizier, hoch zu Pferd, umkreiste alle diese langen, bunten Striche wie ein Schäferhund seine Schafherde. Und ein Feldwebel mit gewaltigem Schnurrbart ging mit wippenden Schritten zwischen den Reihen auf dem niedergetretenen Grasboden hin und her mit einem Gesicht, als ob er mindestens *drei* von seinen Leuten zum Mittag verspeisen wollte und eben *zwei schon* zum Frühstück gegessen hätte. Zwischen den Knöpfen seines Waffenrocks jedoch blickte ein sehr bedrohliches, schwarzes Notizbuch hervor.

Ach, Emil Kubinke wurde doch recht unheimlich zumute, als er das sah; und dazu immer noch die Trommler, die ihre Wirbel übten, und die Hornisten, die bei jedem Ton kieksten und quieksten wie ein Schwein unter dem Messer. Ach Gott, Emil Kubinke fiel das Herz in die Hosen, und am liebsten wäre er gar nicht weitergegangen.

Aber da war er auch schon auf der schwarzen Brücke mit ihren vielen Spalten, durch die der Rauch der Züge, die unter ihr hinfuhren, in vielen kleinen Wölkchen drang. Und das weite Feld lag mit den runden Kronen der paar Pappeln da, und drüben vom Kreuzberg her kamen auf einem schmalen Wegstreifen die Leute herüber, eine lange, gleitende Kette, und auf dem Feld selbst stand die Reihe der schreitenden – einzeln und zu zweien und dreien – in seltsam großen, scharfen, dunklen Silhouetten gegen die silbergraue, durchsichtige Luft.

Einen Augenblick sah Emil Kubinke noch zurück über den weiten, weiten Plan der Schienen. Da unten in der Tiefe zogen sie sich mit breiten Furchen bis in das riesige, graue, verdämmernde Häusermeer hinein, aus dessen gekräuselten Wellen die zahllosen Kirchtürme wie Mastbäume hervorragten, und in dem ganz drüben, wie eine goldene Boje, die schwere, goldene Kuppel des Reichstags schwamm. Oh, diese Summe von wunderbaren Dingen und Formen da unten, von komplizierten Bauten! Diese langen Herden von Güterwagen! Diese Lokomotivställe, die alle ihre Schienen auf einen Punkt schickten, und aus denen die müden Renner mit glänzenden Augen glotzten! Oh, die langen Wellblechschuppen, wie graue Schlangen; diese Bahnhofshallen, die da fern, platt und breit lagen, gleich Riesenschildkröten; und gar diese breiten Eingänge in das Häusermeer, das die Züge ordentlich in sich einzutrinken schien! Seltsame Türme, mit einem Rätselwort bezeichnet, blockierten diese Rachen; seltsames Geäst von Signalstangen streckte vor ihnen seine langen, schwarzen Arme gen Himmel. Züge kamen und gingen; unablässig verband und trennte sich das vom Körper der Großstadt, und Emil Kubinke sah neidisch, wie sich jetzt so ein Zug herausschob, solch schöner D-Zug mit langen Wagengliedern, eine einzige Kette, ein Tausendfuß mit einem Krebskopf. Elegante Menschen von stoischer Reiseruhe strichen noch an den Fenstern im Gang vorüber, und langsam schob der Zug sich vor, ganz langsam, als hätte er viel Zeit übrig. Aber sowie er aus dem Wagenmeer sich herausgewunden hatte, da schien auch schon die Lokomotive den Kopf in den Nacken zu legen, wieherte gell und freudig auf wie ein Renner, dem man die Zügel locker gelassen hat – und stürmte dann vor … didumdada, didumdada, didumdada, immer schneller, immer weiter, bis nur noch hinten ein Rauchfähnchen wehte. Emil Kubinke aber stand da oben, und er hatte Tränen in den Augen – warum konnte *er* denn da nicht drinsitzen.

Und dann eilte unten über den Schienenweg so eine kleine, einsame Lokomotive, – merkwürdig, wie sicher sie ihren Weg durch all die Verästelungen nahm, wie sie sich durchwand, rechts, links, vor und zurück, und dazu kleine Wölkchen warf. Aber auch sie dachte nicht daran, Emil Kubinke mitzunehmen.

Vor dem Eingang an der Mauer der Kaserne jedoch, da ballte sich nun die harrende Menge zu dichten Knäueln; Schutzmannshelme tauchten daraus hervor, Hausdiener von den Warenhäusern, Postschweden, Taxameterkutscher und Bierfahrer. Und gerade als Emil Kubinke kam, öffnete sich die eiserne Pforte, und die Menge strömte ein, in den Hof, wie Wasser in ein riesiges Becken. Und an den verschiedenen Ecken des Hofes standen Soldaten mit Tafeln, von denen Buchstaben und Zahlen leuchteten, und jeder suchte sich sein Fleckchen, der ängstlich im Laufschritt und jener langsam mit absichtlicher Pomadigkeit. Ganz bunt waren die Reihen zusammengewürfelt; der war dick und der war lang; der war in der Joppe und der hatte hochgekrempelte Hosenbeine; der trug einen meterhohen Stehumlegekragen über der bunten Plüschweste, und der hatte nur ein Knüpftuch über dem halboffenen Hemd; der hatte eine Schirmmütze und jener einen Schlapphut. Emil Kubinke aber war stolz auf seinen Straßburger Panama. Und wenn »linksum« kommandiert wurde, machte die Hälfte rechtsum, und wenn »kehrt« kommandiert wurde, machte die Hälfte linksum. Ein Gefreiter aber übte vor Langeweile drüben hinter der Front für sich langsamen Schritt, – so wie unsereiner für sich ein Liedchen trällert.

Allmählich aber setzte der Regen stärker ein, und die Feuchtigkeit kroch so schön an den Stiefeln hoch; und während Emil Kubinke noch so stand, kaum um sich zu sehen wagte und bibbernd der Dinge harrte, die da kommen sollten, da rief mit einer Donnerstimme, als verkünde er ein neues Evangelium, der Offizier mit dem dicken Bauch und den schweren silbernen Raupen auf der Schulter: »Feldwebel – führen Sie die Leute in die Exerzierhalle«, und gleich darauf sprang der Feldwebel zurück, stellte sich mit einem Ruck auf beide Füße und riss den Mund auf wie ein Scheunentor; wie ein Frosch, der nach der Fliege schnappt, sah er aus: »Still stand!« Eigentlich sagte er auch das noch nicht, sondern irgendein Laut flog durch die Luft, wie das Schrillen einer Dampfpfeife; aber die Leute verstanden es doch und fühlten die Wichtigkeit dieses Augenblicks durch alle Glieder zucken. »Ohne Tritt marsch!«

Und dann setzte sich die ganze Gesellschaft schwerfällig in Bewegung, trat sich gegenseitig auf die Hacken und stolperte in die

Halle hinein. Die aber war ganz erfüllt von einer grauen, seltsamen Regenschwüle, einem unheilvollen, trübfeuchten Grau, in dem gleichsam die Erwartung dieser ganzen hineintrottenden Menschenschar sichtbarlich widerzitterte.

Hier drin aber war alles schon für den Empfang vorbereitet, und während der Feldwebel die Namen aufrief, laut, kurz, abgehackt, wie Flintenschüsse: Falk, Falke, Falkenberg, Fangauf, Fanselow, Fantin, Feilchenfeld, Felsch, Feising, – da guckten sie schon alle ganz ängstlich hinüber nach den Schrifttafeln für die Augenmessung; blickten nach der galgenartigen Maschine, an der man die Länge jedweden Menschenkindes ein für alle Mal mit unfehlbarer Sicherheit feststellen konnte, indem man ihm in ingeniöser und heimtückischer Weise ein Brett auf den Kopf fallen ließ; nach den Schreibern lugten sie, die da alles in große Listen hineinschrieben und ihr Schicksal in Händen hielten; und nach den Offizieren und Ärzten spähten sie, die ganz ruhig miteinander plauderten, als ob von ihnen nicht das Wohl und Wehe von Hunderten abhinge. Der Feldwebel aber, – im Gefühl, dass er zukünftige Vaterlandsverteidiger vor sich habe, – fuhr schon irgendeinen halbbetrunkenen Schlächtergesellen, mit breitem Totenkopfring um die Krawatte, an, warum das Schwein nicht die Hände an die Hosennaht lege, wenn er mit ihm spräche. Und als Emil Kubinke genau hinsah, da war das doch derselbe Mensch, mit dem er – Emil Kubinke – damals auf dem Tanzboden, wohl gut vor einem Vierteljahr, den hässlichen Streit gehabt hatte, der Kerl war es doch, der damals nachher mit dem uckermärkschen Ackergaul losgezogen war. Und Emil Kubinke empfand eine gewisse Genugtuung, dass es jenem jetzt auch nicht besser ging als ihm.

Wir aber, die wir weit mehr eingeweiht sind als Emil Kubinke, wir wissen genau, dass die Beziehungen von Gustav Schmelow zu unserem Freunde intimere und feinere waren, und dass beider

Schicksal viel inniger miteinander verknüpft war, als der arme Kubinke ahnen konnte.

Und sieh da, nun standen schon vorn bei den Bänken zehn splitternackte Menschen als einzig helle Flecke in all dem Grau, etliche waren ganz weiß und zart, und andere wie mit langen, siebzehnköpfigen roten Lederhandschuhen auf den Armen und einem knallroten Halstuch. Und ein ganz kleiner Buckliger war auch dabei, der sah wie ein Kartoffelkloß aus; und ein Artist prunkte damit, dass er ein mächtiges Segelschiff in zweifarbiger Tätowierung auf der Brust trug.

»Wie in Freibad Wannsee«, sagte jemand ganz tief.

»Nur keene Mächens bei!«, meinte ein andrer. Und schon begannen andere bei den Bänken sich auszuziehen; die taten es schnell, die langsam und ungern, als ob sie sich schämten.

Einer nach dem anderen aber trat vor und stand so blank und bloß und allein unter der Maschine und bemühte sich, recht groß auszusehen. Der Arzt behorchte und klopfte, fragte, ließ das rechte und linke Bein heben, maß den Brustumfang und untersuchte die Sehkraft, und der Offizier, der dabei saß, meinte, wenn einer einen zu kurzen Fuß hatte, ob der Mann nicht etwa doch diensttauglich wäre, er mache ja sonst einen ganz kräftigen Eindruck.

Und ganz langsam, stundenlangsam ging das, und einer nach dem anderen trat zurück, der ernst und besorgt, aber sich zum Lächeln zwingend, und der mit heller Freude in den Zügen. Und richtig, jetzt kam der Schlächtergeselle heran; zwei blaue gekreuzte Beile hatte er in den rechten Arm tätowiert. Ganz deutlich konnte Emil Kubinke sehen, wie sich die Züge des Offiziers aufhellten, als er die Blicke über die Gestalt dieses robusten Menschen wandern ließ, an dem kein Gramm Fett war, sondern nur eitel Muskel und Sehnen, von Kopf bis Fuß, vom Fuß bis zum Scheitel. Solche Leute hatte der Offizier gern.

»Sie, hätten Sie etwa Lust zur Marine?«, sagte der Offizier, und seine Stimme klang sehr freundlich.

»Zu Befehl, Herr General!«, brüllte Gustav Schmelow, nahm dabei den Kopf ins Genick und klatschte, jetzt schon ganz militärisch, mit den Handflächen gegen die bloßen Oberschenkel.

»Wegtreten«, sagte der Unteroffizier.

Und einem neuen Gustav Schmelow klappte schon das Brett auf den Kopf.

»Verflucht, den haben sie gefasst!«, sagte sich Emil Kubinke.

»Sie da!«, rief ein Unteroffizier. »Sie, Mann, Sie glauben wohl, Sie brauchen sich hier nicht auszuziehen!«

Ach, das galt *ihm*, und ganz langsam zog sich Emil Kubinke einen Stiefel nach dem andern, einen Strumpf nach dem andern aus, und dann *saß* er, das Hemd zwischen den Knien auf der Bank und fröstelte; und er dachte, wie gut es doch die rotblonde Pauline hätte, – *die* brauchte *nicht* zum Militär.

Aber ehe Emil Kubinke sich noch versah, da war er auch schon von der Waage herunter, da stand er schon am Marterpfahl und das Brett klappte ihm auf den Kopf, dass er in den Knien nachgab, und er fühlte, wie alle Augen auf ihn gerichtet waren.

Aber ihn lächelte der Offizier nicht an, nein, der war ganz brummig und gleichgültig, er *gähnte* sogar verstohlen, und der Arzt sagte: »Tiefer, atmen Sie tiefer«, und dann »Sind die Augen besser geworden?« und »Ach so, Sie sind ja Barbier!« Und als Emil Kubinke noch irgendetwas stotterte, rief der Stabsarzt dem Schreiber ein paar Worte zu, aus denen Emil Kubinke, der nur wie durch Nebel alles sah und hörte, so irgendetwas wie »du« verstand, und dann hieß es »wegtreten«, und ein anderer nahm seinen Platz ein.

Emil Kubinke war fertig, war erledigt, über sein Leben war entschieden – sicher, sicher hatte man ihn genommen. Wie Steine bei einem Bergrutsch, so polterte plötzlich die Erkenntnis über

226

ihn weg, er war ganz verdattert vor Schreck, und er schluckte und schluchzte ganz heimlich, als er mit bebender Stimme den Unteroffizier, der da bei den Kleidern stand, fragte:

»Entschuldigen Sie, Herr Unteroffizier, bin ich genommen worden?«

»Mensch«, sagte der Unteroffizier und sah auf den kleinen Emil Kubinke von seinem vollen Gardemaß herab, »Mensch?! Jenommen!? Wo denken Sie denn hin?! Wir werden uns doch hier nich mit Sie die janze Front runjenieren!«

Also *frei* war er, *frei*gekommen. Emil Kubinke stieg mit dem rechten Fuß in das linke Hosenbein, und das Hemd zog er zweimal verkehrt an und die Strümpfe wand er sich beinahe um den Hals. Also *nicht*, … *nicht*, … na, das musste er sofort Pauline schreiben. Wie nett das eigentlich hier war … wirklich belustigend … der Offizier war doch ein intelligenter und sympathischer Mensch … ja überhaupt unsere Offiziere in Preußen! Und auch der Arzt gefiel Emil Kubinke. Herr Gott, wie ulkig das aussah, der Mensch dort trug ja ein Bruchband, das hatte er noch nie gesehen! Also *frei* war er, ganz *frei*, und den *andern* hatten sie genommen, sogar zur Marine. Der würde sich auch freuen! Aber … aber … eigentlich muss es ja doch ganz nett beim Militär sein. Man ist immer in frischer Luft, und zu viel zu tun ist auch nicht. Famos, was man da für'n faulen Tag leben kann. Wirklich und wahrhaftig … er wäre ganz gern Soldat geworden. Sicher, wenn nicht gerade jetzt das mit Pauline gewesen wäre. Er hätte sich sogar auch jetzt gefreut, wenn er Soldat geworden wäre … von je hatte er für das Militär etwas übrig gehabt … ja er konnte sogar sagen, er *schwärmte* für das Militär. Eigentlich … tat es ihm doch leid, dass sie ihn nicht genommen hatten, denn es ist doch ganz was anders, wenn man sagen kann, man hat gedient. Er hätte sich schon dazu geeignet. So gut wie der Mensch da hätte er *auch* Unteroffizier werden können. Er hätte sogar Offizier werden können. Das Zeug dazu hatte er. War nicht Kurt von Rehbach Leutnant geworden? Und der hatte immer noch *drei* Plätze unter ihm gesessen, und im Lateinischen hatte er sogar nur Vieren bekommen, während er doch manchmal »drei bis vier« gehabt hatte. Leutnant hätte er auch werden können, ebenso gut wie Kurt von Rehbach … Es war doch schade!

Und dann bekam Emil Kubinke solch Büchlein ausgeliefert, und ehe noch eine Viertelstunde verging, da hieß es für seine kleine Abteilung »ohne Tritt marsch«, und Emil Kubinke holte aufatmend – er wollte seine militärische Begabung noch einmal zeigen – mit einem gewaltigen Schritte aus und trat seinen Vordermann.

»Riesenrindsvieh«, sagte der, sonst nichts.

Draußen aber hatte jetzt der Regen aufgehört, die Sonne war durchgedrungen, und der blaue Tag lag vor Emil Kubinke. So ganz langsam trottete der nun nach Hause, behaglich wie nach einem warmen Bad. Er sah vergnügt auf die Züge herunter, über das weite Schienennetz hin, nach den Kirchtürmen und Kuppeln Berlins, die alle jetzt von dem Rauch, dem rußigen Atem der Großstadt, schon weit mehr im Trüben lagen denn des Morgens. Bei den Soldaten blieb Emil Kubinke wieder stehen und fand das Bild sehr hübsch und ansprechend und beurteilte mit kritischer Miene, wie die da hüpften, mit den Beinen schlenkerten, mit den Köpfen nickten und nach den Brustscheiben die Gewehre hoben. Na, was Besonderes war das auch nicht, so gut wie die würde er das längst machen, und so unrasiert, wie der Feldwebel da, würde er nicht zum Dienst gekommen sein; denn wenn man schon mal Soldat ist, muss man doch ganz anders auftreten.

Aber je weiter Emil Kubinke sich vom Kasernenviertel entfernte, je seltener die roten Kragen, Achselklappen und blanken Knöpfe wurden, je mehr die schmucklose, tüchtige Arbeitsbiene, der schlichte Zivilist wieder zu seinem Recht kam, desto lieber fühlte sich Emil Kubinke damit einverstanden, dass man ihn nicht zum Militär genommen hatte, und tief und tiefer versank hinter ihm die ganze Welt der Kommandos, des Drills, der Uniformen, der Chargen, jene Welt der Abteilungen, Kolonnen, Kompanien und Bataillone, – ja sie existierte eigentlich schon überhaupt nicht mehr. Und Emil Kubinke verstand gar nicht, wie man in ihr leben und aufgehen könnte. Aber den andern da, den Kerl mit dem Totenkopfring um die Krawatte, *den* hatten sie gefasst. Emil Kubinke war nicht schadenfroh, aber dem gönnte er's, den sollten sie nur ordentlich schinden. Und Emil Kubinke hielt es doch jetzt für ein Glück, für ein großes Glück, dass sie ihn nicht genommen hatten, und ganz heimlich klopfte er beim Gehen auf das braune Büchlein, das man ihm gegeben, als wäre das ein Talisman, der ihn nun fürder vor allen Übeln bewahren müsse.

Wir jedoch, die wir tieferen Einblick in die Geschehnisse haben, wissen, dass es tausendmal besser für Emil Kubinke gewesen wäre, wenn sie ihn genommen hätten und jenen Schlächtergesellen Gustav Schmelow hätten laufen lassen. Die rotblonde Pauline wäre stolz gewesen, einen Soldaten zum Bräutigam zu haben, und sie wäre treu wie Gold gewesen, Emma und Hedwig aber hätten dann nicht ihn, sondern wirklich eben jenen Gustav Schmelow als Vater für … Aber wozu *jetzt* schon, wir werden das alles ja bald genug zu hören bekommen.

Und Herr Tesch stand vor der Ladentür, als Emil Kubinke zurückkehrte, und rief:

»Na, wie war's denn, Sie Vaterlandskrüppel?«

»Ach«, sagte Emil Kubinke sehr ernst und sehr wichtig, »um ein Haar hätten sie mich genommen. Der Offizier, der dabeisaß, wollte mich durchaus nicht loslassen, aber der Stabsarzt sagte doch, er könne das wegen meiner Augen nicht verantworten. Mir ist es ja ziemlich gleichgültig, aber wissen Sie, meine Pauline wird sich furchtbar freuen.«

Also Emil Kubinke war militärfrei, und Pauline freute sich wirklich, wenigstens schrieb sie: »Mein heißgeliebter Emil! Welche seligen Stunden bereitete mir Dein (Ihr) Brief, o wie danke ich Dir (Ihnen) dafür. Liebe ist dem Herzen Bedürfnis und kann dieselbe das Leben zu einem Paradiese gestalten.« Denn die rotblonde Pauline begnügte sich jetzt nicht mehr damit, einen Brief schlicht abzuschreiben, sondern sie polkte sich aus verschiedenen Briefen die Rosinen heraus, nahm hier eine Probe aus den »allgemeinen Liebesbriefen für Jünglinge beiderlei Geschlechts« und da einen Satz aus dem »Brief eines erhörten Liebhabers« oder aus den »Vorwürfen wegen Vernachlässigung«; (aber mit dem Kutscher von drüben stand sie des Abends noch immer vorm Haus). Ja, Pauline machte es jetzt ganz ähnlich, wie es mein Freund Albert in der Obertertia machte, der zwar sehr gute Augen hatte, jedoch sehr schlechte Aufsätze schrieb, und der beim Klassenaufsatz stets und ständig den Anfang vom rechten Nebenmann und den Schluss vom linken Nebenmann abschrieb. Und wie der liebe Gott das eine Mal nachher den Schaden besah, da handelte der Anfang von Albertchens Aufsatz von dem »Vergleich zwischen Hektor und Achilles« und der Schluss von dem »Vergleich zwischen Ajax und Odysseus«, – denn der Lehrer hatte zwei Themen zur Wahl gestellt.

Mit dem Sommer jedoch ging es in diesem Jahr 1908 – aber ist das eigentlich je bei uns anders? – in diesem Jahr 1908 ging es mit dem Sommer, wie es auf dieser Erde mit allen Annehmlichkeiten eben zu gehen pflegt. Wenn man denkt, sie sagen Guten Tag, ziehen sie schon den Hut und empfehlen sich. Also er war verdammt kurz und sehr fragwürdig, der Sommer, und er bekam sehr früh gelbe Blätter, – mit einem Mal waren sie da, wie die grauen Haare an den Schläfen, – und mit einem Mal waren die Abende wieder kühl und ließen alles in Regen und Wind erschauern, so dass die Bäumchen in den Straßen mit ihren zwei Dutzend vergilbender Blätter, von denen das Wasser herabrann, aussahen, als ob sie über sich selbst weinten. Und der Regen klatschte auch nicht mehr mit schweren Gewittertropfen, sondern er überprickelte alles wie mit Tausenden und Tausenden von feinen Nadelstichen.

Und oben, oben an der Küste sammelten sich die Schwalben, und die Stare strichen über das Wasser, und hoch in der mattblauen Luft zog das erste Volk von Wildgänsen in einem langen Winkelzug nach Süden hin. Und von Norden kam dann der Wind, und er blies mit vollen Backen, peitschte durch die Dünen und brach in das sommerliche Land ein; und er brachte Nebel für die Abende mit aus den Reifnächten Norwegens. Es war nicht das letzte, aber das erste Wort, das der Herbst sprach; und er hörte von nun an nicht mehr auf, seine Sprache zu reden, ja selbst durch die sommerlich anmutenden, warmen Tage klang sein Unterton, klang es hindurch von Müdigkeit und Sterben; und das Frösteln zog jeden Abend wieder herauf und legte sich über die Welt. Man begann sich zu wundern, wie früh man wieder Licht anmachen musste, und wie lange doch in den Straßen die blaue Dämmerung hing.

Und langsam wurden hie und da in Emil Kubinkes Haus wieder die Jalousien hochgezogen, und die Reinmachefrauen putzten die Fenster; es war, als ob Argus, der hundertäugige Wächter der Jo, allmählich erwachte und ein Auge nach dem anderen öffnete.

Frau Betty Löwenberg aber kam fast zuletzt, blieb solange als möglich in Heringsdorf – sogar noch länger als Rosenauers; – aber endlich sagte sie sich doch, dass es höchste Zeit wäre, wieder nach Berlin zu fahren, denn sonst wäre sicherlich ihre Schneiderin auf Monate hinaus besetzt, und die halbe Saison könne vorbeigehen, ehe sie ihre Winterkostüme bekäme. Das Fräulein Mizzi Bergholzer hatte ihr zwar geschrieben, dass sie sich »bestimmt noch eigens für die Gnädigste freihalten würde« – aber der Teufel trau einer Schneiderin.

Markowskis aber hielten es ebenso an der Zeit, zurückzukehren, weil Frau Markowski glaubte, dass sie sich nicht länger ihren Pflichten entziehen dürfte. Denn Frau Markowski war, wie gesagt, eine umfängliche Dame, und sie war eine gute Dame, und Manne war ihr einziges Kind, und aus all diesen Gründen war sie seit Jahren in der »Bewegung«. Sie fütterte die Jugend in Volksküchen ab, sie sorgte mütterlich für uneheliche Wöchnerinnen, sie versuchte Krüppel davon zu überzeugen, dass ein Erbauungsbuch noch besser als ein Schnaps wäre, und außerdem recherchierte sie und verteilte Bons auf Heizmaterialien an gottergebene, aber bedürftige Familien, die mit diesen Tickets einen regen Handel unterhielten – kurz: Frau Markowski linderte und beseitigte das großstädtische Elend. Und keine Hintertreppe war ihr zu steil und zu schmal und zu hoch, – denn die »Bewegung« tat ihrem Körper und ihrem Gemüt wohl. Und auch Herr Markowski sagte, dass es höchste Eisenbahn wäre, nach Hause zu fahren, denn zum Renard-Rennen in Hoppegarten wollte er unbedingt wieder in Berlin sein; und deshalb also packte man auch in Sassnitz wieder Körbe und Koffer.

Die Zeit bis dahin aber war Emil Kubinke doch recht lang geworden. Nicht etwa, dass er den Tag über nichts zu tun gehabt hätte, mehr als genug; und Haararbeiten gab's auch – dank der Geschäftstüchtigkeit des Herrn Ziedorn, – die Hülle und Fülle. Aber diese Abende, o diese Abende! – Wenn da Emil Kubinke die lange Korkenziehertreppe hinaufstieg, die jetzt im Sommer so still war und nicht von lustigen, klappernden Schritten und vom Lachen, Quieken und Jachtern der Mädchen widerhallte … wenn Emil Kubinke dann oben in seiner Dachkammer saß und zu lesen versuchte, so ging es ihm mit seinem Buch wie jenem Mönch es mit dem Buch der Bücher ging, dass aus den Seiten leibhaftig Satanas in Gestalt eines lockenden, üppigen Weibes emporstieg und seine Christenseele arg verwirrte.

Sofern das noch wenigstens nur die rotblonde Pauline gewesen wäre, die aus den Seiten des Buches aufflammte, so wäre dagegen ja nichts einzuwenden gewesen, das war nur recht und billig, und sie hatte auch wohlbegründete Ansprüche darauf; aber wir müssen hier leider bekennen, dass keineswegs die rotblonde Pauline allein die Königin dieser Träume Emil Kubinkes war, sondern dass über sie eben jenes verlockende Spiegelbild »Weib« befehligte, in jedweder Gestalt. Die dicke Hedwig und die lange Emma tauchten wieder aus dem Dunkel empor, und braune und blonde, helle und schwarze, schlanke und feiste gesellten sich zu ihnen, ja meist sogar hatte das holde Trugbild gar keine festen Formen, hatte gar keine bestimmten Umrisse, glich nicht der oder jener, sondern sehnte sich nur unbezwinglich und inbrünstig danach, vom Leben selbst mit Inhalt und Greifbarkeit ausgestattet zu werden.

Und so trieb es immer wieder Emil Kubinke hinunter in die nächtigen Straßen, mit Lärm und Hasten im Spiel des Lichts, und mit Einsamkeit und schleichenden Paaren in dunkelgrauer, regenfeuchter Luft. Aber wieder war in der Quadrille keine einzige Tänzerin, die seiner harrte, kein Plätzchen gab es, in das er sich bei dem lustigen Chassez-croisez einfügen konnte – niemand schien seiner zu warten, niemand schien seiner zu achten, und selbst *wenn* er schon einmal glaubte, dass ihm ein Blick Ermunterung versprochen hatte, so wagte Emil Kubinke in einer plötzlichen Furcht endlich doch nicht seine Verbeugung zu machen und zum Tanz zu engagieren. Und was etwa jetzt zur Reisezeit im Haus selbst noch verfügbar gewesen wäre, das war alles schon von Herrn Neumann und Herrn Tesch und zehn anderen auf Wochen voraus bestellt, so dass der arme, richtig verlobte Emil Kubinke nun Abend für Abend mit Wünschen und Blicken draußen vor den Türen bettelte und stets noch hungriger heimkehrte, als er ausgezogen war. Und er mochte noch so viel und noch so innig an seine rotblonde Pauline denken, das goss nur Öl ins Feuer, und immer wieder irrten seine Gedanken und Sehnsüchte von ihr ab, jenem unbestimmten Trugbild nach, dem er hoffte jetzt und jetzt endlich wieder einmal Form und Inhalt und Greifbarkeit zu geben.

Aber wenn das Emil Kubinke wieder einmal höchst schmählich misslang – so belobte er sich ob der Unwandelbarkeit seiner Treue, an deren Festigkeit alle Versuchungen zerschellten und zerstoben, und stolz sagte er sich, dass er Pauline geradeso treu wäre wie Pauline ihm. Ja, der brave Emil Kubinke war eben noch sehr jung, und er dachte sich alles noch sehr einfach, und das gerade schien ihm am einfachsten zu sein, was am schwierigsten und fast unlösbar ist. So hatte der brave Emil Kubinke zum Beispiel noch die vorgefasste Quartanermeinung, zur Liebe gehöre Treue, schlichtweg wie die Schale zum Ei; und er konnte sich durchaus noch nicht klar darüber werden, dass die große Herrscherin da oben *gar nichts* von Treue weiß, dass die Treue beim Mann immer nur ein negatives Verdienst ist, ein ärmlicher Trost für Unterlassungssünden und im besten Fall ein eitler Selbstbetrug, und dass wir zum Schluss sie doch nur auf der Minus- und nicht auf der Plusseite des Lebens verbuchen.

Ja – und Pauline brachte Emil Kubinke eine wundervolle große Perlmuttermuschel mit, die auf einer Staffelei stand. Das Damenbad in Heringsdorf war darauf gemalt in Öl, richtig mit der Hand. Und »Souvenir de Heringsdorf« stand schräg und schwungvoll darüber. Und Pauline lachte übers ganze Gesicht, war braun wie eine Kastanie, und Goldhänschen sah wirklich wie eine »Posaune« aus und hatte richtige Mahagonibeine bekommen. Nur Frau Betty Löwenberg – sie platzte vor Gesundheit – sagte, sie hätte sich gar nicht erholt, die See wäre nichts für ihre Nerven, und ein zweites Mal täte sie das nicht.

Aber als Emil Kubinke des Abends sich wieder in Paulines Küche einfand – den Uhland hatte er heute nicht mitgebracht – da waren zwar Frau Löwenberg und ihr Mann schon ins Café gegangen, denn Frau Löwenberg hatte gesagt, dass sie überhaupt die ganze Zeit über in Heringsdorf zu Hause gehockt hätte und keinen Menschen gesehen hätte – und Menschen müsste sie sehen! – und Herr Löwenberg war gerade heute, gerade heute sehr kleinlaut und nachgiebig … aber, aber für sie beide war eben Poldi angetreten, Poldi, Löwenbergs neue Wiener Köchin, allerbeste, halb tschechische halb österreichische Mehlspeisenmischung, Poldi mit der böhmischen Granatbrosche, Leopoldine Nowotny, die Entdeckung von Frau Rosa Heymann.

Eine Schauspielerin hatte Poldi nämlich mit nach Berlin genommen, aber da die Schauspielerin binnen Kurzem wieder nach Wien, sprich Czernowitz, zurückgekehrt war, – »indem dass erstens die Berliner von derer Theaterspielerei an Dreck verstehn, und zweitens, die Berliner Kavaliere schundige Wurzen sein, die an zwar alle die Gurgel mit Sekt waoschen tun, aber sonst kan Geld net ausgöben woll'n« – da aber besagte Schauspielerin wieder an die Stätte ihrer Triumphe zurückgekehrt war, so war plötzlich das arme Polderl aus dem lustigen »sibten« Bezirk nach dem kalten, harten Norden verschneit worden, ehe sie noch recht verstand, wie das eigentlich zugegangen war.

Aber, wenn das Polderl auch nicht gerade schön war und nicht gerade jung war, so besaß sie doch etwas, das eine weit bessere Empfehlung darstellte, nämlich ein kleines, altes, fleckiges und verfettetes Schulheftchen, aus dessen zittrigen Schriftzügen man entziffern konnte, dass man zur Linzertorte vierzehn Deka Mandeln samt Schale reiben müsse und zu Spitzbuben zweiundvierzig Deka Mehl und zehn Deka Zucker nehmen müsse, während man zu einem Eiscreme mit Schlagobers nicht über vier Dotter nehmen dürfe. Und alle Geheimnisse von weißem und schwarzem Kirschkuchen, von Traunkirchener Schneeballen, von Mohnbeugerln, Biskuitrouladen, Bröselknödeln und Briesragout, von böhmischen Dalken und Marillenkoch waren genau und umständlich darin verzeichnet. Und alle diese Geheimnisse standen nicht etwa zum Scherz in dem Buch, sondern Poldi Nowotny verstand kunstgerecht ihre papierne Existenz in eine duftende und schmackhafte Wirklichkeit umzusetzen.

Und diese Poldi mit ihrem alten Schulheftchen hatte Frau Rosa Heymann entdeckt, hatte sie aufgefunden bei irgendeiner ganz obskuren Achtzig-Taler-Vermieterin. Am liebsten hätte *sie* sie ja gemietet, aber da sie selbst schon jedes Jahr nach Karlsbad musste, war es leider notwendig, dass sie für sich auf das Polderl verzichtete. In der Familie jedoch sollte und musste es bleiben, und deshalb heuerte sie es laut Auftrag für ihre Tochter Betty und verknüpfte so das Nützliche mit dem Angenehmen und Billigen, indem sie sich die besten Ribiselstrudeln und Topferln für ganz umsonst und in durchaus bekömmlichen Abständen sicherte und zugleich der Dankbarkeit ihrer Tochter gewiss war.

Und diese Poldi Nowotny hatte mit dem heutigen Tag bei Löwenbergs Einzug gehalten und das Interregnum von hundert Stützen und Aushilfen und anderen hochgesegneten Individuen beendigt, und sie war arg lieb und freundlich zur rotblonden Pauline und schwätzte ganz lustig etwas daher, das für Pauline »beiläufig« völlig unverständlich war, wenn sie auch unleugbar darin Spuren einer entfernten Ähnlichkeit mit der deutschen Sprache feststellen konnte. Während wieder Poldi Nowotny für ihr Teil auf alles, was die rotblonde Pauline zu ihr sagte, nur mit »Hoa – woas!«, antwortete. Und da so jede nur das hörte, was sie selbst sagte, so unterhielten sie sich beide ausgezeichnet. Und diese Poldi Nowotny saß nun auch mit in der Küche, und diese Poldi Nowotny schlief nun auch mit im Mädchenzimmer, und wenn immerhin Emil und Pauline in ihrer Gegenwart *sprechen* konnten, was sie wollten, – da sie es doch nicht verstand – so konnten sie sich doch nicht mehr ausschließlich der Hauptsprache der Verliebten bedienen, da diese Sprache überall verstanden wird

... im »sibten« Bezirk und im »zehnten Hieb« genau so gut, ja vielleicht noch besser als in Wilmersdorf, Schöneberg und Charlottenburg.

Außerdem war aber auch in dem Verhältnis von Pauline und Emil Kubinke eine Änderung eingetreten. So lange waren sie ein Liebespaar gewesen, das zufällig verlobt war, und nun waren sie ein verlobtes Paar, das zufällig auch verliebt war. Vordem war die Gegenwart das Schöne, und die Zukunft das Unbestimmte, Fragwürdige; und nun mit einem Schlage war die Zukunft das Schöne geworden, und die Gegenwart das Fragwürdige. Nun hieß es rechnen und überlegen und Kataloge ansehen und Annoncen lesen und sich streiten und statt der tausend Narreteien der Verliebtheit über Dinge reden, von denen man annimmt, dass sie vernünftiger seien.

Und erst als Pauline mit Emil Kubinke herunterging, – sie wollte noch schnell eine Karte an ihre neue Freundin in Heringsdorf in den Kasten stecken, – da fanden sie sich wieder in jener Sprache, die sie ja vordem schon ganz gut hatten parlieren lernen.

Und Abend für Abend war es nun das Gleiche: erst Wirtschaftspläne und Poldi Nowotny, und dann auf fünf oder zehn Minuten drüben in den Straßen Hand in Hand ... und alles schien schön und gut.

Langsam marschierte so das Jahr in den Herbst hinein. Aber während der Frühling seinerzeit von draußen her immer näher an die Tore der Stadt herangerückt war, während er seine Armeen von Grün und Blumen gleichsam *gegen* die Stadt vorgeschoben hatte, etappenweise, so hatte der Herbst die Stadt *zuerst* unterworfen, hatte sie zum Mittelpunkt, zur Operationsbasis gemacht und er zog nun von ihr aus nach allen Seiten in das Land hinaus, eroberte und unterwarf von Tag zu Tag mehr Gebiet, heute die Parks, morgen die Wälder, übermorgen, trotz der bunten Fähnchen von den Erntefesten her, die Laubenkolonien; und überübermorgen

– trotz der Harke, dem Besen und der Schere des Gärtners – die Villenstädte.

Wenn auch die milde Kraft der schon schrägen Sonnenstrahlen täuschen wollte, die blonde Durchsichtigkeit der Luft, die Ruhe der wenigen Wölkchen, … so siegten doch mehr und mehr die Feuerfarben des Herbstes, diese gelben und roten, braunen und bronzenen Töne in Laub, an Früchten und Beeren.

Dann aber weinten bald die Bäume gelbe Blätter herab, und der Himmel sah nunmehr wieder durch viele Lücken und Fenster bis in die geheimsten und verstecktesten Liebeswinkel hinein. Nicht auf einmal jedoch gaben die Bäume ihren Schmuck her, nein, so ganz langsam und allmählich lichteten sie sich und ließen wieder die schwarzen Linien der Äste, die der Sommer so lange verhüllt hatte, hindurchblicken. Die ersten aber, die das Laub von sich warfen, waren die Ulmen und Linden der vier Baumreihen in Emil Kubinkes Straße; aber dann tat es doch manchen von ihnen wieder leid, dass sie in den schönen, milden Tagen so ganz schmucklos stehen sollten, und sie trieben noch ein zweites Mal an den Zweigspitzen ein paar grüne Blättchen.

Doch wenn auch die Sonnenblumen draußen in Reihen über den Laubendächern Abend für Abend in der blauen Dämmerung erglühten, wenn auch auf den Plätzen, in den Anlagen, in den Gärtnereien die zarten und sterbenden, die heißen und schrillen Farben von Astern und Georginen, von Dahlien und Chrysanthemen … wenn sie auch die Beete von Rosen, Nelken und Geranien ganz vergessen machten – so lehnte sich doch nichts von all diesem hastig und geil aufgeschossenem Kraut, nichts von dieser kranken Blütenfülle, nichts von diesem starren, hartgrünen Buschwerk, das ganz überschüttet von kleinen bunten Sternen im milden Silberschimmer der Sonne stand, gegen die Macht des Herbstes, gegen das große Dahinsinken auf, sondern in lächelnder Wunschlosigkeit träumte nur noch alles seiner Stunde entgegen.

238

Und auch draußen in der Kolonie Grunewald hatte der Herbst die Erbschaft des Frühlings angetreten, und er hatte erworben, um zu besitzen. Hier waren seltsame Klettergewächse, Spielarten des wilden Weins, die rot wie Rubinen waren; und eine Straße mit amerikanischen Eichen war nunmehr feurig rostbraun und metallschimmernd wie überhitzter Stahl geworden. Und wenn man von dieser rostbraunen Straße abbog, so trat man vielleicht in eine gelbe Straße; gelb wie Zitronen, gelb wie Messing. Und doch verlor sich in der Luft, die einen feinen Schleier der Feuchtigkeit hielt, alles Grelle und Schrille an diesen langen, herbstlich-gelben Ulmen- und Ahornwegen, zu denen noch aus den Gärten die Büsche ihre Rostfarben steuerten, und die Beete der Chrysanthemen flackernde Buntheit klingen ließen … und die dabei wieder so seltsam im Gegensatz standen zu den starren Kronen und den starren Stämmen der Kiefern, jener einstigen Herrscher, die nun jederzeit gleich ernst und melancholisch auf rote Dächer und weiße Villen herabsehen.

Dahinter aber am Eingang des Waldes selbst, wo ehedem die Feststraße des Frühlings so lustig von bunten Menschengruppen belebt war, da wehten von den Birken nunmehr seidene Tücher, dicht mit Goldfäden durchwirkt; und in ewigem Knistern und Funkensprühen schwebten taumelnde, abgerissene Flecken und Fetzen herab in die Wagenspuren. Im Wald jedoch begannen die Pilze drunten im Moos mitzusprechen, und die Flechten hingen grau und geschwellt vom letzten Regen an den Bäumen, unter denen des Abends die Pärchen nur noch bänglich und vereinzelt durch das frostige Herbstdunkel schlichen.

Auch Markowskis waren nun zurückgekehrt, und Herr Markowski hatte beim Renard-Rennen für zwanzig Mark von einem Professional einen todsicheren Tip bekommen, der ihn hundertfünfundsiebzig Mark gekostet hatte; und Frau Markowski hatte sogleich wieder ihren Feldzug gegen das großstädtische Elend aufgenommen, und sie hatte eine prachtvolle Familie von geradezu mustergültiger Verwahrlosung sämtlicher Mitglieder ausfindig gemacht, für die *notwendig* etwas getan werden sollte.

Und Hedwig – nun Hedwig hatte ihre Beschäftigung wieder begonnen, nur dass sie jetzt den alten Manne des Abends allein auf die Straße schickte. Und als Emil Kubinke das erste Mal wieder Herrn Markowski rasierte und Hedwigs dabei ansichtig wurde, da war ihm wieder recht schwül zumute geworden, denn er sagte sich, dass er sich leider doch nicht getäuscht hatte. Aber da die runde Hedwig kein Wort sprach, so hatte er sich eben auch nichts wissen gemacht; ganz im Geheimen jedoch graute ihm vor dem Tag, da dieses Steinbild, diese Hedwig zu reden anfangen würde. Und, wenn er auch hoffte und flehte, dass der nie käme, so war diese Hoffnung doch nicht stark genug, um seine Furcht vor dieser Stunde bannen zu können.

Langsam aber kam es so im Haus auf, dass mit dieser Hedwig von Markowskis etwas los sei. Pieseckes sprachen darüber, und die Mädchen tuschelten es sich abends auf der Hintertreppe zu, und Herr Tesch kniff das eine Auge ein, schlenkerte die Finger, dass die Gelenke knackten, und sagte bei jeder Gelegenheit: »Au, Kubinke, wat is 'n mit Ihre Stiefliebste?!«

Das ging Wochen und Wochen so, und alle wussten es und hatten sich schon mit der Tatsache abgefunden, nur Markowskis waren völlig ahnungslos; so lange, bis eines schönen Tages die Vorstandsdame vom »Jugendhort«, die gerade bei Frau Markowski eine wichtige Frage anschnitt und dazu drei Tassen Kaffee trank – bis diese Dame, nachdem Hedwig das Zimmer verlassen hatte, den Mund auf tat.

»Meine Liebe«, sagte sie in jener schönen, rücksichtslosen Sicherheit, die sie von vielen Versammlungen und Sitzungen her auch für das tägliche Leben angenommen hatte, »meine Liebe, Sie können aber dieses Mädchen *wirklich* nicht länger mehr im Hause behalten.«

»Aber warum, Frau Geheimrat?«, entgegnete Frau Markowski erstaunt.

»Herrgott, Frau Markowski«, sagte die Frau Geheimrat, »sehen Sie denn nicht, in welchem Zustand sich dieses bemitleidenswerte Geschöpf befindet?«

»Das ist unmöglich!«, rief Frau Markowski und legte beteuernd die dicke Hand auf den hohen Busen. »Unsere Hedwig ist ein *hochanständiges* Mädchen.«

»Ich jedoch pflege mich in solchen Dingen nie zu täuschen«, sagte die Vorstandsdame vom Jugendhort mit noch größerer Bestimmtheit. Sie schrie einfach die Gegnerin nieder.

»Meinen Sie wirklich, Frau Geheimrat«, stotterte Frau Markowski.

»Ja, wenn Sie es wünschen, so werde ich es sofort vor Ihren Augen der Person auf den Kopf zusagen. – Rufen Sie sie herein!«

»Oh, da werde ich schon lieber selbst mit ihr reden«, sagte Frau Markowski sehr milde, – sie schwamm ordentlich in Güte, wie ein Pfannkuchen in siedendem Fett. Innerlich aber stieß Frau Markowski ein wahres Kriegsgeheul der Barmherzigkeit aus. Bisher war ihr ja diese runde Hedwig zwar herzlich unsympathisch gewesen, aber »uneheliche Wöchnerinnen«, »uneheliche Mütter« und alle, die das werden wollten, das war ja überhaupt ihr Spezialgebiet (aus ehelichen Wöchnerinnen machte sie sich gar nichts). Und jetzt hatte sie einen äußerst interessanten Fall, sogar in allernächster Nähe, im eigenen Heim! Frau Markowski sagte stets »Heim«. Wie wollte sie ihre schützende Hand über dies arme, verführte Geschöpf halten! An ihrer Brust sollte sie sich ausweinen!

Frau Markowski rief also am Abend – ihr Mann war wie jeden Freitag kegeln gegangen – die dicke Hedwig herein, nötigte sie in einen Sessel und sagte ihr, dass sie sich nicht zu schämen brauchte, da es nun leider einmal das Schicksal der Frauen wäre, für die Schlechtigkeit der Männer zu büßen.

Und wirklich, die runde Hedwig schämte sich ganz und gar nicht.

»Nee«, sagte sie nur, »des is zu dumm. Ich begreife auch nich, wie das möglich sein konnte. *Ich* habe wirklich nichts dafür je-konnt.«

»Ja«, sagte Frau Markowski, »aber nun, liebe Hedwig«, sie be-tonte »liebe Hedwig«, »ist es nötig, dass Sie mir den *Vater* des zu erwartenden Kindes nennen, damit wir schon jetzt versuchen, die Kosten der Entbindung von ihm zu erlangen.«

Aber da ließ Hedwig nich mit sich reden – nee, so was tat sie nich; und je mehr Frau Markowski auf sie einsprach, desto schweigsamer wurde Hedwig, bis sie endlich zu weinen begann: »Nee, nee«, des könne sie um keinen Preis sagen!

Und in Frau Markowski stieg, als sie Hedwig – sie hatte eine ganz dicke Nase – so schluchzen hörte, ein furchtbarer Verdacht auf, und sie vergaß ganz, die runde Hedwig an ihre Brust zu nehmen und sich dort ausweinen zu lassen.

Ja, dass sie daran noch nicht gedacht hatte, also im eigenen »Heim« – Frau Markowski sagte stets, auch im tiefsten Schmerz, »Heim« – war ihr diese Schande bereitet worden.

Gewiss, es mag ja möglich sein, dass die gute Frau Markowski mit ihrer Vermutung auf dem Holzwege war, aber so schroff können *wir* es keineswegs behaupten, denn wir müssen uns doch immerhin vergegenwärtigen, dass Frau Markowski ihren Gemahl weit länger und besser kannte als wir hier, die wir Herrn Markow-ski doch nur von der hippologischen Seite kennengelernt haben.

Wenn aber Hedwig den Vater ihres Kindes nicht angeben wollte, so war das etwa nicht Zartgefühl von ihr, sondern die runde Hedwig war sich selbst durchaus noch nicht klar, wen sie mit der Vaterschaft über ihren Jungen – denn alle Kinder sind vor der Geburt kleine Jungen – wen sie damit betrauen sollte; und jedenfalls wollte sie nicht voreilig einen angeben, der sich später für die Ehre bedankte, so dass sie etwa gar nichts kriegte! Nein! – In dem Punkte wusste Hedwig verflucht gut Bescheid – und *die* Sache musste sie auf alle Fälle selbst in die Hand nehmen.

Aber dieser schmähliche Verdacht, er hatte doch nur einen *Augenblick* Macht über die gute Frau Markowski gehabt, dann schob sie ihn weit von sich als ihres »Heimes« unwürdig und widmete sich ganz wieder ihrem eigentlichen Liebeswerk, nur dass sie jetzt gar nicht weiter wegen des ersten Punktes in Hedwig drängte, und sogar merkwürdig schnell zum zweiten Teile ihres Programms überging.

»Ja, Hedwig müsse ja nun natürlich ihren Dienst verlassen … nicht etwa, weil sie oder ihr Mann an ihrem Zustand Anstoß nähmen, so rückständig wären *sie* nicht … aber sie müsse sich auf ihre ›Mutterpflichten‹ vorbereiten und ferner bedürfe sie zwei Monate vor und zwei Monate nach der Entbindung der äußersten Schonung. Sie, Frau Markowski, wisse zwar, dass das eine ideale Forderung wäre –«

Bei dem Wort ideale Forderung nickte die runde Hedwig beistimmend, weil sie es absolut nicht verstand.

»Ja, eine ideale Forderung wäre, die wohl selten verwirklicht würde, aber gerade sie hätte wegen ihrer Bestrebungen die Pflicht, nicht *einen* Tag davon abzulassen. Dass sie nachher Hedwig gern wieder nehmen würden, – sofern ihr Mann nicht dagegen wäre, warf Frau Markowski nunmehr vorsichtig ein, – das hoffe sie ihr schon jetzt versichern zu können. Jedenfalls würden sie sich ruhig so lange mit einer Aushilfe begnügen.«

Aber davon wollte wieder Hedwig nichts wissen:

»Nee – so bald wäre es ja nich, und sie könne ruhig noch arbeiten, ihrethalben bis zu'n letzten Tach.«

Frau Markowski jedoch belehrte sie, dass sie jetzt nicht so sehr an sich, sondern vor allem an die Gesundheit des Kindes zu denken hätte; bis zum Ersten würden sie noch Kost und Lohn zahlen und für den nächsten Monat nur noch Lohn, – damit wäre ihr ja auch schon gedient.

»Ach ja«, sagte Hedwig, »denn lern ick plätten, – des wollt ick schon lange.«

Aber auch *damit* war Frau Markowski nicht einverstanden: Nein, Hedwig sollte in der Zeit zu ihren Eltern gehen, zu ihrer Mutter, denn es würden noch Tage kommen, da sie der mütterlichen Liebe bedürftig sein würde. Und gar wenn in ihrer schweren Stunde – Frau Markowski redete hier wie der Blinde von der Farbe – sie ihre Mutter um sich wüsste, so würde ihr das Trost und Linderung sein. Gewiss könne ihr Frau Markowski durch ihre Beziehungen auch einen Platz in einem Entbindungsheim verschaffen, – nicht *einen, zehn* Plätze, – ja, sie glaube sogar ihr eine Freistelle zusagen zu können; aber trotzdem: Eltern sind Eltern!

»Nee«, sagte Hedwig bestimmt, »nach Hause je ick nich, jnädige Frau!«

»Aber Hedwig«, warf Frau Markowski ein, »Ihre Eltern werden doch wenigstens so vernünftige Leute sein, dass, wenn Sie ihnen schreiben ...«

»Ick derf nich zu meine Eltern kommen!«, rief Hedwig.

»Aber liebe Hedwig, wenn Sie sich etwa ängstigen sollten, es Ihrer Mutter mitzuteilen, dann will *ich* gewiss gerne für Sie an Ihre Angehörigen schreiben, und ich bin sicher ...«

»Nee, nee, liebe Frau Markowski«, unterbrach Hedwig, »es is ja sehr jut von Ihnen gemeint, aber ich sage Ihnen doch, es jeht wirklich nich.«

So leicht war jedoch eine Frau Markowski nicht von ihren Plänen abzubringen.

»Also hören Sie, Hedwig«, begann sie wieder, »dann werde ich eben selbst nach Prenzlau fahren und mit Ihren Eltern sprechen, und ich versichere Sie, sie werden Sie mit offenen Armen empfangen.« Die runde Hedwig jedoch blieb dabei. »Jnädige Frau, wenn ich doch *sage*.«

Über so viel Verstocktheit war Frau Markowski doch etwas ungehalten.

»Aber Hedwig, weshalb meinen Sie denn, dass es unmöglich wäre? Glauben Sie denn, dass Ihre Mutter die Erste ist, die ihr Kind in diesem Zustand ...

Weiter kam Frau Markowski nicht.

»Nee, nee«, rief Hedwig, »aber ick hab et Ihnen nu doch zehnmal jesagt: Es jeht un jeht nich – meine Schwester is ooch schon da!«

»Ja«, sagte Frau Markowski nach einer längeren Pause sehr langsam und nachdenklich, »dann haben Sie recht, Hedwig; dann wird es sich wohl schwer so einrichten lassen. – Aber Sie brauchen sich deswegen nicht zu grämen, ich werde noch heute an die Vorstandsdamen des Augusten-Entbindungsheimes schreiben.«

Und wirklich, Hedwig grämte sich durchaus nicht darüber, dass sie nicht zu ihren Eltern konnte, und sie setzte sich gleich denselben Abend noch hin und schrieb, bei der Küchenlampe, die Ellbogen auf dem Tisch, mit schwerer Hand einen Brief an den Schlächtergesellen Gustav Schmelow.

»Liber Gustaf«, schrieb sie, »setze Dich davon in Kenntniss, das ich Mutter werde, was Du nich wirst abstreiten können, indem der Junge von Dir is. Ich ferlange ja nun nich, das Du mich heiratst, da ein Schlächter nur Freier auf reiche Mädchen sein derf, aber ich möchte, das Du mir nich in meinem Unjlük verlahst, indem sonst das Jericht schon Feuer hinter machen wird. Wenn Du mir auch ins Elent jebracht hast, – libe ich Dich immer noch in ale Ewigkeit Amen. Antworte gleich, denn meine Herrschaft setzt mir auf die Strahse! Deine Hedwig Lemchen bei Markowski –«

Und Gustav Schmelow ließ sich nicht lange bitten und antwortete allsogleich in einer freundlichen Epistel, indem er freimütig manches, soweit seine Orthografie reichte, voll, gut und ganz ausschrieb, das selbst ein Goethe in seinen gesammelten Werken nur zaghaft durch Gedankenstriche anzudeuten wagt. Und deshalb müssen *wir* auch leider hier verzichten, diesen Brief wortwörtlich mitzuteilen, sondern wir können uns nur auf eine nüchterne Umschreibung seines Inhaltes beschränken. Gustav Schmelow erklärte der runden Hedwig, dass er, sagen wir, ihr etwas husten würde, etwa für anderer Leute Kinder den Vater zu spielen. Sie solle nur ruhig den Schaumritter, den o-beinigen Postrat, den Zigarrenfritzen von der Ecke oder irgendeinen anderen ihrer Freunde sich heranholen, vielleicht wären die dümmer als er, und sie könnten dann zusammen das Kind ja als Aktiengesellschaft gründen. Für ihn jedoch müsse sie früher aufstehen. Wenn sie ihn aber trotzdem noch bei seinem Meister aufsuchen wollte, so würde er ihr alle Knochen im Leibe kaputt schlagen. Doch, sofern es ihr sonst Freude machte, könnte sie ihn ja ruhig auf Alimente verklagen, das könne er ihr nicht verbieten. Er würde schon seine Zeugen an der Hand haben; und selbst, wenn er verurteilt werden sollte, so wäre ihm das auch sehr gleichgültig; denn sie würde nie und nimmer auch nur einen Pfennig von ihm zu sehen bekommen; er käme jetzt in drei Wochen zu den Matrosen, und er würde auch dabei bleiben, und da er beim Militär nichts verdiente, so könnte sie ihm ja nachpfeifen, und außerdem möchte sie – Aber Verzeihung … pardon – hier also schließt für uns der Brief Gustav Schmelows.

Und ganz im Gegensatz zu Frau Markowski war Hedwig keineswegs für ideale Forderungen, war durchaus nicht für Forderungen, die nicht verwirklicht werden konnten, mit solchen Dingen

246

gab sie sich gar nicht erst ab, sie war für das Positive, Greifbare und Erreichbare.

An dem Ton von Gustav Schmelows Epistel hatte sie durchaus nichts auszusetzen, das war sein gutes Recht; und, dass Gustav Schmelow geschrieben hatte, er würde ihr die Knochen kaputt schlagen, das hätte sie nie und nimmermehr gehindert, ihn zu einer persönlichen Rücksprache aufzusuchen; auch dass er ihr ferner mitteilte, dass er schon seine Zeugen hätte, ja sie sogar namhaft machte, – das war ihr völlig gleichgültig. Dann stände eben Eid gegen Eid, und sie würde schon recht bekommen. Aber, aber, dass er behauptete, er käme zum Militär, wäre zu den Matrosen angemustert worden, *das* war schwer zu bedenken. Vom Militär war nichts herauszubekommen, mit dem Kommiss war die Sache Essig. Hatte nicht ihre Freundin, die schwarze Marie, ein Kind von einem Unteroffizier? Nun ja, – verurteilt war er ja worden, aber ans Zahlen hat er bis zum heutigen Tag noch nicht gedacht. Und ihre Cousine Lina, die hatte weder für das Kind von dem Gefreiten noch für den Jungen von dem Sergeanten auch nur einen Groschen gesehen. Nein, mit dem Militär war nichts anzufangen. Mit dem Militär sollte man sich bei solchen Sachen erst lieber gar nicht einlassen.

Immerhin jedoch konnte ja Gustav Schmelow sie nur schlicht angelogen haben, um sie sich auf diese Weise vom Halse zu halten; und Hedwig steckte sich hinter die Köchin Auguste von drüben, die sich erst bei einem Kollegen von Gustav Schmelow und dann sogar bei der Polizei erkundigen musste. Und als ihr beide die Angaben nun bestätigten, da gab die runde Hedwig es auf; denn Hedwig Lemchen war eine von den wenigen Frauen, die Vernunftgründen zugänglich sind. Und sie setzte sich nun noch einmal bei der Küchenlampe hin und schrieb dem Ungetreuen ein paar freundliche Zeilen, die die Antwort Gustav Schmelows insofern noch weit hinter sich ließen, als sie nicht einmal dem Inhalt nach wiederzugeben sind. Damit hatte Hedwig Lemchen ihre Genugtuung und war zufrieden.

Aber das eine hatte sie doch aus diesem Briefwechsel gelernt, dass es durchaus falsch war, bei solchen Sachen etwas anzufangen, ehe *schreiende* Tatsachen ihre Forderungen unterstützten. Natürlich nur durch diese dusliche Frau Markowski war sie auf solche Dummheiten gebracht worden! Nee, sie hatte ja Zeit.

Am nächsten Tag jedoch sagte Frau Markowski der runden Hedwig, dass man ihr einen Platz im Augusten-Entbindungsheim freihielte, und sie möchte demnächst einmal hingehen und sich melden. Herr Markowski hatte aber insgeheim auch eine Rücksprache mit Hedwig, und am Ende dieser Rücksprache klopfte er ihr aufatmend die Backen und drückte Hedwig ein Goldstück in die Hand. Denn der Herr Markowski war ein nobler Herr. Am gleichen Abend jedoch verließ Hedwig mit einem Handtäschchen das Haus, – ihre Sachen ließ sie von der Paketfahrt holen, – und nur von Pieseckes nahm sie Abschied.

»Adieu, Frau Piesecke«, sagte sie ganz kurz, »ick lern jetzt plätten! Denn *erstens* verdient man da besser und braucht sich nich immer so abzuschinden, und mehr freie Zeit hat man ooch.«

Damit ging Hedwig, – ehe Frau Piesecke ihrem Erstaunen die rechten Worte verleihen konnte, – denn sie musste noch vor zehn in der Schwerinstraße, in ihrer neuen Schlafstelle sein.

Und als Emil Kubinke des Abends zu seiner rotblonden Pauline kam, da sagte die ihm nach dem Begrüßungskuss, gegen den das Polderl nichts mehr einzuwenden hatte, mit fröhlichem Augenzwinkern: »Na, die Hedwig von drüben, die is ja heute Jottseidank gezogen, und die Emma, – weißt du, die hier hinten bei der Sängerin war, – bei der soll ja auch was Kleines unterwegens sein.«

Und damit ging die rotblonde Pauline lachend in ihre Kammer und ließ Emil Kubinke stehen.

Man kann nun nicht behaupten, dass diese Nachricht Emil Kubinke gerade *erfreute*; und wenn ehedem, als er dahinter kam, dass mit der runden Hedwig nicht alles so war, wie es sein sollte, es ihm zumute wurde, als ob ihm der Zahnarzt beim Plombieren versehentlich auf einen Nerv traf, so ward ihm jetzt schon mehr als ob ihm ein Dorfbader – krrr krach – einen Backzahn riss und die Wurzel abbrach. Er musste ordentlich nach Luft schnappen, wie ein Karpfen, den man aus dem Wasser nimmt.

Aber da kam schon Pauline aus ihrer Kammer wieder und brachte einen Brief, den sie heute noch wegschicken wollte und den sie Emil Kubinke vorlas. Er sollte auch ein paar Worte anschreiben, denn es war ein Brief von Seite dreiundsiebzig: »Bitte einer heimlich Verlobten an ihre Eltern um Einwilligung«. Nach diesem Briefe aber musste man die Meinung bekommen, dass diese rotblonde Pauline ein ebenso überschwängliches wie verworfenes Geschöpf sei, das ganz und gar von einer sündhaften Liebe zu eben jenem Manne beherrscht wurde, ohne den ihr Leben nur noch jammervolles Dahinsiechen darstellen würde. Und die Eltern, die in so unendlicher Liebe von Kindesbeinen an ihr hunderttausendmal verziehen hätten, sollten nunmehr das Maß ihrer Güte zum Überfließen bringen und ihr durch ihre Erlaubnis höchste Seligkeit gewähren. Dass sie es einst nach ihren schwachen Kräften wiedergutmachen würde, wenn jene, die geliebten Eltern, alt und krank, gebeugt von Not und von Jahren wären, das stand außerhalb alles Zweifelns.

Aber was konnte denn Pauline dafür, dass der Brief nicht ganz passte, dass zum Beispiel Emil Kubinke durchaus keine treuen, blauen Augen hatte, dass auch nach menschlicher Voraussicht ihre Eltern niemals Not leiden würden, oder dass das Mutterherz von der ersten Stunde an keineswegs um sie von Schmerzen zerrissen worden war, da ja die Stiefmutter bei Paulines Geburt kaum acht Jahre zählte – daran war doch nicht sie schuld, sondern einzig der »allgemeine Liebesbriefsteller«.

Und nachdem Emil Kubinke seine devotesten Grüße dem Schreiben beigefügt hatte, gingen sie beide hinunter, hörten freudig, wie die Klappe des Briefkastens fiel, und beeilten sich, Arm in Arm da hinaus zu streben, allwo noch keine Bogenlampen auch die harmloseste Zärtlichkeit zur allgemeinen Kenntnis bringen und fast zu einem öffentlichen Ärgernis machen.

Und in zehn Minuten hatte Emil Kubinke am Arm Paulines alle Hedwige und Emmas, und was ihm etwa von ihnen drohen könnte, vergessen und ganz und gar aus dem Gedächtnis verloren über der drallen, lachenden, rotblonden Wirklichkeit.

Als aber Emil Kubinke am nächsten Tag zu Markowskis kam, da war wahrhaftig die runde Hedwig nicht mehr da, und der alte Manne knurrte verlassen und missmutig ganz allein in der Küche herum, und im Esszimmer stand Frau Lehmann auf der Leiter und putzte Scheiben, Frau Lehmann, die Aushilfe. Aber das eine hatte sie Frau Markowski jleich gesagt, sie könne höchstens bis in die zweite Woche November auf sie rechnen, det wäre ihre Ansicht, und sie hätte von sechs Kinder her Erfahrung und die Hebamme hätte das ooch jemeint, aber länger wie fünf Tage machte sie nie Pause, denn det Jeld müsse sie mitnehmen – und endlich könnte Frau Markowski sich die paar Tage auch so behelfen.

Frau Markowski fand das nun zwar sehr unrecht; aber die Lehmann war wirklich so vorzüglich, war eine Wohltat … und dann tat man an der armen Frau nur ein Gutes … und dann waren eheliche Wöchnerinnen überhaupt nicht ihr Gebiet … und dann bringt das bei solcher Arbeiterfrau eben das Leben so mit sich! … Also bei Frau Markowski war die brave Frau Lehmann mit ihren Kürassierknochen statt der runden Hedwig angetreten;

– sie hatte, wie man sagt, den Teufel durch Beelzebub vertrieben ... die Frau Markowski.

Bald darauf jedoch kam ein freundliches Handschreiben von Paulines Vater aus Bärwalde in der Neumark, dass er über den schönen Brief sehr gerührt gewesen wäre, und er hätte ja durchaus nichts dagegen und er würde sich freuen, wenn seine Berta – denn Pauline hieß ja eigentlich Berta – ja, wenn sie ihren Emil mit den treuen blauen Augen ihm und seiner Frau einmal vorstellen würde, vielleicht zu Weihnachten oder, sofern sie dann ihre Herrschaft nicht fortließe, zu Neujahr. Die Schweine hätten sie dieses Mal auch sehr gut verkauft und die Ausstattung würde er geben, dazu brauchten sie nichts von ihrem Mutterteil zu nehmen. Und wenn es recht war, würde *er* ihrer Herrschaft auch zu Weihnachten eine Gans schicken.

Und Emil Kubinke und Pauline berieten nun jeden Abend, ob es nicht vielleicht doch richtiger wäre, sie blieben hier in Berlin und machten hier ein Geschäft auf; hier wäre zwar das Wagnis größer, aber sie könnten es hier weiter bringen, und hier könnte Pauline auch besser und schneller frisieren lernen, und damit und mit der Haararbeit würde ja das meiste Geld verdient, – von der Schaberei könne heute kein Mensch mehr reich werden! Und was er alles führen wollte – sogar mit Spazierstöcken würde er es einmal versuchen.

Über alledem aber vergaß Emil Kubinke ganz und gar die runde Hedwig und die lange Emma und was ihm etwa von dort drohen konnte, und er war so munter und fühlte sich so wohl in seiner Haut, wie noch nie in den zwei Dezennien seines bewussten Daseins. Und die Melodien kamen und gingen, und den ganzen Tag summte und sang das in ihm, – ja so viel Zeit würde er schon haben, wenn er erst selbstständig wäre, dass er wieder Geige spielen könnte.

Auch dass es im Geschäft viel zu tun gab, das war ihm gerade recht; und wenn er so des Nachmittags hinaus in das blaue Dämmern sah, wie von den Ulmen die gelben Blätter stäubten und draußen die Menschen entlang glitten … hin und wieder »kling« die Türe ging und ein Herr seinen Hut an den Haken hing, Herr Tesch aber flötete »der Nächste, bitte« … oder eine Dame hereinschwebte in einer Wolke von Jockeyklub und von Herrn Ziedorn *selbst* bedient zu werden wünschte … dann malte sich Emil Kubinke aus, wie das bei ihm sein würde, wenn *er* Chef wäre und seinen Diener machte. Und des Morgens auf seiner Hetzjagd nahm sich Emil Kubinke doch so viel Zeit, ganz genau alle leeren Läden zu mustern und sie auf ihre Lage, ihre Sichtbarkeit, die Frequenz der Straße hin zu beaugenscheinigen. Wenn er aber frei hatte, dann machte er weite Entdeckungsfahrten nach neuen Stadtvierteln, sah nach den blanken Messingbecken, überlegte, ob vielleicht die Ecke günstig wäre oder jene da drüben; und er blieb vor allen Möbelgeschäften stehen, und in eine Kücheneinrichtung für hundertundzehn Mark, – weiß mit blau abgesetzten Doppelkaros in den Ecken, – in die war er ganz verliebt. So etwas hatten selbst Löwenbergs nicht! Und er schleppte Pauline einmal des Abends dorthin, die musste sie auch bewundern.

Und so ganz still zog das Jahr weiter, eine Woche tröpfelte in die andere hinein, und ehe man es sich, versah, war es wieder Sonntag; und jeden Tag wurde so ein paar Minütlein früher Licht angezündet; und wenn einmal der Abend hell und leuchtend war, und es schien, als wollte der Sommer wiederkehren, so war der *nächste* dafür nur doppelt grau und trübe, und man musste noch weit früher als vorgestern die Grätzinkugeln im Laden anzünden … gleich am Nachmittag, wenn die Herren wieder ins Geschäft in die Stadt fuhren.

Eines schönen Montags aber, als Herr Tesch von seinem Ausgang nach Hause kam – Emil Kubinke war noch drüben bei

Pauline, – da schrie Herr Tesch und hielt sich die Seiten vor Lachen, als er oben wieder in die Dachkammer zu seinen Heilemanns und Rezniceks trat.

»Mensch«, rief er, »det muss ick Ihnen erzählen! Neumann, det müssen Se heren! Passen Se uff, – *die* Sache jibt een *Haupt*verjnügen mit Kubinke! Nee – wissen Se, dadrüber könnt ick mir 'ne halbe Stunde amüsieren! Also heren Se, vorhin jeh ick übern Nollendorffplatz. Wer kommt an?! Die dicke Hedwig, die hier oben bei Markowskis war! So – gerade wie 'n Nilpferd.

»Tag, Herr Tesch«, ruft se schon von weiten, »wie jeht's Ihnen?! Ick lern jetzt plätten!«

»So«, sag ick, »plätten lernen Se?!«, und stell mir so recht dumm dabei an.

»Ja«, meint se, »da hat man mehr freie Zeit.«

»Ach det is nett«, sag ick, »da könn'n wir uns ja ooch mal treffen.«

»Na, vors erste nich«, meint sie wieder.

»So«, sag ick, »warum denn, Fräulein Hedwig?! Jetzt hätt' ick jerade jut Zeit!«

»Nee, nächsten Montag jeh ick ins Aujustenheim. Aber warten Se man ab, Ihrem Freund Kubinke, dem werden wir das Kind schon andrehen, *der* muss abladen, – und vor die Sache *jetzt* muss er ooch blechen.«

»Ick denke, das zahlen allens Markowskis?«, sage ich.

»Na ja«, meint se, »aber det Jeld is doch *jefunden*! Warum soll man denn det nich mitnehmen?!«

»Da haben *Sie* wieder recht!«, sag ick. »Wenn Sie et man kriejen.«

»Aber reden Se mit Ihren Kollegen noch nich.«

»I, wo wer ick denn!«

»Ick wer' ihm dann schon een Brief schreiben, – den soll er sich nich hintern Spiegel stechen!«

Herr Neumann lachte, dass das Bett wackelte.

»Au Mächen, haben Se dir gebufft.«

»Det gibt een Hauptknatsch mit Kubinke!«, rief Tesch. »Aber verstehen Se, Neumann, – det Sie nich een Wort vorher an Kubinke sagen! Mensch … ick schlag Sie tot, wenn Sie't Maul uffmachen!«

Und nun muss man nicht denken, dass die runde Hedwig gegen Kubinke etwa voreingenommen war, oder dass sie ihn hasste, im Gegenteil, sie konnte ihn eigentlich sogar ganz gut leiden; aber als sie in den letzten Tagen so ihre ehemaligen Freunde Revue passieren ließ, – sie konnte nicht so recht mehr schlafen, – da schien ihr von allen, soweit sie sich ihrer erinnern konnte, und soweit sie etwa nach ihrem Wohnort noch feststellbar gewesen waren, dieser Emil Kubinke der, der das meiste Vertrauen erweckte. Von dem Schlächter bekam sie nichts heraus, von dem Hilfsbriefträger Herrn Schnitze war auch kaum etwas zu erwarten; denn erstens hatte der selbst nicht genug für seine Frau und seine Kinder und dann: Wer konnte das wissen, nachher nimmt solch Mensch das auf seinen Diensteid … gerissen genug dazu war er … und sie konnte mit langem Gesicht abziehen! Blieb also nur Emil Kubinke. Und der Friseur *hatte* Geld; den hatten doch sogar seine Eltern in die hohe Schule geschickt, … der Friseur *musste* Geld haben, ne Menge, … das war sicher ein ganz reiches Aas, … der markierte nur immer den Armen, und so raffiniert wie die anderen beiden war er nicht. Nee, mit dem würde sie schon fertig werden, … so klug wie der Kubinke, – so schlau war *sie* schon lange.

Und nach fünf Minuten war Hedwig schon ganz fest überzeugt, dass dieser Emil Kubinke der Vater ihres Jungen wäre; und wenn man sie jetzt gefoltert hätte, sie hätte nichts anderes mehr sagen können, und von Stunde zu Stunde redete sie sich da mehr hinein, vergrub sich ordentlich in diese Vorstellung. Und als sie dann am nächsten Morgen aufstand, da hatte der Junge, der doch gestern Abend noch ganz verwaist gewesen war, mit einem Male einen Vater bekommen. Und was für einen! Sogar einen, der eine hohe Schule besucht hat. Und Jeld hatte das Aas auch.

So langsam aber rückte die Zeit heran, da auch die allerletzten Störche ihren Winterurlaub antreten, und man braucht gar kein besonders fester Zoologe zu sein, um zu wissen, dass die Störche unerhört gewissenhafte Tiere sind, die nie ihre große Ägyptenfahrt antreten, ehe sie nicht alles erledigt haben, was es etwa hier im Norden noch für sie zu tun gibt. Schon der Bischof Albertus Magnus berichtet davon wahre Wunderdinge, und Vater Brehm schreibt sogar acht volle Seiten darüber in seinen schönen, breit-gefügten Satzgebilden. Und ganz oben in der Liste der Störche stand »Hedwig Lemchen, Plätterin, zurzeit Augusten-Entbindungs-heim«; und dann »Emma Zieskow, Choristin, zurzeit Schmachten-hagen bei Oranienburg«; sogar zweimal war es unterstrichen und außerdem war noch »sehr wichtig« mit drei Ausrufungszeichen am Rand vermerkt. Und da machten sich die Störche heran und holten zwei besonders stramme Jungen – wirklich für Siebenmo-natskinder sogar wunderbar üppige Knäblein, – rosig und rund wie Ferkelchen, aus dem Sumpf, und den einen brachten sie pünktlich ins Augustenheim und den anderen am Mittwoch da-nach zu Zieskows nach Schmachtenhagen bei Oranienburg. Und dann hoben sie die Flügel, sahen sich noch einmal um, streckten die Hälse – und fort ging es, schneller als Zeppelin, aus dem rauen Herbstland nach den warmen, dampfenden Sümpfen Ägyptens.

Und als die letzten gewissenhaften Störche nach Süden abge-schwenkt waren, da schneite auch hinter ihnen das Laub von den Bäumen herab in dichten braunen Schauern, und es kamen die ersten Frostnächte, die am Morgen ein wenig Reif auf Eisengitter malten und auf dem Boden mit weißen Linien die Ränder der

Ahornblätter nachzogen. Und die Krähen, die im Sommer wer weiß wo gewesen waren, sammelten sich wieder über den aufgebrochenen Äckern; und die, so dort nichts Rechtes mehr fanden, zogen mit schweren Schwingen in die Stadt hinein und hielten Umschau; und sie waren jetzt die Könige oben auf Emil Kubinkes Dach geworden. Sie riefen sich allerlei hämische Bemerkungen von Telefonstange zu Telefonstange zu und hüpften krächzend zur Dachröhre, um zu trinken, während die schwarzen Drosseln ganz scheu und verkümmert durch das welke Kraut zu ihren Winkeln am Schornstein zurücksprangen.

Die vier langen Baumreihen gaben nun auch die Blätter hin, die sie sich ein zweites Mal mühselig angeschafft hatten; aber die wurden gar nicht erst welk, sie wurden über Nacht einfach müde und fielen auf den Asphalt; die Kehrmaschinen fegten sie zusammen, – und als am nächsten Morgen die Straße erwachte, da waren sie fort – ganz fort, und die Bäume lagen mit einem Mal glatt und sauber bis in das letzte Zweiglein. Und nun breiteten sie des Abends keine schweren Schatten mehr vor den Haustüren aus, gepriesen von den Dienstmädchen mit den weißen Schürzen und ihren Freunden, des Abends, wenn oben die lange Perlenkette wie mit einem Schlag aufflammte, … sondern die feinen Schattenmuster von Ästen und Zweigen zeichneten sich wieder auf dem Bürgersteig und an den Wänden ab. Und die ganzen Tage ging so ein dünner Fadenregen hernieder, aus grauen Wolken, die sich über die Dächer schleppten; und alle Herren, die in die Barbierstube, in das »Institut des Herrn Ziedorn« traten, tropften von Schirmen und Hüten, rochen ordentlich nach Regen, und jedes Mal wenn die Tür aufging, kam ein ganzer Schwall von Feuchtigkeit und Schaudern mit hinein.

Aber Emil Kubinke war munter und guter Dinge, denn das Möbelgeschäft hatte die weiße Küche im Schaufenster – die mit den blauen Doppelkaros in den Ecken, – von hundertzehn auf hundertfünf Mark heruntergesetzt, und bis Emil Kubinke sie kaufte, würde sie sicher schon auf fünfundneunzig Mark ermäßigt sein. Und Emil Kubinke sah alle paar Tage nach, ob sie ihm nicht etwa jemand vor der Nase weggekauft hätte. Aber immer wieder, wenn er hinkam, stand sie noch, gleich blank und blitzend, hinter der Spiegelscheibe.

Und einen Laden hatte Emil Kubinke auch schon in Aussicht genommen, nicht fünf Minuten von Ziedorns Etablissement. Und wenn er auch nicht an der Ecke lag, der Laden, so lag er doch beinahe an der Ecke, und einige seiner jetzigen Kunden würden dann doch sicher zu *ihm* übergehen, weil es für sie näher wäre. Nun ja, ein bisschen teuer war ja der Laden, und ein bisschen feucht war er auch noch – denn das Haus war eben fertig geworden, auf dem Flur lagen noch die Hobelspäne und auf dem Hof noch die Schutthaufen; – aber es war ein *hochherrschaftliches* Haus, und die Küche, die zu dem Lädchen gehörte, war nicht größer als eine altmodische Speisekammer, und das Zimmer, das hinter dem Laden war, hätte man kristallografisch als ein unregelmäßiges Sechzehneck bezeichnen können. Aber Zentralheizung war da und Warmwasserversorgung auch – denn *ohne* das, hatte seine Pauline erklärt, würde sie nie heiraten, … daran wäre sie jetzt zu sehr gewöhnt. Doch außerdem waren sogar noch ganz blanke und geheimnisvolle Bierhähne in den Ecken – das war der Vakuumreiniger; – und den gab es selbst bei Löwenbergs nicht.

Nun ja – ein bisschen teuer *war* der Laden, das gab zu bedenken – aber der Vizewirt hatte gesagt, Emil Kubinke könnte, wenn er im Februar einzöge, bis April mietsfrei wohnen, und dann würde man ihm noch hundert Mark im ersten Vierteljahr ablassen. Aber der Mietsvertrag könne nicht niedriger ausgestellt werden, weil das Haus verkauft werden müsse. Emil Kubinke jedoch möchte sich schnell entscheiden, denn es wären schon eine Menge Reflektanten auf den Laden.

Und des Abends gingen oft Emil Kubinke und Pauline nach ihrem Laden und standen nun zehn Minuten vor dem Haus, – das ganz tot, dunkel und unheimlich im grauen Regen lag, – wohl zehn Minuten, ehe sie weitergingen; und sie stritten draußen vor der Tür, wo sie drinnen das Nussbaumvertiko hinstellen sollten, – denn ein Nussbaumvertiko mussten sie haben.

Und einmal zeigte auch Pauline Emil Kubinke eine Schreibgarnitur, die im Schaufenster von Herrn Occasion, Gelegenheitskäufe für modernes Kunstgewerbe, stand … eine Schreibtischgarnitur aus echtem Onyx, mit echter Bronze, die köstlich war, und die, wie der blaue Zettel besagte, nur noch diese Woche elf Mark fünfunddreißig kostete – zeigte sie ihm so ganz nebenher, ob sie ihm gefiele; denn die wollte Pauline Emil Kubinke zu Weihnachten schenken.

Aber gerade zur gleichen Zeit, genau im gleichen Augenblick trat in die Portierloge von Pieseckes eine *Dame*, lang und schlank und noch ein wenig füllig, duftend nach Maiglöckchen, rosig, mit schwarzen Augenbrauen, wie die Wachsköpfe in Ziedorns Schaufenster, und blond dabei wie ein Kanarienvogel. Und die Dame hatte ein violettes Tuchkleid an, und ein Jackett bis zu den Knien, mit gelben Knöpfen wie Sonnenblumen. Spitze Wiener Schuhe aus braunem Lack hatte sie, und auf dem Kopf trug sie eine Straußenfarm. Und was etwa von der Straußenfarm noch übrig geblieben war, das hatte man zu einer Boa verarbeitet, die lang und grau, rechts und links bis zu den Fußspitzen herunterflatterte. Und in der Hand führte die Dame einen violetten Schirm mit einem Vogelkopf und schwenkte ein Täschchen aus Krokodilleder. Frau Piesecke bekam einen ordentlichen Schreck und wischte sich verlegen den Handrücken an der Schürze ab. »Sie wünschen?«, sagte sie, denn sie dachte, es wäre jemand, der jetzt noch nach der Sechszimmerwohnung im dritten Stock käme.

»Aber Frau Piesecke«, sagte Emma, »kennen Sie mich denn jarnich mehr?«

»Ach, *Sie* sind es, Frollein!«, rief Frau Piesecke und nibbelte mit dem Handtuch über einen Küchenstuhl. »Setzen Sie sich doch. Ich habe Ihnen bei's Licht erst jar nich erkannt! Jott, sind Sie vornehm jeworden! Aber des is ja nett, dass Se ooch ma' an uns denken!«

»Ich bin bei's Theater«, sagte Emma und stocherte mit der Schirmspitze in eine Dielenfuge.

»So, bei's Theater?«

»Ja, mein Bräutjam will mir sojar jetzt für die ›hohe‹ Bühne ausbilden lassen.«

Und dann begann Emma zu plaudern, wie es denn hier im Hause ginge, was er – Piesecke – mache, und wo er denn heute wäre, und ob Frau Piesecke denn noch wüsste, wie sie ihr immer Kartoffelpuffer gebacken hätte, und wie sie ihr die Karten gelegt hätte. Und was denn ihre alte Herrin triebe – ob die noch immer »so« wäre, und sie war sehr erstaunt, als sie hörte, dass die vom dritten Stock Knall und Fall gekündigt hätten.

»Na – und haben Se denn den Schlächter mal wieder jesehen? Wissen Se, den hibschen blonden, der immer des Abends fragen kam?«

»Der is beim Milletär!«

»Ach beim Milletär? – Sehn se an.«

»Ja, sogar bei de Marine in Kiel. – Und der neue, der andere, der schlanke hat jesagt, wenn's ihm jefällt, bleibt er janz bei.«

»So so – bei de Marine! – Und was macht denn der kleene Briefträjer?«

»Ach Jott, die haben doch nu wieder een Kind jekricht.«

»Verheirat is er ooch? Det wüsst ick doch jarnich.«

»Und der Kaufmann Müller hier in' Haus, bei den hat er drei-undzwanzig Mark Schulden, und wenn er nächsten Ersten nich zahlt, hat mir Müller jesagt, denn wart er nich länger, denn jeht er direkt an de Behörde.«

»Na, und is denn meine Freundin, die dicke Hedwig, is die noch drieben bei Markowskis?«

»Die? Die? – Nee – die hat doch 'n Jungen bekommen!«

»Herrjott, det is aber wirklich des Neuste, wat ick höre«, rief Emma. »Also een' Jungen?!«

»Ja, und nu wird se sich wohl mit den schwarzen Friseurjehilfen, mit den Kubinke, hier rumklagen, – der soll des ja, wie sie sagt, jewesen sin. Und wissen Se, den schadt' des ooch jarnisch, der hat *Jeld*!«

»Ja, ja«, meinte Emma, »Geld hat er.«

»Aber so is nu so'n Mann, nich wahr? Wie er die Hedwig jlücklich so weit hat, da verlobt er sich mit die Pauline, wissen Se, die hier oben bei Löwenbergs ist. – Und des will nu een jebildeter Mensch sein! Ick sage immer: Die sind noch viel schlimmer wie de andern!«

»Also mit der roten Pauline is er verlobt?«

»Na ja – un meinen Se, det is dumm von ihm? – Die hat Pinke, 'ne janze Menge. Der macht hier 'n Laden uff, solln Se ma' sehn, Emma!«

»Herrgott«, sagte Emma und streifte den Ärmel ihres Jacketts zurück und blickte auf ihr Armband, »Herrgott, meine Uhr is schon jleich zehn, und um zehn muss ick mich schon mit meinem Br'äutjam treffen.«

»Na bleiben Se doch, Emma«, meinte Frau Piesecke und rückte ihr Zahntuch, »bleiben Se doch wenigstens, bis mein Oller kommt.«

»Nee, nee, Frau Piesecke, es jeht nich. Aber een andermal, da schreib ick vorher, und denn machen Se mir Kartoffelpuffer; wissen Se, Kartoffelpuffer *muss* ich mal wieder essen, die hab ick seit über 'n halben Jahr nich mehr jekricht, und vor Kartoffelpuffer häng ick mir uff!«

Das war nun nicht ganz richtig und entsprach nicht völlig der Wahrheit, dass die blonde Emma so lange keine Kartoffelpuffer gegessen hatte, denn es war kaum zehn Tage her, da hatte ihr ihre Mutter in Schmachtenhagen bei Oranienburg Kartoffelpuffer gebacken – der Junge war da noch keine acht Stunden alt gewesen. Und ihre Mutter gab, was Kartoffelpuffer anbetraf, Frau Piesecke durchaus nichts nach. Aber die blonde Emma wollte doch der lieben Frau Piesecke etwas Angenehmes sagen.

Und sie trat auf die Straße mit ihrer Straußenfarm und blieb einen Augenblick mit Frau Piesecke an der Tür stehen, weil es so leise herunterfisselte.

Als aber drüben auf der anderen Seite eine Kraftdroschke vorbeiratterte, rief Emma: »Auto! Auto!«, sehr hell, laut und selbstständig. Und der Kutscher lenkte in weitem Bogen um und fuhr schnarrend neben dem Bürgersteig an. Und dann sagte Emma: »Adieu, Frau Piesecke«, und trat an den weißlackierten Wagen. – Aber Frau Piesecke schüttelte nur den Kopf. Was aus so 'n einfachen Mächen alles werden kann!

»Schaffehr«, sagte Emma, »fahren Se mich nach Jäjerstraße – Jäjerstraße – Nummer? –«

»Ick weeß schon!«, sagte der Chauffeur, sonst nichts.

»Sieh mal – schnell – is das nich die Emma?«, rief die rotblonde Pauline Emil Kubinke zu. »Die Emma, die da ins Auto steigt? Weißt du, die früher hier im Hinterhaus bei der Nansen-Gersdorff war? Die hat sich aber rausjemacht!«

»Ja wirklich«, sagte Emil Kubinke, und dann atmete er auf. »Da hast du es mal wieder, *was* die Leute alles reden. – Also es ist *nicht* wahr!«

»Was kann ich denn dafür?«, verteidigte sich Pauline. »Ich hab's nur so jehört. – Aber weißt du, jeglaubt hab ich's ja auch nicht, denn sie war doch immer 'n ganz anständiges Mädchen.«

Damit gingen Pauline und Emil Kubinke in das Haus, weil es eigentlich wirklich kein Wetter zum Promenieren war, und weil Frau Piesecke mit ihrem Zahntuch schon mit den Schlüsseln an der kleinen Seitentür klapperte. Und bald war die Straße leer, und nur die Dame mit dem Merkurstab saß noch allein über der Tür, grau und mürrisch, und sie sah heute kaum zu ihrem Nachbar hinüber, – sie tat, als kenne sie den Jüngling mit dem Schurzfell und dem Amboss da drüben gar nicht. Denn immer schlechtes Wetter und immer schlechtes Wetter, das kann auf die Dauer selbst Romeo und Julien verstimmen ...

In der gleichen Nacht aber schrieb Emma Zieskow in der Grand Bar eine Karte an ihre lieben Eltern in Schmachtenhagen bei Oranienburg, sie wollte nun doch nicht länger damit hinterm Berg halten, dass der Friseurgehilfe Emil Kubinke der Vater von dem Kind sei, und sie möchten das nur ruhig dem Vormundschaftsgericht angeben.

Und trotzdem die lange Emma ziemlich betrunken war, als sie die Bar verließ – denn sie war das nicht mehr gewöhnt – so war sie doch gerade noch nüchtern genug, die Postkarte mühselig in den nächsten Kasten zu praktizieren, ehe ihr Begleiter sie in die Droschke stupste.

Und der November regnete und nieselte und graupelte sich so langsam in den Weihnachtsmond hinein, und wenn einmal ein klarer Morgen war, dann sagten die Nebel, das dürfe nicht sein, das wäre *ihre* Zeit, diese kurzen, schwindenden Tage gehörten ihnen, und ehe man es sich versah, machten sie wieder ihre Rechte geltend.

In einer grauen Frühe aber – man wusste nicht mehr recht, war es November oder schon Dezember – kam ein Herr mit einer

Aktenmappe und einem Schlapphut, lang, schlank und sehr freundlich, in den Laden des Herrn Ziedorn. Und da Emil Kubinke beschäftigt war, so rief er:

»Bitte, wollen Sie vielleicht einen Augenblick Platz nehmen.«

»Nein«, sagte der Mann lächelnd, »rasiert bin ich schon. Aber – ist vielleicht hier –«, und dabei blätterte er in seiner Mappe, »ein Friseurgehilfe Emil – Emil – Ku … binke?«

»Ja«, sagte Emil Kubinke sehr erstaunt, fragend und kleinlaut, und Herr Tesch pfiff plötzlich so ganz kurz und scharf – huit – durch die Zähne.

»Sind Sie es selbst?«, meinte der hübsche Herr und lächelte herzgewinnend.

»Jawohl, das bin ich«, stotterte Emil Kubinke.

»Ich hätte hier eine Vorladung für Sie«, sagte der freundliche Herr und überreichte, während er mit der Rechten in seiner aufgeklappten Aktenmappe kritzelte, so liebenswürdig, als ob er ein Praliné anböte, dem zitternden Emil Kubinke ein gelbliches Papier. »Ich danke Ihnen«, sagte der freundliche Herr und lüftete seinen Schlapphut.

Emil Kubinke fühlte, wie ihn Herr Tesch und Herr Neumann anstarrten, und er schob das Papier in die Seitentasche.

»Was war denn da eben?«, fragte Herr Ziedorn und zeigte seinen markanten Männerkopf in der Tür.

»Es hat jemand etwas für Herrn Kubinke gebracht«, antwortete Herr Neumann.

Herr Ziedorn schüttelte seinen markanten Männerkopf, ehe er verschwand.

Das war ja noch besser! Seine jungen Leute *hatten* kein Privatleben.

Aber als Herr Ziedorn verschwunden war, da begann Herr Tesch: »Na zeijen Se doch ma' her, Kolleje, wat haben Se'n da jekricht?«

»Nichts von Bedeutung«, sagte Emil Kubinke – aber das Papier brannte ihm ordentlich in seiner Tasche.

»Lachen Se nich, Neumann«, sagte Tesch nach einer Pause beredten Schweigens ganz tief und todernst, »Mensch, wat jrienen Sie denn immer? Sowat is bitter!«

»Jaja«, meinte Neumann und schüttelte seinen großen Kopf, »det durfte nich kommen.«

»Sowat looft ins Jeld«, sagte Tesch sehr bedächtig.

»Een paar Blaue kann det jut kosten«, meinte Neumann zustimmend.

»Da kommt man zu, man weeß nicht wie«, begann wieder Tesch nach einer Weile.

»Det kann aber jeden passieren«, meinte Neumann und nickte. »Da is keener vor sicher.«

»Un nachher sitzt man da mit 'n dicken Kopp, sagte Tesch und spritzte einem Herrn Bayrum auf den gelichteten Scheitel.

Als aber Emil Kubinke einen Augenblick hinten im Verschlag allein war, da faltete er ganz vorsichtig und misstrauisch das gelbliche Kuvert auseinander, ungefähr so wie ein Affe, dem man eine zerknitterte Tüte durch das Gitter zugesteckt hat, und der nun nicht weiß, ob da wirklich ein Stück Zucker eingewickelt ist, oder ob man etwa eine hinterlistige, surrende Wespe darin verborgen hat. Und – sst! – da flog die Wespe auch schon heraus und stach ihn niederträchtig ...

»In Sachen betreffend – Vormundschaft über den am 8. November 1908 geborenen Gustav Lemchen – Sohn der unverehelichten Plätterin Hedwig Lemchen – hiermit für den 23. November zwölfeinhalb Uhr – Königliche Amtsgericht, Zimmer – geladen!«

Emil Kubinke schwamm es vor den Augen. Und er las noch einmal – aber es blieb stehen: »Gustav Lemchen, Sohn der unverehelichten Plätterin Hedwig Lemchen' – blieb stehen schwarz auf weiß, mit ganz langen Schnörkeln. Die Sache war natürlich ein

Irrtum; er hatte in seinem Leben keine Plätterin gekannt. Was hatte er denn mit der Plätterin Hedwig Lemchen zu tun? Ein Versehen war es, das sich sicherlich sofort aufklären musste. Und ganz vorsichtig schob Emil Kubinke das Papier wieder in die Seitentasche und ging vor. Und er gab sich alle Mühe, keinerlei Verwirrung zur Schau zu tragen.

Aber auch Herr Tesch und Herr Neumann arbeiteten wieder ruhig wie immer an ihren Plätzen hinter den Stühlen vor den breiten Spiegeln mit den vielen blanken Dosen und Gefäßen. Nur, dass Herr Tesch dem Kunden erklärte, dass das Wetter sehr wenig freundlich wäre, was der andere ja ohnehin schon bemerkt haben musste; und dass Herr Neumann *seinen* Kunden belehrte, dass das doch ein dolles Ding mit dem Franzosen »Wricht« wäre, und wenn das auch zehnmal in die Zeitung stände, deswejen jlaube er's noch lange nich. Er würde schwindlich wer'n, wenn er immer so in'n Kreis in de Luft rumfliejen müsste.

Kaum jedoch hatte Emil Kubinke das Messer in die Hand genommen, als Herr Neumann so ganz unvermittelt, über den Kopf seines Kunden fort fragte: »Sagen Se mal, Herr Tesch, was is'n eijendich aus der Hedwich geworden, die hier bei Markowskis war?«

»Wat jeht'n *Sie* det an?«, versetzte Herr Tesch im Ton des tiefsten Erstaunens. »Die lernt plätten!«

Emil Kubinke griff nach dem Alaun, denn er hatte den Herrn geschnitten, gerade unten am Kinn, nicht tief, aber es blutete doch. Und das war ihm seit Jahren nicht mehr passiert.

Aber der Herr war standhaft. »Das tut nichts«, sagte er liebenswürdig und verzog schmerzlich das Gesicht. Innerlich jedoch brüllte er: »Esel!«

O dieser graue, regenfeuchte Tag, wie er langsam hinging! Und immer brannte Emil Kubinke die Vorladung in der Tasche. Er fühlte das Papier jeden Augenblick – es war ordentlich wie ein heißer viereckiger Stempel, den man ihm auf die Brust drückte. Und sowie er sich unbeobachtet glaubte, nahm er die Vorladung wieder heraus und tat einen Blick hinein. Aber jedes Mal stand genau das Gleiche da auf dem Papier, nicht ein Schnörkel weniger, nicht ein i-Tüpfelchen anders. Emil Kubinke sah den Schreiber vor sich, wie er das so seelenlos dahinkritzelte, wie er von seinem Butterbrot dabei abbiss und unbändig stolz auf seine langen F-Bogen war. Aber um *ihn* hatte er sich gar nicht gekümmert!

Und als er des Abends über den Hof schlich, der grau und lärmerfüllt lag und von den Lichtbalken aus den Küchenfenstern und von der Nernstlampe am »Herrschaftsportal« vielfach überbrückt und durchquert wurde, ohne dass das feuchte Dämmern ganz gehoben wurde – als er da über den Hof ging – da standen Luther und Dante und der Apoll von Belvedere ganz traurig im Regen zwischen den Tannen und Thujabüschen, und nickten wehmütig mit den Köpfen, als hätte das Amtsgericht Charlottenburg auch sie mit einer Vorladung bedacht … Aber heute lief Emil Kubinke nicht sofort pleine carrière zu seiner Pauline die Treppen hinauf, sondern erst ging er einmal oben nach seiner Bodenkammer, und da legte er dieses gelbe Kuvert, das so klein und so unbedeutend war, und das er doch bei jedem Schritt fühlte, ganz auf den Boden seines grauen Koffers und schichtete Hemden und Bücher darüber. So – da war es sicher! Da könnte es sich ja ausruhen – seinetwegen bis Pflaumenpfingsten – er würde einfach nicht hingehen – die könnten ihm ja nachpfeifen. Darüber war er jetzt mit sich im Klaren.

Am achtzehnten April war seine Pauline als Ritterin auf den Maskenball im Hohenzollerngarten gegangen – am achtzehnten April hatte er sie frisiert – jawohl am achtzehnten April – sicher – am achtzehnten April, Sonnabend, den achtzehnten – das konnte er beschwören. Seine Braut musste sich ja auch noch an das Datum erinnern. Und das ließe sich feststellen. Und am achten

November war dieser Gustav Lemchen geboren worden, der ihn durchaus für seine Existenz verantwortlich machen wollte. Na, das wäre ja noch schöner! Wenn er, Emil Kubinke, auch noch nicht in der Oberquarta sexuelle Aufklärung gehabt hatte – das war *nach* seiner Zeit – so wusste er doch ganz genau aus einem schönen Lied, dass vierzig Wochen dazu gehören, um alle Heimlichkeiten der Menschwerdung zu offenbaren. Und das könnten die am Gericht sich ja selbst ausrechnen. Er würde nichts sagen, wenn *eine* Woche an der ominösen Ziffer fehlen würde – seinethalben auch zwei, vier Wochen – aber zwei und ein halber Monat – das war doch ein wenig happig! Nein, da sollte dieser kleine Gustav Lemchen, dieser höchst unerwünschte Erdengast, nur ruhig an eine andere Tür klopfen – jedenfalls: Hingehen würde *er* nicht!

Und als Emil Kubinke das Papier glücklich unten im Koffer versenkt hatte, da war ihm wieder ganz wohl und behaglich zumute. Er hatte das Gefühl, als wäre diese Angelegenheit nun endgültig begraben und zu den Toten geworfen. Er empfand plötzlich so eine angenehme und vergnügliche innere Wärme, und er begann sogar zu singen, ganz laut mit seinem Bariton, während er die Treppen herunterstürmte: »Wer uns getraut? – Sag du's – sag du's – der Dompfaff, der hat uns getraut!« Diesmal war er noch gerade so mit einem blauen Auge davongekommen.

»Du, Pauline«, rief Emil Kubinke lachend, während er bei Löwenbergs in die Türe trat – und er wartete gar nicht den Begrüßungskuss ab –, »du, Pauline, wann war der Maskenball im Hohenzollerngarten?«

»Im Hohenzollerngarten? – Das muss so am achtzehnten April gewesen sein.«

»Siehst du, am achtzehnten April.«

»Aber warum musst du denn das wissen, Emil?«

Ja, warum denn nur schnell?!

»Ach«, stotterte Emil Kubinke verlegen, »ich habe es mir schon den ganzen Nachmittag überlegt.«

Aber Pauline sah nur mit ihren großen braunen, feuchtschimmernden Augen Emil Kubinke lächelnd und dankbar an, denn sie dachte, er hätte wieder einmal, wie sie das ja oft taten, Liebeschronologie getrieben. »Erinnerst du dich noch? – Es war am zweiten Sonntag im Juli« – »Nein, Kind, es war am ersten!«

Und als Emil Kubinke am nächsten Morgen aufwachte, in der grauen Dachkammer, da hatte er die Vorladung zuerst einmal ganz vergessen. Und als sie ihm dann einfiel, sah er befriedigt auf seinen Koffer hinunter, der sie umschloss. Da lag sie ganz gut.

Nach wie vor aber unterhielten sich Herr Tesch und Herr Neumann Tag für Tag über Emil Kubinkes Kopf weg und besprachen freimütig sehr heikle Dinge.

»Die hat doch 'n Jungen gekriecht, die dicke Hedwig«, begann Herr Neumann.

»Was Sie sagen!«, meinte Herr Tesch.

»Wer markiert nu da eijentlich den Vater?«, fragte Herr Neumann.

»Des is noch nich raus«, sagte Herr Tesch.

»Soll 'n hübsches Kind sein«, sagte Herr Neumann, »ganz schwarz!«

»Jaja, hab ick jehört«, entgegnete Herr Tesch.

»Ob der ooch mal Frisör wird?«, meinte Herr Neumann.

»Wat jeht *Ihnen* det an?«, sagte Herr Tesch ernstlich verweisend. »Ick weiß nich, Neumann, wat Sie sich immer um unjelegte Eier zu kümmern haben. Warten Sie doch ab!«

Aber Emil Kubinke blieb ganz ruhig. Ihn traf das nicht. Er stand über den Dingen. Er wartete nur, wie die sich zum Schluss ärgern würden, weil man ihm nichts anhaben könne. Aber die zwei Monate, die er im besten Falle noch bei Ziedorn bliebe, wollte er hier keinen Streit anfangen. Nein, die beiden mochten reden, – was sie wollten – er ließ sich auf *nichts* ein. Wer war überhaupt dieser Herr Tesch? Oder gar dieser Neufundländer aus Stolp in Pommern!?

Als aber der Tag herankam, da Emil Kubinke vor dem Herrn Vormundschaftsrichter sich zu der ihm unterstellten Vaterschaft über Gustav Lemchen äußern sollte, da war ihm doch ein wenig unheimlich zumute, denn er glaubte jede Minute, dass jetzt die Tür aufginge und ihn die Häscher in Banden schlagen würden. Emil Kubinke kannte das, er hatte darüber sogar einen Aufsatz gemacht. – Aber als nichts von dem geschah, und kein Schutzmannshelm im Laden aufblinkte, und der Tag so ganz still und regnerisch – nur am Mittag war er für ein paar Stunden mattblau und trocken – vorüberzog, da war doch Emil Kubinke recht froh, und er sagte sich, dass die Sache vielleicht damit schon beendigt sei – oder dass man ihn schlimmstenfalls noch ein zweites Mal laden würde; und dann würde er eben hingehen und erklären, warum er die ihm zugedachte Ehre ablehne und sie um keinen Preis annehmen könne. Und mit jedem neuen Tag wurde Emil Kubinke vergnügter und stolzer – die Küche war inzwischen auch auf hundert Mark heruntergesetzt worden – und jetzt ging ihn die lästige Geschichte schon gar nichts mehr an. Und Emil Kubinke belustigte sich sogar nunmehr über die Zwiegespräche zwischen Herrn Tesch und Herrn Neumann, die immer wieder neue Abwandlungen fanden.

Doch ach! Emil Kubinke – er befand sich schwer im Irrtum: Die Mühlen der preußischen Justiz arbeiten zwar langsam, oft sogar *sehr* langsam, aber sofern es sich um einen einfachen Emil Kubinke handelt, durchaus sicher und zuverlässig. Und während Emil Kubinke noch ganz vergnügt der rotblonden Pauline Abend für Abend »Wir tanzen Ringelreihen« mit Variationen vorpfiff, das er neben dem Vilja-Lied in sein Repertoir aufgenommen hatte … den Autoschal hatte Pauline ihm auch gewaschen –

währenddessen waren schon die Akten Gustav Lemchen kontra Emil Kubinke zu einem ganzen Faszikel angeschwollen. Ja, das Gericht hatte dem Gustav Lemchen, dessen Forderungen von seinem Großvater als Vormund verfochten wurden, sogar einen richtigen Rechtsanwalt beigesellt; und da es eine Armensache war, so legte der auch durchaus kein besonderes Gewicht auf langsame Erledigung.

Ferner aber muss es doch zu Emil Kubinkes Ehre gesagt werden, dass der Rechtsanwalt Schlesinger III der Meinung war, dass für *seinen* Klienten die Sache sehr schlecht und oberfaul stände. Denn: Erstens war die Glaubhaftigkeit der Mündelmutter dem Rechtsanwalt Schlesinger III überaus zweifelhaft erschienen, und außerdem sagte er sich kopfschüttelnd, dass doch gemeiniglich die Rechnungen von Mitte April noch nicht Anfang November einkassiert werden. Immerhin hatte Rechtsanwalt Schlesinger III, trotzdem er noch gar nicht lange seinen Beruf ausübte, bei der preußischen Justizpflege schon so viel Überraschungen erlebt, und die Sache war oft ganz anders gekommen, als man nach menschlichem Ermessen, ja selbst nach juristischem Denken, auch nur vermuten konnte, – so ganz und gar anders gekommen, dass ihm die volle Zweifelhaftigkeit der Lage vielleicht für seinen Klienten Gustav Lemchen, vertreten durch dessen Vormund August Schneider aus Prenzlau, eher ein Vorteil als ein Nachteil dünkte.

Im Geiste aber sah Rechtsanwalt Schlesinger III doch schon eine lange Reihe von Exzeptionisten, geführt von dem Friseurgehilfen Emil Kubinke, vor dem Richtertisch aufmarschieren und die Schwurhand erheben, wie der Chor in der attischen Tragödie: brave Schriftsetzer, Unteroffiziere, Grünkramhändler, Schlächter, Postgehilfen, Straßenbahnschaffner, Asphaltarbeiter, Chauffeure, Hausdiener und Tischlergesellen, Schlosser, Kellner, Bereiter und Tennistrainer. Und dann Gute Nacht, Gustav Lemchen, vertreten durch Herrn Schuhmachermeister August Schneider aus Prenzlau!

Vorerst aber war einmal Klage erhoben worden.

Damit war jedoch der November so gemächlich in den Weihnachtsmond hinübergeregnet. Und wenn auch noch keine Tannenbäumchen auf der Straße standen, wenn die jungen Wälder erst gerade in ganzen Güterzügen auf Berlin anrückten, so roch man doch schon, wenn die Luft scharf ging, so etwas wie Nadelduft; denn in den Schaufenstern waren schon die Zervelatwürste mit rosa Seidenbändchen gebunden, die Zigarrenhändler priesen Präsentzigarren an, Karpfen planschten in Waschfässern neben den Ladentüren, und Gänse lagen friedlich in Reihen mit sanft gekreuzten gelben Watschelbeinen; Pieseckes Mieter vom vierten Stock beschwerten sich, dass die Wohnung kalt wie ein Hundestall wäre, und die vom Hochparterre schickten stündlich das Mädchen, dass sie vor Hitze umkämen; Herren in Pelzen sahen wohlgenährt und zufrieden aus wie Herbstdachse, und die Arbeitslosen zogen zu zweien und dreien die Straßen entlang, in abgeschabten Jacketts, die Kragen hoch und Fransen an den Hosen, frostig und mutlos, und warteten auf den ersten ordentlichen Schneefall. Und die Schnapsflasche half ihnen auch nicht viel. Man merkte, es ging wieder einmal auf Weihnachten in Berlin – und den Menschen ein Wohlgefallen.

Da, an einem so schönen, vergnügten Morgen – an der Ecke war gerade der allererste Händler mit zehn Tannenbäumchen anmarschiert, und er tischlerte schon Hutschen – da erschien wieder im Laden des Herrn Ziedorn der lange schlanke Herr mit dem Schlapphut. Aber jetzt hatte er einen grauen Hohenzollernmantel um und einen stolzen Biberkragen darauf. Und er sah sehr verbindlich und sehr elegant aus, hatte etwas vom Diplomaten an sich, der eine eiserne Tatkraft hinter den leichten Umgangsformen des Weltmannes verbirgt.

»Sie sind doch Herr Kubinke?«, sagte er und nickte Emil Kubinke mit einem Lächeln zu, das entwaffnete. »Nicht wahr?«

»Ja«, entgegnete Emil Kubinke sehr leise, denn er war tief erschrocken, war ein hypnotisiertes Kaninchen vor diesem Mann mit der lächelnden Verbindlichkeit; aber er hörte doch deutlich, wie Herr Tesch durch die Zähne – das war eine Spezialität von ihm – »Ach du lieber Augustin« pfiff, und Herr Neumann tief sagte: »Die Woche fängt jut an.« Und da hatte Emil Kubinke auch schon ein Kuvert in der Hand, und der Mann kritzelte wieder in seiner Aktenmappe, ehe er den zitternden Emil Kubinke mit dem Geschenk allein ließ.

Hinten in der Tür aber erschien Herr Ziedorn und wechselte mit Herrn Tesch einen verständnisinnigen Blick.

»Auf die Dauer aber jeht des wirklich nich mit Ihnen, Kubinke.«

»Das wird eben noch einmal die Vorladung sein«, sagte sich Emil Kubinke und schob das Papier in die Tasche. Aber eigentlich sagte er sich das nicht, wollte sich das nur einreden, nur weismachen, nur vorlügen; denn das Gewicht des Papiers sprach zu deutlich davon, dass das mehr als eine schlichte Vorladung, als solch simpler Wisch wäre. Aber vor *diesen* da wollte er sich keine Blöße geben, dem Pöbel enthüllte Emil Kubinke sein Innerstes nicht.

»Da hatten wir einen in de Burgstraße«, sagte Herr Tesch.

»In de Burgstraße?«, meinte Neumann.

»Lassen Se ein' doch ausreden, Mensch!«, rief Herr Tesch. »Also – der musste for *dreie* zahlen!«

»Des is noch jarnischt«, sagte Herr Neumann, »bei uns in Stolp, da lebte 'n alter Kaptän –«

»Erzählen Se doch das Ihrer Waschfrau«, unterbrach Herr Tesch.

»Nee, nee, – der hatte for *sieben* zu zahlen«, fuhr Herr Neumann fort.

»For sieben?!« Herr Tesch nickte. »Sehr tüchtig!«

»Und dabei is er nur immer ein'n Monat an Land jewesen und elf Monat auf See! – Nu denken Se, Kolleje, wenn der nun des *janze* Jahr an Land jewesen wäre ...«

»Det würden vierundachtzig sind«, sagte Herr Tesch todesernst. »Des is zu ville. Des is sozusagen übermenschlich. Dajejen wäre ja selbst Kubinke 'n janz kleiner Waisenknabe!«

Aber Emil Kubinke hörte das nur halb, denn er war schon in den Verschlag getreten und hatte klopfenden Herzens das Papier geöffnet. Und wenn ehedem nur *eine* niederträchtige Wespe daraus hervorgeschwirrt war, so umsurrte und umsummte ihn jetzt ein ganzer *Schwarm*. Und wenn er nach der einen schlug, da war schon die andere da und stach, und eine dritte brummte ihm in die Ohren.

Emil Kubinke ließ seine Blicke nur so über das Papier tanzen – er konnte es gar nicht erwarten, umzublättern.

»In Sachen des Minderjährigen Gustav Lemchen – Kläger, gegen den Friseurgehilfen Emil Kubinke – wegen Alimente – lade ich – beantragt werden, zu verurteilen, an den Kläger zu Händen seines gesetzlichen Vertreters – jährliche Rente – 180 Mark (in Worten: einhundertachtzig Mark) ...« *einhundertachtzig!*

Emil Kubinke schnappte nach Luft, »In vierteljährlichen Raten – auf die Dauer von 16 Jahren« – *sechzehn Jahren!* ...

Emil Kubinke drückte mit der Schulter beinahe die Glasscheibe ein.

»Kosten des Rechtsstreits – Urteil vorläufig vollstreckbar.«

Emil Kubinke wollte nicht mehr lesen – nicht ein Wort. Aber dann bezwang er sich: nur keine Halbheit; er musste alles wissen.

»Sachverhalt: Der Kläger ist als Sohn der Zeugin Hedwig Lemchen am 8. November 1908 geboren. Der Beklagte ist Vater des Klägers.« Sprich und schreibe »Vater«! ... Hier steht wirklich und wahrhaftig »Vater des Klägers«!

»Beweis: Zeugnis der Mündelmutter ...«

»Mensch«, sagte Herr Tesch, als Emil Kubinke wieder in den Laden trat, »Mensch, was is Ihnen denn? Sie sehn ja aus wie Braunbier mit Spucke!«

Aber Emil Kubinke antwortete nicht und sagte nur: »Der nächste Herr, bitte.«

Ach, Emil Kubinke, er handelte sehr unklug, dass er Herrn Tesch keinen Bescheid gab, und dass er glaubte, *er* wäre besser und feiner als sein Kollege. Denn, wenn er, Emil Kubinke, auch bis Oberquarta gekommen war und Herr Tesch nur mit Mühe und Not bis zur zweiten Klasse der siebenundneunzigsten Gemeindeschule, deswegen gab es doch sehr, sehr viele Dinge, bei denen Emil Kubinke von Herrn Tesch lernen konnte, und vor allem in Alimentensachen wusste Herr Tesch ganz ausgezeichnet Bescheid, und er hätte ihm gleich gesagt:

»Kubinke«, hätte er gesagt, »die Hauptsache bei die Alimente sind die Pluriums; – wenn Se keene Pluriums haben, fallen Se rinn. Da hilft Ihn' keen Jott! Denn ohne Pluriums können Se des Aas jarnicht nachweisen. Da nennen Se also zuerst hier den Zijarrenfritzen, den hier aus de Filjale, un denn den Schlächter, der jetzt bei de Matrosen is, und denn den kleenen verheirateten Briefträger, – mit *die* is se jejangen, des weiß ich, – die müssen nachher schwör'n. – Und vor allem, Kubinke, lassen Se sich eens raten: Jehn Se zu Veilchenfeld, zu keen' andern, als wie Rechtsanwalt Veilchenfeld! Veilchenfeld is scharf uff Alimente! Mir hat Veilchenfeld ooch schon mal so 'ne Sache verteidigt.«

Aber Emil Kubinke antwortete eben nicht, und Herr Tesch hatte auch keinen Grund, sich mit seinem Rat irgendjemand aufzudrängen – nein, das tat er nicht: Er wusste, was er sich als Mensch schuldig war. Und wenn es Emil Kubinke auch schlimm zumute war, und wenn er bei der Arbeit auch manchmal hilfesuchend zu Herrn Tesch hinüberschaute – denn er hätte nur zu gern irgendjemand sein Herz ausgeschüttet – so schwieg er doch immer, weil er Spott fürchtete. Dabei jedoch konnte man deutlich sehen, wie es an ihm fraß, wie der Gedanke ihn nicht losließ, keine Stunde, weder Tag noch Nacht; Emil Kubinke war wie einer, der eine böse Wunde am Körper hat: Sie mag ihm keinen Schmerz bereiten, mag irgendwo ganz geheim unter Hemden und Kleidern verborgen sein – und doch wird er stets glauben, dass man sie sieht, dass er sich verrät, dass alle Welt auf seine Schwäre weist.

Ja, dass Emil Kubinke *nicht* verurteilt wurde, das war ihm mit der Zeit klar geworden. Darüber beunruhigte er sich nicht mehr – o nein – keineswegs, – nicht im Geringsten. Denn – erstens *durfte* man ihn ja nicht verurteilen, und zweitens würde er eine Rede halten. Und Emil Kubinke malte es sich aus, wie er sprechen würde, – voll selbstsicherer Verbindlichkeit dem Richter gegenüber, nachdrücklich und ernst für die Gegenpartei. Beweise würde er bringen, Zeugnisse würde er vorlegen, schwarz auf weiß zeigen, dass er bis zum dreißigsten März überhaupt in einem anderen Stadtviertel gewohnt hätte. Nein – verurteilt würde er nicht, dessen war er sicher. Aber, wenn seine Pauline es erführe! Emil Kubinke wagte gar nicht, sich das auszumalen … Ob er es ihr nicht doch lieber sagen sollte, was ihre Zukunft bedrohte?! Zehnmal war Emil Kubinke drauf und dran, es zu tun; aber dann überlegte er es sich immer wieder, dass man bei üblen Dingen nie vorher reden soll, sondern immer erst sprechen darf, wenn sie vorbei sind.

Ja, am zwanzigsten, wenn die Sache glücklich beendet war, dann würde er es Pauline mitteilen, würde ihr alles haarklein erzählen. Nun ja – nun ja – so ganz genau … mit den Einzelheiten … würde er es ihr ja nicht berichten, – es genügte, wenn er sagte, dass die Person ihn falsch bezichtigt hätte, dass sie die Anklage aus der Luft gegriffen, sie sich einfach aus den Fingern gesogen hätte … Aber er – Donnerwetter! – er hätte ihr auch die Zähne gezeigt! Und der Rat auf dem Gericht, der hätte ihm sogar nachher die Hand gegeben. Und die Person hätte er heruntergeputzt, dass kein Hund von ihr mehr einen Brocken genommen hätte. Es hätte nicht viel gefehlt und er hätte sie auf der Stelle einsperren lassen ...

Ja, aber vielleicht wäre es doch am allerklügsten, wenn er auch da noch nichts sagte. Und später – sobald sie verheiratet wären – eines schönen Tages, so ganz nebenher, da würde er dann mit der Sprache herausrücken! Denn *Geheimnisse*, die dürfe es zwischen ihm und seiner Pauline nicht geben; er sollte keine vor ihr haben und sie keine vor ihm. Das wäre das erste Erfordernis ... Ach Gott, Emil Kubinke war eben noch sehr jung und er ahnte noch nicht – oder ahnte er es doch? – dass eigentlich nur *die* Menschen miteinander leben können, die voreinander Geheimnisse haben und dass sie unser letztes und höchstes Gut sind, das wir nie und nimmer aufgeben können, ohne bettelarm darüber zu werden ... Ja, aber – merkwürdig! – in der ganzen Welt kümmerte sich eigentlich kein Mensch um den Prozess Lemchen kontra Kubinke. Das Amtsgericht legte gar keinen besonderen Wert darauf, denn es schwebten gerade dreihundertsiebenundneunzig der gleichen Klagen, und der Richter auf Zimmer achtundzwanzig hatte deren allein fünfunddreißig. Und Tesch und Neumann trieben auch die Beschäftigung mit der Sache nur noch als solche Art von geistigem Sport – solch Blindspielen: Erst zog Weiß und dann Schwarz; und wenn sie auch die Partie nicht zu Ende brachten, so hatten sie sich doch unterhalten und einander und den Zuschauer durch ein paar lustige Züge überrascht. Und auch Pieseckes schenkten dem Fall keine besondere Beachtung; denn die runde Hedwig hatte in der letzten Zeit sich keineswegs danach benommen. Dreimal hatte es bei Markowskis Roastbeef gegeben – und trotzdem Hedwig genau wusste, wie gern Herr Piesecke Roastbeef aß, hatte sie sich nicht gerührt. Und die Lehmann, die schleppte alles nur für sich und ihre sieben Kinder weg, wie ein

Hamster in seinen Bau. Nee, nee, aus *solchen* Leuten machten sich Pieseckes durchaus nichts.

Ja, – und auch Pauline schien nichts von dem Prozess Lemchen kontra Kubinke zu ahnen. Und wenn Emil Kubinke manchmal missgestimmt war und nicht mehr wie ein Zeisig die »lustige Witwe« und die »Dollarprinzessin« pfiff, dann dachte die rotblonde Pauline, dass er nur müde von der vielen Arbeit wäre, und steckte ihm noch beim Abschied eine Spickgansstulle in die Tasche; die sollte er vor dem Schlafengehen essen. Und sie ließ Emil Kubinke mit anschreiben, wenn sie an ihre Eltern schrieb; denn das Umgehen mit der Feder machte Pauline sichtliches Vergnügen, – und wozu hatte sie sich denn eigentlich den teuren »Allgemeinen Liebesbriefsteller« gekauft?! Wenn sie aber an ihre Freundin schrieb, die sie in Heringsdorf kennengelernt hatte, da ließ sie Emil Kubinke nicht mit anschreiben. Ja, er durfte die Karte nicht einmal in den Briefkasten stecken, – das war der rotblonden Pauline nicht sicher genug, da ging sie lieber selbst.

Und über Weihnachten konnten sie natürlich nicht nach Bärwalde zu Paulines Eltern fahren, denn für Weihnachten erwarteten Löwenbergs Besuch aus England, und da durfte also Pauline um keinen Preis fort. Aber nach Neujahr, da hätte Frau Betty Löwenberg nichts dagegen.

Auf der Straße aber, da merkte man nun schon gar nichts von dem Prozess Lemchen kontra Kubinke. Die ganzen Ulmenreihen entlang standen die Weihnachtsbäume, und dazwischen gingen die Mütter mit den Kindern immer zu dreien und dreien, ordentlich wie durch einen Waldweg dahin; denn Liebespaare wie im Mai gab es jetzt gar nicht mehr, die waren ausgestorben, und unumschränkt herrschte nunmehr das Urbild der deutschen Volkskraft – die staaterhaltende Familie.

Einmal fiel auch solch ein bisschen Schnee, und er blieb ein paar Stunden auf den Fichten und Weißtannen liegen, als ob sie schon alle mit Lametta und Watte ausgeputzt wären. Aber nicht ein Baum wurde wegen Lemchen kontra Kubinke weniger verkauft, und wem sie vor Ziedorns Laden zu teuer waren – denn das war hochherrschaftliche Gegend – der zog sich einfacher an und ging zwei Straßen weiter … da bekam er die Weihnachtsbäume halb geschenkt. Und wer Geld hatte, kaufte allerhand unnütze Dinge, die aus den Schaufenstern lockten; und wer keins besaß, betrachtete sie sich wenigstens. Und Goldhänschen feierte schon seit acht Tagen Weihnachten, denn Herr Max Löwenberg brachte täglich ein neues mechanisches Spielzeug vom Leipziger Platz mit: heute den störrischen Esel und morgen die wackelnde Gans, übermorgen die Dame, die walzte, und den Tag darauf den Clown, der auf den Händen lief oder den gelehrigen Pudel, den krabbelnden Käfer, Lehmann im Automobil und den Müller, der in seine Mühle klettert! Alle hatten aber, so verschieden sie auch sein mochten, *eine* Ähnlichkeit: Das erste Mal überraschten sie in ihrer schnurrenden und geschäftigen Lebendigkeit; das zweite Mal belustigten sie, das dritte Mal langweilten sie, und das vierte Mal gingen sie kaputt; – knack! – platzte die Feder, und sie fielen um und regten kein Bein mehr. Aber dann interessierten sie Goldhänschen am meisten, denn nun konnte er sehen, wie sie innen aussahen.

Der kupferne Sonntag ging so vorbei und der silberne Sonntag, und die Menschen schoben sich in schwarzen Mengen die feuchten Straßen hinab, nicht um zu kaufen, sondern nur um den Kindern das Leben und die vielen bunten Schaufenster zu zeigen; und die Zeitungen schrieben, dass sie gut oder schlecht gewesen, hinter den Erwartungen zurückgeblieben wären oder sie erfüllt hätten – die Sonntage. Aber von dem deprimierenden Einfluss, den der beginnende Prozess Lemchen kontra Kubinke auf die allgemeine Geschäftslage hatte, wusste keine auch nur ein Wort zu berichten.

Ach, Emil Kubinke verstand das gar nicht, wie das alles so weitergehen konnte, da er doch schon kaum eine Nacht schlief und immer wieder seine Rede memorierte. Nun ja, verurteilt würde er ja nicht werden – unmöglich! – aber es war doch sehr aufregend und sehr unangenehm. Und Emil Kubinke fürchtete noch immer, Pauline hätte Wind bekommen und würde ihm eine Szene machen; aber je grämlicher Emil Kubinke war, desto schmeichlerischer und zärtlicher wurde nur die rotblonde Pauline. Denn Emil Kubinke und Pauline waren ja nur erst verlobt und noch nicht verheiratet.

Und als am Abend vor der Verhandlung Emil Kubinke ganz besonders scheu und gedankenvoll gewesen war, da hatte sogar Pauline die Schuld auf die Bücher geschoben und gesagt, dass sie die Bücher ins Feuer werfen würde, wenn sie erst verheiratet wären. Und sie hatte sich nur bass gewundert, als Emil Kubinke höflich aber bestimmt geantwortet hatte:

»Das ist ein Irrtum von Ihnen, Herr Rat.«

Ja, und als Emil Kubinke erwachte – denn er war endlich doch eingeschlafen, Herr Tesch und Herr Neumann hatten ihn mit ihren Melodien sänftiglich eingewiegt – da lag drüben auf den Dächern, auf allen Kanten und Rinnen, auf den Mauervorsprüngen und Figuren, zwischen dem welken Kraut und an den Winkeln bei den Schornsteinen … Schnee – Schnee … nicht gerade viel, aber in schönen weißen Flächen und Strichen, und der aufdämmernde Morgen leuchtete ganz mattblau darüber hin. Hinten standen schon die beiden Figuren mit den goldenen Reifen hoch gegen den Himmel, und auf dem Schellenbaum des Telefons saß eine alte Krähe und philosophierte über das Wetter. Kälte machte ihr nichts; aber wenn noch mehr von dem weißen Zeug käme, das wäre immerhin unangenehm; denn wenn man auch nur eine alte Krähe ist, – man will doch auch leben.

Emil Kubinke zog seinen guten Anzug an und band sehr sorgfältig, trotz der klammen und zitternden Finger, seine Krawatte und steckte eigens noch eine kleine Hufeisennadel, die er sonst selten trug, in den Knoten; den Autoschal glättete er auch, ehe er ihn um den Hals legte; auf sein Haar verwandte er all seine Kunst; und das Jackett bürstete er und bürstete er, bis es glänzte wie Speck. Denn Emil Kubinke sagte sich, es läge sehr viel daran, dass er einen vornehmen und günstigen Eindruck auf den Gerichtshof machte. Und er bat Herrn Tesch höflich, ob er ihn heute bei der Kundschaft außer dem Hause vertreten wolle, weil er einen Termin wahrnehmen müsse. Doch Herr Tesch sagte nur: »Machen wir, Kubinke. Aber eens rat ick Ihnen: Nehmen Se sich in Acht, lassen Se sich nich jejen'n Wagen fahren!«

Denn, wenn Herr Tesch sich auch im Stillen über diesen Kollegen Kubinke äußerst belustigte, so wünschte er ihm keineswegs etwas Schlimmes. Nein, so war Herr Tesch nicht.

Doch als Emil Kubinke sich bei Herrn Ziedorn entschuldigte: Er wäre spätestens um zwölf wieder zurück, aber er müsse als Zeuge vor Gericht erscheinen, da fragte Herr Ziedorn plötzlich:

»Haben Sie denn wenigstens einen Rechtsanwalt, Herr Kubinke?!«

»Nein«, entgegnete Emil Kubinke ganz erschrocken, »aber mir kann ja nichts passieren.«

»Wenn Ihnen nichts passieren kann, Herr Kubinke«, sagte Herr Ziedorn, »haben *Sie* recht. – Aber passen Sie mal auf, Kubinke, ich kenne die Jeschichte. – Bei's Jericht bin ich 'n alter Praktikus. Wenn die andern einen Rechtsanwalt haben, da ziehen sie Ihnen das Fell über die Ohren, ehe Sie überhaupt ›piep‹ sagen. Aber ich will Ihnen durchaus keine Angst machen – die Sache wird schon schief gehen.«

Emil Kubinke war es recht peinlich, dass seine Angelegenheiten von Herrn Ziedorn vor versammeltem Kriegsvolk diskutiert wurden; aber er sagte sich, dass es doch wirklich ungebildete Leute wären, von denen man kein Zartgefühl in der Behandlung von Privatdingen erwarten könnte. Und so ging er hinaus in den

Wintermorgen. Der Schnee lag noch so ganz dünn und weich auf den Straßen und Dämmen, hatte mit weißer Kreide die dunklen Linien der Baumstämme und Äste nachgezogen, und von vielen Wagenspuren war er schon zerfurcht, und von vielen Fußtritten war er schon zertappt; in den Vorgärten und in den stillen Häuserwinkeln aber da dehnte er sich noch wie reines, glattes Leinen. Und so beklommen es Emil Kubinke zumute war, so machte es ihm doch ganz im Geheimen Vergnügen, gerade an diesen Stellen, nahe an den Häusern entlang, – wo noch niemand vor ihm gegangen war, – seine Fußspuren in die dünne Schneeschicht zu drücken. Denn die Portierleute ließen es heute einmal auf ein Strafmandat ankommen, und sie hatten den Schnee noch nicht zu kleinen Hügeln neben dem Damm aufgeschichtet, sie trugen gerade erst eben Besen, Kratzer und Schaufeln heraus, und sie stellten sich noch einmal hin und walkten kräftig mit den Armen, um warm zu werden, ehe sie an die Arbeit gingen. Und seltsam – sogar die Jungen, die zur Schule marschierten, die jubelten heute keineswegs über den Schneefall; denn heute war, das muss gesagt werden, für die Jugend durchaus kein Glückstag. Und wenn auch die Ferien begannen, so zog doch mancher, der sonst lustig und heiter des Morgens mit seinen Büchern dahintrabte, heute recht still und trübselig mit der Zensurenmappe durch die Straßen. Denn wer garantierte ihm, dass er nicht zu Hause Katzenköpfe ernten würde?

Ach, und auch Emil Kubinke zog klein, bescheiden und bänglich dahin, denn auch er sollte heute eine Zensur bekommen, und der Begriff der Zensur war in seinem Leben von je so eng mit Katzenköpfen verbunden, dass sie für Emil Kubinke auch heute noch untrennbar voneinander waren ...

Aber die Zensurenstimmung, die über der Schuljugend schwebte, so dass sie weniger lärmend denn sonst zu den großen Richtplätzen zog, die war auch das *einzige,* das mit den Empfindungen Emil Kubinkes mitklang; sonst merkte man nirgend etwas von dem Prozess Lemchen kontra Kubinke: Die Verkäuferinnen stiefelten nach den Geschäften; die Läden wurden aufgezogen; die Schaufenster wurden enthüllt und sahen mit neuen blanken Augen in das Licht hinein; auf den Neubauten begannen die Putzer und Maler zu schaffen, schippten den Schnee von den Gerüsten, und die Straßenbahnen rauschten darunter entlang, dicht besetzt mit Geschäftsleuten, eilten, dass sie von den stillen Straßen fortkamen, und liefen und jagten, so schnell sie konnten, nach dem lärmerfüllten Stadtinnern.

Über allem aber lag heute, – gerade heute! – so ein feiner mattblauer Himmel, nicht sommerblau, nicht wintergrau sondern ganz licht, dunstig und von weißlichen Streifen durchquert. Die Sonne schien nicht, aber so ein leichtes rötliches Flimmern füllte die Straßen und breitete sich über die Firste und Dächer der Häuser; man fühlte, dass sie selbst, die alte Sonne, noch draußen irgendwo ganz rot und tief im Dunst über den bereiften Wäldern und beschneiten Feldern, über rauen, aufgebrochenen Äckern hängen musste. Auch die also, auch *die* nahm *gar keinen* Anteil an dem Prozess Lemchen kontra Kubinke ...

Und dann trat Emil Kubinke aus den Straßen heraus, und vor sich hatte er nun die weiten Flächen ... mit ihren weißen Tüchern, aus denen welkes und morsches Kraut mit dunklen Spitzen sah ... mit den einsamen kahlen Pappeln, die mit tausend feinen Zweigen all das flimmernde blaue Schneelicht fingen ... und mit den Laubenkolonien dazwischen, die jetzt ganz still und tot mit ihren paar halb erfrorenen Kohlköpfen und mit ihren welken Sonnenblumenstängeln lagen. Über ihre weißen Dächer fort flatterten noch die bunten Fähnchen von den Erntefesten her, und die letzten Girlanden aus weißem, rotem und blauem Papier schwankten in der Luft. Ganz still aber und erstorben war alles, und allein eine einsame Haubenlerche grub zwitschernd vor Emil

Kubinke ihre kleinen dreizackigen Spuren in den jungen Schnee, nur um aufzufliegen, wieder vor ihm herzutrippeln und von Neuem für einen kurzen Flug davonzuflattern ...

Emil Kubinke dachte daran, wie er im Frühjahr hier mit seiner Pauline die lange, schöne Feststraße hinabgeschritten war, auf diesen blauen Strich des Waldes zu, der dort hinten zitterte. Und er kam sich plötzlich hoffnungslos, bemitleidenswert, ganz und gar verlassen und unglücklich vor. Aber ganz heimlich gefiel sich Emil Kubinke doch sehr gut dabei; denn nichts hebt uns ja mehr in unseren eigenen Augen als wahre oder eingebildete Leiden, und außerdem – das dürfen wir nicht vergessen – war Emil Kubinke in der Schule ja nur bis Oberquarta gekommen, gerade bis Oberquarta. Und ach, wir alle bleiben ja irgendeinmal stecken, irgendwo sitzen und kleben für Lebenszeiten. Ich habe Menschen gekannt, die mit vierzig Jahren Tertianer waren, Frauen von fünfunddreißig, die immer noch in der zweiten Klasse saßen, und Professoren, die nie über das dritte Semester hinausgekommen waren. Und Emil Kubinke war und blieb also eben sein Lebtag Oberquartaner ...

Aber dann sagte sich Emil Kubinke, dass er sich doch gerade jetzt nicht seinem Schmerz hingeben dürfe, und im Weiterschreiten begann er ganz laut vor den beschneiten Zaunpfählen und Laternen seine Rede zu memorieren:

»Sehr geehrter Herr Rat! Die von dieser Person gegen mich erhobene Beschuldigung entbehrt, wie ich zu beweisen in der Lage bin, jeder Begründung; denn ...«

Und da war Emil Kubinke schon wieder in den Häusern. Drüben zog sich die Stadtbahn hin mit gelben Bogen. Züge rollten heran, von rechts und links, unter dem mattblauen Himmel. Rauchfahnen wurden nachgeschleift, standen lange klar gegen die kalte Luft, waren ganz und gar silbrig von der Sonne durchleuchtet und mit rosigen Rändern, wie Wolken am Abendhimmel. Und dann sah Emil Kubinke hinten am Ende einer Straße mit seinem roten Dach das große, massige Gebäude, in dem er heute die Zensur empfangen sollte, in dem er heute das Examen bestehen sollte, – und wenn er auch hoffte, dass er durchkommen würde, so schnürte ihm doch die Angst die Brust zusammen, was *dann* werden sollte, wenn er etwa nicht bestände. Ach, mit Zensuren und Prüfungen, das war Emil Kubinke plötzlich klar, hatte er bisher noch nie in seinem Leben Glück gehabt. Und während er vordem eine Weile wenigstens ganz lustig und taktmäßig ausge-schritten war, setzte er jetzt gar langsam einen Fuß vor den andern; am liebsten hätte er die Strecke wie in der Springprozession zu Echternach zurückgelegt: immer fünf Schritte vor und drei zurück … Aber die Minuten mögen scheinbar noch so langsam dahin-schleichen – *nichts* kann ihren Gang verzögern, und man mag *noch* so langsam weiterschlendern, – an das Ziel kommt man endlich doch.

So stand auch Emil Kubinke, wie oben gerade knarrend und klingend eine Uhr mit neun Schlägen begann, ganz klein und kümmerlich in dem großen Portal und fragte den schnauzbärtigen Pförtner, wo denn Zimmer achtundzwanzig wäre. Ja – von außen da hatte das Gebäude so gefällig und wohnlich ausgesehen, aber innen schien es nur Treppen und Gänge zu haben und nur Lärm und Zug zu bergen, und das Getrampel von Menschen, von hun-derterlei verschiedenen Menschen: von kleinen schwarzen Herren, die mit dicken Aktenmappen von Zimmer zu Zimmer schössen; von jungen Leuten mit schwarzen Talaren, die hastig die Gänge herunterliefen; von würdigen Herren, die Gesichter wie Beefsteaks zerhackt, die in schwarzen Roben aus irgendeiner Tür kamen und in eine andere hinein verschwanden. Und immer hörte man Tritte, – Tritte, – hallende Tritte die Korridore entlang. Mädchen kamen und Frauen, bleich und abgehärmt, rot und erregt, redend, keifend und gestikulierend. Männer in dicken Pelzen zogen an

Emil Kubinke vorbei, und Männer in schäbigen Anzügen, ohne Kragen, aber mit Vorhemden, in denen doch, als hätten sie nur vergessen den Kragen umzubinden, ein spitziges Kragenknöpfchen steckte.

Zur gleichen Zeit aber, da Emil Kubinke sehr schüchtern und keineswegs jetzt mehr mit der siegessicheren Geste des großen Redners die Tür des Zimmers Nummer achtundzwanzig öffnete, allwo sich sein Schicksal entscheiden sollte – zur gleichen Zeit klingelte Herr Tesch bei Löwenbergs, und da es der rotblonden Pauline verbrieftes Recht war, dem Barbier des Morgens zu öffnen, so lief auch Pauline heute wieder von ihrer Ritterburg weg, hast du was kannst du, den langen Korridor hinunter, dass die Pantoffeln nur so flogen – und riss die Tür auf. Und um ein Haar wäre sie dem langen, blonden Herrn Tesch um den Hals gefallen.

Aber im, letzten Augenblick gewahrte sie doch, dass das keineswegs Emil Kubinke, sondern durchaus jemand anders war, und sie rief: »Ach, Sie sind es, Herr Tesch?! – Warum kommen Sie denn mit einmal? Wo ist denn mein Bräutjam?« Denn das Wort »Bräutigam« hatte Pauline in Erbpacht genommen.

»Der –«, sagte Herr Tesch ganz erstaunt, »der is doch heute aufm Jericht!«

»Aufm Jericht?«, fragte Pauline. »Was macht denn Emil aufm Jericht?«

»Na, wissen Se denn nich, Fräulein? – Hat denn Ihr Bräutjam Ihnen das nich erzählt, – dass ihn die dicke Hedwig hier drüben, die bei Markowskis war, – dass die ihn uff Alimente verklagt hat? – Die redt' sich doch ein, dass Kubinke der Vater von ihren Jungen is.«

Pauline schlug plötzlich die Hände vors Gesicht und begann zu weinen. Sie schluchzte, dass man es durch drei Stockwerke hörte – sie trompetete ordentlich. Herr Tesch war ganz bestürzt, *erstaunt*, weil Pauline von all dem noch nichts gewusst hatte, und *doppelt* erstaunt, dass sie die Sache gleich so schwer nahm. So was kam doch alle Tage vor! Böse, nein böse hatte es Herr Tesch gewiss nicht gemeint!

»Na, nu weenen Se man nich jleich, Frollein«, sagte er beschwichtigend, »es ist ja noch lange kein Beinbruch.«

Pauline jedoch ließ sich nicht so leicht beruhigen, und wenn sie auch nicht recht wusste, warum sie weinte – ob über diesen treulosen Emil Kubinke, oder über die Frechheit jener gemeinen Person, *ihren* Bräutigam in so schmutziger Weise zu verdächtigen – wenn sie sich auch *darüber* noch nicht klar war, so weinte und schrie sie eben ganz *elementar*, als Reaktion auf die Mitteilung.

Auf das Schluchzen von Pauline kam Poldi Nowotny angelaufen und fragte:

»Gehn S', Fräulein Pauline, was tun S' denn so woanen? Wos hoaben S' denn?«

Und Frau Betty Löwenberg kam in die Küche, im weißen Frisiermantel – denn Frau Löwenberg war heute schon auf, weil sie um zehn Uhr bei der Bergholzer zu einer letzten Anprobe sein musste. Und Herr Löwenberg kam auch aus der Badestube hervorgestürzt, als Araber im fliegenden Burnus. Denn es war Sonnabend, und am Sonnabend badete Herr Löwenberg.

Frau Löwenberg bekam aber einen großen Schreck, denn sie dachte, gerade jetzt, da morgen der Besuch aus London kam, wäre Paulines Mutter krank geworden. Sie kannte das. Die alte Anna hatte immer in der gleichen Weise in der Küche trompetet, wenn ihre selige Mutter wieder einmal von einem todbringenden Leibesübel befallen worden war. Als Frau Betty Löwenberg jedoch erfuhr, um was es sich drehte, da war sie ja zuerst beruhigt. Aber dann regte sich doch das weibliche Zartgefühl in ihr, und sie rief ganz laut und hell:

»Aber Pauline, Sie werden doch *diesen* Mann nicht heiraten!?«

Ja – Frau Löwenberg gehörte eben von Geburt einer Gesellschaftsschicht an, in der eine Alimentenklage, wenn sie nicht gerade von der Braut angestrengt wird, durchaus als Ehehindernis betrachtet wird. Und sie konnte gar nicht begreifen – aber was konnte Frau Betty Löwenberg überhaupt begreifen? – dass Pauline eben einer anderen Gesellschaftsschicht angehörte, die in allen geschlechtlichen Dingen weit vernünftiger denkt, und von der eine simple Alimentenklage noch keineswegs etwa als ehehindernd betrachtet wird.

Herr Löwenberg jedoch, der, gestützt auf reiche folkloristische Studien sich *besser* in die Seele der rotblonden Pauline einzufühlen wusste, sagte:

»Aber liebste Betty, was geht *dich* denn das an?!«

Und dann wandte er sich an die schluchzende Pauline: »Lassen Sie nur, mein Kind«, meinte er begütigend, »Ihr Bräutigam ist ein ganz ordentlicher Mensch. Weinen Sie nur nicht; seien Sie ohne Sorge – ich werde mir bei nächster Gelegenheit den jungen Mann mal vornehmen.«

Und damit zog Herr Löwenberg als flatternder Araber nach vorn in sein romanisches Herrenzimmer, und Herr Tesch folgte ihm.

Frau Betty Löwenberg aber drehte sich noch einmal um, ehe sie die Küche verließ:

»Nehmen Sie doch den Kutscher aus Heringsdorf«, sagte sie.

Und wenn auch Pauline und Frau Betty Löwenberg über die Bedeutung einer Alimentenklage durchaus uneins waren, – darüber, dass man statt des einen Mannes im Notfall den anderen nehmen könnte – so ungefähr wie man statt einer rosa Bluse ja auch eine hellblaue anziehen könnte – darüber bestanden zwischen ihnen keinerlei Meinungsverschiedenheiten, … denn endlich waren sie doch beide Frauen …

Pauline aber schluchzte und trompetete so lange, bis sie in ihre Kammer ging und sich den »Allgemeinen Liebesbriefsteller« hervorlangte. Und als sie da den Brief von Seite sechsundneunzig fand: »Vorwürfe an eine liebende Braut wegen mehrfacher Untreue«, da schrieb sie ihn halb ab und flickte noch einige Sentenzen aus der »Zurückweisung eines Verehrers aus Vernunftsgründen« und aus dem »Versuch um Wiederanknüpfung eines abgebrochenen Liebesverhältnisses« ein. Denn wie schon mehrfach bemerkt, Pauline arbeitete gern mit der Feder.

Und danach hatte Pauline ihrem Emil Kubinke schon so gut wie verziehen und war wieder ganz vergnügt und munter, so dass Frau Betty Löwenberg mit Recht zu der Ansicht kam, dass die rotblonde Pauline *ihr* gegenüber doch nur ein sehr gering differenziertes Empfindungsleben hätte.

Ach, – und zur gleichen Stunde ging es sicherlich Emil Kubinke weit weniger gut als der rotblonden Pauline, und er konnte keineswegs so schnell wie sie sein seelisches Gleichgewicht wiederfinden.

Emil Kubinke war in das Zimmer 28 gegangen, und er hatte geglaubt, er träte in einen stolzen Raum, der überragt von dem Bild der Justitia wäre: Hinter erhöhten Tischen säßen die Herren Richter, säßen die Gerichtsschreiber, die Schöffen und Beisitzer, und in der Mitte stände, alle um Haupteslänge überragend, der Herr Staatsanwalt selbst. Und es ginge sehr ernst, gemessen und würdevoll zu, so dass man kaum zu atmen wagte.

Stattdessen aber kam Emil Kubinke in ein richtiges bürgerliches Zimmer, ganz ähnlich wie eine Polizeiwache sah es aus, und an einem langen Tisch saßen rechts ein junger Herr und links ein junger Herr, und die kritzelten, auf große Bogen. Und in der Mitte saß ein Mann in schwarzer Robe und mit einer weißen Krawatte, stützte die Ellbogen auf den Tisch und hielt bedächtig sein Haupt. Sehr blond war er, sehr blauäugig, und die Säbelnarben über Backen und Stirn zogen als weiße Straßen durch die trinkfreudige Röte seines gelangweilten Gesichts. Und ringsum standen zwanzig, dreißig Menschen, und hüben und drüben maßen sich Gruppen mit feindlichen Blicken, und der Richter selbst hörte müde und stumm ein paar Leuten zu, die durch Einwendungen und Gegeneinwendungen einander mundtot zu machen strebten.

Und richtig – drüben in einer Ecke stand schon die dicke Hedwig, in ihrem braunen Jackett und in dem Hut mit den Moosrosen. Und sie sah rot und munter aus, und sie lachte über das ganze Gesicht. Aber man muss nicht etwa denken, dass sie Emil Kubinke gegenüber verlegen war, – nein, sie nickte ihm sogar ganz vertraulich zu, wie einem alten Bekannten, den sie gern wiedersah. Emil Kubinke jedoch strafte sie mit stummer Verachtung und sah stolz an ihr vorbei.

Und bei der dicken Hedwig stand ihr Stiefvater, der würdige Schuhmachermeister August Schneider aus Prenzlau, mit einem grünlichen Friesmantel, mit Kriegsmedaillen auf der Brust und einem Zylinder, den schon zweimal das Märkische Museum zu erwerben versucht hatte. Aber Herr Schneider gab ihn nicht fort: Sein Großvater hätte ihn getragen, sein Vater hätte ihn getragen und sein Sohn solle ihn wieder tragen. So war Herr August Schneider aus Prenzlau.

Ja, wenn aber Emil Kubinke glaubte, dass der Prozess Lemchen kontra Kubinke als erstes und einziges auf der Tagesordnung stände, dann war er schwer im Irrtum. Da kam erst ein Mann, der sich mit seiner geschiedenen Frau herumstritt; sie solle ihm wenigstens die Betten herausgeben. Aber da die Frau die Betten versetzt und die Pfandscheine verschärft hatte, so war für den Ehegatten nichts mehr zu holen. Und leid tat das niemandem; denn der beste Bruder war er keineswegs.

Und dann klagte ein Mieter gegen seinen Hauswirt, dass er in der feuchten Wohnung Rheumatismus bekommen hätte. Und dann kam dieses und jenes, und Emil Kubinke stand ganz ruhig und sah auf das Thermometer und die Heizung, memorierte seine Rede und sagte sich gerade noch, dass der Richter sicherlich eine Excelsiorbartbinde benutzen müsse – er, Emil Kubinke, war mehr für die amerikanische Mode … als es mit einem Male ganz unerwartet hieß: »Lemchen kontra Kubinke«.

Und in diesem Augenblick ging die Tür auf, und ein kleiner Herr mit einem braunen Spitzbart stürzte mit einer Aktenmappe zum Tisch vor, postierte sich grüßend dem Richter gegenüber, stellte sich neben August Schneider aus Prenzlau, trat vor die dicke Hedwig mit ihrem braunen Jackett hin – gerade wie ein Sekundant auf der Mensur, der bereit ist, jeden Hieb herauszufangen.

Aber ich will hier nicht die Phasen des Prozesses Lemchen kontra Kubinke aufrollen. Nein, ich will das wirklich nicht tun. Denn wenn schon Hedwig, da es sich ja bei Gustav Lemchen um ihren Sohn drehte, von ihrem Recht der Zeugnisverweigerung hätte Gebrauch machen können – aber es kam gar nicht dazu, dass sie gefragt wurde – so sehe ich nicht ein, warum *ich* nicht hier an dieser Stelle für den Beklagten von *meinem* Recht der Zeugnisverweigerung Gebrauch machen soll. Denn niemand wird bezweifeln, dass mir Emil Kubinke mindestens ebenso nahe steht, und dass ich mit dem Beklagten ebenso verwandt und verschwägert bin wie die Mündelmutter Hedwig mit Gustav Lemchen.

Nur so viel möchte ich sagen, dass Emil Kubinke gar nicht, ja durchaus nicht, keineswegs dazu kam, seine wundervolle Rede zu halten, dass dafür aber August Schneider aus Prenzlau sich auf die Brust schlug, dass die Kriegsmedaillen klirrten: »Er möchte den Friseurgehilfen bitten, hier etwa nicht ausfallend zu werden, – *seine* Stieftochter wäre ein hochanständiges Mädchen, und der Mensch hätte sie für ihr ganzes Leben ins Unglück gestürzt.«

»Ja«, sagte Hedwig.

»Und so eine, die sich mit jedem jemein macht, wäre seine Stieftochter nicht; davon könne der hohe Herr Jerichtshoff überzeugt sein. Und so was hätte sie auch zu Hause bei ihm *nicht* vor sich jesehen!«

Nun muss man ja sagen, dass der Richter keineswegs parteiisch war. Er gähnte bei den Worten des Kriegsveteranen, Schuhmachermeisters August Schneider aus Prenzlau und er gähnte bei den Worten Emil Kubinkes. Und als Emil Kubinke mit seinem Haupteinwand kam, da fuhr sofort der Rechtsanwalt Schlesinger III dazwischen. Er sagte, dass er mit *dieser* Einwendung vor dem Richter wohl nicht durchdringen würde, da das Gesetz den als Vater anspricht, der sich der Gunst der Mündelmutter zwischen dem dreihundertundzweiten und dem hundertachtzigsten Tage vor der Geburt erfreut hat. Und selbst wenn der von dem Beklagten hier angegebene Termin der richtige wäre – und der Beklagte ist ja nicht verpflichtet, die Wahrheit zu sagen – so würde auch diese Tatsache, wie jeder Kalender zeigt, keineswegs gegen die unterstellte Vaterschaft des Beklagten sprechen. Und dann sagte Schlesinger III – und er machte eine leichte Verbeugung vor dem Richter: »Ich stelle anheim!«

Emil Kubinke war jetzt ganz verdattert, denn er fühlte plötzlich, dass die Sache für ihn schlimm stand.

»Ja«, meinte der Richter und kniff das eine Auge ein, »wollen Sie nun die Behauptung aufstellen, dass während der Konzeptionszeit eine andere Person mit der Mündelmutter verkehrt hat?!«

»Es muss doch ...«, stotterte Emil Kubinke. Weiter kam er nicht.

»Wollen Sie hier die Behauptung aufstellen –«, unterbrach der Richter – und jetzt war er ganz Hauptmann der Reserve –

»Ich weiß nicht –«, brachte Emil Kubinke hervor.

»Wollen Sie sich auf die Mündelmutter selbst beziehen?« Der Richter hob die Stimme, dass alle im Saale aufschauten.

Und wenn man Emil Kubinke jetzt auf der Stelle erschlagen hätte, – er hätte keine Ahnung gehabt, was eine Mündelmutter überhaupt ist. Ach, mit den Examen hatte Emil Kubinke nie Glück!

»Haben Sie noch etwas anzuführen?«, schmetterte der Richter, und er hatte keineswegs so freundliche blaue Augen wie eingangs, da er noch gähnte.

»Es ist aber doch unmöglich ...«, zeterte Emil Kubinke, und da fiel ihm ein Wort seiner Rede ein, »vom medizinischen Standpunkt aus unmöglich ...«

Aber der Richter, der von Amtes wegen von der Medizin nicht sehr viel hielt, stülpte auch schon mit einer Handbewegung das schwarze Barett auf.

»Erkannt und verkündet –«, sagte er mit so viel Ernst und Würde, dass alle ringsum erzitterten, und sogar der Gerichtsdiener, der im Stehen schlief, auffuhr, »Erkannt und verkündet – der Beklagte wird verurteilt! –«

Weiter hörte Emil Kubinke gar nichts. Er stand nur noch immer und starrte den Richter an.

»Es ist unmöglich – medizinisch unmöglich ...«, zeterte er.

»Sie können nach Hause gehen!«, brüllte der Richter mit einer Stimme, als ob er einen Schlafwandler wecken wollte. »Hier ist die Sache zu Ende! – Ich stelle Ihnen anheim, Berufung einzulegen.«

Und schon hatte der Gerichtsdiener Emil Kubinke bei der Schulter ergriffen und führte ihn zärtlich mit gelinder Gewalt zur Tür hinaus.

Man kann es auch dem Richter durchaus nicht übelnehmen, dass er die Sache beendete, denn er hatte noch sieben andere Sachen für neuneinhalb angesetzt.

Draußen auf dem Korridor aber sah Emil noch einmal die dicke Hedwig – und sie hatte Herrn Schneider aus Prenzlau untergefasst, und ihr Gesicht glänzte vor Freude, weil nun jemand für ihren

Gustav zahlen musste, und weil sie den Prozess gewonnen hatte, gewonnen sogar, ohne dass es zum Schwur gekommen war. Denn Hedwig hätte Stein und Bein geschworen, geschworen hätte die dicke Hedwig, dass sich die Balken bogen, sie hätte, ohne mit der Wimper zu zucken, einen glatten Meineid hingelegt, und es gab überhaupt keinen Eid, den sie nicht geschworen hätte ohne das geringste Bedenken. Denn sie hatte das Gefühl, dass sie hier kämpfen müsse – und für einen Kampf waren alle Mittel erlaubt. Und den hätte ich kennenlernen mögen, dem es gelungen wäre, eine dicke Hedwig von der Heiligkeit eines Eides zu überzeugen.

Nein, sie hatte sich ganz fest und sicher darauf vorbereitet, zu schwören und sie hatte die linke Hand schon krampfhaft nach unten gehalten, um den Eid abzulenken, – aber da – zu ihrem größten Erstaunen – war sie ohne ein Wort, ohne eine Frage davongekommen. Wirklich, – so einfach hatte sie sich das nicht vorgestellt.

Der Rechtsanwalt Schlesinger III jedoch hatte im Gegensatz zu dem Richter den Eindruck gewonnen, dass der brave Emil Kubinke keineswegs mit Fug und Recht verurteilt worden war, und deshalb klopfte er ihm heimlich auf die Schulter und sagte im Vorbeigehen so ganz leise zu ihm:

»Hören Sie, junger Mann, legen Sie Berufung ein – aber ganz schnell.«

Denn, wie schon einmal erwähnt, Rechtsanwalt Schlesinger III war eben noch ein junger Rechtsanwalt, der noch nicht gar lange in der juristischen Tretmühle steckte und der noch nicht völlig abgestumpft war gegen die Empfindung, dass es neben dem Gerichtsrecht doch ein *lebendiges* Recht geben müsse, in dem nicht der Buchstabe, sondern das Gefühl entscheide.

Aber als Emil Kubinke sich aus seiner Lethargie aufraffte und den Rechtsanwalt Schlesinger III noch etwas fragen wollte, da war der schon längst auf und davon, war im Gewühl des Korridors verschwunden. Denn Schlesinger III hatte heute noch acht Termine wahrzunehmen, und die anderen Gegenparteien dachten gar nicht daran, ihm die Sache so leicht zu machen, wie es ihm der ahnungslose Oberquartaner, der Friseurgehilfe Emil Kubinke gemacht hatte.

Aber im Laden des Herrn Ziedorn war heute große Aufregung; denn Herr Tesch war noch einmal schnell heruntergekommen, bevor er weiterging, und hatte sofort Herrn Ziedorn und Herrn Neumann alles erzählt, was sich oben bei Löwenbergs begeben hatte.

»Denken Se an – die hat doch jarnischt jewusst, die rote Pauline! – Sagt der Kubinke seiner Braut kein Wort von so was! – Na, die hat nett jeheult, wie se's jehört hat! – Wien Schlosshund hat se jeheult ... Passen Se uff, meine Herren, die jibt ihm 'n Laufpass ... Un wie ick den Kollejen Kubinke kenne, fällt der heute *auch* rein. Den knicken se da de Hammelbeene – eins, zwei, drei – denn for's Jericht, wissen Se, for's Jericht da is der nich helle jenuch – da muss einer janz anders sein wie Kubinke ... Aber ick mache jetzt nur, dass ick fertig wer'. Den Kubinke muss ick kommen sehen – den Spaß jönn ick keenen andern!«

Und damit war Herr Tesch aus der Tür und stürmte hinauf zu Markowskis.

»Herr Markowski«, sagte er lachend, »des jibt einen Hauptknaatsch ... Mit den Kubinke fahren se heute ab! Der muss Alimente for Ihre alte Hedwig zahl'n. – Sehn Se mal nachher zu uns runter – aber sagen Se nich, dass Se deswejen kommen – so janz nebenher, – des müssen Se sich mit anhören.«

Und Herr Tesch rasierte sogar Herrn Markowski nicht einmal nach – so eilig hatte er es.

Herr Neumann aber sah immer von der Arbeit aus durch die Glastür, ob Kubinke noch nicht wiederkäme. Und wenn er nichts zu tun hatte, dann stand er an der Seitenscheibe Wache und blickte die Straße hinab, ob nicht Emil Kubinke da hinten auftauchte. Aber da kam Herr Tesch ganz außer Atem in den Laden:

»An de Ecke kommt er!«, schrie Herr Tesch. »Jetz Ohren steif halten, Neumann, – nich lachen, Neumann – janz ernst bleiben, Mensch!«

Wirklich – an der Ecke da kam Emil Kubinke. Er konnte gar nicht sagen, wo er entlanggegangen war, wie er bis hierher gelangt war, – er sah nur wieder seine alte Straße mit den vier Baumreihen und der langen Kette von Bogenlampen und sagte sich, dass er jetzt gleich zu Hause wäre, ohne dass ihm klar war, was er dort zu tun hätte.

Ja, Emil Kubinke hatte noch nicht recht begriffen, was eigentlich geschehen war. Denn es ist merkwürdig, dass uns alle üblen Dinge im Leben viel weniger in den Kopf wollen, als die angenehmen. Und Emil Kubinke kam herangewandelt, wie Paris mit einem goldenen Apfel in der Hand, mit einer goldfarbigen Apfelsine in der Hand. Und Emil Kubinkes Gesicht war sehr nachdenklich, als überlege er, wem er den goldenen Apfel als Preis geben sollte, – der Venus Pauline, der junonischen Emma oder der streitbaren Athene Hedwig Lemchen ...

Diese Apfelsine aber hatte Emil Kubinke auf seltsame Art gekauft: Vor dem Amtsgericht war er stehen geblieben, tief in Gedanken, und da war so etwas Gelbes, Flimmerndes, auf das er hinuntersah – und es ging nicht fort – und es ging nicht fort, – und plötzlich fragte ihn ein Mann, wie viel Apfelsinen er ihm geben könne, – denn die ganze Zeit hatte Emil Kubinke auf einen Straßenkarren voll von Apfelsinen gestarrt. Und da stotterte Emil Kubinke »eine«, gab dem Mann einen Groschen und ging fort, seine Apfelsine in der Hand balancierend ... Und er trug sie noch ganz vorsichtig, ernst und nachdenksam, als er in Ziedorns Laden trat und vor sich hinmurmelte:

»Ich lege Berufung ein … Berufung lege ich ein … ich lege Berufung ein …«

»Na, wie war's denn, Kubinkechen?«, sagte Tesch und patschte ihn mit der Hand auf die Schulter. »Glücklich frei?«

»Ich lege Berufung ein …«

»Mensch – Sie haben se verdonnert?«, schrie Tesch.

»Na bleiben Se man so bei«, sagte Neumann und griente übers ganze Gesicht; er konnte nicht ernst bleiben. »Wat wird 'n da Ihre Braut zu sagen?«

Herr Ziedorn kam auch herein: »So war's richtig, Kubinke –«, meinte er, »ich hab's kommen sehen, – das haben Se nu davon …«

»Na, warum haben Se denn eigentlich nich die andern anjejeben, Kubinkechen?«, fragte Tesch sehr vertraulich und zwinkerte Neumann zu.

»Wer kann denn der Person das beweisen?«, sagte Emil Kubinke.

»Wat? – Beweisen?«, schrie Tesch. »Die is doch mit den Schlächter jejangen – und mit den Zijarrenfritzen un mit den Briefträger – die müssen ran – die müssen schwör'n – da jehn wer zu Veilchenfeld, – Veilchenfeld, sage ich Ihn', is scharf uff Alimente … des Aas machen wer noch meineidich!«

»Aber warum haben Sie mir denn das nicht gesagt, Herr Tesch?«, meinte Emil Kubinke und atmete ganz tief.

»Na warum haben Se mich denn nich jefracht? Sie haben immer wunder wie stolz jetan – ick habe jedacht, Sie *wissen* des allens!«

Herr Markowski trat in den Laden.

»Wie ist denn das mit ›Aurora‹?«, fragte er gleichgültig. »Hat sie's gemacht?«

»Aurora? – Die hat doch gestern gar nicht gestartet«, meinte Herr Ziedorn.

»Herr Gott, Kubinke«, rief Markowski erstaunt, und er spielte seine Rolle sehr gut, »was ist Ihnen denn, wie sehen Sie denn aus?!«

»Den haben se nett ausjezogen«, lachte Neumann, »der muss blechen! Un so dicke hat er's doch ooch nich – wo soll er's denn hernehmen? – Er kann sich's doch nich aus de Rippen schneiden!«

»Ach, Quatsch!«, unterbrach Herr Tesch. »Haben Se man keene Bange, Kubinkechen, lassen Sie se ruhig auf Sie zukommen – da zahlen Se einfach nich – nich 'n Jroschen for die Jesellschaft! Wat Se nachher haben, jehört alles Ihre Frau ...«

»Was ist denn mit Herrn Kubinke?«, fragte Markowski wieder.

»Na wissen Se denn nich, Herr Markowski«, rief Tesch lachend, »Kolleje Kubinke, der muss doch for den Jungen, von Ihre alte Hedwich den Vater markieren! – Eben haben se 'n verknackt!«

Aber Herrn Markowski tat doch der kleine Emil Kubinke leid, der so ganz verkümmert und verschüchtert immer noch mit seinem Autoschal und seiner Apfelsine im Laden stand, und Herr Markowski legte ihm tröstend die Hand auf die Schulter:

»Machen Sie sich nischt draus«, sagte er, »sowat kann jeden passier'n, – des kann sojar een' passiern, der Frau und Kinder hat. Die Hauptsache is«, setzte er philosophisch hinzu, »die Hauptsache is, dass det Kind Luft hat ...«

»Wir legen Berufung ein«, rief Tesch wieder, der jetzt die Sache zu seiner eigenen gemacht hatte, »heute Nachmittag jeh ick mit Kubinke zu Veilchenfeld – des Aas machen wer meineidig!«

»Seien Sie doch ruhig, Tesch!«, rief Herr Ziedorn; denn Herr Ziedorn liebte es nicht, dass es in seinem Institut lärmend zuging. »Da kommt ein Kunde.«

»Au verflucht!«, rief Neumann. Weiter nichts.

»Sie sind doch Herr Kubinke – nicht wahr, Herr Kubinke«, sagte der lange, schlanke Herr mit dem Hohenzollernmantel und dem Biberkragen, und um seine Mundwinkel zuckte ein Lächeln, ein ganz geheimes und heute durchaus nicht nur bürokratisch-verbindliches Lächeln.

Ja, er war Emil Kubinke, das konnte er nicht leugnen.

Und wieder kritzelte der Mann, und wieder hatte Emil Kubinke so ein kleines, gelbes Kuvert in der Hand.

»Kolleje«, schrie Tesch, »das is des Urteil! Lassen Se ein' doch mal sehn – damit jehn wer jleich zu Veilchenfeld! –« Und schon riss Herr Tesch Emil Kubinke das Papier aus der Hand und öffnete.

Aber kaum hatte er hineingesehen, mit Augen, die ganz klein waren wie Glühkäfer, als er sich auf einen Stuhl warf, lachte und schrie und sich auf die Schenkel klopfte, – er war ganz von sich, der Kollege Tesch:

»Menschenskind! – Kubinkechen!!«, schrie er. »Des is ja von de andere – des is ja von Emma Zieskow, des is ja von de lange *Emma – noch* 'n Junge! Gerhard heißt der Bengel! Günther Gerhard heißt er! Die hat Sie *ooch* als Vater anjejeben – Sehn Se's – hier steht's – hier haben Se's schwarz uff weiß: ›Unverehelichte Choristin Emma Zieskow‹ … am vierzehnten November Gerhard Günther Zieskow … feine Namen! Jeschmack hat det Mächen! – Hier steht's, Kubinke, – lesen Se's selbst, wenn Se's etwa nich jlauben … Hier steht's, Herr Neumann … da sehn. Se her, Herr Markowski … Gerhard Günther Zieskow, – hier haben Se 't!«

»Jott, der Kubinke meint ooch, doppelt hält besser«, rief Neumann, – er saß auf dem letzten Sessel, hielt sich den Kopf und trampelte mit den Füßen: »Der hat 'ne janze Hetze Kinder, aber er zahlt nich – det kricht er fertig!« Neumann lachte, dass die Scheiben zitterten. »Ick kann nich mehr, ick kann nich mehr!«

Und auch Herr Ziedorn und Herr Markowski vergaßen ganz ihre Würde und schrien vor Lachen.

Und nur der kleine Oberquartaner, der Friseurgehilfe Emil Kubinke stand da, mit seinem Autoschal um den Hals und seiner

Apfelsine in der einen Hand und mit dem gelben Wisch in der anderen – ganz ruhig, wie versteinert. Er war nicht stark genug, er war nicht roh genug. Wie die Wölfe würden sie hinter ihm her sein. Wie sein Schatten würden sie ihm folgen, wohin er sich auch verkriechen mochte.

Und ganz ruhig ging Emil Kubinke hinaus, um sich umzuziehen. – Was hatte er, er, Emil Kubinke, denn mit all dem zu tun.

Und nun – la farce est jouée, tirez le rideau.

Am Nachmittag – die Sonne war draußen irgendwo ganz rot hinter Wäldern untergegangen, sie war in weiten Fernen in das eisige Meer hinabgesunken, war hinter Mauern und Städten verschwunden, und es lag ein blaues Licht über den Schneetüchern, die das Feld deckten, und über den Dächern und Höfen; ja es drang selbst bis in die Zisterne, bis zu Luther, Dante und dem Apoll von Belvedere, die da unten mit ihren Schneehauben zwischen Taxus- und Thujabüschen standen.

Und die dicke Hedwig führte vorsichtig Herrn August Schneider aus Prenzlau über den Potsdamer Platz, denn sie wollten heute den gewonnenen Prozess in der »Bauernschänke« feiern; und die lange Emma zankte sich gerade in ihrer Bude in der Mauerstraße mit ihrer Wirtin eines seidenen Unterrocks wegen, der ihr doch gehörte und den die Wirtin für sich beansprucht hatte; und Pauline ging seelenvergnügt und trällernd mit Goldhänschen auf dem Arm vor der Ritterburg auf und nieder – heute Abend wollte sie ihrem Bräutigam mal ordentlich den Kopf waschen, denn so etwas dürfe sie auf keinen Fall einreißen lassen – und den Brief musste er ja auch schon bekommen haben, und der Matrose Gustav Schmelow putzte gerade mit roten Fingern auf Seiner Majestät Panzerkreuzer »Horridoh« an einem Maschinengewehr und sang dazu: »Als ich jüngst nach Hamburg kam, waren schöne Mädchen da«; und der Hilfsbriefträger Schultze begann eben seine fünfte

Bestellung! – aber Emil Kubinke wusste von all dem nichts. Schade, dass er nicht hören konnte, wie Herr Piesecke sagte:

»Der junge Mann hat mir nie jefallen – er war immer zu leicht –«

Schade, dass er von alldem nichts mehr sah und hörte, dass Emil Kubinke seinen ihm gerichtlich zuerkannten Sohn nicht mehr sehen sollte – der war ganz der Vater, es fehlte nur der Anker auf dem Unterarm und die Krawatte mit dem Totenkopfring, – und Gustav Schmelow war fertig ...

Schade, dass Emil Kubinke von alldem nichts mehr sah und hörte. Denn als Herr Tesch Emil Kubinke aus seiner Bodenkammer abholen wollte, um mit ihm zu Veilchenfeld zu stiefeln, – da hing Emil Kubinke schon lange, viel zu lange am Dachsparren ... In Wut und Scham, in Ekel und Angst hatte er ohne Besinnen das Leben fortgeworfen wie ein Kleid, das beschmutzt worden ist, und das man sich nun vom Leibe reißt und in die Ecke schleudert.

Aber die wundervolle Quadrille des Lebens mit ihrem Chassez-croisez, ihrem Hinüber und Herüber, mit dem ewigen Changez-les-dames, – sie raste, wogte, wirbelte weiter, mit den Hunderttausenden von Paaren, die nach sanften Rhythmen sich drehen und mit wilden, heißen Wangen dahinstürmen, mit ihren Tänzerinnen, die von Arm zu Arm fliegen, und ihren Tänzern, die die Gefährtinnen umschließen, um schon zur nächsten Tour eine andere zu erkiesen.

Und keiner dachte daran, denen nachzublicken, die den großen Festsaal des Lebens scheu und müde verließen ...

Nachwort

Im Jahr der Reichsgründung, 1871, wird Georg Hermann Borchardt in Berlin geboren. Theodor Fontane, der gerade auf Betreiben Bismarcks aus französischer Haft entlassen worden ist, arbeitet noch journalistisch als Theaterkritiker und Kriegsberichterstatter – die große Literatur, die ihn unsterblich machen wird, entsteht erst in den Jahren darauf und beeindruckt den jungen Georg sehr. Dieser Fontane wird Georg Hermann Borchardts großes Vorbild, was ihm später den Beinamen »jüdischer Fontane« einbringen wird. Die großen Geschichten von kleinen Leuten, das Lokale, das augenzwinkernd Menschelnde und vor allem und immer wieder das Aufbegehren gegen soziale Normen sind auch seine Stoffe, das Jüdische kommt hinzu. Georg Hermann, seinen Geburtsnamen »Borchardt« lässt er bald fallen und trägt den Vornamen seines Vaters als Nachnamen, besucht nach einer kaufmännischen Lehre literarische und kunsthistorische Vorlesungen. Er schreibt für zahlreiche Zeitungen, viele davon aus dem Hause Ullstein, ist im Feuilleton bald eine angesehene Stimme für deutsches Biedermeier und japanische Holzschnitte und ist Teil jener intellektuellen Elite, die Berlin um die Jahrhundertwende das liberale, urbane Flair der schillernden Metropole verleiht, die die Stadt neben dem Zentrum des unheilvoll dumpf-nationalen Wilhelminismus eben auch war. 1906, Fontane ist acht Jahre zuvor verstorben, gelingt Georg Hermann mit »Jettchen Gebert« der große Wurf seines Lebens. Die 1908 mit »Henriette Jacoby« fortgesetzte Tragödie um ein jüdisches Berliner Mädchen, das einen anderen liebt als den, den die Familie vorgesehen hat, ist in aller Munde. Die Buchausgaben erleben spektakuläre 260 Auflagen, 1918 wird der Stoff von Richard Oswald verfilmt und auch im Lichtspielhaus wird daraus ein »Schlager ersten Ranges«. In den Folgejahren schreibt Georg

Hermann ein gutes Dutzend weiterer Werke, keines kann je wieder an den großen Erfolg von »Jettchen Gebert« anknüpfen.

1910 erscheint mit »Emil Kubinke« das erste Buch des nach dem fulminanten Doppelerfolg um die Jüdin Henriette berühmt gewordenen 39-Jährigen. Anders als die erfolgreiche Biedermeiergeschichte spielt die Handlung zu Lebzeiten des Autors: Am 1. April 1908 tritt der aus der Provinz stammende Barbiergeselle Emil Kubinke eine Stelle im Friseursalon des Herrn Ziedorn an. Es ist die Zeit vor dem großen Krieg, der alles verändern wird, die Zeit, in der aus der idyllischen Charlottenburger Landschaft ein lebhaftes, hochherrschaftliches Wohnviertel wird, in der Berlin sich metropolisiert und zwei Jahrzehnte später, als Emil Kubinkes Wiedergänger Franz Biberkopf und Johannes Pinneberg auftreten, zur Weltstadt ersten Ranges geworden sein wird. Wer von diesem Boom der späten Gründerzeit profitiert und wer nicht, daran lässt Georg Hermann keinen Zweifel.

»Pferde wurden geschunden, Arbeiter um ihren Lohn gebracht; Handwerker betrogen. Die Häuser gingen von Hand zu Hand, wechselten dreimal den Besitzer, ehe sie fertig wurden.«

In Liebesangelegenheiten völlig unerfahren erliegt der junge Mann sehr bald den erotischen Versuchungen, die sich ihm in Gestalt der in den herrschaftlichen Haushalten angestellten Dienstmädchen bieten.

»So hatte der brave Emil Kubinke zum Beispiel noch die vorgefasste Quartanermeinung, zur Liebe gehöre Treue, schlichtweg wie die Schale zum Ei; und er konnte sich durchaus noch nicht klar darüber werden, dass die große Herrscherin da oben gar nichts von Treue weiß, dass die Treue beim Mann immer nur ein negatives Verdienst ist, ein ärmlicher Trost für Unterlassungssünden und im besten Fall ein eitler Selbstbetrug, und dass wir zum Schluss sie doch nur auf der Minus- und nicht auf der Plusseite des Lebens verbuchen.«

Zunächst lässt er sich – nicht ganz unfreiwillig – mit der ausgebufften, dicken Hedwig ein. Fabelhaft frivol erzählt Georg Hermann von der intimen Begegnung der beiden:

»Und dann warf sich Hedwig mit ihrem ganzen Körper auf Emil Kubinke, nahm ihn zwischen ihre festen Arme und küsste ihn, dass ihm fast die Luft ausging. Denn, wenn sie sich auch aus Emil Kubinke ja herzlich wenig machte, so war ihr doch die Liebe an sich eine sehr sympathische Institution. Und so Richard Dehmel singt: ›Nur in kurzen Röcken lässt sich lieben‹, – so war Hedwig zwar die Existenz dieses verdienstvollen Barden bisher völlig unterschlagen worden, aber die strittige Angelegenheit hatte sie im Prinzip in weitgehendster Weise a priori vor jeder Erkenntnis begriffen; und wirklich, sie trug kaum etwas, was der Liebe hinderlich war. Und außerdem war es keineswegs ihre Art, in wichtigen Fragen bei eitel theoretischen Erörterungen stehen zu bleiben.«

Der Liebesakt mit der dicken Hedwig, der wohl auch als Leibesakt gelten mag, bleibt einmalig. Nicht lange darauf lässt sich Emil – durchaus bereitwillig – von der langen Emma nach einem abendlichen Tanzvergnügen ähnlich resolut in die Pflicht nehmen:

»Und noch bevor sich Emil Kubinke wieder zurückziehen kann, da hat ihn auch schon Emma bei der Hand gepackt, in ihre Kammer gestupst und die Tür hinter ihm geschlossen. Er weiß gar nicht, wie ihm geschieht.«

Auch diese Liaison endet bevor sie wirklich eine solche werden kann, denn schließlich kommt Emil der schönen Pauline näher, deren Absichten ganz anderer Natur sind. Pauline vermeidet Heimlichkeit, schnell spricht sie von ihrem Bräutigam und die beiden machen Pläne für ein gemeinsames Leben mit dem eigenen Geschäft, auf das Emil spart, und der schönen Küche, die sie im Schaufenster gesehen haben.

»Denn es gibt Lebenslagen, in denen ein junger Mann sehr unklug handelt, wenn er in die Worte seiner Partnerin irgendwelche Zweifel setzt; und Emil Kubinke fühlte, dass er gerade dabei war, in solch eine Lebenslage hineinzuwachsen.«

So könnte alles seinen Gang nehmen und ein glückliches Paar aus Pauline und Emil werden. Doch der Autor lässt uns bereits früh erkennen, dass es nicht gut enden wird mit Emil Kubinke in der großen Stadt. Kaum ist er mit Pauline verlobt, erhält Emil eine Vorladung zu einem Unterhaltsverfahren, das Hedwig, die zwischenzeitlich einen Jungen zur Welt gebracht hat, gegen ihn anstrengt, ohne überhaupt zuvor mit ihm gesprochen zu haben. Das Kind kann zeitlich nicht von Emil sein, das ist ihm bewusst, dennoch versäumt er den Verhandlungstermin und sitzt der fatalen Fehleinschätzung auf, er könne das Problem aussitzen. Wochen später, als ihm das Versäumnisurteil über die Zahlung hoher Alimente zugestellt wird, erhält er am selben Tag eine weitere Vorladung. Diesmal von Emma, die ebenfalls ein Kind geboren hat. Auch sie weiß genau, dass das Kind nicht von Emil sein kann, dennoch erhofft sie sich bei ihm die besten Chancen für einen auskömmlichen Unterhalt. Emil ist der Situation nicht gewachsen. Anders als sein berühmter Nachfolger Johannes Pinneberg, der als Hans Falladas »Kleiner Mann« 20 Jahre später allen Widrigkeiten trotzen wird und Sinn und Lebensmut aus seiner Liebe zu seiner Frau Lemmchen und ihrem gemeinsamen Murkel schöpft, erhängt sich der junge Barbier aus Scham und Verzweiflung in der Dachkammer.

Immer wieder taucht der Erzähler aus dem Fluss der Handlung auf, geradeso als legte ein Vorleser das Buch in den Schoß, den Finger noch als Lesezeichen in den Seiten, um kurz innezuhalten und seinen Zuhörer ein wenig augenzwinkernd einzuweihen. Fast konspirativ nimmt er den Leser an die Hand, erläutert die Handlung, zieht Schlüsse und formuliert umfassende Lebensweisheiten.

»Denn im gewöhnlichen Leben schätzen ja Männer die Unschuld der Frauen sehr hoch ein – wenn sie es auch am liebsten sehen, dass sie ihnen gegenüber zeitweise keinen Gebrauch davon machen.«

Die Frauenfiguren kommen nicht gut weg in Georg Hermanns »Emil Kubinke« – die Männer auch nicht. Die dicke Hedwig ist leicht zu haben und legt ihn hemmungslos, ohne jedes schlechte Gewissen, rein. Genau wie die lange Emma, angeberisch und prunksüchtig stiehlt sie die Spitzenunterwäsche ihrer – ebenfalls zweifelhaften – Herrschaft und bezichtigt Emil kalkuliert wider besseren Wissens der Vaterschaft. Pauline schließlich mag weniger verschlagen sein – wobei auch sie noch nach der Verlobung Briefe an eine vermeintliche Urlaubsfreundin an der Ostsee schreibt, die zuvor als männliche Figur Erwähnung fand –, aber sie ist strohdumm. Ja, sogar so dämlich, dass sie aus dem Vorlagenbuch, aus dem sie die Textbausteine für ihre höchst dürftigen Liebesbriefe nimmt, die Anredeoptionen zeichengenau abschreibt.

»Mein heißgeliebter Emil! Welche seligen Stunden bereitete mir Dein (Ihr) Brief, o wie danke ich Dir (Ihnen) dafür. Liebe ist dem Herzen Bedürfnis und kann dieselbe das Leben zu einem Paradiese gestalten.«

Ein Schlaglicht köstlich boshaften Humors leuchtet in Hermanns Analyse einer belanglosen Auseinandersetzung unter den Verlobten:

»Nun ist es ja Frauenart, dass Pauline von all dem, was Emil Kubinke da sich von der Seele geredet hatte, nur ein Wort verstanden hatte, und dieses eine Wort betraf nicht ihn, sondern sie. Und dieses eine Wort hatte sie nach Frauenart auch noch falsch verstanden. Aber es ist auch ebenso Frauenart, dass Pauline unbewusst von allen Wegen den kürzesten nahm und mit ihren Tränen schnurgerade auf das Herz Emil Kubinkes losmarschierte und alles niederlegte, was da irgendwie noch im Wege stand … »

Dass der Autor mit den Haarfarben der jungen Frauen – schwarz, weiß (blond) und rot – in der Reihenfolge ihres Auftretens die Farben des Deutschen Bundes zitiert, mag als ironisch-summarisches Sichergänzen der drei Protagonistinnen zu dem deutschen Mädchen aufgefasst werden.

Aber auch die Herrschaften der drei Mädchen glänzen nicht mit großer Tugend. Die eine Dame setzt ihre Spitzenunterwäsche offenbar zu gehobenen gewerblichen Zwecken ein, die anderen sind von sagenhaft bornierter Einfalt. Die Herren dazu entweder spielsüchtig oder waschlappenhaft der Affektiertheit ihrer Frau unterliegend. Emils Kollege Tesch weidet via Kontaktanzeige ausfindig gemachte Damen aus besseren Verhältnissen aus, die er dabei offenbar gelegentlich auch schwängert, wie seine einschlägige Erfahrung in Unterhaltsverfahren mutmaßen lässt. Er belustigt sich an Emils Misere, die er lange vor Emil erkannt hat, und bietet ihm seine Hilfe erst an, als es zu spät ist. Emils Chef, Herr Ziedorn, Erfinder des zweifelhaften Haarwuchsmittels Ziedornin, verbringt seine Nachmittage bei leichten Damen, während er seine Frau glauben lässt, er arbeite in einem erfundenen Fachausschuss.

Trotz dieses windig düsteren Personals ist der Autor keineswegs misanthropisch veranlagt oder müsste gar als Moralist gelten. Im Gegenteil. Georg Hermann verurteilt nicht, er erzählt Geschichten wie das »Milljöh« sie geschrieben hat, in dem lakonischen Plauderton seiner epischen Gelassenheit. Wenn er am Beispiel Paulines ausmacht, was »Frauenart« ist, dann ist das keine frauenfeindliche Verunglimpfung, sondern vielmehr eine überzeichnete Darstellung, eine Karikatur im eigentlichen Sinne, eines wohl nur halb scherzhaft im allgemeinen Verständnis – vielleicht nicht nur – seiner Zeit sich befindenden Vorurteils. Hier wie andernorts erinnert Georg Hermanns Ton an den derben, zuweilen grotesken Humor eines Wilhelm Busch, der hochberühmt zu Beginn des Jahres der Handlung 1908 verstorben ist. Manche Hof- und Hausszenen muten an wie literarische Versionen der Milljöh-Zeichnungen von Heinrich Zille, der den Autor übrigens sehr schätzte und eine Umschlagzeichnung zu »Emil Kubinke« anfertigte.

Es spricht eine derbe Liebe zu Berlin aus Georg Hermanns scharf gezeichneten Jargonfiguren. Berliner Schnauze kollert einem aus jeder Ecke entgegen, schnoddrig und ruppig und ungeschönt. Georg Hermann bekennt dazu, er pflege eine Hassliebe zu Berlin, die Berliner seien ihm die nettesten Menschen der Welt, denn sie reden so, dass man jedes Wort verstehe, das sie sagen und, wichtiger noch, man verstehe auch, was sie dabei denken. Und genau so hält es der Autor mit seinen Figuren.

Leo Graw